Ungewollt Held

Thomas Schneider

Miles

Ungewollt Held

Thomas Schneider

Band 2 der Miles Trilogie

Bibliografische Information der Deutschen Nationalbibliothek: Die Deutsche Nationalbibliothek verzeichnet diese Publikation in der Deutschen Nationalbibliografie; detaillierte bibliografische Daten sind im Internet über
www.dnb.dnb.de abrufbar.

Herstellung und Verlag:
BoD - Books on Demand, Norderstedt

Covergestaltung/Umschlaggestaltung
© Giessel Design
www.giessel-design.de

Bildnachweis:
istock.com/Yuri_Arcurs (Erde)
sowie
Thomas Schneider (Mond, Raumfenster)
Model: Alina
ISBN: 978-3-7481-7401-1

Vorwort

Ich verliere keine großen Worte, Schnörkel oder aufwändige Beschreibungen. Ich bediene mich der gängigen Klischees, dem Stereotyp der Weltmächte, orientiere mich am Verhalten der Menschen um meine Fiktion so nahe wie möglich an unsere Welt anzugleichen aber nicht zu kopieren.
Ich weiß nicht wohin mich die Reise mit Miles führen wird noch, ob er die Welt der Menschen retten kann oder es überhaupt will.
Unsere eigene Welt benötigt mehr als einen Helden. Sie benötigt die Hilfe jedes Einzelnen von uns. JEDER kann die Welt zum Guten verändern! Fangen wir bei uns an.

Kleines Milesversum

Adamas:
Nachkomme verstoßener, ins Exil verbannter Malcorianer. Wollte sich und seinen Freunden bei den Verantwortlichen auf der Mondstation Gehör verschaffen, um auf diese Ungerechtigkeit hinzuweisen. Leider einige tausend Jahre zu spät.

Bagor:
Wiedererweckter Malcorianer. Kerniger, muskelbepackter sanfter Hüne und Freund von Adamas. Wirkt auf andere zuweilen etwas begriffsstutzig.

Donato:
Kommandeur einer geheimen militärischen Sicherheitseinrichtung. In den eigenen Reihen ist er auch besser als 'der Fels' bekannt. Weiß mehr über das Roclammetall, als er zugibt.

Flem:
Kleine Raumschiffe für höchstens zwei Personen der Malcorianer. In Geschwindigkeit und Flugverhalten jedem terrestrischen Flugzeug oder jeder Rakete haushoch überlegen. Ähneln in Größe und Form den ägyptischen Sarkophagen. Konservierende Eigenschaften.

Länge: bis zu 2,60 m
Breite: bis 1,20 m
Höhe: bis 1,20 m

Gloria:
Junge Malcorianerin mit roten Haaren und geheimnisvollen, grünen Augen. Stand anfangs den Menschen misstrauisch gegenüber, besonders Thomas, der für ihre Erweckung verantwortlich war. Sie ist zuständig für den Erhalt und die Überwachung der Biosphäre auf der Mondstation. Voll jugendlichem Tatendrang. Mitunter etwas naiv.

Lt. Commander Richter:
Computerspezialist der US Army. Selbstverliebter Spezialist auf seinem Gebiet. Neigt zu Größenwahn.

Malcorianer:
Ehemalige Bewohner des Planeten Malcors, den sie verlassen mussten. Neue Heimat wurde der Mars. Starteten von dort Missionen zum Mond und zur Erde. Und wie bei allen Völkern: Es gibt gute und böse Exemplare.

Miles:
Die Miles wurden als letztes Mittel zur Beilegung einer Krise, die den ganzen Planeten Malcor ereilte, eingesetzt. Das Programm zur Erschaffung der neuen Ordnungshüter konnte aufgrund der Unruhen und des massiven politischen Drucks nicht hinreichend getestet werden, so dass es unweigerlich bei der Verschmelzung mit dem Virus und dem jeweiligen Individuum zu Fehlstörungen kam.

Mondstation:
Die offizielle Version die zum Bau der Station führte, war die des experimentellen Versuchs einer künstlich erschaffenen Landschaft auf einem nicht terraformierbaren Planeten/Kometen zu untersuchen und diesen auf Dauer zu besiedeln.
Inoffiziell ordnete das Ministerium die Überwachung der Verbannten an, die sie teilweise völlig zu Unrecht und gedankenlos auf einem Planeten (Erde) aussetzten, der

bereits bewohnt war. Eine Umsiedelung sollte daher zu einem späteren Zeitpunkt aus ethischen Gesichtspunkten und aus Gründen der Überwachung erfolgen.

Stationsmaße:	Maße Biosphäre:
Länge: 4.000 m	Länge: 3.000 m
Breite: 3.000 m	Breite: 2.000 m
Höhe: 900 m	Höhe: 800m

Simon:
Professor und Konstrukteur der Mondstation. Verliebt in die Wissenschaft. Gab seine sterbliche Hülle auf und existiert in den Speicherbänken der Station weiter. Sympathischer, aufgeschlossener Geist.

Thomas Martin:
Sprachen- und Kulturwissenschaftler.
Entdeckte als Hobbyarchäologe in der Cheopspyramide Schriftzeichen, die auf ein unbekanntes Metallvorkommen auf dem Mond schließen ließen. Als Leiter einer unbemannten Erkundungsmission zum Mond, die dem neuen Metall galt, entdeckte er eine verborgene Mondstation, deren Bewohner ihn später zum 'Miles' machten. Dessen unglaubliche Fähigkeiten spielen in diesem zweiten Band eine wichtige Rolle.

Prolog

Es war dieses eine Signal, das ausgereicht hatte, dass der Erde die volle Aufmerksamkeit einer fremden Rasse zu Teil wurde. Nach jahrtausendlanger Abstinenz war es für sie so, als ob sie nie aufgehört hätte, ein Teil von ihr zu sein. Die Sucht. Dieser unbeschreibliche, nie enden wollende, unstillbare Hunger, nachdem sie sich so danach verzehrt hatten. Plötzlich war er wieder da, der berauschende Stoff. Natürlich waren sie auf der Suche nach anderen Spurenelementen durch die unendlichen Weiten des Alls gezogen, doch hatten sie nie etwas Vergleichbares mehr gefunden. Wie ein Schwarm Heuschrecken, ließen sie sich dabei von ihrer Sucht treiben. Sektor für Sektor. Nachdem sie alles abgegrast hatten, waren sie auf halbem Weg in eine andere Galaxis aufgebrochen. Nichts hatte sie bislang aufhalten können. Nur die Erinnerung an dieses eine Metall war in ihren suchtgeschwächten Hirnen geblieben. Kein anderer Smorg hatte ihnen seither etwas Vergleichbares besorgen können. Auf halbem Weg nach Andromeda stoppten sie daher ihre Fahrt.

Ein Umstand, der an Unbedeutsamkeit für das Auge eines Betrachters kaum hätte überboten werden können. Der dunkle, schwarze Raum zwischen den Galaxien schien gleich einem Ungeheuer, für jegliche Form von Helligkeit nicht viel übrig gehabt zu haben. Nur für einen kurzen Moment schien das lichtfressende Monster einen kleinen Seufzer von sich gegeben zu haben, als aus einer metallzerklüfteten riesenhaften Kugel ein gleißend heller Lichtstrahl schoss. Zwei winzig kleine Objekte schienen auf seinen Strahl durch die Schwärze des Alls auf und ab zu tanzen. Nicht lange danach krümmte sich der Lichtbogen weitläufig um den Metallplaneten. Unentwegt kreisten die beiden Objekte auf dieser Bahn um sich und um ihre eigene Achse. Durch die freiwerdende Energie luden sie sich so stark auf, dass sie sich zu zwei leuchtenden, hellen Kugeln formten. Aufgeladen von dem Ring aus purer Energie wuchsen sie rasch auf eine stattliche Größe heran. Immer schneller vollzogen sich ihre Drehungen um die große, dunkle, zerklüftete Kugel. Und es sah ganz danach aus, als würden sie ihre eigenen Anziehungskräfte zueinander verlieren. Den Ring aus Energie hatten sie inzwischen wie ein Schwamm in sich aufgesogen. Dann lösten sie sich voneinander, kreisten aber immer noch mit ungeheurer Geschwindigkeit um die seltsame, metallene Mutterkugel. Es war nur eine Frage der Zeit, bis sie aufeinanderprallen würden. Nur aus welchem Grund? Die Antwort folgte auf dem Fuße. Das Unvermeidliche war geschehen und der Aufprall erfolgte. Die riesenhafte metallene Kugel hatte es geschafft, einen Riss im luftleeren Raum zu erzeugen. Seine Umrandung glühte wie das Innere einer Sonne. Unruhig, aber auf der Stelle verharrend, offenbarte er hinter seinem glühenden Vorhang einen kleinen, weit entfernten, schwach blau leuchtenden Ball.

»Smorgs! 43 und 68! Macht euch auf, wozu ihr erschaffen wurdet!«

Einer Geburt ähnlich entglitt der größeren 'Mutterkugel' eine zweite kaum sichtbare winzige Kugel. Sie nahm direkten Kurs auf den Riss. Ihr Ziel war der weit entfernte kleine blaue Ball am Firmament. Die Erde.

1

Seltsam. Irgendwie schien alles ganz normal. Thomas Martin lag auf dem Bett und streckte seinen rechten Arm empor. Er zeichnete dabei träumerisch geometrische Figuren in die Luft. Das hatte er lange nicht mehr gemacht. Früher, während seiner Studienzeit, hatte er häufiger die Gelegenheit, im Bett liegenbleiben zu können, um sich während seines Studiums als Sprachen- und Kulturwissenschaftler in Ideen zu vertiefen. Dabei rekapitulierte er im Geiste seine Erkenntnisse aus den Vorlesungen mit denen, die er aus seinem Hobby, der Archäologie, gewonnen hatte. Ganz unbewusst hob er dabei jedes Mal seinen Arm und zeichnete seine Gedanken in der Luft nach. Dabei kombinierte er einzelne Sprachmuster und Dialekte verschiedenster Kulturen und versuchte, diese in überlieferten Texten vergangener Epochen der Menschheit zu entschlüsseln. Eine Gabe, wie viele behaupteten, nannte er seine Fähigkeit aber nicht. Vielmehr war sie das Ergebnis seiner Neugier und die liebe zur Archäologie gewesen, die es ihm ermöglichte, komplexe Zeichen und Symbole in den alten Schriften zu entdecken und zu deuten. Nach jahrelanger Übung konnte er solche Dinge spielend leicht vor seinem 'inneren Auge' erfassen. Diese weit umsponnenen Überlegungen des heutigen Wissenschaftlers führten ihn mithilfe dieser Methode bis zuletzt auf den Zenit seiner Karriere. Dabei war seine größte Entdeckung, in gewisser Weise auch seine Letzte gewesen, die er sich in Fachkreisen hatte schwer erkaufen müssen. Zunächst von allen belächelt, dann bestärkt, hochgepriesen und wieder verspottet, diskreditiert und von der Weltpresse zuletzt vernichtend bloß gestellt. Doch die Antwort ließ nicht lange auf sich warten. Es folgten die turbulentesten Wochen der Menschheitsgeschichte, die den Wissenschaftler wieder rehabilitieren sollten. Jedoch erst Wochen danach, in denen er schon längst als vermisst galt. Einen Zusammenhang mit den Ereignissen und seinem Verschwinden war nicht auszuschließen, folgerten viele Tageszeitungen.

Zusammen mit seinem Kollegen Colarishfa waren sie die Wissenschaftler gewesen, die eine Botschaft in der Cheopspyramide fanden, analysierten und dahingehend entschlüsselten, dass sich auf der Erde einmal Außerirdische befunden hatten. Der Hinweis auf der einzigartigen Tafelinschrift bezog sich nämlich auf ein Metallvorkommen, das auf dem natürlichen Erdsatelliten, dem Mond, zu finden war. Seit der Zeit der unglaublichen Entdeckung stand das Projekt in besonderem Maße in öffentlichem Interesse. Fördermittel und Spendengelder wurden angezapft, um den möglichen Ursprung der Menschheit kennenzulernen oder zumindest einen handfesten Beweis über die Existenz außerirdischen Lebens zu erhalten.

Es folgte der Tag, der Klarheit bringen sollte. An diesem Tag schoss die ESA (European Space Agency) einen Satelliten ins All. An Bord waren auch zusätzlich Instrumente installiert, die ein bislang unbekanntes Metallvorkommen nachweisen sollten. Wie auf der Tafelinschrift mitgeteilt, befand sich die beschriebene Stelle nahe dem 'Mare Trancilium'. Durch den kontrollierten Absturz der Sonde auf diese Position sollte die tausende Jahre alte Information den Beweis antreten. Doch stattdessen, versuchten die Vereinigten Staaten, die bis dahin im Geheimen alle Schritte der Wissenschaftler mitverfolgt hatten, den Erfolg für sich alleine zu beanspruchen. Colarishfa, einer der beiden Wissenschaftler, hatte, während Thomas Martin die Forschungsergebnisse der Tafelinschrift in Brüssel präsentierte, durch Zufall neben dem Fundort der Tafel einen geheimen Gang entdeckt. In diesem lagen vier sarkophagähnliche Objekte. Colarishfa ließ sie von den Vereinigten Staaten und, ohne seinen Kollegen Thomas Martin in Kenntnis gesetzt zu haben, gegen Schmiergeld bergen und abtransportieren. Thomas Martin selbst musste die fast perfekte Vertuschung der Vereinigten Staaten mit seinem Rücktritt bei der ESA verdauen. Denn angeblich lieferte die Sonde scheinbar keine nennenswerten Vorkommnisse. Auch die Öffentlichkeit fühlte sich um ihre Steuergelder betrogen.

Heute jedoch war alles ganz anders. Eine Welt stand kopf: Sowohl für Thomas, der noch immer seine träumerischen Figuren in die Luft malte, als auch für den Rest der gesamten Welt. Letztere hatte ihren Beweis von außerirdischem Leben auf schmerzvolle Weise quittiert bekommen. Denn das durch den Aufprall der Sonde erwachte Wesen stellte alles sprichwörtlich auf den Kopf. Rehabilitierte es den Wissenschaftler zum einen, denn damit war die Existenz des Metalls und das einer fremden Lebensform bewiesen, stellte es zum anderen eine neue ernstzunehmende Gefahr für die Menschheit dar. Über die Beweggründe des Wesens tappte man jedoch noch immer völlig im Dunkeln. Zu sehr war die Welt geschockt. Es war ihr nicht möglich gewesen, eine vernünftige Erklärung zu finden, als man in allen Teilen der Welt das Verschwinden von Gebäuden und großen Naturflächen registrierte. Es war die Reaktion eines übermächtigen Wesens, das man kurz zuvor versucht hatte zu töten, als es sich im Internet und auf allen Radio- und Fernsehstationen der Welt eingehackt hatte. Während seiner Ansprache, seltsamerweise in lateinischer Sprache, wurde es von Kampfbombern der chinesischen Armee als auch von den Vereinigten Staaten lokalisiert und angegriffen. Vernichtet geglaubt, startete es seinen Angriff gegen die Menschheit.

Für Thomas spielte das augenblicklich jedoch keine große Rolle, noch dass er sich mit den üblichen gedanklichen Kombinationen von Sprachen und Dialekten auseinandersetzte. Nein, wahrlich, das brauchte er nicht! Denn er war selbst zu einem Teil seiner Entdeckung geworden und lebte sie in diesem Moment.

Gemächlich reckte und streckte er sich, massierte seine Glieder. In seinem neuen Zuhause war es still. Nur eine alte, hölzerne Standuhr, die in einer Ecke ihr Dasein fristete und ihrem Bewohner ihr leises, aber zuverlässiges Ticktack schenkte, verlieh dem Raum einen Hauch von Lebendigkeit. Seit Kurzem wohnte er in einem kanadischen Blockhäuschen. 'Importiert' aus einem entlegenen Winkel der Wildnis Kanadas. In völliger Abgeschiedenheit von der Zivilisation genossen die wenigen Menschen diesen Ort mit seiner Ruhe, der fernab jeglicher Alltagshektik war. Die Einfachheit und das Einssein mit Mutter Natur machte diesen Ort für wenige Menschen zu einem einzigartigen Erlebnis. Jetzt musste dort, wo das Häuschen zuletzt gestanden hatte, eine kleine Lichtung entstanden sein. So zumindest wurde es von einem frisch vermählten Ehepärchen beschrieben, das seine Hochzeitsreise an diesem abgeschiedenen Ort verbringen wollte. Zunächst brachte man von Seiten der Polizeibehörde das Verschwinden des Blockhauses mit dem des unheimlichen Miles nicht in ursächlichem Zusammenhang. Auch die örtliche Presse schenkte dem Vorfall angesichts der weltumspannenden Ereignisse durch den aufgetauchten Fremden nur mäßiges Interesse. Erst nachdem sich zwei Jugendliche, aus der Umgebung stammend, aufmachten, den Dingen auf den Grund zu gehen, wurden die überregionalen Medien auf die Entdeckung der beiden aufmerksam. Diese posteten in den sozialen Netzwerken ihre selbstgedrehten Handyaufnahmen von der fehlenden Blockhütte. Dabei wurde einem ganz bestimmten Filmausschnitt besonderes Interesse beigemessen. Das Video schaffte es noch am selben Abend der Veröffentlichung auf über 5 Millionen Klicks. Auf diesem Video war die besagte Lichtung zu sehen gewesen. Dabei zeigte einer der beiden Freunde den ungewöhnlich hellen Fleck in der Mitte der großen Fläche, auf dem einmal die Blockhütte gestanden hatte. Den Konturen auf dem Erdboden zufolge, war dort offenbar tatsächlich etwas Größeres gestanden. Die Vegetation war deutlich zurückgeblieben. Der Film wurde aber erst zu dem Zeitpunkt interessant, als sich der junge Mann auf dem Video zu seinem Freund, der ihn seinerseits filmte, umdrehte. Wie vom Blitz getroffen verharrte er auf einmal in seiner Bewegung. Sekunden später, färbte sich seine beigefarbene Hose um seinen Schritt unangenehm dunkel.

»Nee jetzt, Alter«, begann der Kameramann. »Scheiße, Mann, was machst du da? Deine Hose, Alter!«

Er musste laut lachen.

»Was hast du geschluckt, dass du dich nass machst! Ey! Ich hab - scheiße noch eins- alles auf dem Handy aufgenommen! Bist du kaputt, Alter! Was zahlst du dafür, dass ich es nicht online stelle?«

Er lachte noch immer. Doch dies schien sein Gegenüber überhaupt nicht zu interessieren. Mit panischem Gesichtsausdruck drehte er sich unvermittelt um und rannte schreiend davon.

»Ey, bleib stehen! Wo rennst du denn hin! Hat der sie nicht mehr alle? Rennt einfach weg der Clown.«

In diesem Moment hörte er dicht hinter seinem rechten Ohr ein tiefes, dunkles Grollen.

»Oh Shit! Ohhh Shit! Nein!«, quiekte der nun ebenfalls stocksteif gewordene Hobbyfilmer vor sich hin. Sein Puls indessen beschleunigte sich mit rasender Geschwindigkeit, angesichts dessen, was seine Phantasie mit ihm in diesen Sekunden anstellte. Denn mit ziemlicher Sicherheit wusste er, was sich in diesem Augenblick hinter seinem Rücken befinden musste. Nach einer gefühlten Ewigkeit und wieder einer Bewegung mächtig geworden, drehte er sich langsam, sehr langsam um seine eigene Achse, um nachzusehen, ob das, was er bereits vermutet hatte, noch immer da war. Dabei hielt er sich zitternd sein Handy dicht vors Gesicht, um möglichst 'unentdeckt' zu bleiben. Einem Außenstehenden musste diese unbeabsichtigte Slapstickeinlage einfach nur lustig erschienen sein.

Für den filmenden jungen Mann jedoch waren es sicherlich die angstvollsten Sekunden seines Lebens. Er wagte zunächst noch nicht einmal den Blick durch das Display seines Kamerahandys, so sehr verkrampfte er sich. Seine Augen hatte er fest zugekniffen. Erst nach weiteren, endlos erscheinenden Sekunden riskierte er einen Blick. Er sah mitten in ein Gesicht, das sein Blut in den Adern gefrieren ließ. Es war eine Art Schockzittern, das seinen Körper veranlasste, wie zuvor bei seinem Freund, sämtliche Funktionen des Schließmuskels einzustellen. Das Handy fiel dabei zu Boden. Der Bildausschnitt, der zwischen Grasbüscheln eben noch zu sehen war, zeigte den Burschen, wieder seiner Urinstinkte bewusst geworden, wie er rückwärtsrennend das fremde Etwas taxierend davonlief. Dann, in unmittelbarer Nähe des Telefons ein markerschütternder Schrei, der noch in kilometerweiter Ferne zu hören gewesen war. Das schräge Kamerabild zeigte den in Panik geratenen, davonrennenden Burschen, der sich nun nicht mehr auf den Beinen halten konnte und ins meterhohe Gras stürzte. Endgültig verschwand er aus dem Sichtfeld der Zuschauer. Stattdessen sah man unmittelbar vor der Kameralinse etwas Grünes auftauchen. Das Wesen. Jenes Ungeheuer, das der Welt seit kurzem das Fürchten gelehrt hatte. Zu sehen war nur ein kleiner Bildausschnitt des Fremden, doch es reichte aus, alle Zuschauer in Erstaunen zu versetzen. Es offenbarte seine grüne Haut in unmittelbarer Nähe. Ein sprichwörtlich phantastisches Wesen, wenn man wissenschaftlichen Maßstäben nach urteilen mochte. Die Haut wurde dabei von einem orangeroten Netz überzogen, das in gleichmäßigen Rhythmen pulsierte. Wie ein sichtbar gewordener, warmer Herzschlag, der zugleich seine Gemütsverfassung an seine Umwelt mitteilen wollte. Dabei dachten sich zuvor noch viele Menschen, es wäre nur ein Anzug oder eine Art Kleidungsstück gewesen. Denn so fremd wie sich dieses Wesen gegenüber der Menschheit benahm, so ähnlich war dessen Körperaufbau, der der menschlichen Rasse glich. Diesen Gerüchten wurde hiermit ein Riegel vorgesetzt.

Das orangerot farbene Netz durchströmte das Wesen wie ein nicht enden wollender, glühend heißer, pulsierender Lavastrom. Allein dieser winzig kleine Ausschnitt bezeugte die unglaubliche Kraft des Wesens. Es war, als hätte es in den vergangenen Wochen noch weit mehr Energie in sich aufgesogen, als es bislang sowieso schon der Menschheit demonstriert hatte.

Welche Worte waren es nochmal, die es gebrauchte, als es sich zum ersten Mal der Menschheit offenbarte? 'Miles somno excitans' - aus dem Schlaf erweckter Soldat?
Nun, war es damals halb schlafend auf die Menschheit losgegangen, so musste es heute schier unzerstörbar für sie erscheinen. Vielleicht aber nutzte es auch nur den psychologischen Effekt, um der Einschüchterung mehr Ausdruck zu verleihen. Denn irgendwie schien es sich schon ein wenig in Szene setzen zu wollen.

Die Medien hatten mit Ratlosigkeit reagiert, was das Verschwinden des Blockhäuschens anbelangte. Wussten sie doch, dass der Miles weit größere Gebäude und sogar ganze Landschaften verschwinden ließ. Eine einsame Holzfällerhütte schien ihnen so gar nicht in das Beuteschema des Fremden zu passen.

Thomas Martin hingegen interessierte diese Erkenntnis herzlich wenig. Er genoss sein neues Zuhause, das sich seit kurzer Zeit in einer künstlich angelegten, neuen, kleinen Welt auf dem Mond befand. Dort, wo es nun stand, war es das kleinste, von Menschen erschaffene Bauwerk. Zwischen Bäumen versteckt hatte man dort oben auf einem gigantisch aufgeschütteten Ringwall aus Erde eine sensationelle Sicht über die neu angelegte Heimat. Eine Heimat, die der Erde beraubt und von einer körperlosen Existenz namens Simon auf neue harmonische Art und Weise im Herzen der Station zu einem neuen Ganzen zusammengeführt wurde. Unter der künstlichen Dachkuppel, die sich in mehrere hundert Meter Höhe über die Landschaft erstreckte, waren die Leuchtmittel so angeordnet, dass sie sich zu einem einzigen Licht vereinigen konnten und einen natürlichen Himmel simulierten.

Thomas beendete seine in die Luft gezeichneten Überlegungen, die heute einfach nicht fruchten wollten. Schwerfällig richtete er sich in seinem rustikal erbauten Eichenbett auf, welches im Übrigen dem Rest des gesamten Mobiliars angeglichen war.

Irgendwie schien das heute nicht einer seiner besten Tage zu werden. Es lag etwas in der Luft und er konnte sich beim besten Willen nicht aufraffen. Scheinbar mit letzter Kraft stemmte er sich seufzend gegen die in der Raumstation vorherrschende künstliche Schwerkraft, die der Erde angepasst war. In Pantoffeln, die das kleine Häuschen für seine früheren Gäste immer bereithielt, schlurfte er von seinem Schlafraum quer durch den Wohnraum bis hin zur Wohnküche. Von dort erhoffte er sich eine wundersame Stimmungsaufhellung. Simon, die Stimme der Station, nannte es ein 'kleines primitives Stück Technik von der Erde', doch keine noch so hochtechnisierte Station der Malcorianer konnte seiner Kaffeemaschine bis jetzt das Wasser reichen, stellte er zufrieden fest. Heute aber spürte Thomas, als er davor stand, dass selbst eine frischgebrühte Tasse Kaffee aus seinem Automaten nichts zur Anhebung seiner Gemütsverfassung beitragen konnte. Während die Bohnen durch das Mahlwerk zerkleinert als Pulver an die Brühgruppe weitergegeben und dort unter Druck verpresst und mit heißem Wasser übergossen wurden, starrte der Wissenschaftler am Küchentresen angelehnt hinaus über die altbackene Couch im Wohnbereich aus dem riesigen Panoramafenster, dem Schmuckstück der Blockhütte. Dort, wo sie nun seit kurzer Zeit stand, hatte man auf 400 Metern Höhe den Eindruck, über ein Gebiet zu herrschen, das sich irgendwo in einem Talkessel auf der Erde befand. Der Geruch von frischgemahlenem Kaffee stieg ihm in die Nase. Zielsicher und ohne den Blick von der überwältigenden Landschaft abzuwenden, suchte er mit einer Hand nach seinem heißen

Pott schwarzen Kaffee. Damit schlurfte er durch das Wohnzimmer am Panoramafenster vorbei und hinaus zur Tür. Wenige Meter dahinter blieb er vor dem steil abfallenden Abhang stehen und nahm einen großen Schluck aus seiner Tasse. Trotz des wunderbaren Ausblicks, den er hatte, war die Szenerie irreal und wirkte auf ihn unwirklich. Etwas fehlte.

»Simon?«

»Ja, Miles?«

»Hör auf mich so zu nennen!«

»Warum denn nicht? Du bist doch einer und nennst dich ja auch neuerdings überall so auf der Erde.«

Der Stimme in seinem Ohr, die in Wirklichkeit ein hochleistungsfähiger Empfänger in seiner Armmanschette war, haftete ein leicht ironischer Unterton an. Thomas ging auf die üblichen Sticheleien des Professors nicht weiter ein. Nein, heute würde definitiv nicht sein Tag werden.

»Hast du die Berechnungen durchgeführt?«, fragte er stattdessen.

»Natürlich! Ich habe dir eine Liste zusammengestellt. Abrufbar über deine Manschette.«

»Gut. Wie weit bist du mit dem Luftproblem?«

»Bin noch dabei. Die Wartungsrobots müssen noch einige Luftschächte aufschneiden, um das Umwälzvolumen zu vergrößern. Das Ganze dürfte sich noch bis zu 72 Stunden hinziehen. Zeit genug für dich, deinen Job dort unten sauber zu erledigen und alles hochzuschaffen.«

»Das sagt mir ein Genie, das diesen Umstand nicht mit eingeplant hatte ...«

»Wie du weißt, hatte ich damals nicht die Zeit, um die Station ...«

»... die Station fertig zu stellen. Ja, ja, das sagtest du mir schon einige tausend Mal. Vielleicht mal zur Abwechslung etwas Neues, Herr Professor?«, unterbrach ihn Thomas spitz.

»Oh? Wir sind aber heute gar nicht gut gelaunt!« konterte Simon. »Was ist es denn heute?«

Thomas zuckte unwillkürlich zusammen. Offenbar hatte ihn der Professor schon länger beobachtet. Das hatte jedenfalls gesessen. Seine Launen hatten in der Tat in den letzten Wochen an Stärke zugenommen. Seit er diesen fremden Malcorianer aus den Klauen eines anderen Malcorianers namens Looma in letzter Sekunde vor dem sicheren Tod gerettet hatte, war Gloria dem Bewusstlosen nicht mehr von der Seite gewichen. Zugegeben, ein wenig sonderbar war sein Verhalten schon, denn Gloria, die scheinbar Letzte noch körperlich Überlebende eines untergegangenen Volkes, sorgte sich lediglich um einen der Ihren. Dieser war zwar gerettet worden, lag aber aufgrund der Schwere seiner Verletzungen immer noch auf der Krankenstation in einem Plasmabad. Ein Behältnis, das verletzte Körper und dessen Organe bis zu einem gewissen Grad regenerieren konnte. Je länger der Aufenthalt jedoch in dem Bad andauerte, desto schwieriger gestaltete sich die Chance auf Genesung. Augenblicklich befand sich die Person noch ohne Bewusstsein.

»Simon, ich ...« Thomas zögerte. Er wollte sich erklären, wusste aber nicht, wie er es anstellen sollte. Zur Zeit stand er sich mehr im Weg als alles andere.

»Ja, Thomas?«

»Ach, vergiss es einfach. Schickst du den Transporter schon mal vor?«

»Kann ich machen. Hast du noch was zu erledigen?«

Doch in dem Moment als ihn der körperlose Professor, dessen Bewusstsein in den Speicherbänken der Station weilte, fragte, hatte er sich bereits wortlos kopfüber den steilen Abhang hinuntergestürzt.

»Thomas!«, schrie ihm die Stimme des Professors hinterher.

Ein Gefühl der Gleichgültigkeit durchströmte den Wissenschaftler während seines freien Falls. Meter für Meter stürzte er stumm und scheinbar lebensmüde der Talsohle entgegen. Sein Augenmerk war ins Tal gerichtet.

Für ihn fühlte es sich an, als dehnten sich die Sekunden zu Minuten. Er spürte, wie er sprichwörtlich loslassen konnte. Ein Moment der vollkommenen, inneren Ruhe, die ihn beseelte. Er schloss seine Augen. Jeder normale Mensch hätte spätestens jetzt mit seinem Leben abgeschlossen. Thomas nutzte die Zeit, um sich für den heutigen Tag zu sammeln. Der Sprung holte ihn bislang jedes Mal zurück in die reale Welt. Ein kleiner Kick, den er auskostete. Das Gefühl der Klarheit wischte seine Depression beiseite. Für heute wusste er, wie seine Aufgabe lautete: Nämlich anhand der vom Professor erstellten und übertragenen Liste, diverse Tierarten einzufangen und mittels des vorausgeschickten Transporters auf die Station zu befördern. Er musste dabei unwillkürlich lächeln, als er vor einigen Tagen im Gespräch mit Simon bemerkte, dass die mit den Phasenscannern angeschaffte Flora und Fauna bislang gänzlich ohne Tiere auskommen musste. Ein Umstand, der Thomas nicht nur beklemmend vorkam, als er in der neuen zusammengefügten Landschaft seine Spaziergänge unternahm. Es war dort gespenstisch ruhig und auffällig windstill. Viele Pflanzen waren jedoch auf die Hilfe verschiedenster Tierarten zur Bestäubung oder zur Verteilung ihrer Samen und Keimlinge angewiesen. Thomas beschlich bei dem Gedanken ein klein wenig Genugtuung dem Professor gegenüber, der seine Intelligenz nur allzu oft der Menschheit, also ihm als dessen Vertreter, auf größtmögliche und geringschätzigste Art und Weise darzulegen pflegte. Dabei wusste er auch, dass sein Argument der noch nicht fertiggestellten Station, das er zu jeder passenden Gelegenheit vorschob, nicht unbedingt haltbar war. Er hätte ihn direkt bei den Hörnern packen können, jetzt da er seine viel zu klein dimensionierten Luftschächte vergrößern ließ. Aber dafür liebte er zu sehr die Sticheleien des Professors, die er ihm sicher zu einer anderen, passenderen Gelegenheit vorsetzen würde. Jetzt im freien Fall und kurz vor dem nahenden Aufprall verspürte er durch den Drang seines Symbionten, zu fliehen. Doch anders, als es noch vor einiger Zeit in der

Pyramide zu einer reflexartigen nicht kontrollierbaren Flucht des Forschers kam, hatte er inzwischen gelernt, die Instinkte des Symbionten zu verstehen und zu beeinflussen. Erst im allerletzten Moment löste sich sein Körper in unzählige, feine Staubteilchen auf. Eingesogen in seine Manschette. Letztlich löste sich auch diese im Nichts auf. Ein Vorgang, den man mit bloßem Auge nicht nachvollziehen konnte, denn es geschah mit rasender Geschwindigkeit.

»Simon! Was ist passiert? Was ist mit Thomas? Wo ist er?«

»Hm? Wie? Was meintest du eben, Gloria?«

»Simon!«, ermahnte sie ihn. »Du hast die Lautsprecher an und hast gerade ziemlich aufgebracht geklungen, als du Thomas erwähntest. Also: Was ist da gerade eben bei euch losgewesen?«

»Ach, hab ich die Lautsprecher etwa ....?«, Simon gab sich verwundert. »Nichts, Gloria. Es war rein gar nichts. Alles in bester Ordnung.«

»Simon!«

»Na schön. Er hat sich mal wieder von der Felswand gestürzt. Nicht weiter schlimm.«

»Nicht weiter schlimm, sagst du?«

»Ja doch! Bei seinem ersten Versuch vor zwei Wochen war es durchaus noch überraschend für uns, findest du nicht?«

»Wie kannst du nur so ruhig bleiben! Du weißt doch, was mit den anderen Miles geschah Simon! Oder hast du das bereits wieder vergessen?«, entgegnete Gloria mit spitzer Zunge.

»Natürlich weiß ich das, meine Liebe. Nicht umsonst haben wir beide doch gemeinsam den ersten Check-up-Schutz auf seine Manschette aufgespielt, oder? Wäre er also infiziert gewesen, hätte ihn das Virus, zusammen mit der Manschette, schon längst wieder ausgespuckt.«

»Aber können wir uns dessen sicher sein?«, hakte sie nach.

»Letztendlich können wir uns dessen nie zu 100 % sicher sein. Aber zu 99%tiger Wahrscheinlichkeit kann ich doch relativ guten Gewissens schlafen. Du etwa nicht? - Halt! Warte mal! Das stimmt ja so gar nicht«, gab sich der Professor betont ernst.

»Ich habs gewusst,« seufzte Gloria nicht im Geringsten überrascht. »Deine Berechnungen sind falsch und dir ist etwas entgangen, nicht wahr?« Sekunden des Schweigens.

»Ich muss ja gar nicht schlafen,« stellte die körperlose Existenz erleichtert fest.

»Oh mein Gott, Simon! Du verhältst dich manchmal echt kindisch! Du wirst schon wie Miles.«

»Im Übrigen meine Liebe, möchte er nicht so genannt werden«, antwortete er ironisch.

»Verstehe ich nicht. Er gab sich doch den Namen.«

»Gegenüber den Menschen auf der Erde. Hier nicht«, entgegnete Simon.

»Außerdem!« Simon wurde wieder ernst, »falls es dich beruhigt: Ich habe der Manschette zusätzlich mehrere Koordinaten einprogrammiert. Kurz bevor du sie ihm angelegt hast. Eine zusätzliche Sicherheit für uns und natürlich auch für die Menschheit - wollte ich nur mal am Rande erwähnt haben.«

»Rück schon raus damit. Was für Koordinaten?«

»Zielorte, an denen selbst ein Miles nicht überleben könnte.«

Gloria nickte betreten. Jetzt war sie zur Mitwisserin geworden.

»Hmm. Ich glaube, wir sollten so langsam wirklich wieder an die Arbeit gehen«, bemerkte die junge Frau mit nachdenklicher Miene. »Ich kann hier auf der Krankenstation ja sowieso nicht viel ausrichten.«

»Ach wie schön, dass du das sagst.«

»Simon! Kannst du vielleicht auch mal zur Abwechslung ernsthaft bleiben?«

»Und kannst du, Gloria, dich auch mal zur Abwechslung um unseren Hightech-Barbaren kümmern und nicht immerzu um das neue Besatzungsmitglied, das ohnehin im Plasmabad verweilt und somit nicht deiner Hilfe bedarf?«

»Wo hält er sich denn gerade auf?«, lenkte sie den Professor auf dem Weg zur Hauptzentrale ab.

»Finde es heraus. Übrigens, den Transporter zum Bergen der Tiere habe ich bereits vorausgeschickt. Er wird auf der Erde am vereinbarten Platz auf unseren Freund warten. Ich für meinen Teil widme mich wieder den Riten und Gesetzen der Barbaren dort unten auf der Erde. Vielleicht können wir daraus irgendwann einmal Kapital schlagen.«

»Und die Luftschächte?«

»Laufen automatisiert. Sobald die Arbeiten abgeschlossen sind, ziehe ich mich wieder aus deinem Arbeitsbereich zurück. Du erhältst dann als technische Wissenschaftlerin wieder die volle Aufsicht und Kontrolle über das Biosphärenprojekt. So, wie es ursprünglich von den Oberen vorgesehen war.«

2

»WOW, unglaublich!«

Mit dieser Feststellung begann er häufig sein selbst auferlegtes tägliches Training, das für gewöhnlich außerhalb der Mondstation stattfand. Sein Trainingsziel bestand darin, seine neu erworbenen Fähigkeiten kennenzulernen, zu begreifen, sie anzuwenden und auszubauen. Eben noch in der Station, hatte er gespürt, wie er seine Macht dem Symbionten gezielt aufzwingen konnte. Er hatte die Zeit zur Auflösung seines Körpers erneut erheblich hinauszögern können. Außerhalb der Station hatte er sich in eine für Menschen tödliche Umgebung transferiert. Hier auf der Mondoberfläche war er mehr als nur ein Mensch. Dort wurde er zu Miles, einem Soldaten aus einer längst vergangenen Welt, die es seit Jahrtausenden nicht mehr gab. Zerstört von den Miles selbst. Auf der Erde war er selbst zu einer angeblichen, alles vernichtenden Gefahr für die Menschheit geworden.

Immer wenn er sich draußen auf der Mondoberfläche zu orientieren versuchte, hielt er unwillkürlich nach dem Blauen Planeten Ausschau. Die Erde war zu seinem Kompass geworden. Jedes Mal wenn er auf sie hinabblickte, war er von ihrer Schönheit bis in sein Innerstes ergriffen. Diese Momente teilte der Wissenschaftler mit niemandem. Fast tat es ihm dabei leid, dass nur er die Möglichkeit besaß, den blauleuchtenden Ball auf diese Art und Weise zu erfassen.

»WOW! Welcher Mensch würde sich nicht bei diesem Anblick bekehren lassen, um fortan Gutes auf der Erde und für seine Bewohner zu tun?«, sprach er den Gedanken unverhallt hinaus.

Thomas betrachtete nachdenklich seine Manschette. Sie hatte sein Leben innerhalb kürzester Zeit einem radikalen Wandel unterworfen. Mit ihr zu einer Einheit verschmolzen, war er zu einem Wesen mit ungeahnten Kräften mutiert. Ein Virus oder viel mehr ein symbiotisches Virus, das nur ein Bestreben kannte, nachdem es in ihn eingedrungen war: das des eigenen Überlebens. Dazu klammerte es sich an jeden Nährboden, auf dem es sich ungehindert ausbreiten durfte, um sein eigenes instinktgesteuertes Überleben zu sichern. Eine irreversible Trennung wie ihm schon Simon die lebende Station offenbart hatte. Zum Dank offenbarte es seinem Träger Fähigkeiten der Regeneration und für menschliche Begriffe unglaubliche Stärke, sowie ein gesteigertes, instinktgesteuertes Verhalten. Letzteres hatte ihn einen Raketenangriff zweier Kampfjets unverwundet überstehen lassen, so dass er sich im buchstäblich letzten Moment transferieren konnte. Umhüllt wurde sein Körper mit einem einzigartigen Abwehrmechanismus. Ein Schutz der durch jede Ader, jede Pore seines Körpers strömte. Dieser Strom war dafür verantwortlich, dass sich seine normale Haut bei Anzeichen von Gefahr grünlich verfärbte, anschwoll und sich um ihn als nahezu unzerstörbaren Panzer legte. Dabei wurde der kugelsichere Anzug von einem orangefarbenen, unablässig pulsierenden Strom aus dem Inneren seines Körpers gespeist. Dieser ermöglichte es, seine Struktur an besonders benötigten Stellen zu dehnen und somit zu kräftigen. Aufgrund seines Trainings hatte er herausgefunden, dass die Erfinder der Milesmanschette ein paar weitere nützliche Gimmicks angebracht hatten, die seinen Anzug zusätzlich unterstützten. Seit kurzem wusste er, dass er durch Gedankensteuerung, gezielte Energiestöße über seine Manschette abfeuern konnte. Thomas bemerkte schnell, dass er noch immer am Anfang seiner eigens auferlegten Ausbildung zum 'Miles somno excitans', dem auferweckten Soldaten, gegen die Menschheit stand. Denn eines stand fest: Die Bewohner auf der Erde setzten alles daran, um sich vor dem 'Miles' zu schützen. Auch wenn der neuliche Angriff ihrer Atomwaffen gegen die Station nichts ausrichten konnte, wusste er, dass sie niemals in ihren Anstrengungen nachlassen würden, bis sie dieses Ziel erreicht hatten. Die Frage, die er sich dabei stellte, war nur wann.

»Thomas! Wo treibst du dich schon wieder herum?«, unterbrach ihn unvermittelt eine weibliche Stimme, die sich seit Wochen offenbar nur noch um eine andere Person ihres Volkes sorgte.

»Muss ich darauf jetzt antworten? Du weißt es doch bereits. Oder hast du mich nicht schon mittels des eingebauten Senders in der Manschette lokalisiert?«, reagierte er gereizt auf ihre Frage. »Haltet ihr mich eigentlich für völlig bescheuert? Was willst du von mir, Gloria? Hat dich der Professor aufgefordert, mit mir 'Konversation' zu betreiben, weil du für seine Begriffe bereits zu viel Zeit mit jemandem verbringst, der nach wie vor bewusstlos in einem Regenerationsbecken herumliegt?« Er wartete auf eine Antwort, die nicht kam. Für gewöhnlich hatte er eine ihrer hochnäsigen, aufs höchste Maß beleidigten Aussagen erwartet. Denn nach ihren Maßstäben galten die Menschen allesamt als unzivilisiert und barbarisch.

»Du hast recht. Es tut mir leid«, hörte er nach langem Schweigen die Antwort aus seinem Empfänger.

Thomas hatte mit einer heftigen Gegenreaktion gerechnet. Doch als diese nun ausblieb, taten ihm seine kopflos geäußerten Worte bereits wieder leid und eine Welle des Zorns durchströmte ihn. Warum hatte er wieder einmal auf diese Art und Weise reagieren müssen? Warum?

»Gloria! Es tut mir ...«

»Der Transporter hat seinen Zielort erreicht«, unterbrach sie ihn mit kühler Aussage.

»Verstan ...«

Sie hatte die Verbindung bereits gekappt und er hatte sich nicht mehr entschuldigen können. Eine kleine Felsformation, keine 100 m von ihm entfernt, musste zum Abbau seiner Wut herhalten. Dafür hob er nur kurz seinen linken Arm, an dem auch seine Manschette angebracht war, und zielte damit aus den Augenwinkeln heraus auf den ausgemachten Felsen. Eine kurze Blitzentladung erfasste den kleinen Fels und umhüllte ihn für Millisekunden in grell orangefarbenes Licht. Von Rissen durchzogen, die durch den gewaltigen Druck im Inneren des Körpers spontan erzeugt wurden, zerbarst er lautlos in alle Himmelsrichtungen. Von dem zehn Meter hohen und vier Meter breiten Felsen blieb nur mehr ein Haufen winziger Trümmer übrig, die sich infolge der geringen Schwerkraft langsam über die Mondoberfläche verteilten.

Thomas hatte das Schauspiel nicht mitverfolgt. Gleichgültig hatte er sich wieder der Erde zugewandt und war kurz darauf entmaterialisiert.

»Hast du das gesehen, Simon?«

»Von Thomas eben? Ist nicht das erste Mal. Er hat es vor drei Tagen herausgefunden und feilt jetzt an den Möglichkeiten, die ihm seine neue Waffe bietet.«

»Hast du gesehen, was seine Wut in ihm ausgelöst hat? Er hat ohne größere Anstrengung aus dem Handgelenk den Felsen pulverisiert! Das macht mir Sorgen. Zum Glück hat er nicht hingesehen, sonst wäre er womöglich selbst erschrocken. Noch gestern konnte er nur unter größter Anstrengung ein kleines Loch in den Boden schießen.«

»Er lässt sich auf seinen Symbionten ein und beginnt ihn zu verstehen und zu kontrollieren, Gloria. Er wird täglich stärker und wird mehr und mehr versuchen, seine Grenzen auszuloten. Umso enger wird auch die Bindung der beiden werden, denn auch sein Symbiont wird schnell merken, dass es sich einen guten Wirtskörper ausgesucht hat.«

»Was ist, wenn er wie seine Vorgänger wird? Hast du dir das einmal vorgestellt? Was haben wir nur getan? Er wird die Erde vernichten und es wird wieder die Schuld von Malcorianern sein. Obwohl ich den Planeten meiner Eltern nur von Bildaufzeichnungen und Erzählungen kennengelernt habe, kann ich mir langsam vorstellen, wie die Miles auf ihm gewütet haben mussten, bevor sie ihn zerstörten.«

»Gloria, als ein Überlebender der Katastrophe von einst; lass dir gesagt sein: Die kleine Kostprobe, die du eben gesehen hast, ist nichts im Vergleich zu dem, was auf Malcors geschehen ist. Um es besser auszudrücken: Potenziere das hier mit dem Faktor 1 Milliarde, dann, meine Liebe, erhältst du einen wunderschönen Asteroidengürtel, der unser derzeitiges Sonnensystem ziert.«

3

Über drei Wochen weilte er schon auf diesem Planeten, den er bis vor kurzer Zeit nur aus Geschichtsbüchern und Satellitenbildern kannte. Dass er dort gerade leben und atmen konnte, verdankte er den Erwachten, die Monate zuvor von seiner Regierung, in ihren Särgen, aus der Cheopspyramide entführt worden waren. Jene Särge, die sie bis zum Aufprall der Mondsonde nicht öffnen konnten. Es war der Entdeckung des deutschen Wissenschaftlers

Thomas Martin geschuldet, dass sich die Kapseln nunmehr geöffnet hatten. Schnell stellte sich heraus, dass diese „Särge“, von den Fremden auch Flem genannt, keine Mumien beherbergten, sondern in Tiefschlaf versetzte Menschen. Sogenannte Malcorianer. Sie berichteten von der Station auf dem Mond und die verantwortlichen Militärs erkannten schnell den strategisch wertvollen Vorteil darin. Im Dienste dieser Regierung war er ihr als Computerspezialist unterstellt worden. In einem kleinen Team wurde er zusammen mit zwei Malcorianern, die die fliegenden Kapseln steuerten, zur Mondstation entsandt. Das Ziel: Eroberung und Einverleibung der Technologie. Doch die Mission scheiterte und führte ihn ungewollt an diesen Ort. Sein Einsatzteam gab es nicht mehr. Die Geheimmission zur Mondstation ebenso wenig. Hoffnung auf Rettung? Absurd. Technologien, die es vermutlich ermöglicht hätten, wurden nie geborgen. Kurz dachte er über diesen höchst außergewöhnlichen Einsatz nach.

Durch einen Trick waren sie vor 20 Tagen in die Station eingedrungen. Hochmütig wähnte man sich schon als Eroberer. Die Station schien seltsamerweise kaum bewohnt zu sein. Nur eine Person hatte man überwältigen müssen. Eine große, schlanke, rothaarige Frau in weißer Uniform, die zu ihrer Überraschung, als sie die Ankömmlinge begrüßen wollte, sich sofort von den Waffen seines Teams bedroht sah. Trotzdem geriet die Eroberung schnell ins Stocken. Anfangs konnten sie das Herzstück, die Zentrale, noch problemlos einnehmen. Er, als speziell für diesen Einsatz ausgebildeter Computerspezialist, musste bald feststellen, dass sich auf der Station noch andere Wesen aufgehalten hatten, die gegen sie arbeiteten. Der Zugriff auf die Datenbank, die er intuitiv verstanden hatte, wurde ihm von anderer Stelle rasch entzogen. Schlussfolgernd musste es also zwangsläufig andernorts eine weitere Zentrale, eine sogenannte Notzentrale gegeben haben. Auf seinen Vorschlag hin, die Kontrolle über die Station erneut zu erlangen, machten sich zwei kleine Teams auf, den Ort der zweiten Zentrale ausfindig zu machen und ihn sicherzustellen.

Zeitgleich erwachte jedoch die Station zu einem gespenstischen Eigenleben. Ausschwärmende Arbeitsrobotor bereiteten den beiden Außenteams ein mühsames Vorankommen.

Und plötzlich stand da dieses Wesen direkt vor ihm. Aus dem Nichts heraus fixierte es ihn in unmittelbarer Nähe. Auf jeden Fall wollte es ihn von seiner Arbeit abhalten. Er fragte nicht lange und feuerte auf das Wesen einen Schuss aus seiner Pistole, die er instinktiv gezückt hatte. Es zeigte jedoch keine Spur einer Verletzung. Das grüne Ding hatte nicht einmal gezuckt, bis es mit einem Mal aus seiner Starre erwachte. Ein unheimliches und noch dazu lautes Grollen verließ die Kehle des grünen Monsters, ehe es ihn mit einem gezielten Schlag ausknockte. Alles um ihn herum versank in tiefer Dunkelheit. Als Nächstes erinnerte er sich nur noch daran, dass er auf der gegenüberliegenden Seite der Hauptzentrale aufwachte und starke Schmerzen verspürte. Seine Hand war gebrochen und sein restlicher Körper fühlte sich an wie durch die Mangel genommen. Seine Kraftreserven reichten gerade noch aus, um mit dem überlebenden Teammitglied Looma von der Station zu flüchten. Versuche, den Rest der Mannschaft über Funk zu kontaktieren, schlugen fehl. Eine mitgeführte Wasserstoffbombe sollte im Falle eines Scheiterns die Station zerstören und für niemandem mehr von Nutzen sein.

Er, Richter, glaubte zu diesem Zeitpunkt noch „sauber“ und insgeheim verdeckt vor anderen Nationen gearbeitet zu haben. Schließlich war er davon ausgegangen, dass die Bombe nur im Notfall und dann auch nur im Innern der Mondstation gezündet worden wäre. Doch 'Murphys Gesetz' kannte keine Gnade. So kam es, wie es kommen musste. Die Bombe war durch das zuvor gesprengte Hallendach mit den Flems und dem entstanden Sog des einströmenden Vakuums ins All gesogen worden. Die anschließende Detonation erfolgte in weiter Höhe über der Station mit einer gewaltigen Blitzentladung. Schaden nahm das kuppelartige Gebäude auf der Mondoberfläche nicht. Jedoch offenbarte sie sich jetzt infolge des aufgewirbelten Staubes in ihrer gesamten Größe. Und ihre Ausmaße waren wahrhaft gigantisch. In ihrer Länge mass sie über 4.000 Meter. In der Breite 3.000 Meter und in ihrer Höhe noch stolze 900 Meter. Auch auf dem Erdplaneten musste man auf das unerklärliche Ereignis aufmerksam geworden sein.

Im Moment hatte er aber gerade andere Probleme, die ihn beschäftigten.

Immerhin saß er jetzt auf einer anderen, noch weitaus größeren Bunkeranlage hier auf dem Mars fest. Von seiner Einheit war er mit Sicherheit schon als "vermisst im Einsatz" gemeldet worden. Das hieße, dass er offiziell nach Ablauf von drei Monaten nach dem regulären Standardverfahren für tot erklärt werden würde. Und seine Vermisstenakte mit einem kleinen Vermerk geschlossen. Fast ein Monat war davon verstrichen, ohne dass er sich bei seiner Einheit auf der Erde hätte bemerkbar machen können. Zumindest redete er es sich ein, denn eigentlich verspürte er nicht im Geringsten das Verlangen sich mit allen Mitteln bei seinem Arbeitgeber melden zu müssen. Die Tatsache spurlos verschwunden zu sein, war für ihn im Augenblick um einiges reizvoller. Außerdem wusste er nicht, wer seine Nachricht, vorausgesetzt er könnte eine versenden, dekodieren und lesen würde. Da waren zunächst einmal viele Behörden seines eigenen Landes, die mit ähnlich guten Abhörinstrumenten wie die der Army arbeiteten. Einige unter ihnen waren sogar unter Verdacht geraten, seit längerer Zeit Insiderwissen für sehr viel Schmiergeld außer Landes zu verkaufen. Und dann waren da noch die üblichen Verdächtigen wie Russland und China nebst diverser Kleinstaaten, denen man von Haus aus misstraute. Um nicht zu vergessen: Die Bewohner der Mondstation gab es natürlich auch noch.

'Nein, zu riskant', dachte er sich im Stillen. Looma, die zweite Person, die mit ihm auf Mars gestrandet war, konnte er noch ohne Probleme hinters Licht führen. Schnell hatte er bemerkt, dass dieser nicht sonderlich viel von Technologie seines eigenen Volkes verstand. Er hatte den Umstand ausgenutzt ihm mitzuteilen, dass er einen langen Lernprozess vor sich hatte, um in der Materie der Alientechnologie einigermaßen durchsteigen zu können. Letztlich ging es darum, die Kontrolle über die Marsstadt zu erlangen. Dies, so hoffte er, verschaffte ihm sehr viel Zeit, die er dazu nutzen konnte, um sich der alleinigen Kontrolle des Marsstützpunktes habhaft zu werden. Tatsächlich hatte er bislang keine größeren Probleme, die in lateinisch abgefasste Sprache der Malcorianer zu verstehen. Das Verständnis, die Kontrollelemente mit seinem Computer- und elektrotechnischem Fachwissen zu kombinieren, war nur eine logische, mathematische Schlussfolgerung. Anstrengend. Aber die Gier nach Wissen und Macht spornte ihn nur noch mehr an, diese einzigartige Chance der Herausforderung anzugehen. Das unglaubliche Potential, das hier unten schlummerte, ließ ihn bei aller Vorfreude seine Vorsicht vergessen. Was sollte auch groß geschehen? Er hatte im Augenblick alle Zeit der Welt, sich der unterirdisch verborgenen Stadt auf dem Mars zu widmen, Technologien zu studieren und sie sich einzuverleiben. Looma war mehr auf ihn angewiesen, als dass dieser ihm irgendwelche Vorschriften machen konnte. Zumindest dachte er das.

Trotzdem musste er vorsichtig mit seinen Entdeckungen sein. Eine innere Stimme sagte ihm, dass er dem Erwachten nicht über den Weg trauen durfte. Looma, so hieß der Fremde, war vor wenigen Monaten von einem Ägyptologen in der Cheopspyramide in einer geheimen Kammer entdeckt worden. Zusammen mit noch drei weiteren seiner Freunde lagen sie in sarkophagähnlichen Behältern und wurden dort seit sehr langer Zeit konserviert. Man hatte ihm nur das Nötigste erzählt, was für das Gelingen der Mission von Nutzem war. Demnach bargen die USA die Särge und verschleppten diese in einer Nacht-und-Nebel-Aktion außer Landes. Natürlich gegen sehr viel Schmier- und

Schweigegeld, das ein gewisser Colarishfa, einer der an den Ausgrabungen beteiligten Ägyptologen erhalten hatte.

Während seiner Zeit beim Geheimdienst hatte er früher schon einmal diesen Namen gehört. Diebstahl war eine seiner Spezialitäten und die Gier sein zweiter Vorname, scherzte man über ihn. Seine letzte Aktion jedoch katapultierte ihn zu einem der reichsten Männer im Land. Von Erzählungen seiner Freunde hörte man, dass seine Gier nach Reichtum so unermesslich groß gewesen war, dass er dafür sogar seine verwitwete Mutter an skrupellose Menschenhändler nach Pakistan verkauft haben soll.

Die Sarkophage waren inzwischen untersucht und ein dutzend Mal durchleuchtet worden. Alle Versuche, sie zu öffnen, ohne sie dabei zu beschädigen, misslangen. Erst als eine durch den Wissenschaftler Thomas Martin ausgestattete Forschungssonde auf der Mondoberfläche aufschlug, erwachten die Objekte zu einem seltsamen Eigenleben. Jahrtausende alte humanoide Lebewesen erwachten in ihrem Inneren aus ihrem Schlaf. Einer unter ihnen war Looma.

Zusammen mit den anderen Erwachten behaupteten sie, die rechtmäßigen Erben und Nachfahren der Mondstation zu sein. Widerwillig gestand man sich ein, sie nicht ohne deren Hilfe zu erobern. So sehr sich auch die besten Nasapiloten darum bemühten die fremden Fluggeräte zu steuern, sie bekamen es nicht hin. Nur die Fremden waren dazu in der Lage, ihre Flems vom Boden abheben zu lassen. Dazu bedienten sie sich der intuitiven Gedankensteuerung, wie sie behaupteten.

Doch die Supermacht USA wollte um jeden Preis ihren militärischen Vorsprung vor anderen Nationen wahren. Sechs Personen in drei Flems, darunter zwei Erwachte und er, brachen unter dem Deckmantel einer Shuttlemission zum Mond auf.

Richter schätzte Looma aufgrund seines Intellekts ähnlich wie sich selbst ein. Er rechnete sich daher aus, dass dieser sich früher oder später seiner entledigte. Natürlich nur nach den entsprechenden Ergebnissen, die er sich durch ihn versprach. Die Maxime, die er ihm aufgetragen hatte, lautete: Die Suche nach Waffen, Raumschiffen und Technologien voranzutreiben, um ein Mittel zur Bekämpfung der Bestie zu finden. Damit war natürlich das Wesen gemeint, mit dem er schon das Vergnügen auf der Mondstation gehabt hatte. Loomas Einschätzung zufolge konnte man dem Wesen mit herkömmlichen Waffen von der Erde nichts entgegensetzen. Um gegen den sogenannten Miles auch nur eine winzige Chance zu haben, musste man mindestens hier fündig werden, oder die Welt würde als solche aufhören zu existieren, behauptete er.

Zu Beginn zweifelte der Leutnant über die seiner Meinung nach stark übertriebenen Worte seines neuen und selbsternannten Anführers Looma. Als er sich jedoch wieder einmal als autodidaktisches Genie bewiesen hatte und mit der Bedienung der voll funktionsfähigen Schaltanlagen der Malcorianerzentrale durchstieg, richtete er ihre 'Augen und Ohren' auf die Erde aus. Entsetzen spiegelte sich nach langen Minuten in seinen Augen wieder. Erst ab diesem Zeitpunkt maß er den Worten Loomas mehr Beachtung bei. So etwas hatte er sich nicht einmal im Traum vorstellen können.

Klaffende Löcher, wie aus dem Nichts, fanden sich überall dort, wo das Wesen wichtige Gebäudeanlagen und Landstriche verschiedenster Nationen verschwinden ließ. Einfach so. Weil es das konnte. Vielleicht auch, weil man es erweckt hatte oder man versucht hatte, es zu vernichten.

Und er sollte eine Waffe gegen dieses Ding finden? Wenn Looma es nicht mit ernster Miene behauptet hätte, er hätte ihn nur ausgelacht. Doch bei all den anderen Aufgaben, die ihm Looma zur Erledigung aufgetragen hatte, wollte er trotzdem nichts überstürzen. Er musste umsichtig handeln und dabei gleichzeitig die unterirdische Stadt kennenlernen und verstehen. Falls er dabei Hinweise über den grünen Miles fand, war ihm das nur recht. Außerdem musste er ganz nebenbei einen Weg finden, wie er es auch aus eigener Kraft schaffen konnte, von diesem Ort zu fliehen. Bislang hatten Looma und seine Anhänger immer behauptet, sie wären die einzigen Personen, die die sarkophagähnlichen Flems steuern konnten. Ein ungewollter Anreiz, den er auf jeden Fall wiederlegen wollte, wenn er von hier zu gegebener Zeit verschwinden musste.

'Richterle', wie sie ihn immer, ohne seinen Offiziersrang zu nennen, bei der Army piesackten, sah sich insgeheim schon als Held und Retter einer verloren geglaubten Mission. Er würde mit angehäuftem Wissen im Gepäck zurückkehren. Zusammen mit der Technologie aus der Marsstadt würde sein Land nicht nur den grünen Mann besiegen, sondern auch die restliche Welt in die Knie zwingen. Von Jahr zu Jahr hatte das Image der USA, die sich in ihrer Rolle als Weltpolizei sah, mehr und mehr Kratzer erlitten. Die Vereinigten Staaten büßten seit Jahren immer weiter ihren Technikvorsprung ein. Bald würde auch der Iran, der keine prowestlichen Ansichten besaß, zu einer Atommacht heranreifen, was es mit allen Mitteln zu verhindern galt. Nur mit seiner Hilfe, glaubte Richter, würde sein Land wieder zu alter Stärke zurückfinden. Besessen von diesem überaus patriotischen Wunsch machte er sich an die Arbeit.

Schon bald musste er erkennen, dass er die Rechnung ohne den Wirt gemacht hatte und sich seine persönlichen Ziele radikal ändern würden.

4

China

Lu-Ong war seit Tagen zu Fuß unterwegs gewesen. Sein Ziel: Chinas Ostküste. Dort, so hatte er gehört, zog es alle Bauern hin, die nur noch diesen einen Ausweg aus der Armut sahen und sich als Arbeitskräfte in den Großstädten anboten. Der Bauboom schien kein Ende zu nehmen.

Chinas Wirtschaft erlebte bereits seit über zwanzig Jahren einen einzigartigen Wirtschaftsaufschwung. Das Wachstum brach zwar nicht mehr die üblichen Rekordwerte von zehn und mehr Prozentpunkten, dennoch zählte China zu einer der stärksten Wachstumsländer. Nicht umsonst hatte diese enorme Wandlung auch die kommunistischen Strukturen zu Zeiten Maos stark verändert. Per Gesetzesbeschluss teilte man die Bevölkerung in Bauern und Nichtbauern ein. Die Bauern lebten mit zugewiesenem Land weit außerhalb der Städte. Die Nichtbauern erhielten durch staatliche Zusicherung Wohnraum und eine Arbeitsstelle, Bildung und eine Altersversorgung. Daran hatte sich seit den 50er Jahren auch nichts mehr geändert. Unumstößlich war per Gesetzesbeschluss geregelt worden, dass kein Bauer die Vorzüge eines Stadtbewohners erhalten würde. Trotzdem und vielleicht aus einem dieser Gründe machte dies China zu einer neuen aufstrebenden Supermacht. Anders waren die Hochbauten, die wie Pilze aus dem Boden schossen, nicht zu erklären. Hungersnöte, Zwangsumsiedelungen und die Selbstüberlassung der Bauern, die keinerlei technischen Fortschritt durch den Staat erfuhren, führten zu einer beispiellosen Völkerwanderung im ganzen Land. Vorsichtigen Schätzungen zufolge waren im Laufe der Jahre ca. 240 Mio. Chinesen zu Waidiren, sogenannte Wanderarbeiter geworden. Billige austauschbare Arbeitskräfte, die ihren täglichen Lohn auf einer Baustelle suchten. Waidiren waren im Grunde genommen nichts anderes als bessere Sklaven, die die unangenehmsten und gefährlichsten Arbeiten auf dem Bau erledigten. Für 2.290 Yan, umgerechnete 280,- €, ließen sie Familie, Haus und Hof, wenn soweit vorhanden, zurück, um in den Ballungszentren an der Ostküste Chinas nach Arbeit zu suchen. Lu-Ong der sich lange gewehrt hatte teil dieser unwürdigen Arbeiterschicht zu werden, hatte bis zuletzt alles Mögliche unternommen, der Armutsspirale zu entkommen. Doch die Dürreperiode aus dem Vorjahr hatte dazu geführt, dass er nicht mehr über genügend Saatgut verfügte, um sich und die Tiere ausreichend zu ernähren.

Schweren Herzens hatte er erkennen müssen, dass auch er seinem Schicksal nicht entkommen konnte.

Inzwischen war er aufgebrochen und auf halbem Weg, tief in den Sumpf der Ausbeutung einzutauchen. Dennoch hatte er sich ein klares Ziel gesetzt: Er wollte in zwei Jahren ausreichend Geld angespart haben, um in seine Heimat zurückzukehren und neu Fuß zu fassen. Damit konnte er auch gleich dem zukünftigen Schwiegervater beweisen, dass er gut und ausreichend für seine Tochter sorgen konnte. Sie war seine Motivation, seine Quelle der Inspiration und Kraft. Ling, die Tochter des Bürgermeisters. Nach seiner Rückkehr aus Shanghai wollte er ihm zeigen, dass auch ein einfacher Bauernsohn etwas erreichen konnte.

Eine kleine Viehzucht wollte er mit dem Ersparten auf dem geerbten Land seiner Eltern betreiben. Und Ling sollte ihre kleine Schule eröffnen dürfen.

»Ihr seid beide verrückt! Dass der einfältige Bauerssohn auf dein Honiggeraspel hereinfällt, ist mir völlig einleuchtend, aber dass der Unsinn ausgerechnet von dir ausgeht ...!«

Lings Vater ließ den Satz offen und knüpfte aufgebracht an anderer Stelle an:

»Du, du beschmutzt die Ehre unserer Familie mit diesem Tölpel als Mann! Ich werde das verhindern. Und wenn du diese Schule eröffnest dann, ... dann«,

»Dann«, fügte Ling hinzu, »wirst du stolz auf uns beide sein mein lieber Papa, denn wir werden dem Fleckchen Erde zu neuer Blühte verhelfen. Es wird ausreichend Geld da sein, um damit die leere Dorfkasse aufzufüllen. Jeder Einwohner dieses Dorfes wird von den Touristen, die uns besuchen werden, profitieren. Da darf natürlich ein neugewählter Bürgermeister, der unserer Bergregion neues Leben eingehaucht hat, nicht fehlen.«

»Schweig, Ling! Das glaubst du doch selbst nicht, was du da sagst!«

»Lu-Ong glaubt an mich,« erwiderte sie.

»Lu-Ong ist ein armer kleiner Bauer und obendrein bis über beide Ohren in dich verliebt. Beide Tatsachen sind schlecht für mich. Du könntest ihm in diesem Zustand alles erzählen.«

»Lu-Ong glaubt an mich, was ich von meiner Familie nicht behaupten kann.«

»Deine Familie versucht, dich vor Unglück zu bewahren, Kind! Du wirst aus dieser kleinen Bergregion niemals eine touristische Attraktion machen, geschweige denn einen Kurort für kranke Kinder, oder eine Schule aufbauen. So ein Quatsch!«

»Vater! Du erkennst das Potential deines eigenen Dorfes nicht. Mit dem Geld, das die Menschen aus den Großstädten bereit sind, für Ihre Kinder auszugeben, können wir unseren eigenen eine völlig neue Perspektive bieten. Erkennst du denn nicht, welche Chance uns das ermöglichen könnte! Vater! Mit unserem Modell, den Familien aus den smogverseuchten Großstädten einen Kurort anzubieten ohne den Nachteil von Unterrichtsausfall, ist so kostbar wie das Reis unserer Felder. Die Viehzucht Lu-Ongs ist dabei nur untergeordneter Natur, denn die Tiere werden für die Kinder ...«, der Bürgermeister schüttelte nur noch missbilligend den Kopf.

»Ja ganz richtig, Vater! Wir werden sie auch zu therapeutischen Zwecken einsetzen. Die Luft, unser Bergklima, und das glasklare Quellwasser, gepaart mit unseren jahrhundertealten Traditionen werden ihr übriges dazu beitragen.«

Ling wollte jetzt erst recht richtig ausholen, doch ihr Vater stoppte sie mit einer Handbewegung.

»Hör schon auf, sonst wirst du noch größenwahnsinnig und willst womöglich noch ein Internat für superreiche Großstadtkinder eröffnen.« Lings Augen fingen sofort an zu leuchten, als verrieten sie, dass die Idee von ihrem Vater auf so unvorsichtige Weise geäußert, eine gar nicht Üble war.

»Hör auf, Tochter! Ich sehe es schon in deinen Augen! Ich hätte dich nie in den Westen ziehen lassen dürfen. Du bist von zu vielen soziodemokratischen Werten geprägt worden. Sie werden uns noch alle ruinieren.«

Seine letzten Worte sprach er schon mit resigniertem Tonfall eines Vaters aus, der dem Charme seiner Tochter hoffnungslos unterlegen war. Ling umarmte lachend ihren Vater.

»Es war das Beste, was du mir je ermöglicht hast, Vater. Es müsste mehr von dir geben.«

»Ach Ling, meine kleine Ling«, entgegnete ihr Vater mit weich gewordener Stimme. »Was würde ich nur ohne dich tun?«

5

Zwei Stunden lang hatten sie sich durch die vollen smogbelasteten Straßen Shanghais kämpfen müssen. An der Stadtgrenze angekommen, wandelte sich die Szenerie schlagartig. Der Verkehr hatte merklich nachgelassen. Es gab nicht viele Menschen, die sich bis ins Hinterland hinaus trauten. Ab hier schlossen sich die Vorstädte, die sogenannten Slums der Waidiren an. Jene Verhassten, die sich keine noch so bescheidene Unterkunft in der großen Stadt leisten konnten, ohne ihr gesamtes Geld zu opfern. Passenderweise setzte in diesem Moment auch noch der Regen ein. Niemand, nicht einmal das Wetter, schien die Waidiren zu mögen. Die Beifahrerin schaute gedankenverloren aus dem kleinen Wagen, der sich auf der Autobahnbrücke anschickte, den Ring der Armut weiträumig zu umfahren. Seufzend und den Kopf schüttelnd bemerkte sie:

»Den Menschen bleibt aber auch gar nichts erspart: Dreck, Armut, keine Zukunft und dieser Regen, der sobald nicht aufhören wird. Mir scheint, als versuche die Regierung mit aller Gewalt, ihre Randzonen fortzuspülen. Nach jedem Regenguss scheinen die Slums allerdings etwas mehr angewachsen zu sein. Wie Krebsgeschwüre.«

Ihr Fahrer schien die abfällige Bemerkung nicht gehört zu haben. Er blickte ohne jede Gemütsregung stur auf die Fahrbahn.

»Ein Glück für uns, dass wir dort nicht anhalten müssen«, erzählte sie weiter. »Wer weiß, was uns sonst dort unten erwarten könnte. Die Bandenkriminalität soll dort in den letzten Jahren ihre ganz eigenen Gesetze geschrieben haben. Aber das ist wohl auch weiter nicht verwunderlich. Keiner schert sich um sie.« Leicht amüsiert beobachtete sie ihren merklich angespannten Fahrer. »Was ist mit Ihnen?«, bohrte sie weiter, obwohl sie natürlich wusste, wie unangenehm es für ihren Fahrer war, wenn sie die unsicheren Gegenden durchfuhren.

»Mich fröstelt es, Mam«, wich er ihrer Frage unsicher aus.

Jedes Mal nutzte sie die Gelegenheit, um ihre ohnehin schmächtigen und hilflos aussehenden Fahrer zu piesacken. In gewisser Weise genoss sie diesen Umstand der Ablenkung während ihrer Fahrten zur FIRMA. Heute allerdings hatte sie sich etwas ganz Perfides für den ahnungslosen Mann ausgedacht.

»Mein lieber Wong«, begann sie. »Seit sie vor einem Jahr auf dem Weg zur FIRMA überfallen wurden ...«,

»Ja, Mam?«

»Welche Maßnahmen haben sie seither ergriffen, um einem solchen Malheur künftig zu entgehen?«

»Ich verstehe nicht.«

»Ich will es anders formulieren: Was gedenken Sie zu meiner Rettung zu unternehmen, wenn wir plötzlich überfallen werden?«

Ihr Fahrer zögerte einen Moment.

»Nun... ich... also... Als ich damals alleine unterwegs war, hatte man mir aufgelauert und ich geriet in einen Hinterhalt. Ich hielt an, weil anscheinend eine völlig verzweifelte Frau sich um ihr auf der Straße liegendes Kind beugte. Als ich aus dem Wagen ausstieg und sie fragte, ob ich ihr helfen könne, bekam ich unvermittelt eins über den Kopf gezogen. Dies wird mir nicht noch einmal passieren.«

»Warum sind sie sich da so sicher, Wong?«

»Ganz einfach: Ich werde nicht mehr anhalten. Für nichts und niemanden mehr.«

»Nicht einmal für mich?«

»Sie sitzen im Auto«, bemerkte Wong trocken.

»Und wenn wir eine Panne bekommen?«

Die Frage schien den Fahrer unvorbereitet getroffen zu haben. Fast hätte er das Lenkrad verrissen, an dem er sich durch die unangenehmen Fragen der Frau verkrampft festhielt.

»Ich kontrolliere das Fahrzeug, bevor ich es in Betrieb nehme. Sie brauchen sich keine Sorgen zu machen. Wir werden wie gewohnt heute Abend in der FIRMA eintreffen.«

»Sind sie sich dessen so sicher, Wong?«

»Mam, darf ich ehrlich zu ihnen sein?«

Ein breites Grinsen verriet Zustimmung.

»Warum zum Teufel stellen Sie mir solche irren Fragen?! Und überhaupt! Jedes Mal versuchen sie, mich aus der Fassung zu bringen! Was habe ich ihnen getan?«

»Naja«, antwortete sie leicht amüsiert, »vielleicht, aus dem Grund, weil ich es dieses Mal geschafft habe, Sie aus der Fassung zu bringen?«

Wong schaute sie fragend an. Sie wiederum deutete mit dem Finger auf die Armaturen des Fahrzeugs.

»Da blinkt etwas auf ihrem Armaturenbrett.«

»Wie bitte?«, er überprüfte ihre Aussage sofort. Kreidebleich sackte er in sich zusammen.

»Wir fahren auf Reserve«, stellte er fassungslos fest.

»Ich versteh das nicht, wie konnte mir das nur passieren?«

Wong war endgültig von der Rolle.

»Kein Benzin und immer noch mitten im 'Out back' der Slums. Wir müssen ein Versteck suchen, bevor die uns kriegen.«

»Ein Versteck? Jetzt hörn sie aber mal auf. Die Menschen dort unten sind per se keine Gewaltverbrecher, nur arm dran.«

»Sie versteh´n nicht. Sie versteh´n überhaupt nichts! Sie haben über unser Land nicht das Geringste verstanden! Euch Amerikaner kümmert immer nur das Eine: Geld! Der Rest ist euch doch egal. Weder hier, noch in eurem eigenen Land.«

»Achtung, mein lieber Wong. Ball flach halten, ja?«, erhielt er die scharfe Antwort einer autoritären Frau.

Von Panik ergriffen in einer Gegend 'gestrandet' zu sein, die er nicht kannte, brachte den Fahrer nun vollends aus der Fassung.

»Sie wissen doch überhaupt nicht, wie viele Banden es hier gibt. Sie kontrollieren hier alles und jeden! Hätte die Regierung kein stilles Abkommen mit ihnen getroffen, würden sie auch die Autobahnen stilllegen, die durch ihr Gebiet verlaufen. Dafür begnügen sie sich 'nur' mit dem Ausrauben der armen Menschen, deren Autos liegengeblieben sind. Haben sie denn nicht bemerkt, dass es hier weit und breit keine Park- und Rastplätze gibt? Die erste, halbwegs sichere Tankstelle gibt es erst wieder in über 50 km Entfernung! Hinter den Slums!

Sie haben keine Ahnung, wie ich damals nach dem Überfall wieder herausgefunden habe, oder!?« Wongs Stimme bebte.

Seine Zuhörerin zuckte ungerührt, aber dennoch aufmerksam mit den Schultern. Diesen Teil seiner Geschichte kannte sie nämlich bislang noch nicht.

»Ich weiß es selbst nicht einmal!«, schrie er sie entsetzt an.

Nach dieser kurzen aber heftigen Gemütsäußerung kehrte der Chinese urplötzlich zu seiner gewohnt stoischen Fassung zurück. Stocksteif dasitzend lenkte er den Wagen über die nahezu leergefegte Autobahn, als ob nichts gewesen wäre. Seine Beifahrerin schaute ihn mitleidig von der Seite an. Gerade als sie etwas sagen wollte, fuhr er ihr gezielt dazwischen.

»Wir werden es vermutlich gerade so bis an den Rand der Slums schaffen. Machen Sie sich keine Sorgen. Bestimmt ist es dort schon nicht mehr ganz so gefährlich.«

Dieses Mal war sie offensichtlich zu weit gegangen. Dabei hatte sie ihm noch nicht einmal verraten, dass SIE es gewesen war, die dafür gesorgt hatte, dass der Tank auf ein Mindestmaß geleert wurde. Allerdings nicht aus dem Grund, ihren Fahrer zu drangsalieren. Sie hatte einen Job ihrer Organisation zu erledigen und musste diese Vorkehrungen treffen. Alles sollte wie ein unglücklicher Zufall aussehen. Dazu gehörte auch, dass ihr Fahrer nicht eingeweiht war.

Wong musste sich nach einigen Kilometern eingestehen, dass sie ihr Ziel einer 'sicheren Tankstelle' außerhalb des fraglichen Gebietes nicht erreichen würden. Stotternd fuhren sie mit dem letzten Rest Benzin im Tank auf ein am Straßenrand stehendes, pagodenähnlich, überdachtes Zapfstellengebäude zu.

Offensichtlich waren sie die einzigen Kunden. Oder war das Tankstellenhaus geschlossen? Der Ort wirkte auf jeden Fall nicht vertrauenerweckend. Farbe blätterte von den Wänden des Zahlhauses, an dem sich die übliche Imbiss- und Snackbude anschloss.

Wong stellte vor einer der Zapfsäulen den Motor ab und blieb abwartend im Auto sitzen.

»Haben sie gesehen, ob die Zapfsäulen in Betrieb sind?«, fragte sein Fahrgast. Wong schüttelte den Kopf.

»Dazu müsste ich den Wagen verlassen.«

»Na, dann tun sie das doch!«

»Ich habe ein ungutes Gefühl bei der Sache«, antwortete er am ganzen Leib zitternd.

»Wir haben einen leeren Tank und können nirgendwo mehr hinfahren«, entgegnete sie.

Ein kurzes fast weinerliches Stöhnen, dann entschloss sich Wong, sich über seinen Instinkt hinwegzusetzen und aus dem Wagen auszusteigen. Er rüttelte an einer der Zapfsäulen.

»Mist! Ich wusste es.« Er probierte es an der Nächsten. Auch sie blieb ohne Funktion. Zurück am Wagen beugte er sich zum offenen Wagenfenster hinein:

»Mein Gefühl trügt mich nie«, offenbarte er mit panischem Gesichtsausdruck.

»Nur jetzt nicht durchdrehen! OK?«

Als ob dies das vereinbarte Zeichen gewesen wäre, hörten sie plötzlich das mechanisch klackernde Geräusch der Entriegelung der Zapfsäulen. Dabei schauten sie sich mit weit aufgerissenen Augen an. Gleichzeitig drehten sie suchend ihre Köpfe nach dem verspiegelten Zahlhäuschen um. Als sie dort nach endlos langen Sekunden immer noch keine Regung wahrnahmen, schauten sie sich erneut ratlos an.

Wong hatte die stille Aufforderung seiner Insassin verstanden und zog den Kopf aus dem Wagen. Kurz darauf hörte man den unter Druck eingepumpten Kraftstoff in den Tank einlaufen.

Wong schaute sich währenddessen ängstlich zu allen Seiten um. Er bemerkte einen Menschen, der von Weitem die Straße entlanggelaufen kam. Sicher konnte es sich dabei nur um einen dieser Waidiren handeln. Schnell zog er den Zapfrüssel aus dem Tank, bevor dieser überlaufen konnte. Dann lief er zu dem Kassenhäuschen, schaute sich noch einmal prüfend um, und verschwand hinter der verspiegelten Tür. Die Beifahrerin hatte seine besorgten Blicke aufmerksam verfolgt und beobachtete nun ihrerseits den daher laufenden Mann, der sich für die Tankkundschaft nicht im Geringsten interessierte.

Ganz in sich versunken, schien er für seine äußere Umwelt nichts übrig zu haben.

Für einen Durchschnittschinesen, den man sich als eher klein und schmächtig vorstellte, war er weit außerhalb der Norm. Ungewöhnlich groß und muskulös. Die Proportionen des wohlgeformten Körpers ließen mehr Rückschlüsse zu, als es die Kleidung erlaubte.

Ohne ihn aus den Augen zu verlieren, warf sie einen kurzen Blick auf ihre Uhr. Wollte Wong sich nicht beeilen? Aus ihren Gedanken gerissen erschrak sie, als es unvermittelt an ihrer Fensterscheibe klopfte. Es war Wong, der ihr unmissverständlich die Aufforderung gab, aus dem

Auto zu steigen. Das Taschenmesser an seinem Hals verhalf seiner Stimme zu mehr Nachdruck. Jemand stand dicht hinter ihm gedrängt und befahl ihr, nun auch aus dem Wagen zu steigen.

»Los! Aussteigen!«

Dabei drückte die fremde Person seinem Opfer die Klinge noch etwas fester an den Hals. Wong schrie mit heller Stimme auf.

»Hast du ne Vagina, dass du so kreischst?« Der Fremde spuckte auf den Boden.

»Los jetzt! Aussteigen, hab ich gesagt!«

»Oder was?«, entgegnete sie kühl und klang dabei fast ein wenig amüsiert. Dennoch machte sie keine Anstalten und gehorchte den Worten der aggressiven Stimme.

»Dir ist wohl der Ernst der Lage nicht bewusst wie? Wart ab, bis ich mit dir fertig bin.« Er fasste sich dabei unmissverständlich mit seiner freien Hand an den Schritt und schüttelte ihn kräftig. Er gluckste dabei vergnügt.

»Oh Mann! Hören Sie schon auf damit! Das ist ja peinlich. Passen Sie mal auf!«

Noch bevor der Mann etwas auf ihren Kommentar erwidern konnte, schrie sie bereits aus Leibeskräften.

»Hilfe, Hilfe! Hört mich denn keiner! Wir werden überfallen!«

Flehend schaute sie dem Mann hinterher, der schon fast an der Tankstelle vorbeigegangen war.

»Helfen sie uns bitte!«, rief sie ihm eindringlich zu.

Erst jetzt streckte dieser wie aus dem Schlaf entrissen den Kopf in die Höhe. Die Frau fühlte sich einmal mehr ihrer Menschenkenntnis bestätigt.

In der Tat war er gedankenverloren aus seiner meditativen Phase gerissen worden. Der Waidire taxierte die Lage von der anderen Straßenseite aus und rief hinüber:

»Alles in Ordnung bei Ihnen?«

Er sah das Messer des Angreifers aufblitzen.

»Lauf weiter und scher dich nicht!«

Unschlüssig, blieb er stehen.

»Sie werden jetzt dem Typen erzählen, dass er weiterlaufen soll oder Ihr Fahrer mit meinem Messer an der Halsschlagader wird es nicht mehr lange machen. Ist das klar genug für sie?«, zischelte der Gewalttäter.

»Alles in Ordnung«, rief sie dem Mann nicht gerade überzeugend zu.

Noch immer schien der Wanderarbeiter unschlüssig. Besorgt schaute er zu ihnen. Wong winkte ihm als Geste der Verabschiedung zu. Endlich schien er es verstanden zu haben und ging weiter seines Weges.

»Ja! So ist es gut. Verpiss dich lieber! Und zwar ein bisschen plötzlich, du armer Bauer«, spuckte ihm der Angreifer verächtlich hinterher. »Jetzt aber zu euch, Mädels. Autoschlüssel Bargeld, Schmuck, Handys, Notebooks, einfach alles auf die Motorhaube legen. Und du, Hübsche, ziehst dich schön langsam für mich aus. Gleich hier und jetzt. Es wird dich lehren, mich vor anderen einfach bloßstellen zu wollen«, gluckste er ausgelassen und vergnügt.

»Dir geht wohl schon einer ab wie?«, konterte sie mit kühler Stimme. »Dabei hast du mich nur mit deinen Augen und deiner schmutzigen Phantasie ausgezogen.«

»Jaaa!«, sabberte er. »Jetzt mach aber schnell oder dein Freund hier wird gleich ein anderes Problem haben.«

»Bevor mein Freund, der nebenbeigemerkt gar nicht mein Freund ist, dieses sogenannte Problem haben wird, wirst du ein ganz Neues zu lösen haben, fürchte ich.« Der Gesichtsausdruck des Verbrechers wandelte sich schlagartig von einem dümmlichen Grinsen in eine schizophrene, hässliche Fratze.

»So, du scheiß Hure! Jetzt hörst du mir mal zu, was ich machen werde.«

»Siehst du!«, fuhr sie ihm wieder über den Mund. »Das ist dein Problem, Jungchen. Immer wollen Typen wie du nur erzählen. Was soll das denn?«

Er schaute sie sprachlos und mit verstörtem Blick an.

»Während du hier ne armselige Wurst abgibst und mich unbedingt flach legen willst, nimmst du dein Umfeld um dich herum überhaupt nicht mehr wahr.«

Er verstand nun gar nichts mehr. Sie hingegen hatte seinen Blick sofort richtig gedeutet und klärte ihn auf.

»Schwanzgesteuert! Du bist schwanzgesteuert, mein Lieber. Nichts für ungut, aber verzieh dich. Am besten dorthin, wo du herkamst.«

In diesem Moment packte ihn eine fremde Hand am bewaffneten Armgelenk, drehte es und ließ ihn das Messer schreiend aus der Hand und zu Boden fallen. Als Nächstes beförderte die plötzlich aufgetauchte Person das Messer außer Reichweite des Angreifers.

»Los, verschwinde von hier!«, befahl sie in überaus ruhigem Ton. Ohne zu zögern, nahm der das Angebot an und rannte davon.

»Als ich in ihr Gesicht sah, da wusste ich sofort, dass sie zurückkommen würden.« Sie grinste den Waidiren unverhohlen und freudestrahlend an. »Vielen herzlichen Dank, dass sie uns gerettet haben. Mein Name ist Sarah White. Meine Freunde nennen mich aber auch Shari. Ich bin Amerikanerin und arbeite im Auftrag des Massachusetts Institut zur Erforschung des goldäugigen Flussbarsches aus dem Longhekou Reservoir.«

»Und warum sollte mich das interessieren? So wie ich aus ihrem Gesicht lesen kann, Miss White, hätten Sie niemanden zu ihrer Rettung benötigt. Gehe ich recht mit dieser Annahme? Mein Name ist Lu-Ong und meine Freunde nennen mich ebenfalls nur Lu-Ong.« Seine beiden Zuhörer hatten die kleine Retourkutsche nicht verstanden.

Er nickte Wong aufmunternd zu, der mit seinen Nerven völlig am Ende war. Dann drehte er sich um und setzte seinen Weg, der ihn nach Shanghai führen sollte, fort.

»Ach, übrigens: Nur weil ich ein armer Bauer bin, heißt das noch lange nicht, dass ich nicht weiß, was Sie und Ihre Firma dort oben mit unseren Fischen anstellen«, fügte er im Gehen hinzu. Shari fühlte sich in diesem Mann vollends bestätigt. Sie musste ihn für ihre Zwecke unbedingt haben.

Gerade als sie ihm hinterherlaufen wollte, wurde die Tür des Zahlhäuschens krachend aufgerissen und eine Horde wilder Männer, fünfzehn an der Zahl, stürzten laut schreiend auf den Tankstellenvorplatz.

»Halt! Hier geht niemand nirgendwohin, wenn ich es nicht befehle!«

Jemand feuerte mit einem Gewehr in die Luft.

»Aufhören! Oder wollt ihr, dass uns der Laden um die Ohren fliegt!«, wurden die Männer von ihrem Bandenchef zurückgerufen. »Lu-Ong! Ich habe deinen Namen gehört. Schließ dich uns an. Das, was du suchst, wirst du nicht finden.«

»Was weißt du, was ich suche?«

»Was wir alle einst suchten Lu-Ong. Geld, einen Job, Familie ...«

»Ich habe Familie«, rief er dazwischen.

»Die du so schnell nicht wieder sehen wirst. Oder meinst du, in zwei bis drei Jahren wärst du saniert? Pah! Das wenige Geld, das du verdienen wirst, knöpfen sie dir an anderer Stelle wieder ab. Glaub es mir. Nein, besser! Glaub es uns! Ein jeder von uns hat seine eigene Geschichte erlebt und ist am Ende hier gelandet. Weit weg von der eigenen Heimat.«

Lu-Ong blieb unbeeindruckt.

»Ein Jammer für euch. Aber ich muss jetzt weiter.«

»Nicht so schnell! Willst du denn gar nicht wissen, was wir mit den beiden da vorhaben?«

Lu-Ong drehte sich wortlos grinsend um und schickte sich an, das Gelände zu verlassen. Doch dann machte er urplötzlich kehrt und schritt entnervt zu der kleinen Gruppe hinüber. Je näher er kam, desto mehr Waffen richteten sich auf ihn. Dort angekommen, bildeten die bewaffneten Männer einen Kreis um ihn.

»Nehmt die Waffen runter, Jungs. 15 gegen einen. Wollt ihr mich alle gleichzeitig erschießen? Schon vergessen? Ich bin einer von euch. Ein Waidire. Kämpft gegen mich! Aber wie Männer und legt eure Waffen weg.«

Einige Arme senkten sich, als ihr Anführer sie zur Vorsicht ermahnte.

»Lasst die Waffen auf ihn gerichtet. Das ist genau das, was er will.«

»Aber Song! Wir sind 15 und er ist alleine!«

»Er ist kein gewöhnlicher Bauer, wie er es uns verkaufen will. Er kommt aus den Bergen. Er trägt das Zeichen der Wudangkämpfer! Schaut auf seine Halskette.«

Sofort richteten sich wieder alle Gewehr- und Pistolenläufe auf den Mann in ihrer Mitte und instinktiv traten dabei alle einen Schritt nach hinten. Respekt und Achtung spiegelten sich in manchen Gesichtern wieder. Bis jetzt im Hintergrund geblieben, trat einer in den Ring und stellte sich Lu-Ong entgegen. Auch er war von außergewöhnlich großer Statur. Es war anzunehmen, dass er, ebenso wie Lu-Ong, ungeahnte Qualitäten hatte.

»Bereits das zweite Ungewöhnliche an diesem Tag«, bemerkte Shari entzückt.

»Ich bin Song«, stellte er sich vor. Eine Kopfbewegung zu seinen Kameraden deutete an, dass er hier das Sagen hatte.

»Und das hier ist der Widerstand.«

»Gegen was?«, fragte Lu-Ong überrascht.

»Gegen die Diktatur, das Regime der Ungerechtigkeit, Ungleichbehandlung. Nenne es, wie du willst.«

Lu-Ong lachte. »Der Widerstand? Ihr? Seid ihr die Weltverbesserer? Das ich das nicht gleich erkannt habe. Jetzt wird mir Einiges klar. Ihr überfallt andere Menschen, um an Geld und Technik zu gelangen. Frauen benutzt ihr als gebärfähiges "Material" zur Herstellung neuer Widerstandskämpfer! Stimmt's? Ich hab das nicht kommen sehen. Sorry, echt. Wo darf ich mich eintragen?«

Songs Miene blieb von Lu-Ongs Sarkasmus unbeeindruckt.

»So in etwa. Wir arbeiten noch an diesem Ziel. In der Zwischenzeit kann ich meinen Männern jedoch nicht verbieten, sich eine kleine Auszeit mit dieser hübschen Frau zu gönnen.«

»Ich dachte, du bist hier der Chef!«

»Wäre ich die längste Zeit gewesen, wenn ich ihre Triebe unterbinden würde. Hier draußen überlebst du nur in der Gruppe. Sonst geht es dir wie den beiden da. Trotzdem sind wir keine Unmenschen. Den Beiden wird sonst kein größeres Leid geschehen. Sie dürfen weiterziehen, wenn sie wieder auf die Beine gekommen sind.«

»Eine Regel von dir? Keinen umbringen, nur fürs Leben zeichnen?«

Die Luft schien in diesem Moment förmlich zu knistern. Beide Männer ballten ihre Fäuste und fixierten einander. Der Stärkere würde über die Schicksale der beiden, Wong und White, entscheiden.

»Schluss jetzt!«, durchbrach eine weibliche Stimme die zum Zerreißen gespannte Stille. Gleichzeitig erfolgte das typische Nachladen einer Pumpgun mit äußerst resolutem Nachdruck.

Langsam bahnte sich Shari ihren Weg durch die Reihen der kriminellen Bande.

»Süße!«, rief jemand aus der Gruppe. »Die Waffe solltest du mit meiner in der Hose tauschen Baby!«

Urplötzlich, drehte sich die Frau nach ihm um und warf ihm das Gewehr in hohem Bogen zu.

»Na dann halt mal, mein Großer!«

Reflexartig riss der seine Arme nach oben, um nach dem Gewehr zu greifen. In Sekundenschnelle kassierte er von Shari einen mächtigen Tritt in die Weichteile, noch ehe er das Gewehr aufgefangen hatte. Unter Schmerzen sank er gedemütigt zu Boden und stöhnte weinerlich auf.

Einige Umstehende zuckten mitfühlend zusammen.

»Nein. Danke. Ich bleib bei meiner Alten. Deine Waffe scheint eine Ladehemmung zu haben«, ergänzte sie kühl.

Binnen Sekunden hatte sich Shari den Respekt und die Aufmerksamkeit der gesamten Gruppe erworben.

»Wo hat sie die Knarre her?!«, raunte jemand durch die Reihen.

»Schön, dass ich nun ihre vollste Aufmerksamkeit genieße, meine Herren. Um ehrlich zu sein, hatte ich gehofft, auf sie zu treffen. Was mein Fahrer nicht wissen konnte. Zum Glück ist alles glimpflich ausgegangen. Es muss hier und heute kein unnötiges Blut vergossen werden.«

Shari lächelte ihrem Fahrer aufmunternd zu, ehe sie fortfuhr.

»Ich hörte, dass hier eine Gruppe von Kleinkriminellen ihr Unwesen treibt.«

»Darin sind wir gut. Hat sich offenbar schnell herumgesprochen«, antwortete einer aus der Gruppe.

»Dann wissen sie sicherlich auch, dass die Regierung Sie seit längerem unter Beobachtung gestellt hat? Ebenso, wie ein gutes Dutzend weiterer Bandenkollegen, die regelmäßig Angriffe an den Autobahnen verüben?!«

»Das schüchtert mich nicht im Geringsten ein!«, erklärte Song.

»Ich habe gesicherte Kenntnisse darüber, dass damit bald Schluss sein wird. Was werden Sie dann tun, meine Herren?«

»Woher haben Sie Ihre gesicherten Kenntnisse? Ich glaube Ihnen kein Wort.«

Ihr Sprecher erntete zustimmendes Gemurmel. Shari zog darauf aus ihrer Hosentasche ein kleines Plastikkärtchen und zeigte es in die Runde. Darauf stand:

'Sicherungsbeauftragte der Regierung zur Wahrung der nationalen Bedürfnisse des Landes.'

»Aha. Das soll uns jetzt ihrer Meinung nach einschüchtern? Oder, weil Sie eine Amerikanerin sind, die im Auftrag eines diktatorischen Regimes arbeitet?«

»Nein, gewiss nicht. Ich möchte sie freiwillig umstimmen. Für überzeugendere Argumente habe ich die hier.« Bedeutungsvoll streckte sie ihren Arm in die Luft und deutete mit ihrem Zeigefinger auf etwas, das sich ihnen lautlos genähert hatte. Wie aus dem Nichts erschien plötzlich hinter dem Zahlhaus der Tankstelle ein Kampfhubschrauber. Mit vollbestücktem Waffenarsenal landete er mitten auf der menschenleeren Autobahn. Bedrohlich zeigten seine Waffen auf die kleine Gruppe.

»Meine Herren, wenn Sie mich nun entschuldigen würden; ein dringender Termin.« Die Frau nickte den beiden Leitwölfen Lu-Ong und Song aufmunternd zu, verabschiedete sich von ihrem Chauffeur Wong und stieg wenige Sekunden später in den Helikopter ein, der sofort vom Boden abhob.

Die zurückgebliebenen Männer schauten einander fragend an. Einer unter ihnen wagte es, die alles entscheidende Frage zu stellen:

»Und was ist jetzt mit uns? Wer nimmt uns mit?«

Schon rollten zwei große Militärtruppentransporter der chinesischen Armee auf und hielten wie auf Bestellung vor der Gruppe.

»Sind Sie die neurekrutierten Sicherheitspersonen für die Forschungseinrichtung am Longhekou Reservoir?«, fragte ein Soldat aus dem Konvoi.

Lu-Ong wusste noch nicht genau, warum er ausgerechnet von seinem festen Ziel, nach Shanghai zu wollen, abfiel. Etwas an dieser Frau war faul. Warum gab sie sich als Sicherheitsbeauftragte der Regierung aus, wenn sie von einem Forschungsinstitut aus den von China ach so verhassten Staaten stammte? Sein Verstand zwang ihn, seinen ursprünglichen Plan wieder aufzunehmen und fortzusetzen, doch sein Bauchgefühl meldete sich zuletzt so stark, dass er nicht anders konnte, als schließlich doch zusammen mit Song und den anderen in den Wagen zu steigen und sich von dem verängstigten Chauffeur Wong nach Longhekou fahren zu lassen. Fragend schaute er dabei Song von der Seite an. Ob er wohl auch drohendes Unheil witterte?

6

Drei Tage lang arbeitete Thomas schon akribisch am Plan des Professors, die unzähligen Tierarten der Erde in den mitgeschickten Transporter zu befördern und hinauf auf den Mond zu verfrachten. Überall war er dafür auf der Welt unterwegs, um das Habitat auf dem Mond mit den tierischen Bewohnern zu ergänzen. Jede Tierart hatte dabei seine eigene, kleine, aber dennoch wichtige Funktion im großen Plan des Professors. Natürlich war das Ziel, die Selbstüberlassung eines jeden Lebewesens mit der dadurch einhergehenden, natürlichen Regulierung zwischen Flora und Fauna.

'Ein nicht zu unterschätzendes Unterfangen', dachte sich Thomas. Auch auf seinem Planeten hatte man einmal versucht, mit einem ungleich kleineren Arbeitsort, dem Biosphärenprojekt in Arizona, die Lebensbedingungen zu simulieren. Allerdings wurde dort die Natur sich nicht ausschließlich selbstüberlassen, sondern sollte zusammen mit dem Menschen als steuernde Einheit funktionieren. Während des zwei Jahre andauernden Versuchs traten jedoch viele unvorhergesehene Probleme auf. Enorme psychische Belastungen befielen das kleine, aus acht wissenschaftlichen Mitarbeitern bestehende Team. Die Selbstversorgung innerhalb der Biosphäre konnte nicht mehr gewährleistet werden. Unzählige Spannungen unter den Forschern entwickelten sich aus Banalitäten heraus und eine spezielle Ameisenart sowie Kakerlaken die sich unkontrolliert ausbreiteten, setzten dem Team ebenfalls schwer zu. Schließlich scheiterte das Projekt an einer Verkettung unglücklicher Umstände, die man vorher nicht berücksichtigt hatte. So sank der Sauerstoffgehalt in der Biosphäre zuletzt so stark ab, dass frischer von Außen zugeführt werden musste. Als Ursache galt das aus Beton gegossene Fundament, das den Sauerstoff absorbiert hatte. Trotzdem konnte man von einem Scheitern im eigentlichen

Sinne nicht sprechen. In vielerlei Hinsicht hatte man aus zwei Jahren Forschung wertvolles Datenmaterial gewonnen. Erkenntnisse, die in zahlreichen anderen Forschungsprojekten Berücksichtigung fanden.

Thomas brannte förmlich darauf, in seiner neuen Umgebung auf dem Mond die Umsetzung des Projekts mitzuverfolgen. Mit welchen Problemen sahen sich Gloria und der Professor konfrontiert? Würden sie das Mikroklima im Dome in den Griff bekommen? Oder zerstörte etwa ein versehentlich miteingeführter Parasit ganz langsam die Station? Thomas schüttelte gedankenverloren den Kopf. Er dachte zu kleinlich, nach menschlichen Maßstäben. Probleme wie auf der Erde waren für die Malcorianer sicher schon vor Hunderten von Jahren erkannt und gelöst worden. Wie sonst hätte die Station mit solch gewaltigen Ausmaßen über die Jahrtausende hinweg bestehen können?

Schade nur, dass er diese technologischen Wunderwerke mit niemandem teilen konnte, außer natürlich mit den beiden anderen Bewohnern Gloria und Simon. Letzterer galt an sich schon als Wunder der Technik. Nach heutigen menschlichen Maßstäben gar als unmöglich. Man stelle sich vor: ein menschliches Bewusstsein, untrennbar vereint mit sämtlichen Speicherbänken der Mondstation. Konnte man es so formulieren? Ein menschlicher Geist, der mit Computerchips verbunden ist? Simon war viel mehr als das. Er war der Ideengeber zur Mondstation und ihr Konstrukteur. Bis zum heutigen Tag sein Lebenswerk schlechthin. Sein Ich? - Simon im umgekehrten Sinne einer fleischgewordenen Station? Wie beschrieb er sich und seinen Lebensumbruch gleich nochmal?

Simon wollte den Bau der Station, den er damals beaufsichtigte, aufgrund einer plötzlich eingetretenen Notsituation selbst effektiver vorantreiben, in dem er sein Bewusstsein in den Hauptspeicher transferierte. Was ihm auch offensichtlich gelang. Nur die vollständige Fertigstellung konnte er nicht verhindern. Auch er wurde Opfer der Sonneneruption und für Jahrtausende stillgelegt. Glorias Flem stürzte hingegen, als es sich im Landeanflug befand nur unweit von der Station ab. Auch ihre Kapsel war von dem Ereignis betroffen und versetzte sich und ihren Insassen in einen jahrtausendelang anhaltenden Schlaf. Solange, bis die wiedererwachten Arbeitsmaschinen der Mondstation durch den Aufprall der Ice-eye-Sonde sie bergen konnten. Erst mit dem heutigen Tag, da die Fertigstellung der Biosphäre kurz bevorstand, konnte sie endlich ihre ursprünglich vorgesehene Arbeitsstelle als leitende Wissenschaftlerin der Biosphäre antreten.

»Wie weit bist du mit der Liste? Konntest du die letzten Tierarten einfangen?«

Schlagartig wurde Thomas aus seinen Gedanken gerissen. Zu oft fühlte er sich von den beiden, Simon und Gloria, nicht nur ertappt, sondern auch beobachtet. Er vermutete, dass sich die beiden bereits ihre ganz eigenen Gedanken über ihn machten.

Bei einem seiner Sprünge in die Station hatte er sie einmal zufällig belauscht, als sie sich über ihn unterhielten. Dabei erfuhr er von den Transferkoordinaten, die der Professor zuvor in seine Manschette einprogrammiert hatte, bevor sie ihm von Gloria vor Wochen in seiner alten Washingtoner Wohnung angelegt wurde. Es handelte sich um drei verschiedene Örtlichkeiten an denen kein noch so mächtiges Wesen, selbst wie der Miles, hätte überleben können. Er erinnerte sich an die Geschichte, die ihm Simon einmal über die Einsetzung der Miles auf dem Planeten Malcors erzählt hatte. Nur mehrere tausend Grad heiße Glutbäder waren dazu in der Lage, die außer Kontrolle geratenen Ordnungshüter aufzuhalten. Und das auch nur während einer ihrer Rematerialisierungen.

So viel also zur Theorie, dass man ihm und seinem andauernden Gemütszustand vertraute. Im Geheimen machte er sich daher auf, die Todeskoordinaten während einer seiner vielen Aufenthalte auf der Erde zu erkunden.

Natürlich zu Fuß, als Mensch und Wanderer.

In den letzten Wochen hatte er mehr von seinem Virussymbionten erfahren, als die beiden Malcorianer derzeit erahnen konnten. Als er von den einprogrammierten Koordinaten erfuhr, war es für ihn ein Leichtes gewesen sie aus dem Erinnerungsspeicher seiner Manschette zu löschen. Eine Frage, die er sich heute nicht mehr stellte, war auch, warum er das Gespräch der beiden unbemerkt hatte belauschen können, ohne dass ihn der Professor wie sonst üblich bemerkte. Die Antwort war auf seinen Symbiontvirus zurückzuführen. Es verhielt sich nicht wie ein gewöhnliches parasitäres Virus, wie er es in medizinischen Büchern nachgelesen hatte. Es begann seine Absichten instinktiv zu verstehen und kooperierte mit ihm. Er, Thomas, hatte gedacht und gelenkt, während sein innerer Freund seine Absichten in Taten umsetzte.

Er konnte sich noch genau an den Tag erinnern, als er die neue Eigenschaft an sich entdeckte. An diesem Tag transferierte er nach dem Training völlig erschöpft und frustriert in seiner Blockhütte. Seit Tagen hatte er alles Mögliche versucht, das zwanghafte Fluchtverhalten seines ängstlichen Symbionten unter Kontrolle zu bringen. Doch so sehr er sich angestrengt hatte, er kam einfach nicht weiter. Jedes Mal wenn das Virus bemerkte, dass sich der Adrenalinspiegel seines Wirtes erhöhte, weil er sich in einer angespannten Lage befand, versuchte es auf seine Weise entgegenzuwirken. Dann endete es immer mit der Transferierung an einen Ort, an dem es sich sicher und geborgen fühlte. Der Asteroid im gleichnamigen Gürtel des Sonnensystems, auf dem er immerzu transferierte, war daher schon fast zu seiner zweiten Heimat geworden. Offenbar verband das Virus mit dem toten Gestein mehr als nur die alte Heimat der Malcorianer.

Bei dem Gedanken, sich gleich wieder den aufdringlichen Fragen des Professors bei seiner Rückkehr auf die Station ausgesetzt zu wissen, sträubten sich ihm die Nackenhaare. Ständig befragte Simon ihn nach seiner derzeitigen Verfassung aus Angst, das Virus könnte ihn am Ende doch zu einem Monster verändert haben. Außerdem hasste er es, wenn man ihn auf Schritt und Tritt beobachtete. An diesem Tag jedoch blieb der erwartete

Anruf des Professors aus. Dermaßen stutzig und misstrauisch über die neue Situation beschloss er, Gloria aufzusuchen. Mit gezielten Sprüngen ließ er sich von seinem Virus ganz unbewusst leiten und rematerialisierte schon wenige Sekunden später heimlich in ihre Nähe. Er wusste nicht, warum er das getan hatte. Es war nicht richtig anderen Personen nachzustellen, doch es war der Grund, weshalb er überhaupt von den 'Todeskoordinaten' erfahren hatte.

Gloria hatte sich wie so oft bei dem schwerverletzten Adamas aufgehalten. Er war einer der wiedererwachten Malcorianer, die man vor wenigen Monaten aus der Gizehpyramide geborgen hatte. Adamas gehörte allerdings zu dem amerikanischen Außenteam, das vor wenigen Wochen versucht hatte die Station zu erobern. Der Professor, Gloria und Thomas konnten sich bis heute noch keinen Reim darauf bilden, warum sich das fremde Team selbst dezimiert hatte. Nur der verletzte Adamas, den er als Miles vor einem sicheren Tod bewahrt hatte, konnte die rätselhaften Umstände aufklären. Das Pflanzenplasmabad, in dem er augenblicklich lag, sollte seine Aussicht auf Überleben entscheidend verbessern. Es war jedoch noch zu früh, um von einem positiven Verlauf seiner Genesung sprechen zu können.

Das Virus hatte ihn auf jeden Fall nahe dieser Person materialisieren lassen. Unbemerkt hinter einem Vorhang. Und als er diesen gerade beiseiteschieben wollte, hörte er das Gespräch zwischen Gloria und Simon, dem Professor.

Notfallkoordinaten! So hatten sie seine Todeskoordinaten bezeichnet.

Thomas befand sich gerade jetzt in der Nähe einer solchen Notfallkoordinate, als er von Simon während seiner privaten Recherche gestört wurde.

»Thomas! Wo bist du? Ich kann dich nicht orten?«

»Wo soll ich schon sein? Ich hab doch einen Auftrag. Du erinnerst dich?«

Er vermied es, dem Professor auf die Nase zu binden, dass er seine Ortung bewusst deaktiviert hatte.

»Alles in Ordnung mit dir? Bist du mit der Liste weitergekommen?«

»Alles bestens, Simon! Ich habe die letzten beiden Arten sicher im Transporter unterbekommen. Er befindet sich gerade auf dem Weg zu euch. Wie klappt es da oben mit der Auswilderung?«

»Gloria ist in ihrem Element. Sie blüht zum ersten Mal seit langem so richtig auf, weil sie nun endlich das tun kann, wofür sie sich all die Jahre vorbereitet hatte. Es ist herrlich. Komm doch hoch und schau´s dir an!«

»Später, Simon, später«, entgegnete Thomas.

»Sag mal, wo bist du eigentlich? Ich kann dich nirgends orten.«

»Ich schau gerade von einem Felsen aufs offene Meer hinaus.«

»Aaaah! Hast ein Luxusproblem, wie man sinnvoll Freizeit verbringt?«

»Bitte? Ich habe bis eben geschuftet! Und das drei Tage am Stück du Maschinenheini!«

»Das nimmst du zurück!«

»OK, Heini!«

»Schon bess... ähm, Thomas, was meinst du mit Heini?«

»Das heißt, dass du, der die Geschichte der Menschheit gerade mit einer rasenden Geschwindigkeit studierst, keinen blassen Schimmer hast, was so manche Begrifflichkeiten unserer Sprache bedeuten. Ist das Antwort genug?«

»Mach dich ruhig lustig über mich. MILES! Bis später und geh bei Gelegenheit gleich baden. Deine Witze stinken nämlich.«

Thomas schmunzelte vergnügt. Simon und er waren am Beginn einer wunderbaren Freundschaft. Das beiderseitige 'Kappeln' schweißte sie nur mehr zusammen. Aber genau das war einer der Gründe, weshalb ihm die

Notfallkoordinaten solche Sorgen bereiteten. Man vertraute ihm nicht.

Er stand auf einem Felsen und schaute mit ernster Miene hinab in den Schlund einer brodelnden, glutförmigen Gesteinsmasse am Rande des Ätna. Die anderen beiden Koordinatenpunkte hatte er schon vor ein paar Tagen aufgesucht. Sie waren ganz ähnlich gewesen. Thomas war geknickt.

'Warum nur hatten alle solche Angst vor ihm und seinem Symbionten?'

Er ballte seine Hände zu Fäusten und schwor sich allen das Gegenteil zu beweisen. Er war kein schlechter Mensch! Und er würde auch nicht seine Macht missbrauchen, um Angst und Schrecken auf der Erde zu verbreiten. Vor seinem geistigen Auge zogen Bilder der Zerstörungswut eines längst vergangen Planeten vorüber. Malcors. Auch wenn die Menschen hier noch keine Mittel oder Wege gefunden hatten, dasselbe mit ihren Waffen auf diesem Planeten anzurichten, so wusste er, dass sie es tagtäglich probierten, neue Scheußlichkeiten und Technologien zu entwickeln. Neuerdings zur allgemeinerklärten Vernichtung seiner Person als Miles. Insofern hatte er in deren Augen schon zu etwas Schlechtem beigetragen.

In Fachkreisen wusste man es besser, welches Desaster er mit der Aktion der sich auflösenden Gebäude auf allen Erdteilen in letzter Minute vermieden hatte.

Trotzdem war es ihm im Augenblick gerade recht, dass alle so dachten. Simon hatte ihm mitgeteilt, dass sich bereits wenige Tage nach seiner Aktion viele unterschiedliche Vertreter aller Herren Länder zu Krisengesprächen verabredet hatten. Es zeigte einmal mehr auf, dass alle Gesellschaftsschichten dieser Erde in einer übergeordneten Krise auch zusammenarbeiten konnten.

Trotz des unter ihm brodelnden Todes am Fuße des aktiven Vulkans war sich Thomas seiner Bestimmung und einhergehenden Verantwortung bewusst. Er spürte, dass er mit der ihm übertragenen Macht mit größter Sorgfalt und

Bedacht umgehen musste. Dies war er vor allem seinen malcorianischen Freunden schuldig. Er durfte sie nicht enttäuschen. Kein Miles sollte je wieder für Leid und Tod verantwortlich gemacht werden. Nicht auf seinem Planeten. Wer weiß: Vielleicht schaffte er es stattdessen, für Leben, Hoffnung und Zuversicht zu sorgen? Schwer daran war nur, dieses überaus ehrbare Ziel auch zu erreichen. Schließlich war er alleine und die Welt gegen ihn! Eine Welt die niemals zulassen würde, dass eine mächtige Waffe, wie er sie verkörperte, in einer Hand bleiben durfte.

Thomas schüttelte den Gedanken ab.

»Kommt Zeit, kommt Rat. Ich muss ja nicht auf Biegen und Brechen den Samariter spielen. Schließlich bin ich ja gerade der böse Mann. Ich muss also nichts überstürzen.«

Er hob seinen linken Arm und schaute prüfend auf seine Manschette. Das schwarze Metall schimmerte ihm entgegen, während das Virusgeflecht in sanftem Orange pulsierte. Es beruhigte ihn ungemein. Diese Manschette war in kurzer Zeit sein bester Freund und Begleiter geworden. Durch die von Gloria angelegte Manschette war die untrennbare Partnerschaft mit dem Symbiontvirus besiegelt worden. Gemeinsam wurden sie zu Miles. Ein zufriedenes Lächeln huschte über das Gesicht des einstigen Sprachen- und Kulturwissenschaftlers. Er spürte den warmen, pulsierenden Strom in seinen Adern und ballte voller Tatendrang die Fäuste. Ein tiefer Atemzug ließ ihn in 3.000 Metern Höhe die salzige Meeresluft Siziliens schmecken. Von hier oben sah er auf das blauschillernde, ruhige Meer hinab. Hier und da blitzte das riesige, seidenblaue Tuch auf, als säume es die italienische Insel sanft mit diamantenen Schaumkronen. Ein Anblick, wie ihn nur Mutter Natur auf einzigartige Art und Weise erschaffen konnte. Der glasklare Tag bescherte ihm meilenweite Sicht.

Am Horizont stieg ein grauschwarzer Nebelschleier in den Himmel, der sich als rußige Wolke allmählich wieder über dem Wasser breitmachte.

»Hm, der übliche Rauch eines Containerschiffs?«

Der Qualm wurde dichter, blieb aber fix an einem Punkt hängen. Das Schiff war offensichtlich in Seenot geraten.

»Kann sicher nicht schaden, wenn ich da kurz ne Schleife dreh.« Schon rematerialisierte er sich zurück an die Steilwandküste, wo er zuvor, während seiner Suche nach neuen tierischen Bewohnern für die Mondstation, einen passenden Unterschlupf für sein Flem gefunden hatte. Die sargförmige Kapsel diente ihm dazu, alle Koordinatenpunkte des Professors anzufliegen. Alle Orte, die er mit seinem „Miles-Anzug“ bereist hatte, würden ihm künftig die Reise mit dem Flem ersparen. Seine Fähigkeit konnte ihn schließlich nur an jene Orte bringen, an denen er schon einmal gewesen war. Nur dort ließ es sein Symbiont zu, gefahrlos zu materialisieren.

Kaum einen Meter über dem Wasser raste die Kapsel bei offenem Verdeck der rauchenden Katastrophe entgegen. Nur kurze Zeit später umkreiste er in gebührendem Abstand die Gefahrenstelle. Es musste sofort eine Entscheidung getroffen werden und das konnte nur eines bedeuten.

7

Pakistan

Sieben Tage lang weilten sie bereits in den Bergen Pakistans und versteckten sich vor etwaigen Angriffen der amerikanischen Streitkräfte. Schon seit Menschengedenken waren sie Zufluchtsort und Heimat für viele gleichgesinnte Freiheitskämpfer, die die Macht des Wortes gegen das Schwert des Blutes eingetauscht hatten. Dort bereiteten sie sich auf ihre Einsätze vor, die sie in allen Teilen der Erde durchführten. Ihr erklärtes Ziel: die Zerstörung einer fortschreitenden, einflussnehmenden, gottlosen Welt des kapitalistischen Westens. Eine Befreiung von westlichen Ansprüchen, die die arabischen Staaten aus wirtschaftlichem Interesse mit Knebelverträgen, Erpressung und Bestechungen seit Jahrzehnten ausbeuteten.

Dabei waren es in den 60er Jahren allen voran die Amerikaner und Russen, die durch Intrigen und Gerüchte versuchten, sich bei den Staatsoberhäuptern der arabischen Staaten günstige Verhandlungspositionen zu erhalten. Jeder wollte sich die exklusiven Förderechte am schwarzen Gold sichern. Wer sie hatte, konnte den Preis diktieren. Oftmals verhalfen sie prowestlich gesinnten Oppositionsführern an die Macht, um ihre Ziele zu erreichen. Mit perfiden Tricks heuerten sie auch zuweilen Männer aus den zerstrittenen Stämmen der arabischen Elite an, die die Drecksarbeit für sie erledigten. Im Gegenzug versorgte man die Kämpfer mit Waffen und Medizin.

Als sich die wirtschaftliche Lage nach vielen Jahren der Knechtschaft zusehends durch die Ausbreitung religiöser Lebensweisen und Ansichten veränderte, konnten auch die immer größer werdenden Bestechungsgelder, die man den Strenggläubigen bot, nichts mehr ausrichten. Der Einfluss der Großmächte schwand zusehends. Angesichts dieser neuen Radikalisierung traten sie ihren Rückzug an. Zurück blieben zerrüttete und verfeindete Stämme. Genug Hass, für den jemand bezahlen musste.

Und er, Mussar, wusste, wer dafür büßen musste, wenn die Zeit gekommen war.

Schon früh war er durch sie zum Waisenkind geworden. Im Alter von sieben Jahren traf ein angeblich versehentlich abgeworfener Bombenhagel eines amerikanischen B52 Bombers das Wohnviertel, in dem seine Familie und er wohnte. Die Explosionen löschten unschuldiges Leben für immer aus. Er selbst wurde damals schwer verletzt unter den Trümmern seines Elternhauses geborgen und schwebte monatelang zwischen Leben und Tod. Erst viel später erfuhr er, dass seine Eltern nicht mehr am Leben waren. Auch seine kleine Schwester Büsra zählte zu den Opfern. Viele Jahre lang träumte er immer denselben Traum, in dem er und seine Schwester auf der Straße, Mutter, Vater und Kind spielten. Für das Kind benutzten sie eine Puppe, die er zufällig am Straßenrand gefunden hatte. Pflichtbewusst wie man ihm beigebracht hatte, wartete er damals an Ort und Stelle eine Zeit lang auf die Puppenmama. Schließlich beschloss er, nachdem er sie in einem nahegelegenen Bach vom gröbsten Schmutz befreit hatte, mit nach Hause zu nehmen. Später wickelte er die nackte Puppe in ein kleines weißes Leinentuch ein, das er in seiner Kleiderkiste gefunden hatte. Die fehlenden Haare am Hinterkopf der Puppe kaschierte er, in dem er die vorderen Haare nach hinten bürstete und mit einem Gummi zu einem Pferdeschwanz zusammenband. Schon als er die Puppe fand, wusste er genau, wem er damit eine Freude machen würde. Seine Schwester hatte sich schon lange eine Puppe gewünscht. Bis heute konnte er sich an ihre großen, vor Freude strahlenden Augen erinnern, die ihn voller Dankbarkeit anschauten, als er ihr die Puppe überreichte. Das Geld der Eltern hatte nie für Spielzeug gereicht. Es reichte gerade für das Allernötigste. Dennoch waren sie über diesen Zustand nie traurig gewesen. Schließlich kannten sie es nicht anders. Als Familie lebten sie zufrieden mit ihren Eltern, teilten miteinander Sorgen und Ängste, Höhen und Tiefen, Stärken und Schwächen und lachten dennoch oft am Ende des Tages.

Jetzt zählten diese Dinge zu seinen Erinnerungen, die ihn immer und immer wieder in seinen Träumen heimsuchten. Er brauchte lange Zeit um das Trauma zu überwinden. Im Waisenhaus, das über viele Jahre sein Zuhause gewesen war, erlitt er zudem immer wieder epileptische Anfälle. Nur teure Medikamente konnten die starken und unregelmäßigen Krämpfe dauerhaft in Schach halten. Doch dem Heim fehlten häufig die nötigen Mittel. Schließlich war er nicht der Einzige, auf den man Rücksicht nehmen musste. Und so musste er eine lange Zeit notgedrungen mit der Krankheit leben. Nicht selten passierte es, dass er sich während dieser plötzlich auftauchenden, krampfhaften Anfälle verletzte. Ein Martyrium, das ihn in dieser Zeit schneller zu einem jungen Mann heranreifen ließ als andere. Und dennoch geschah an seinem 14. Geburtstag das Wunder, woran er selbst nie geglaubt hatte. An diesem Tag wurde er ins Büro der Heimdirektorin zitiert. Sie empfing ihn in Begleitung eines Mannes. Er trug traditionelle Kleider zum Zeichen seiner Stammeszugehörigkeit. Als ihm die Direktorin eröffnete, dass dieser Mann seinetwegen hier war, verwandelte sich für ihn eine trostlose Welt in Hoffnung und Zuversicht.

»Mussar, mein Junge! Begrüße deinen Onkel, wie es sich für einen anständigen jungen Mann gehört! Und bleib nicht wie angewurzelt im Türrahmen stehen!«, forderte ihn die Direktorin auf.

Als ob es das Natürlichste auf der Welt gewesen war, erfuhr er beiläufig von der Existenz eines Onkels. 'Waren nicht alle seine Familienangehörigen damals während des Bombardements ums Leben gekommen?' Mussar zögerte. Unschlüssig schaute er abwechselnd zur Direktorin und zu dem freundlich dreinblickenden Mann.

»Geh schon zu ihm!«, ergänzte sie mit verheultem Gesicht und zittriger Stimme.

»Warum weinen sie denn, Mrs. Bahir?«

»Ich freue mich für dich. Das ist alles.«

»Aber...«

»Geh, Mussar!«, fügte sie mit Nachdruck, verheulten Augen und zitternder Stimme hinzu.

Sein Onkel musterte ihn von der Seite mit großem Interesse von Kopf bis Fuß.

»Schau mal, Mussar!«, begann er und zog aus seiner Hosentasche ein kleines Döschen.

»Ich hab dir deine Medizin mitgebracht.« Mussar zögerte und schaute verunsichert zur Direktorin, die ihn ihrerseits hilflos anstarrte. Als sie jedoch den Blick seines Onkels streifte, herrschte sie ihn unvermittelt an. Mussar gehorchte.

»So ist es brav. Komm zu deinem Onkel. Bist ein guter Junge, das kann ich deutlich spüren.« Er schaute ihm dabei tief und eindringlich in die Augen.

»Du hast lange leiden müssen, mein Sohn. Das tut mir sehr leid, doch was geschehen ist, ist geschehen. Ich kann dir aber versprechen, dass sich von jetzt an alles ändern wird. Ich bin für dich da. Gemeinsam werden wir den Pfad der Gerechtigkeit bestreiten. Du und ich, wir könnten einmal die Welt verändern. Was hältst du davon?«

Instinktiv spürte Mussar, dass er heute das Heim zum letzten Mal gesehen hatte. Ob er es wollte oder nicht. Ein Blick zur Direktorin bestätigte seine Vermutung. Ihre Lippen bebten und in ihren Augen konnte er noch etwas anderes lesen. Angst und Zweifel.

»Ja, mein Onkel«, antwortete er damals unsicher.

»Es würde mich freuen, wenn sie mich auf den Pfad der Gerechtigkeit führen könnten.«

»Hakam. Nenn mich Hakam, mein Junge.«

»Ja Onkel. Hakam.«

»Du wirst Gerechtigkeit erhalten, wenn die Zeit gekommen ist. Von diesem Tag an sollst du Adil heißen, damit du dich immer an unser Gespräch erinnerst.«

Heute, 5 Jahre später, fielen ihm die Worte seines Onkels wieder ein. Damals begann für ihn ein neues Leben. Er kannte von diesem Zeitpunkt an keine Armut mehr. Seine epileptischen Anfälle waren durch die sichergestellte, medikamentöse Behandlung kein Thema mehr. Man brachte ihm insbesondere die Lehren des Islam bei. Sein Tun und Handeln stützte sich auf die Grundpfeiler des Glaubens und der tiefen Dankbarkeit zu Hakam, seinem Onkel. Schon kurze Zeit später beschloss dieser, dass es für ihn besser war, zunächst eine geistlich geführte Schule zu besuchen. Hakam war Geschäftsmann und bereiste deshalb die gesamte Welt. Er indessen, sog in der Schule alles Wissen begierig in sich auf. Schon bald wuchs in ihm der Wunsch, selbst ein Gelehrter zu werden. Als er dies einmal in einem Brief an seinen lieben Onkel formulierte, antwortete ihm dieser mit einer erschreckenden Nachricht:

Mein liebgewordener Neffe Adil. Ich freue mich, dass du dich so gut entwickelt hast. Es gibt nichts Ehrenvolleres, wenn man sich berufen fühlt. Und du scheinst es zu sein. Du erfüllst mich nicht nur mit Stolz, sondern erweist auch deiner verstorbenen Familie eine große Ehre. Wohl oder übel muss ich nun befürchten, dass du nicht mehr in meine Fußstapfen treten wirst, was mich zugegebenermaßen ein wenig traurig stimmt.

Ich bin in letzter Zeit ein wenig durcheinander und wollte es dir eigentlich nicht mitteilen. Man sagt, dass Schreiben befreit, also seh es mir nach.

Meine Firma wurde vor ein paar Tagen Opfer eines Terroranschlags der US-Streitkräfte. Ich muss mich deshalb momentan rund um die Uhr um meine verletzten Mitarbeiter und deren Familienangehörige kümmern. Es ist grausam Adil. Es können unmöglich Menschen gewesen sein, die das Blutbad angerichtet haben. Hier wüteten Monster, die zudem den Namen unseres Gottes beschmutzt haben. Sie verbreiten Angst und Terror. Hier kann niemand mehr richtig schlafen aus Angst vor weiteren Anschlägen. Meine Mitarbeiter gehen schon seit geraumer Zeit auf dem 'Zahnfleisch'. Bete für dein Volk Adil, denn es wird mehr und mehr vom Bösen heimgesucht und gezielt ausgedünnt. Ich habe dir einige Fotos beigefügt, damit du dir besser vorstellen kannst, was meinen Mitarbeitern, unseren Freunden und deiner ganzen Glaubensfamilie widerfahren ist. Mein guter Adil, ich kann dich auch in nächster Zeit nicht besuchen kommen. Du siehst ja, was zu tun ist.

Ich möchte dir noch etwas anderes nicht länger vorenthalten. Aufgrund der Brisanz des Themas kann ich es dir aber nicht in diesem Brief mitteilen. Nur so viel: Ich habe unser Schicksal und das unseres Volkes von jetzt an selbst in die Hand genommen. Ich würde dir gerne zeigen, was ich damit meine. Wenn du erlaubst, schicke ich dir einen Vertrauten, der dich dort hinbegleiten wird. Ich bin bereits dort. Vielleicht sehen wir uns ja? Auf bald. Hakam.

Damals verstand er den letzten Teil des Briefes nicht als Bitte. Es lag klar auf der Hand, dass seinem Onkel daran gelegen war, ihm zu zeigen, was er vorhatte. Außerdem erübrigte sich jede weitere Überlegung, nachdem er die beigelegten Fotos betrachtet hatte. Er sah darauf ein riesiges in Schutt und Asche verwandeltes hallenartiges Gebäude. Zwischen den Trümmern lagen blutgetränkte reglose Körper oder das, was davon übriggeblieben war. Er sah lose Fetzen Fleisch die an einer zersplitterten Tür und von einer heruntergebrochenen Zwischengeschossdecke herabhingen. Sofort stieg ihm in heller Erinnerung der Geruch von verbranntem menschlichem Fleisch auf. Damals, als er die mitgeschickten Bilder betrachtet hatte, war ihm sofort wieder bewusst geworden, was er all die Jahre nach dem Bombenanschlag und dem Verlust seiner Familie verdrängt hatte. Schwer vorstellbar, dass das, was er auf den Bildern sah, tatsächlich einmal Menschen gewesen waren. Adil erinnerte sich noch lebhaft daran, wie geschockt er auf die Bilder reagiert hatte. Plötzlich war er wieder der kleine hilflose Mussar von früher, der selbst einen Anschlag wie diesen überlebt hatte. Zorn machte sich in ihm breit und der fast vergessene Drang nach Rache und Gerechtigkeit flammte in ihm auf.

Die Bilder seines Onkels wirkten auf ihn wie ein vereinbartes Stichwort. Ein Leuchtfeuer, das ihm die Richtung wies. Ein unstillbarer Durst, den er glaubte, irgendwann in seinem neuen Leben vergessen zu haben, meldete sich mit aller Macht zurück und forderte ihn auf, seinen alten vorherbestimmten Weg aufzunehmen.

Seine Zeit der Bestimmung war gekommen und machte ihn zu dem, was er heute war. Ein Gotteskrieger.

Seine anschließende, vier Jahre andauernde Kampfausbildung zum furchtlosen Kämpfer hatte ihn schließlich dort hingeführt, wo er sich im Augenblick versteckt hielt. In den Augen der westlichen Welt zählte er mittlerweile zu den meistgesuchtesten Terroristen. All dies hatte ihm Hakam schon vor langer Zeit vorausgesagt. Sein Onkel war der meistgesuchteste Terrorist und Kopf eines auf der ganzen Welt agierenden Terrornetzwerkes, der für die meisten Anschläge der letzten fünf Jahre verantwortlich gemacht wurde.

Ihn beschützte Adil mit allem, was er hatte. Mit seinem Leben. Durch ihr Spionagenetzwerk hatten sie vor kurzem erfahren, dass die Amerikaner ihrerseits einen direkten Anschlag gegen Hakams Gruppe planten. Aus diesem Grund sahen sie sich deshalb gezwungen, in die nahegelegenen Berge zu flüchten. Dort waren sie bis zuletzt vor Angriffen der US-Streitkräfte sicher gewesen. Das Gebirge hatte eine günstige Eigenschaft, weil es aus einem Geflecht von Höhlen bestand. Schon vor langer Zeit hatten es die rebellischen Glaubenskrieger für sich entdeckt und flächendeckend ausgebaut. So entstand über die Jahre ein labyrinthförmiges Konstrukt, das sich kilometerweit durch das Gebirge zog. Jeder, der sich unerlaubt in den Bergen aufhielt, tappte zwangsläufig in eine der vielen versteckten Fallen. Eine uneinnehmbare Festung, an der auch die Amerikaner scheiterten.

Und dann geschah es doch, das Unmögliche, das niemand auch nur ernsthaft in Betracht gezogen hatte.

»Meine Brüder des gemeinsamen Glaubens! Kämpfer des einzigen wahren Gottes! Unsere Freiheit ist nahe. Die jahrelangen Geißelungen werden bald ein Ende finden.«

Das Gesicht Hakams strahlte voller Zuversicht. Es war keine der üblichen Hassreden, die er so oft vor seinen Anhängern gepredigt hatte, um sie vor einer bevorstehenden Kampfaktion einzustimmen. Dieses Mal hatte er das gewisse Etwas in den Augen. Ein Glitzern, das nach mehr aussah. Es waren Argumente. Adil, der im Raum der versammelten Führungsspitze anwesend war, spürte instinktiv, dass sich heute etwas Besonderes anbahnte. Während er weiter aufmerksam den Worten seines Onkels lauschte, schluckte er beiläufig eine seiner Pillen gegen seine Krankheit der Epilepsie. Er musste sich demnächst eine neue Packung besorgen, stellte er fest.

»Ein mir nahestehender Freund und Geschäftspartner aus Kairo ließ mir gestern eine Botschaft von unglaublicher Wichtigkeit zuspielen. Sie ist wich...«, Hakam hielt inne. Die Anwesenden taten es ihm gleich. Ein dumpfes, weit entferntes Stampfen ließ den Staub der Höhlendecke herabrieseln. Adil, geistesgegenwärtig und seiner Einzelkämpferausbildung bewusst, bemerkte es als erster. Als geladener Zuhörer stand er in der hintersten Ecke des Raumes, nickte seinem Onkel kurz zu, der den Blick mit einem Nicken erwiderte und verschwand, um der Ursache auf den Grund zu gehen.

»Meine Gefährten, mein Neffe Adil wird nach dem Rechten schauen. Unser Sicherheitssystem wird sein übriges dazu beitragen. Kein Grund zur Beunruhigung. Fokussieren wir uns stattdessen auf das, was ich euch zu sagen habe.«

Der Terroristenführer legte eine bedeutsame Pause ein. Weit entfernte Erschütterungen, herbeigeführt durch stampfende Geräusche, wurden zunehmend lauter.

»Hört mich an! Colarishfa, unser Freund aus Kairo ...«
»Cola, der Verräter? Was zum Teufel hat er ...«

»Schweig, Medin! Er ist einer von uns und hat es schon mehrfach bewiesen. Ich vertraue ihm. Außerdem brauchen wir Männer wie ihn, die Informationen direkt aus erster Hand liefern können. Heute hat er uns den Jackpot zugespielt. Wenn die Koordinaten, die hier auf meinem Handy gesendet wurden, zutreffen, erwarten wir Besuch aus dem All. Man wird uns Waffen bringen, um uns im Kampf gegen das Böse zu unterstützen.«

»Und das sollen wir dir glauben? Warum sollten fremde Wesen die Absicht haben uns mit Waffen zu versorgen?«

»Das liegt doch klar auf der Hand, Medin!«, konterte Hakam zu seiner Verteidigung. Die Alarmglocken schrillten.

»Was ist denn heute los? – Medin, überleg doch mal! Welche Nationen dieser Erde haben die volle Wucht des Fremden zu spüren bekommen?«

»Ich weiß, worauf du anspielst; es waren allesamt reiche Industrienationen, Hakam.«

»Dann kannst du mir sicher auch sagen, wen das Wesen unterstützt, Medin?«

»In Anbetracht der Tatsache würde ich behaupten, dass uns hier die westliche Welt den schwarzen Peter in die Schuhe schiebt. Als Kollaborateure gelten wir schon, habe ich gehört.«

Hakam machte eine ausladende Geste.

»Meine Freunde: Ich kann euch sagen, wen es unterstützt! Die Ausgebeuteten, Schwachen, Hilfsbedürftigen, ... uns! Um es auf den Punkt zu bringen! Und nicht zuletzt unseren Glauben! DAS meine lieben Mitstreiter sage ich euch! Deshalb müssen wir diese Chance ergreifen, das Wesen zu treffen.«

Angesichts der anhaltenden Warnsignale vermischte sich unter den Anwesenden ein starkes, unsicheres Raunen.

»Und das alles hat dir dein Freund Colarishfa erzählt? Hakam? Ich glaube, du verlierst langsam den Bezug zur Realität, mein Freund. Doch mein Misstrauen soll mir verziehen werden, wenn wir alle das Raumschiff mit den Waffen am Zielort landen sehen.«

»Das wird es Medin, das wird es.«

»Wo befindet sich der Treffpunkt?«

»Wenige Kilometer südwestlich unseres Standortes. Ich habe dich und Adil für diesen Einsatz auserwählt. Sozusagen als Delegation. Adil hat bereits den Treffpunkt ausgespäht. Er ist sicher. Keine Fallen. Er wird dich dorthin geleiten und dir beim Transport der Waffen behilflich sein. Ich bin mir sicher, dass sie uns im Kampf die entscheidende Wende bringen. Im Namen des Glaubens werden wir für Frieden in jedem gottlosen Land sorgen.«

Im selben Moment stürzte Adil mit aufgebrachter Geste in den Versammlungsraum. Außer Atem unterbrach er das ohnehin schon fast beendete Gespräch.

»Dazu wird es vielleicht nicht mehr kommen! Wir müssen sofort von hier verschwinden! Sofort sage ich!«

»Was ist, Adil? Was hast du gesehen!«

»Das ist es ja gerade! Nichts! Ich habe nichts gesehen! Niemand hat etwas gesehen, aber wir fallen wie die Fliegen!

Auf den Kameras! Nichts! Doch überall sehen wir Tod und Zerstörung. Einschusslöcher überall! Das, was uns angreift, ist für unsere Augen verborgen. Ich habe aus einem kleinen Fluchtstollen beobachten können, wie es auf unsere Leute schoss. Lautlos aber zerstörerisch. Zwanzig Millimeter Geschosse. Von unseren Kämpfern blieb nicht viel übrig. Das Ding ist so groß wie unsere Höhlendecke. Es verrät sich durch Schleifspuren! Es misst mindestens 2,50 m! Was auch immer uns angreift, es hat unser Versteck entdeckt und macht Jagd auf uns alle. Wir müssen zusehen, dass wir durch die Fluchttunnel entkommen!«

Die kleine Führungselite war bei den Worten Adils zur Salzsäule erstarrt. Jene wertvollen Sekunden verstrichen, die den Anführern der Glaubenskrieger zur Flucht fehlen sollten. Hakam erfasste als erster die Lage und reagierte geistesgegenwärtig.

»Los jetzt! Ihr habt gehört, was mein Neffe gesagt hat. Folgt ihm durch einen der Fluchtstollen! Er kennt sie wie kein anderer.«

Stampfende Geräusche vermengten sich mit den Schreien unzähliger Kämpfer. Das Fremde etwas schien sich dadurch allerdings keineswegs davon beeindrucken zu lassen. Unaufhaltsam rückte es seinem Ziel näher. Das Aufbegehren der mutigen Kämpfer, die sich dem Unsichtbaren entgegenstellten, flaute nach und nach ab. In unmittelbarer Nähe des Eingangs der Höhle wehrte sich die letzte verbliebene Stimme in einem längst entschiedenen Kampf. Ein kurzes 'Plopp' gefolgt von einem Schwall Blut und Gedärmen spritzte in den Besprechungsraum hinein.

Die meisten Männer, darunter auch Medin, waren Adil bereits in einen der Fluchttunnel gefolgt. Lediglich Hakam und zwei seiner treuesten Anhänger waren zurückgeblieben. Mit den Waffen im Anschlag stellten sie sich dem Feind. Eine Flucht war in diesem Augenblick unmöglich für sie geworden. Der Gegner stand bereits vor dem Eingang. Es war ein Akt reiner Selbstlosigkeit. Sie erhöhten damit die Chance der Flüchtenden, indem sie ihnen etwas mehr Zeit verschafften. Schnell verteilten sich die drei Deckung suchend im Raum und warteten auf den Gegner. Es folgten lange Sekunden des Abwartens. Für die Männer schien die Zeit still zu stehen. Vollgepumpt mit Adrenalin nahmen sie jedes Geräusch, jede Unregelmäßigkeit mit geschärften Sinnen wahr. Der faulige Gestank der zerfetzten Leiche stieg den drei Männern unangenehm in die Nasen und erinnerte sie an ihr eigenes, unabwendbares Schicksal. Sie beobachteten sich gegenseitig abwartend aus ihrer Deckung. Sollte der Gegner ausgerechnet jetzt aufgegeben haben? Hakam, der sich hinter der Tür postiert hatte, blickte abwechselnd in die Gesichter seiner Mitstreiter. Sie wussten ebenso wenig wie er, wie sie mit der ungewöhnlichen Situation umgehen sollten. Hatte der unsichtbare Gegner das Interesse verloren?

»Plopp, Plopp.«

Hakam starrte voller Entsetzen in zwei fassungslos dreinblickende Gesichter. Fast zeitgleich zeichnete sich auf deren Stirnen ein hauchdünner langsam austretender Blutstrom ab. Hilfesuchend richteten sie ihre Blicke auf den Anführer, als ihre Schädel plötzlich mit einem lauten Krachen zerplatzten. Das war selbst für ihn zu viel. Hakam entleerte sich kurzerhand seines Mageninhalts. In diesem Moment, als er sich vornüberbeugte, entging er nur knapp dem nächsten Kugelhagel, der seinen Kopf auf die gleiche Weise durchsiebt hätte. Nur Sekunden später brach die durchlöcherte Wand über Hakam zusammen und begrub ihn unter sich.

Die Flucht durch die Gänge, die zu weiten Teilen am Hauptgang entlangführten, gestaltete sich äußerst schwierig. Adil musste immer wieder warten, bis die Gruppe zu ihm aufgeschlossen hatte. Für sein Empfinden als Einzelkämpfer benahmen sie sich für Flüchtige, die sie geworden waren, viel zu laut. Stolper- und Schleifgeräusche übertrugen sich in der Höhle leicht über die Wand und machten den Gegner nur unnötig auf sie aufmerksam. Die Wände, die sie vor dem Feind trennten, bestanden zudem nur aus dünnem Kalkgestein. Sie waren porig und dadurch auch sehr hellhörig. Er wusste das, denn er hatte diese Tatsache schon einige Male beobachtet. Jedes Mal hatte er im Hauptgang gestanden und sogar das leiseste Flüstern der dahinter Verborgenen gehört. Erst viel später zweigte der parallel verlaufende Fluchttunnel vom Hauptgang ab und führte tiefer in den Berg hinein. Das Gewirr an natürlichen Höhlen, die sich zu einem Labyrinth vereinten, war erst spärlich erforscht. Nur wenige kannten sich dort unten aus und wussten, sich zu orientieren. Wenn Adil sie dort hineinführte, waren sie erst einmal sicher vor dem Unbekannten.

»Adil! Adil!«

»Schschscht! Seid leise! Die Wand ist hier sehr dünn. Der Feind kann uns hören!«, flüsterte er.

»Es fehlen drei Männer!«

»Wir können jetzt nicht ...«

»Hakam ist unter ihnen!«

Adil verschlug es für Sekunden die Sprache. Nur dank seiner Ausbildung hatte er sich schnell gefasst und reagierte emotionslos.

»Wir müssen weiter!«

»Dein Onkel!«

»Los! Sag ich!«

In diesem Moment hörten sie das Poltern der zerschossenen Wand, die den Anführer Hakam unter sich begraben hatte.

»Du musst Hakam zu Hilfe kommen! Er ist unser Anführer!« Befahl ihm Medin.

»Wir sind gleich alle tot, wenn du weiter so brüllst! Außerdem nehme ich keine anderen Befehle als von Hakam an«, widersprach er ihm.

»Dieser Verrat wird dich teuer zu stehen kommen, Adil. Auch, wenn du sein angeblicher Neffe bist!«, antwortete Medin barsch.

Bei den Worten zuckte Adil unwillkürlich zusammen. Was hatte er gerade zu ihm gesagt? Angeblicher Neffe?

'Nicht jetzt!', schimpfte er sich im Geiste. Zuerst mussten alle in Sicherheit gebracht werden. Er durfte sich in dieser brenzligen Situation keine Gefühle, sprich Fehler erlauben. Zügig gingen sie weiter. Im Schlepptau die größten Köpfe und Strippenzieher seiner Einheit. Und die benahmen sich für seine Verhältnisse wie der sprichwörtliche Elefant im Porzellanladen. Unmöglich, dass sie der Gegner nicht gehört hatte. Umso schneller musste er die Gruppe, die in der Hauptsache aus Männern gesetzteren Alters bestand, zur Eile anspornen. Erst hinter der nächsten Biegung, die sie hinunter ins Höhlenlabyrinth führte, waren sie in Sicherheit.

Und plötzlich war es da. Ein aberwitzig schnelles Zischen näherte sich der Gruppe, gefolgt von dumpfen Einschlägen, die die dünne schützende Wand durchlöcherte wie einen Schweizer Käse. Adil ignorierte jetzt jede Vorsicht und schrie aus Leibeskräften:

»Rennt! Rennt, so schnell ihr könnt! Los!«

Chaos brach im Angesicht des unsichtbaren Todes in der Gruppe aus. Die agileren Männer versuchten in ihrer Panik verzweifelt, über die Langsameren zu steigen, um dem anhaltenden Kugelhagel, der sich ihnen rasch näherte, zu entfliehen. Doch genau der traf sie mit voller Wucht in dem Moment, als sie sich an ihren Gefährten vorbeidrückten. Der plötzliche Tod der einen, behinderte das Vorankommen der Lebenden. Hoffnungslos eingekeilt schrien sie dem unbekannten Feind ihre letzten verzweifelten Todes- und Vergeltungsdrohungen zu, als seien es Handgranaten mit größter Sprengkraft. Der erbarmungslose Kugelhagel hielt aber unvermindert an. Eher schien es, als wollte sich der Todesvorhang erst dann heben, wenn auch die letzte Stimme restlos verstummt war. Adil nutzte das Chaos der todgeweihten Gruppe, um mit Medin, der in seiner unmittelbaren Nähe stand, hinter die schützende Biegung zu flüchten. Medins schmerzverzerrtes Gesicht verriet nichts Gutes. An der Wand lehnend hielt er sich mit einer

Hand den Bauch. Blut strömte zwischen seinen Fingern hindurch. Medin zitterte. Ungeachtet seiner körperlichen Verfassung zerrte Adil ihn tiefer in das Höhlenlabyrinth. Dicht gefolgt vom unaufhörlichen Pfeifen einschlagender Geschosse. Sie mussten tiefer in das Gebirge eindringen, wenn sie überleben wollten. Der Gegner hatte sie lokalisiert und gewaltsam die Wand des Fluchttunnels durchbrochen. Adil wusste, dass Ihre Chancen mit jeder Sekunde und jedem Meter, den Medin schwächer wurde, dahinschwanden. Trotzdem kam es für ihn nicht in Frage, ihn im Stich zu lassen. Eiligst riss er Stofffetzen aus seiner Kleidung und drückte sie zusammengeknüllt auf dessen rechte Unterleibshälfte und verzurrte sie mit einem weiteren Stofffetzen, den er um seinen Bauch band.

'Das sollte die Blutung etwas hemmen', dachte er sich. Medin stöhnte nur laut auf. Unter größter Kraftanstrengung mobilisierte er seine letzten Kräfte und schleppte sich mit Adils Hilfe in tiefere Gefilde.

Hinter ihnen tobte ein Höllenlärm. Unter Verwendung eines breiten Waffenarsenals schoss und sprengte sich der Feind gewaltsam einen Weg zu ihnen durch. Was auch immer er benutzte, es war schnell und effektiv. Die stampfenden Geräusche des Monsters marschierten erbarmungslos auf sie zu. Adil rechnete sich keine großen Chancen mehr aus, den knappen Vorsprung aufrecht zu halten. Ohne fremde Hilfe würden sie nicht mehr lebendig herauskommen. Er musste ein Versteck finden und das Beste hoffen.

Was es auch war, er hätte es zu gerne gesehen, das fremde Etwas, das sie verfolgte. Vor allem: Wer steckte dahinter? Die Amerikaner? Sie pflegten seit einigen Jahren den bequemeren Krieg und zerbombten mit ihren unbemannten Drohnen gefahrlos ihre Stellungen. Feiglinge eben! Waren es die Israelis oder Russen? Gar vielleicht die Chinesen? Adil traute jede dieser Nationen eine Beteiligung zu. Auf jeden Fall wurde er fast rasend bei dem Gedanken, es nicht mehr erfahren zu können. Der Tod würde ihn vorher ereilen. Zähneknirschend ballte er die Fäuste. Sein

Schöpfer hatte offenbar entschieden, dass seine Reise heute und hier ein Ende fand. Er hatte in den letzten Monaten viele Schlachten geschlagen. Diese hier war also seine Letzte. Sein Körper, den er bis jetzt unter Hochspannung gehalten hatte, entspannte sich. Der unsichtbare Gegner hatte gewonnen. Er wandte sich Medin zu, der den Ufern des Todes bereits näher war, als denen des Lebens. Der lächelte seinem Beschützer aufmunternd zu. Und fast sah es so aus, als bräuchte er lediglich eine kurze Verschnaufpause um sich von den Strapazen zu erholen.

'Muss wohl schon im Delirium liegen, der Glückliche', sann Adil.

Er hingegen würde in den Genuss kommen, die Durchsiebung seines Körpers hautnah miterleben zu dürfen. Selbst davon angewidert schüttelte er den Kopf, um die unausweichliche Tatsache von sich abzustreifen. Medin hob bedeutungsvoll den Arm.

»Sieh hin, Adil! Sieh hin!«, forderte er ihn mit brüchiger Stimme auf. Adil traute seinen Augen nicht. Eine Gestalt in verschlissener und verstaubter Kleidung kam auf sie zu gelaufen. Ausgerechnet aus der Richtung, aus der er und Medin geflohen waren.

»Hakam! Es ist Hakam, Medin!«

Medin lächelte schwach. Vor Freude verschluckte er sich und hustete Blut. Er wusste nicht warum, aber sein Onkel gab ihm neuen Mut und die kleine, aber bestehende Hoffnung zu fliehen.

Unter den anhaltenden Stampfgeräuschen mischten sich jetzt Hakams Schreie.

»Hey! Ich bin hier, du Teufel! Wolltest du mich etwa umbringen. Komm und hol mich, du Feigling!«

Adil verstand sofort. Sein Onkel hatte ihn und Medin nicht unter den Toten gefunden und war deshalb dem Fremden hinterhergeeilt. Hakam zielte offenbar darauf ab, das Unsichtbare auf sich zu lenken, um ihnen beiden zur weiteren Flucht zu verhelfen.

Das unheilvolle Stampfen und Krachen verstummte plötzlich. Hakam hatte keine Zeit sich darüber zu wundern.

Er nutzte die Gelegenheit und rannte ihnen entgegen. Aber er kam nicht weit. Nach wenigen Metern knallte sein Kopf völlig unerwartet gegen eine unsichtbare Barriere. Völlig benommen taumelte er rückwärtsfallend zu Boden. Keine Zeit, liegen zu bleiben. Hakam fasste sich schnell und zwang sich sofort aufzustehen. Eine riesige Platzwunde prangte über seiner blutverschmierten Stirn. Hakam machte nicht die geringsten Anstalten, es abzuwischen. Aus Leibeskräften schrie er das unsichtbare Hindernis an, sich ihm im Kampfe zu stellen.

»Von Mann zu Mann! Kapierst du?! Kannst du Feigling überhaupt verstehen, was ich dir zurufe? Ihr seid alle Söhne des Teufels! Daher werdet ihr auch nie gewinnen! Es spielt keine Rolle, wenn du uns alle umbringst. Es wird andere geben. Immer und immer wieder! Verstehst du?!«

Ein unscheinbares Maschinensurren drang an Adils Ohren. Hatte sich das Wesen gerade seinem Onkel zugewandt? Es gab nur einen Weg, das herauszufinden. Adil beschloss, volles Risiko einzugehen, und verließ völlig ungeschützt seine Deckung. Zusammen mit Medin, den er sich kurzerhand über seine Schulter geworfen hatte, marschierte er zielstrebig dem nächstgelegenen Stollen entgegen. Für einen Bruchteil einer Sekunde streifte ihn der Blick seines Onkels. Hakam hatte erreicht, was er wollte. Er nickte ihm kaum merklich zu. In seinen Augen schwang immer noch die Erinnerung an seinen Auftrag mit.

»Befreie uns! Räche Unsresgleichen!«

Er und sein Onkel hatten sich blind verstanden. Und Adil tat auch dieses Mal wie ihm geheißen. Er flüchtete tiefer in das Höhlenlabyrinth und war bald darauf verschwunden.

Hakam indessen versuchte immer noch mit allen Mitteln, das unsichtbare Ding vor ihm zu einer Reaktion zu bewegen. Mit erhobenen Fäusten drohte er dem Übermächtigen. Die Antwort folgte postwendend, noch ehe Hakam in Aktion treten konnte.

Es war nicht mehr als ein kleiner Stich, den er im Unterleib verspürte. Und als er an sich hinunter sah, klaffte an dieser Stelle ein faustdickes Loch. Wie zum Gruße hob der verstummte Hakam ein letztes Mal seinen Kopf, lächelte einen Moment lang und fiel kraftlos zur Seite. Seine erschlafften Fäuste öffneten sich und heraus kullerte ein Totmannschalter. Eine kleine rotblinkende Leuchtdiode kündete die Aktivierung einer Sprengladung an. Ein letztes Geschenk für einen Gegner, der sich für unbesiegbar hielt. Dann stürzte im Umkreis von 100 Metern die Höhlenformation in sich zusammen.

Adil war, als vernehme er einen lauten Schrei. Das konnte unmöglich sein Onkel gewesen sein. Die verzerrten Schreie jagten ihm Schauer über den Rücken. Ein gewaltiges Beben, ausgelöst durch die Explosion, erschütterte die Höhlenformation. Adil war zu dem Zeitpunkt bereits außerhalb der Gefahrenzone.

»Medin! Wir haben es geschafft! Medin hörst du!« Doch er war bewusstlos.

Vorsichtig legte er ihn zu Boden. Medin atmete nur noch sehr schwach. Er hatte viel Blut verloren und die notdürftig versorgte Blutung musste vordringlich gestillt werden. Adil musste sich schnell in Erinnerung rufen, an welchem Ort der Höhle sich die Kammer für die Erstversorgung der Verletzten befand. Neben Verbandsmaterial und Medikamenten wurden dort auch Notfallrationen für extreme Ausnahmesituationen gebunkert. Intuitiv rannte er in eine Richtung los. Schon bald steuert er auf eine kleine Nische zu, in der sich alles befand, was er benötigte um Medins Wunde zu versorgen. Einer seiner Glücksmomente, in dem er seine Einzelkämpferausbildung wertschätzte. Orientierung war eben alles.

Durch seine Erstversorgung war Medin zwischenzeitlich wieder zu Bewusstsein gekommen. Er trank Adil zuliebe ein paar Schlucke von dem Wasser, das dieser ihm mitgebracht hatte, um gleich darauf in einen tiefen Schlaf zu sinken. Adil beäugte ihn noch eine Weile kritisch. Vermutlich war es so am besten. Außerdem benötigte er auch ein wenig Zeit, um sich selbst zu regenerieren. Nachdenklich schaute er auf seine Armbanduhr. Sie hatten noch etwa zwölf Stunden bis zur Ankunft des fremden Raumschiffs. Da Medin ohne Unterstützung noch nicht selbständig gehen konnte, rechnete er weiterhin damit, ihn tragen zu müssen. Deshalb räumte er sich und Medin vier Stunden Schlaf ein. Schließlich lag noch ein weiter Weg vor ihnen, für den er ebenfalls mehrere Pausen einplanen musste. Fünfzehn Kilometer inklusive 70 kg Marschgepäck durch unwegsames Gelände waren selbst für ihn kein Pappenstiel.

Vier Stunden später, sie waren wie ein Wimpernschlag vergangen, packte Adil die wenigen Habseligkeiten zusammen, die sie bis zum vereinbarten Treffpunkt benötigen würden. Wasser, Nahrung, Schmerzmittel und Verbandsmaterial. Er hoffte insgeheim, dass man dort für Medin bessere medizinische Versorgung bereithielt, als er sie ihm bislang gegeben hatte. Der Verletzte schlief noch immer tief und fest. Deshalb beschloss Adil, nicht lange zu fragen, und schickte sich an, ihn sich über die Schultern zu legen. Dabei merkte er sofort, dass etwas nicht stimmte.

»Medin? Hörst du mich? Wir müssen weiter, wenn wir rechtzeitig am vereinbarten Treffpunkt sein wollen. Schläfst du? Ich werde dich tragen. Medin?«

Offenbar musste er wieder bewusstlos geworden sein. Medins Körper blieb schlaff wie ein nasser Sack. Adil hatte zumindest mit einem gequälten Stöhnen gerechnet. Doch Medin verhielt sich ruhig. Angesichts der vorherrschenden Dunkelheit hatte er völlig vergessen, seine Taschenlampe einzuschalten. Ihm genügte das fluoreszierende Leuchten der angebrachten Hinweisschilder, die den Weg kennzeichneten. Adil stutzte und legte den Verletzten kurzerhand wieder ab, um ihn zu untersuchen. Eine bittere Erkenntnis. Er spürte weder Puls noch Atmung. Medin war aus dem Leben geschieden. Vermutlich erst seit wenigen Minuten. Die Leichenstarre hatte noch nicht eingesetzt. Während er den Toten mit letzten Worten bedachte, erinnerte er sich an das, was Medin zu ihm bezüglich seines Onkels gesagt hatte.

»... auch wenn du sein angeblicher Neffe bist.«

Was hatte er damit sagen wollen? Er würde es nie mehr erfahren. Respektvoll die letzte Ehre erweisend trug er Medin in eine kleine Höhlennische und bahrte den Toten auf. Er erinnerte sich an die Worte, die er als junger Mann für andere Verstorbene in der Schule gelernt und gebetet hatte. Anschließend bedeckte er den Leichnam mit losem Gestein. Das Mindeste, das er für den Glaubensgefährten tun konnte.

Jetzt war er allein. Alle Hoffnung ruhte auf ihm. Gab es noch Hoffnung? Er war der einzig Überlebende. Etwas hatte alle Glaubenskrieger ausgelöscht. Sein Onkel war sich sicher: Es waren nicht die Fremden. Mit ihnen sollte er sich verabreden. Außerdem gab es noch unzählige weitere, unabhängig voneinander operierende Netzzellen. Er wusste von ihren Arbeiten und würde sich später einer dieser Organisationen anschließen. Der Feind hatte durch die Zerstörung seiner Basis vielleicht eine Schlacht errungen, den Sieg aber nicht. Er würde seine Brüder rächen, wenn die Zeit gekommen war. Schon aus diesem Grund durfte er sein Ziel nicht aus den Augen verlieren. Er hatte noch sechs Stunden Zeit, um pünktlich beim vereinbarten Treffpunkt zu sein. Hoffentlich lag sein Onkel recht bei der Annahme, dass die Fremden ihnen helfen wollten. Zu verlieren hatte er in seiner jetzigen Situation sowieso nichts mehr. Er hatte bereits alle, die ihm lieb und teuer waren, verloren. Nur seinen Glauben hatte ihm keiner nehmen können. Von ihm ließ er sich leiten, zu ihm würde er heimkehren, wenn seine Zeit gekommen war. Adil hatte keine Angst. Im Gegenteil: Er konnte völlig unbelastet seinem Ziel entgegen schreiten.

Sechs Stunden später.

Der Marsch war, wie zu erwarten, auch ohne Begleiter beschwerlich gewesen. Ständig war er darauf bedacht, den

Himmel nach irgendwelchen Flugzeugen abzusuchen und sich bei Annäherung vor ihren Kameraobjektiven zu verstecken.

Geschützt in einer Senke wartete Adil geduldig auf die Ankunft der Fremden. Nie zuvor hatte er den Luftraum so engmaschig überwacht gesehen. Nur von wem? Diese Flugeinheiten suchten eindeutig etwas. Vielleicht nach ihm? Oder hatten sie ebenfalls einen Tipp von dem Sympathisanten Colarishfa erhalten, der ihnen von dem Rendezvous mit den Aliens erzählt hatte? Adil wusste, dass Colarishfa nicht viel für die westliche Seite übrig hatte, doch wenn es um Geld und Frauen ging, konnte er schonmal seine Seele verkaufen. Ein Transporthubschrauber in großer Höhe überflog seine Stellung. Adil kam ein Verdacht. Wussten diese Leute von dem geheimnisvollen Unsichtbaren, der sie angegriffen hatte? Oder war es gar einer von ihnen gewesen? Adil ärgerte sich, dass er den Typ der Flugmaschine nicht näher erkennen konnte. Zu gern hätte er gewusst, ob es die Amerikaner waren, denen er das Massaker zu verdanken hatte. Im Grunde genommen traute er nur ihnen diese neue, technologische Errungenschaft zu. Wenn es darum ging, neue Scheußlichkeiten zu entwickeln, waren sie ganz vorne mit dabei. Das musste man ihnen schon lassen. Nur wenn das stimmte, dann ... hatten sie als Glaubenskrieger kein Wörtchen mehr mitzureden.

Adil war so sehr in seine Gedanken vertieft, dass er den kleinen Punkt am Himmel, der sich ihm mit rasender Geschwindigkeit näherte, nicht bemerkt hatte. Es waren nur Sekunden, bis wenige Meter über ihm das Gefährt brutal abbremste. Fliehkräfte solchen Ausmaßes hätte keine menschliche Lebensform überstehen können. Erst im letzten Moment bemerkte Adil das kleine Geschoss, das nicht größer war als ein herkömmliches Ruderboot. Jeder andere, nur nicht Adil, hätte instinktiv versucht, sich die Arme schützend über den Kopf zu halten. Adil hingegen reagierte völlig gegenläufig. Aus seiner schützenden Senke heraus, stellte er sich dem fremden Etwas angstbefreit entgegen.

Mit geschärften Sinnen und gespannter Körperhaltung wartete er auf eine Reaktion der Fremden. Sie waren pünktlich auf die Minute zum vereinbarten Treffpunkt erschienen. Sekundenlange Stille. Adil bemerkte aus den Augenwinkeln am Himmel einen aufgeschreckten Bienenschwarm. Er bestand aus Flugzeugen, die den plötzlich aufgetauchten Himmelskörper registriert hatten. Und es schien, als vermehrten sie sich. Von Sekunde zu Sekunde wurden es mehr und mehr. Unschlüssig kreisten sie mit seltsamen Flugmanövern über seinem Kopf. Es war eine Frage der Zeit, bis ein Pilot den Befehl zur Bombardierung erhalten würde.

Als ob die Fremden Adils Gedanken vernommen hätten, öffnete sich wie von Zauberhand mit lautem Zischen eine Luke. Es erfolgte keine weitere Reaktion der Fremden. Nichts rührte sich mehr.

»Hey! Wo sind die Waffen, die ihr uns versprochen habt!«, rief er hinüber. »Viele können es ja nicht sein. Oder kommen noch mehr von euch?« Adil wartete ein paar Sekunden. »Was ist? Wollt ihr uns nun helfen oder nicht?« Adils Stärke war nicht die Diplomatie. Die Fremden zeigten sich von seinen Sprüchen völlig unbeeindruckt.

Vorsichtig näherte er sich dem Gefährt. Der aufgescheuchte Schwarm über ihnen schien sich zu ordnen, was nichts Gutes verheißen konnte. Er war jetzt ganz dicht herangetreten und beugte seinen Kopf so weit vor, dass er in die Öffnung hineinschauen konnte. Sein Herz raste vor Anspannung. Seine Erwartungen, jemanden im Innern des Gefährts vorzufinden, wurden jäh enttäuscht. Nichts! Kein fremdes Wesen.

»Nicht einmal Waffen! Was soll das bedeuten? Ihr wolltet uns doch helfen!«

Er starrte abwartend ins Innere. Ein leerer Sitz, der ihn aufzufordern schien, hineinzusteigen. Was sollte er tun? Es war nicht das, was er erwartet hatte. Nicht das, was Hakam ihnen allen erzählte, kurz bevor sie angegriffen wurden.

Andererseits, sollte er jetzt, da die Fremden schon mal da waren und ihn offensichtlich dazu aufforderten einzusteigen, ignorieren? Wenn er das tat, hatte er überhaupt nichts in der Hand. So oder so, er hatte nichts zu verlieren und wenn er es recht sah, auch keine große Wahl. Das wussten auch die Fremden, die das Raumschiff geschickt hatten. Über ihn donnerte ein Kampfjet hinweg.

»Amerikaner.«

Deutlich konnte er die Maschine vom Typ F22 Raptor erkennen. Sie waren also für die schrecklichen Taten verantwortlich. Adil musste schnell eine Entscheidung treffen. Ein anderer Aufklärungsjet flog gerade so tief, dass er sehen konnte wie die eingebaute Kamera unterhalb des Cockpits ihn und das kleine Raumschiff aufmerksam verfolgt hatte. Die Daten, wusste er von seiner Ausbildung, wurden in Sekundenschnelle ausgewertet und an alle umherfliegenden Jets nach taktischem Reglement übermittelt. Ein Angriff auf seine Position stand unmittelbar bevor. Es war also höchste Zeit für eine Entscheidung. Ein leises Summen des Fahrzeugs vor ihm schien seine Vermutung zu bestätigen. Offenbar wussten auch sie, dass es höchste Zeit war aufzubrechen. Angesichts dessen, dass jeden Moment die Hölle über ihn hereinbrechen würde, schwang er sich, ohne weiter zu zögern, in das kleine Raumschiff.

Sofort schloss sich über ihm die Luke und das Fluggerät hob hektisch vom Boden ab. In dem winzigen Cockpit gab es keine Kontrollinstrumente. Einen Steuerknüppel, wie man vermutet hätte, suchte man hier vergebens. Das ganze Interieur war glatt und schnörkellos. Welche Technologie gestattete sich, auf die Unterstützung von Navigationsgeräten zu verzichten? Hier auf der Erde waren sie unverzichtbar. Es gab nicht einmal ein Fenster, aus dem er hätte hinausschauen können. Wo brachte man ihn hin? Der Innenraum fing an, in einem angenehm sanften Grün auf und ab zu pulsieren. Die atembare Luft, die das kleine Raumschiff im Innern verströmte, beruhigte ihn und roch angenehm herbstlich. Adil fühlte sich durch den Geruch an seine Kindheit erinnert, als er noch eine Familie gehabt hatte. Der Krieger in ihm wurde durch aufsteigende Sentimentalität in eine Ecke gedrängt. Unwillkürlich musste er an seine kleine Schwester denken. Eine einzelne Träne verlor sich auf seiner Wange. Zum ersten Mal seit Jahren fühlte sich Adil seltsamerweise in dieser fremden Umgebung mit menschlichen Gefühlen ausgestattet. Für die kurze Zeit, die er in der Kapsel verbrachte, konnte er sich der aufkommenden Geborgenheit, dem Gefühl der inneren Ruhe und Gelassenheit völlig hingeben. Der Krieger in ihm rutschte mehr und mehr in die Bedeutungslosigkeit ab, bis Adil durch die Flut an Gefühlen schließlich lächelnd eingeschlafen war.

8

Unweit von seiner Blockhütte entfernt machte es sich Thomas nach drei schweißtreibenden Tagen auf einem Felsen mit einer heißen Tasse Kaffee gemütlich. Alle Tiere, die auf Glorias Liste standen, waren mit seiner Hilfe und ohne größere Komplikationen auf die Station gebracht worden. Die junge Forscherin war gerade damit beschäftigt, die letzten Ankömmlinge unten im Tal aus ihren Käfigen in ihre neue Heimat zu entlassen. Die entsetzliche Stille, wie er sie anfangs erlebt hatte, existierte nicht mehr. Hoch droben unter der Kuppel unter dem künstlichen Himmel sah er zwei Mäusebussarde ihre Kreise ziehen. Ein gutes Zeichen befand Thomas. Offenbar schienen sie sich gut an ihre neue Umgebung anzupassen. Ob sie wohl merkten, dass sie sich in einer künstlichen Welt befanden. Unweit von ihm hüpften ein paar Spatzen im Geäst. Ihr wildes Gezwitscher war Balsam für seine Seele. Mit einem zufriedenen Lächeln und einem großen Schluck Kaffee aus seiner Tasse lehnte er sich entspannt zurück und genoss das Naturschauspiel. Zusammen mit seiner rettenden Tat, die er heute vor der Küste Siziliens vollbracht hatte, vergaß er ganz und gar seine schlechte Laune, die ihn seit einigen Tagen begleitete. Nach all den nervenaufreibenden Wochen und Monaten, die er durchlebt hatte, musste er sich heute wieder vor Augen halten, dass das Leben auch seine schönen Seiten haben konnte.

»Das Leben ist schön.«

ER hatte es in der Hand gehabt. Er hatte entscheidend dazu beigetragen, dass es ihm wieder besser ging. Und er hatte die Herausforderung angenommen, sein Schicksal zu ertragen und es anzunehmen. Bildete er es sich nur ein oder schmeckte auch der Kaffee heute besser als sonst?

Konnte es etwas Besseres geben, als das Gefühl der Zufriedenheit, das ihn gerade durchströmte? Er schloss die Augen und döste auf dem Felsen vor sich hin und nahm gelassen ein Sonnenbad unter der künstlichen Sonne der Mondstation.

9

Simon, die lebende Station, wurde gerade aus seinen Studien über die Erdgeschichte entrissen, als ihn ein elektrischer Impuls, den er selbst programmiert hatte, erreichte. Ein Impuls, den sämtliche Antennen seiner Station auffingen und immer dann an ihn weiterleiteten, wenn ein weltumspannendes Ereignis, das mit Miles zu tun hatte, vorgefallen war. Leider machte er dabei den einen kapitalen Fehler, sich nicht darüber ausführlich informiert zu haben. Dabei hatten seine Speicherbänke alles aufgezeichnet, was die Fehleinschätzung des Professors vermieden hätte. Seit die Station erwacht war, sammelte sie ohne Unterlass eine Unmenge von Daten über den Erdball. Dabei griff sie nicht nur auf eigene Aufnahmequellen zurück. Es war ein Leichtes für Simon, sich unbemerkt sämtlicher Satelliten zu bedienen, die jemals von Menschenhand in den Orbit gebracht worden waren. Es war der Erste seiner Vorsätze, den Simon brach: die

Nichteinmischung in fremde Angelegenheiten. Doch als die Station vor wenigen Wochen von Atomraketen heimgesucht wurde, konnte er diesen ungeschriebenen Kodex seines Volkes nicht länger aufrechterhalten. Der Selbsterhaltungstrieb war Motor jeder Spezies. Egal, ob technisch, biologisch oder eine Kombination aus beidem.

Simon ahnte nicht einmal, dass Thomas einen Weg gefunden hatte, sich vor seiner Technologie unsichtbar zu machen. Sicherlich hatte er ein aufs andere Mal beim Versuch, ihn über seinen Peilsender lokalisieren zu wollen, Unregelmäßigkeiten festgestellt. Jüngst hatte er ihn sogar mehrere Male aus den Augen verloren, als Thomas die Beschaffung der Tierarten vor Ort koordiniert hatte. Ein Umstand, der ihn misstrauisch stimmte. Seine Vermutungen behielt er jedoch zunächst für sich. Angesichts dessen, was er Gloria gleich würde zeigen müssen, stimmte es ihn nachdenklich. Hatte er sich so in seinem neuen Freund getäuscht, der sie kürzlich noch alle gerettet hatte? Was war passiert? Er konnte sich darauf keinen Reim machen. Gloria und er mussten ihn damit konfrontieren und ihn zur Rede stellen.

Was Thomas alias Miles angerichtet hatte, war im Grunde genommen nicht mehr gut zu machen oder zu verzeihen. Sollten sie ihn verurteilen? Und was würde es angesichts seiner Kräfte bringen? Schließlich war er kein normaler Mensch mehr! Einen wie ihn konnte man nicht wegsperren.

Gerade als sie dachten, dass sich ihre Situation endlich beruhigt hatte, musste ihr neuer Freund aus dem Ruder laufen.

'Nach diesem Ereignis müssen wir die Notfallkoordinaten ernsthaft in Betracht ziehen', dachte er.

Als Simon Gloria am späten Abend diesbezüglich informierte, brach sie in Tränen aus. Warum hatte Thomas ihr Vertrauen derart missbraucht? Konnte nicht einmal

Ruhe einkehren? Was hatte sie ihm getan? Jetzt, wo er sich doch scheinbar für ihre Arbeit zu interessieren schien, sich sogar bereit erklärt hatte, die Koordination der von ihr benötigten Tierarten zu überwachen. Er hatte sogar als erster bemerkt, dass die Luftschächte für das Biotop im Dom zu klein dimensioniert waren. Gloria widerte es sogar an, dass sie den Hobbyarchäologen überhaupt danach gefragt hatte, den Part der Beschaffung zu übernehmen. Trug sie die Schuld an seiner Entgleisung?

»Natürlich nicht, Gloria!«, protestierte Simon heftig.

»Niemand trägt Schuld am Versagen anderer Leute! Wir konnten es nicht wissen.«

»Was konntet ihr nicht wissen?«, wiederholte Thomas, genau in dem Moment, in dem er in der Zentrale rematerialisierte und in zwei smaragdgrüne Augen starrte.

Gloria wich entsetzt einen Schritt vor ihm zurück.

»Was hab ich denn nun schon wieder falsch gemacht?«, fragte er instinktiv. Er spürte, dass wieder etwas in der Luft lag, das mit ihm zu tun hatte. Weder Gloria noch Simon antworteten auf seine Frage.

»Ohhh, ich liege also recht mit meiner Annahme. Was ist es denn dieses Mal? Hab ich eine falsche Tierart importiert? Einen Besprechungstermin verpasst? Einen Geburtstag vergessen?«

Gloria hielt den Atem an. Ein untrügliches Zeichen dafür, dass ihr Körper gerade nach einem Ventil suchte, es aber nicht fand. Das Überkochen war vorprogrammiert.

Thomas erkannte die Lage sofort. Sie war nicht gespielt, sondern sehr ernst. Gloria war nicht wiederzuerkennen. Sauer war überhaupt kein Ausdruck für ihr Aussehen. Offenbar waren sie und der Professor dahintergekommen, dass er seine Aufenthalte auf der Erde verschleiern konnte.

»Ahhhh! Jetzt weiß ich es«, begann er beschwichtigend.

»Ihr fragt euch bestimmt, warum ich manchmal nicht auf euren Bildschirmen zu sehen bin, stimmt's? Tja, das wollte ich euch schon längst sagen. Das war mehr Zufall als alles andere. Also da war... «

»Halt den Mund!«, wurde er von Gloria schreiend unterbrochen.

»Du machst ja alles nur noch schlimmer mit deinen Lügen! Bist du noch ganz bei Verstand? Wie kann man ein mit Flüchtlingen vollbesetztes Boot vor der Küste Italiens versenken?! Hast du sie nicht mehr alle? 320 Menschen waren auf diesem nicht einmal 30 m langen, kleinen Fischerboot! Du hast 133 Menschenleben auf dem Gewissen! Männer, Frauen und Kinder! Hörst du?! Du hast Kinder umgebracht!«

»W... wie was sagst du da?«

»Mörder! Du bist ein verdammter Mörder! Wie konnte ich mich nur so in dir täuschen!«

Aus Thomas Gesicht wich alle Farbe. Er wurde blass und schaute betroffen auf den Boden.

»133 sagst du? Aber ich habe doch alle ...«

»Was hast du sie alle! Hast du nicht damit gerechnet, dass du sie damit etwa umbringen könntest, wenn du auf das Boot feuerst?!«

»Das stimmt doch gar nicht, Gloria!«, erboste sich Thomas.

»Du widerst mich an!«, entgegnete sie und fuhr sich dabei hilflos mit den Händen durch ihre rote Mähne.

»Dabei fing ich gerade an, dich zu mögen!«

»Gloria, ...« Thomas streckte vorsichtig seine rechte Hand aus und schritt auf Gloria zu.

»Gloria, du wirst doch ...«

»Bleib, wo du bist!«

Thomas war schockiert.

»Willst du mir etwa weiß machen, dass du nicht auf das Flüchtlingsboot geschossen hast?«

»Doch schon ... aber nein! Nein!«, erwehrte er sich.

»Ich hab doch nur, ...weil ...«

»Ich habe alles gesehen! Es läuft in den Nachrichten auf der ganzen Welt rauf und runter. Es gibt kein anderes Thema mehr.«

»Na, dann ist es doch gut. Dann passiert jetzt endlich mal etwas. Das Flüchtlingsthema konnte ja nicht so weitergehen!«

»Was redest du da, Thomas! Nichts ist gut!«

Eine Warnsirene heulte auf. Gloria und Thomas schauten einander an.

»Gloria?«, teilte sich Simon über die Lautsprecheranlage mit. »Gloria, unser Gast erwacht gerade aus seinem Regenerationsbad. Den gesteigerten Gehirnstrom-aktivitäten nach zu urteilen, scheint er keinen bleibenden Schaden davongetragen zu haben. Auch motorisch ist bei ihm alles in Ordnung. Er versucht sich gerade aufzurichten.«

»Darf ich zu ihm?«, sie schaute Thomas abschätzig an. »Ich bin hier sowieso fertig«, ergänzte sie.

»Sicher. Er wird sich freuen, wenn er merkt, dass er nicht alleine ist.«

Gloria hatte Thomas eine ordentliche Abfuhr erteilt, doch der hielt sie an ihrem Handgelenk zurück.

»Gloria! Warte doch! Ich möchte dir erklären, was ich damit bezwecken wollte!«

»Du brauchst mir nichts mehr zu erklären. Simon und ich haben uns in dir getäuscht. Uns ist klar das wir dich nicht aufhalten können. Warum also einsperren? Aber ...«

Sie entriss sich seinem Griff mit einer kräftigen Handbewegung, »... aber dafür könntest du uns wenigstens in Ruhe lassen.«

Thomas schaute sie fragend an.

»Was meinst du denn damit? Wieso ... also was ...«

»Hau ab!«, schrie sie ihn aus Leibeskräften an und wich bis an die Wand zurück. Heulend brach sie in Tränen aus.

»Hau ab, du Schwein! Verschwinde und komm nie mehr zurück.«

Thomas schaute sie hilflos an, ehe er sich still und leise auflöste.

10

Es dauerte noch eine ganze Weile, bis er zu sich kam. Kein Wunder. Schließlich lag er bereits wochenlang in dem Behälter. Die Nährflüssigkeit, in der er schwebend eingebettet war, hatte ihn ständig mit allem Lebenswichtigen versorgt. Darin geborgen wie in einem Mutterleib konnte sich sein Körper gezielt auf die Regeneration seiner schweren Verletzungen kümmern. In Windeseile hatte das Pflanzenplasmabad dafür gesorgt, dass sich seine Zellteilung primär um die Heilung seiner Wunden kümmerte. Die Nährlösung hatte seine Blutungen sofort gestoppt und begünstigte auch den Genesungsprozess der inneren Organe. Außerdem diente sie auch als idealer Gewebelieferant. Diese Eigenschaften bescheinigten ihr obendrein eine reinigende und zugleich desinfizierende Wirkung. Bei Bedarf konnte man der Flüssigkeit noch einige andere Substanzen beimengen, um beispielsweise den Knochenaufbau gezielt zu unterstützen. Er hatte schwere innere Verletzungen aus dem Kampf davongetragen. Auf der Erde wäre es zweifelsohne fraglich gewesen, ob er dies überlebt hätte. Hier auf der Mondstation war ein zerfetzter Darm, mehrere Rippenbrüche und eine durchbohrte Lunge kein lebensbedrohliches Problem. Unwillkürlich fasste er sich an den Bauch. Er spürte, dass alles an seinem Platz war, wo es sein sollte. Und er lebte.

Die Nährlösung, in der er lag, wurde langsam abgelassen. In seinem verschlossenen Kokon drohte es ungemütlich zu werden. Wie ein Ungeborenes drückte er sich aus Angst und Scheu vor etwas Neuem instinktiv tiefer in die warme Lösung.

Erst jetzt, als er wieder zur Besinnung kam, stellte er sich überhaupt die Frage, wie er in dieser Flüssigkeit hatte atmen können.

Eine Folge des Narkotikums, das ebenfalls die ganze Zeit der Flüssigkeit beigemengt war. Angst vor dem, was gleich folgen sollte, breitete sich in ihm aus. Zur Hälfte entleert, öffnete sich langsam der Deckel der Regenerationskammer. Ein gleißend helles Licht drang von außen in die kleine Kammer und durchflutete sie. Es gab kein zurück. Die Bequemlichkeit hatte ein Ende. Kaum, dass die Kammer vollständig geöffnet war, verspürte er den dringenden Reiz, sich sofort aufrichten zu müssen. Kaum geschehen, erbrach er sich ähnlich wie bei einem Erstickungsanfall und befreite sich so vom restlichen Pflanzenplasma aus Lunge und Bauch. Nachströmender Sauerstoff aus der Umgebung versorgte seine regenerierte Lunge.

Noch immer etwas benommen und schwach auf den Beinen, was nicht weiter verwunderlich war, sah er sich zum ersten Mal in seiner neuen Umgebung um. Hier gab es nichts, was unnötig herumstand. Definitiv lud der Ort nicht zum Verweilen ein. Steril und kahl, fast ein wenig unfertig. In dem Raum standen mit seiner eingeschlossen insgesamt drei Kapseln. Zusammen bildeten sie ein Dreieck, das um eine Steuerkonsole in der Mitte die Funktionen der Regenerationskammern sowie die der 'Patienten' überwachte. Augenblicklich schien sich allerdings niemand ernsthaft um ihn zu kümmern. Er war offenbar ganz allein.

»Wie kann das unbemerkt geblieben sein?«, fragte er sich im Stillen. War er vergessen worden oder wurde hier alles vollautomatisiert erledigt?

Etwas unbeholfen stieg er auf zitternden Beinen aus dem leeren Behälter. Wie lange er wohl darin gelegen hatte? Wer oder was hatte ihn überhaupt gerettet und hergebracht?

Überprüfend schaute er an sich herunter. Nackt! Wer hatte ihn ausgezogen? Egal. Zumindest für den Moment. Die Luft war angenehm warm. Er fror also nicht. Doch gegen etwas Stoff hätte er jetzt trotzdem nichts einzuwenden gehabt. Suchend schaute er sich nach etwas Brauchbarem um, stellte aber dann fest, dass er sich eigentlich erst einmal die klebrigen Rückstände der Nährlösung abwaschen musste.

Plötzlich starrte er auf einen roten Streifen am Boden, der gerade noch nicht da gewesen war. Er führte von seiner Behandlungseinheit weg zu einer offenen Tür auf der gegenüberliegenden Seite des Raumes.

'Eine Tür?', wie hatte er die übersehen können? 'Die war doch gerade noch nicht zu sehen?'

Ganz offensichtlich hatte man seine Gedanken erraten oder war es ein automatisierter Vorgang? Dichter, nebelförmiger Wasserdampf lud ihn zur Säuberung seines Körpers ein. Das ließ er sich nicht zweimal sagen. Er folgte verblüfft, aber erheitert der roten Spur, die auf geheimnisvolle Weise hinter ihm wieder verblasste.

»Unglaubliche Technologie. Das habe ich nicht einmal bei den Amerikanern gesehen. Erst die Kapsel, dann das rote Band auf dem Boden, die Wand in der jetzt eine Tür ist. Ich muss unbedingt wissen, wie das alles funktioniert. Und dabei bin ich gerade erst aufgewacht. Wie es wohl weitergehen wi ... ahrgh!«

Das letzte Wort blieb ihm im Hals stecken. Jemand oder etwas packte ihn unsanft von hinten am Hals, hob ihn dabei federleicht von den Beinen, als ob er nur eine leblose Puppe aus Stroh sei. Bevor ihm die Sinne schwanden, verlor der Würgegriff an Festigkeit, blieb aber dennoch stark genug, dass er sich weiterhin nicht bewegen konnte.

Was hätte es auch gebracht? Er sah nicht einmal, was es war, das ihn da am Schlafittchen gepackt hatte. Nach der ersten Aufregung versuchte er zunächst, seine Atmung unter Kontrolle zu bringen. Dicht hinter seinen Ohren hörte er ein tiefes Grollen. Wollte man ihm Angst einjagen?

»Was, was soll das!«, brachte er krächzend über die Lippen. »Ich habe keine Angst vor dir.«

»Solltest du aber!«, erwiderte das Unbekannte mit seiner gewohnt tief grollenden Stimme.

»Was willst du?!«

»Wenn du jemandem hier auf der Station zu nahe kommen solltest, wenn du IHR zu nahe kommen solltest, dann wirst du kein Regenerationsbad mehr benötigen. Dann hol ich dich und verteile deine ...«

Eine ebenfalls verborgene Tür öffnete sich auf der gegenüberliegenden Seite des Raums. Dahinter stand Gloria. Ihr stand das Entsetzen im Gesicht geschrieben. Sicher hatte sie nicht mit einer solchen Szene gerechnet. Thomas, den sie eben erst noch eigenmächtig von der Station verbannt hatte, würgte den frisch erwachten Malcorianer Adamas, der zappelnd nach Luft rang.

»Loslassen! Du sollst ihn loslassen, Miles!«

Etwas überrascht schauten Opfer und Täter in die Richtung, aus der die Worte kamen. Zögerlich ließ Thomas den Erwachten nieder. Adamas sank erschöpft auf die Knie und rang hustend nach Atem. Thomas schritt erst auf die junge Wissenschaftlerin zu, entschied sich aber dann doch anders und verschwand im Nebel des angrenzenden Waschraumes, wo er sich in seine Bestandteile auflöste und endgültig die Station verließ.

Gloria stand immer noch entsetzt und wie angewurzelt auf der gegenüberliegenden Seite des Raumes.

»Geht es ihnen gut?«, fragte Adamas als erster.

»Das wollte ich Sie gerade fragen?«, antwortete sie beleidigt.

Adamas massierte sich den schmerzenden Hals.

»Was war denn das eben gewesen?«, brachte er krächzend hervor.

»Alles klar?«, rief Gloria stattdessen.

Adamas richtete sich erschöpft auf. Er hob grüßend die Hand was auch als 'Geht mir gut, danke der Nachfrage' durchgehen konnte.

»Wer sind Sie? Wo bin ich? Und warum unterhalten wir uns auf diese Entfernung?«, fragte er mit deutlich erholter Stimme.

Gloria schaute verlegen auf den Boden.

»Mein Name ist Gloria und ... wir sollten uns über Ihre berechtigten Fragen zu gegebener Zeit unterhalten.« Dabei deutete sie mit ihrem Zeigefinger in eine bestimmte Richtung.

Adamas hob seine Hände zum Zeichen der Fraglosigkeit. Gloria drehte sich um. Ehe sie den Raum verließ, sagte sie kurz: »Ich werde Ihnen eine Leuchtspur zu Ihrem neuen Quartier legen. Dort hole ich Sie später ab, wenn Sie angezogen sind.«

Erst jetzt bemerkte Adamas, dass er sich dieser durchaus reizvollen Frau völlig entblößt gezeigt hatte. Immer noch nackt stand er vor dem Eingang zum Waschraum. Er wusste nicht, was er dazu sagen sollte. Es hatte ihm die Sprache verschlagen. Aber das musste er auch nicht mehr. Gloria war bereits verschwunden.

»Na toll, der erste Eindruck ist bekanntlich immer der Entscheidende.«

11

'Irgendetwas lief doch immer schief', dachte er.

Kaum wusste er, wie er seine Kraft sinnvoll einsetzen konnte, da machte man ihn schon wieder für alles Mögliche verantwortlich. Er verstand das nicht. Schon gar nicht, dass sich die beiden da oben in ihrem gemachten Nest nicht mehr richtig zu informieren schienen. Das sollten sie aber schon alleine herausfinden. Im Moment war er erst einmal sauer, frustriert und ein klein wenig enttäuscht. Er wollte doch vor allem Glorias letzte bestehende Zweifel aus dem Weg räumen. Nein! Er war nicht wie die Miles, von denen Gloria und Simon immerzu erzählten. Alles, was er wollte, war Gloria zu beeindrucken. Und vor allem, dass ein Barbar, wie sie ihn stellvertretend für sein Volk hin- und wieder nannte, auch ganz anders sein konnte. Musste er ihr das eigentlich beweisen? Nein. Mit beweisen hatte es nichts zu tun. Er hatte begonnen, für sie Gefühle zu entwickeln. Das merkte er jetzt. Anders war sein Verhalten gerade eben nicht zu erklären gewesen. Jetzt, wo sie nur noch Augen für den Neuen hatte und sich obendrein auch noch um die gigantische Biosphäre zu kümmern hatte, was zählte er da noch in ihren Augen?

»Egal! Ich kann mich jetzt entweder selbst bemitleiden oder mein eigenes Ding machen. Bislang lief es doch gar nicht so schlecht für mich! Ich weiß gar nicht, was ich habe! Carpe diem, nutze den Tag, Thomas!«, sagte er zu sich selbst.

»Also ich weiß ja nicht, was dein Problem ist, Alter, aber du solltest deine Einschätzung ein klein wenig korrigieren. Es läuft gerade schlecht für dich. Los! Rück die Kohle raus!«, sprach ihn jemand unvermittelt hinter seinem Rücken an.

»Sonst was?«

»Sonst hol ich dich von den Beinen! Den Rest kennst du ja sicherlich. Blaues Auge, Nasenbluten, Krankenhaus etc..«

Als ob Thomas nie etwas anderes gemacht hätte, ging er plötzlich in den Handstand über. Der junge Ganove, der sich heute definitiv den Falschen ausgesucht hatte, kratzte sich irritiert den Kopf.

Gelassen fragte Thomas: »Was ist? Willst du mich nun von den Beinen holen?«

»Kackarsch! Dir zeig ich´s!«, schrie der Angreifer und schlug wütend auf ihn ein. Doch anstatt dass sein Opfer schmerzverzerrt aufschrie und zur Seite kippte, stand Thomas immer noch unbeeindruckt auf seinen Händen. Ein wenig verwundert, trat er einen Schritt zurück, holte aber dann wortlos erneut zu einem Schlag gegen sein Opfer aus. Dieses Mal mit dem Fuß. Ehe der den Kopf treffen konnte, schnellte eine Hand des Akrobaten nach vorne und hielt ihn fest. Weil der Angreifer darauf nicht gefasst war, verlor der Verblüffte das Gleichgewicht und torkelte hin und her, bis er nach einiger Zeit wieder fest auf seinen Füßen stand.

»Jetzt haben wir eine Pattsituation«, fügte Thomas amüsiert hinzu.

»Hä? Wer bist du, verdammt! Lass meinen Fuß los!«

»Tja du auf einem Fuß, ich auf einer Hand. Schätze, du hast gewonnen.«

Er ließ den Fuß los und verließ seine ungemütliche Stellung. »Was stehst du hier noch herum? Hast du etwa noch nicht genug?«, fragte er ihn, als er sich wieder aufgerichtet hatte.

»Scheiße Mann, lass mich in Ruhe!«

Er rannte weg und suchte das Weite. Thomas schaute ihm amüsiert hinterher. Doch wie es Ganoven so an sich haben, lernen sie nie aus ihren Lektionen. Insbesondere dieser Typ nicht. Als der Fremde bereits fünfzig Meter zwischen sich und Thomas gebracht hatte, drehte er sich noch einmal um und zeigte ihm triumphierend den Stinkefinger. Einer älteren Passantin, die zufällig des Weges kam, entriss er brutal die Handtasche und rannte davon. Thomas reagierte entsprechend.

Der Dieb, der sich immer wieder beim Laufen nach einem grinsenden Mann umgeschaut hatte, stutze für einen Sekundenbruchteil, als er ihn nicht mehr erblickte. Doch zum Nachdenken war bereits keine Zeit mehr, als er unvermittelt gegen ein Hindernis stieß und bewusstlos durch den Zusammenprall zu Boden fiel. Er lag bereits in Handschellen, als er wieder zu Bewusstsein kam. Die herbeigerufenen Sanitäter gaben ihr OK für den Abtransport zum nahegelegenen Polizeirevier.

Das Opfer, das ihre Handtasche wiedererlangt hatte, gestikulierte unterdessen mit einem Polizisten.

»Groß und grün war er, ich sag's Ihnen! Hat den Räuber da drüben,« sie zeigte auf den Festgenommenen, »... einfach auflaufen lassen. Stand plötzlich da, wie aus dem Nichts. Und ... er ist überaus charmant!«, fügte sie geschmeichelt hinzu. »Ist Ihnen eigentlich aufgefallen, dass ich meine Handtasche mit meinen Kleidern farblich abgestimmt habe, Officer? Dem grünen Mann, der sie mir zurückgab, ist es aufgefallen. Und er sorgte sich um meinen Gemütszustand, fragte, ob es mir gut ginge. Habe ich von Ihnen, junger Mann, noch gar nicht gehört! Auf jeden Fall durchsuchte er den Dieb, zückte ein Handy aus der Hosentasche und alarmierte Sie.«

Der Polizist, der ihr aufmerksam zuhörte und sich eifrig Notizen auf sein Notizblock machte, seufzte und ließ ihn zurück in seine Jackentasche gleiten.

»Mam«, gab er zurück. »Angenommen, es war das berüchtigte Wesen, über das die ganze Welt seit Wochen ununterbrochen spricht: Meinen Sie, dieses Wesen hat nichts anderes zu tun, als Ihnen Ihre geraubte Handtasche zurückzugeben? Wie können sie sich: 1. So sicher sein, dass es ein Mann ist? Und 2: Spricht er dann auch noch unsere Sprache? Amerikanisch? Ein Alien und unsere Sprache? Zzz! 3. Verständigte er sich bislang nur auf Latein, was schon ziemlich schräg genug klingt. Und dann wollen Sie mir noch diesen Bären aufbinden? Ich sag Ihnen was, Mam:

Wenn Sie zu Ihrer Aussage noch etwas hinzufügen möchten, bitte ich Sie, dies auf unserem Revier zu tun. Und so lange Sie mir nicht sagen können, was passiert ist, ist dieser junge Mann da bei seinem Fluchtversuch gegen einen Baum geprallt. Schönen Tag, Mam.« Er nickte der Dame noch einmal höflich zu, ehe er in den Polizeiwagen einstieg und mit dem Festgenommenen davonfuhr.

12

»Offenbar habe ich einen ausgeprägten Spürsinn für Ärger entwickelt«, stellte Thomas nach einem arbeitsreichen Tag auf der Erde fest. »Fast unheimlich. Kommt das vielleicht ein Stück weit von dir?« Er begutachtete seine Manschette, die in der Abendsonne heute besonders schön glänzte.

»Ich hab den Spinnensinn eines Comichelden geerbt«, flüsterte er ihr zu.

Erst der Oma-Handtaschendieb, dann die beiden Autoknacker, die jetzt aufs Handschellenknacken umschulen müssen, ein führerloser LKW auf dem Highway 95, dessen Fahrer einen Herzinfarkt erlitt und zu guter Letzt das kurze Intermezzo eines Geiselnehmers in einer Bank, der dachte, er müsste einen auf Amok machen.«

Thomas schmunzelte als er an sein ganz persönliches Erlebnis, das er zwischendurch mit einem Alligator hatte, zurück dachte. Das Tier packte ihn mit einer blitzartigen Attacke am Bein, um ihn ins Wasser zu ziehen, als er sich gerade ein Sandwich am Ufer von Cucumber Island genehmigte. Mit voller Wucht krachte das Biest auf den Panzer des Helden, der wie ein Fels und ohne Regung stehen blieb. Danach stand fest: Auch Alligatoren konnten Gefühle für Schmerzen entwickeln, als er die qualvolle Laute hörte. Das Tier hatte sich sämtliche Zähne ausgebissen. Und ihn bereicherte es um einige Erkenntnisse mehr: Der Symbiont gewöhnte sich an ihn, lernte, ihm zu vertrauen. Vor dieser tierischen Gefahr hatte es sich nicht einmal mehr groß bemerkbar gemacht. Es hatte ihm unterschwellig mitgeteilt, dass etwas auf ihn lauerte, hatte aber keinen Impuls zum "Springen" auf ihn ausgeübt. Thomas schien es, als würde es die äußeren Bedrohungen immer besser abschätzen können. Den Zwang, bei der kleinsten Gefahr immer gleich springen zu müssen, legte es offensichtlich mehr und mehr ab. Wurde es dadurch nicht langsam etwas zu übermütig, gar unvorsichtig? Oder interagierte es mit ihm?

»So viele Erkenntnisse an nur einem Tag und allesamt in Titusville«, sinnierte er.

Titusville Florida. Wie war er eigentlich zu dieser Eingebung gekommen, ausgerechnet diese Kleinstadt aufzusuchen?

Ganz unbewusst hatte es ihn nach langer Zeit wieder in die traute Umgebung verschlagen. Vielleicht wusste er auch einfach nicht, wohin er gehen sollte, jetzt da man ihn von der Mondstation verbannt hatte.

Er und seine Frau Joan wohnten in der Stadt, als er noch als wissenschaftlicher Berater für die NASA am Kennedy Space-Center tätig war. Es war zu einer Zeit, als man die Pläne zur Besiedlung des Mars´ noch ernsthaft in Betracht gezogen hatte. Das über Jahre andauernde Projekt sollte die Zusammenarbeit der Menschen mit unterschiedlichem Sprach- und Kulturhintergrund näher untersuchen. Nichts war gefährlicher als die Eintönigkeit gleichgesinnter Menschen im All. Noch gefährlicher waren tief verwurzelte

Kultur- und Abstammungsunterschiede, die während einer langen Reise plötzlich zum Vorschein treten konnten. Nichts sollte auf einer milliardenteuren Mission dem Zufall überlassen werden. Doch das Projekt wurde nach ein paar Jahren gestoppt und auf Eis gelegt. Ein ESA-gefördertes Jobangebot verschlug ihn schließlich wieder nach Deutschland.

Inzwischen besaßen sie jedoch ein hübsches Häuschen am Rande der Stadt, das kurzerhand zum Feriendomizil erklärt wurde. Joan hatte insgeheim gehofft, dass sie beide sich eines Tages dorthin zurückziehen würden. Als sie aber merkte, dass sich ihr Aufenthalt in Deutschland auf unbestimmte Zeit verlängerte, wurden ihre 'Urlaubsaufenthalte' in den Staaten zusehends länger. Dort hatte sie ihre Familie und Freunde, die sie schmerzlich vermisste. Und als er dann noch eines Tages die einmalige Chance erhielt seine Forschungen in der Cheopspyramide mit der geplanten Mondmission "Iceeye" zu verbinden, war er quasi über Nacht für seine Frau Joan von der Bildfläche verschwunden. Alles, was für ihn zählte, waren die gesammelten Daten seiner Forschungen aus der Pyramide mit den Messinstrumenten der auszustattenden Sonde abzugleichen und zu optimieren. Tag und Nacht schuftete er für das Projekt. Seine Frau hatte er dabei völlig aus den Augen verloren. Da sie selbständige Softwareentwicklerin war, zog sie es irgendwann vor, in die Staaten zurückzukehren. Das war zumindest sein letzter Kenntnisstand, den sie ihm per SMS mitgeteilt hatte.

Auch wenn sie sich seit einer gefühlten Ewigkeit nicht mehr gesehen hatten, verheiratet waren sie beide noch immer.

»Ab wann gilt man eigentlich als tot?«, fragte er sich und schüttelte den Kopf. »Nein, das dauert eine Weile, bis man für tot erklärt wird. Mensch, Junge, reiß dich mal zusammen! Ob sie sich meinetwegen Sorgen macht? Interessiert sie das?« Wieder schüttelte er den Kopf.

»Morgen gehst du sie suchen. Punkt. Soll ich sie denn überhaupt suchen gehen? Naja, um den Hals fallen wird sie mir bestimmt nicht, aber eine angemessene Entschuldigung wäre wohl das Mindeste von mir.«

Vertieft in seine Gedanken stand er schließlich irgendwann vor der Einfahrt seines Hauses. Ein Ort, an dem er viele Erinnerungen mit seiner Frau teilte.

Von Außen betrachtet, konnte man nicht feststellen, ob das Haus bewohnt war oder nicht. Die Landschaftsgärtner hatten ihre Arbeit gut gemacht, stellte er zufrieden fest. Auch der Rasen wuchs prächtig, seitdem sie den Platzwart des ortsansässigen Golfclubs gegen ein monatliches Entgelt engagiert hatten. Dadurch ersparte er sich die regelmäßigen Nachbars-Garten-Witze. Er war ein lausiger Hobbygärtner. Selbst Kakteen gingen bei ihm ein. Da er damals zunehmend von der NASA in Beschlag genommen wurde, war es ihm gerade recht diese Arbeiten einem Fachmann übertragen zu haben. Er näherte sich dem Eingang des Hauses. Eine alte massive Eichentür, weißgestrichen mit einem antiken Griff aus Bronze, begrüßte jeden Besucher auf seine ganz eigene Art. Jeder, der von der angebrachten Hausglocke ein Läuten erwartete, sah sich getäuscht. Stattdessen erklang im Innern des Hauses die Melodie aus Mozarts kleiner Nachtmusik. Und dies sogar, bevor man einen Klingelknopf betätigen konnte, den man übrigens vergebens suchte. Eine Spielerei seiner Frau. Sie war die Technikbegeisterte in ihrer Beziehung. Damals war er noch der festen Überzeugung, dass die Spielchen seiner Frau nur Unfug seien. Heute war er ihr dankbar dafür. Neben dem Bewegungsmelder, der die Klingelmelodie ausgelöst hatte, gab es auch ein elektronisches Haustürschloss. Damit konnte er jederzeit sein Haus betreten, ohne einen Schlüssel bei sich zu haben.

»Feine Sache«, meinte er, als er sah, wie sich die Tür wie von Geisterhand öffnete. Er hoffte, dass er vor den Blicken der Nachbarschaft ungesehen das Haus betreten hatte. Schließlich war es schon fast dunkel und die meisten Bewohner hatten bereits ihre Vorhänge zugezogen. Der überaus neugierigen Nachbarschaft konnte er sich auch noch morgen früh stellen. Die gute, alte

Nachbarschaftspflege. Sie war etwas Wichtiges in den Staaten. Zumindest war es bei ihnen im Viertel zuweilen immer komisch und lustig zugegangen. Man feierte oft in dieser Gegend. Und Gründe dafür brauchte man eigentlich nicht. Da reichte schon der Wetterbericht aus, um es einmal auf den Punkt zu bringen. Ja, es sollte ausreichen, wenn er sich ihren Fragen erst morgen stellte.

Wussten die Nachbarn auch, dass Joan und er sich quasi getrennt hatten? Er würde es früh genug erfahren.

Thomas schüttelte den Kopf. Er war zu erschöpft, um sich darüber den Kopf zu zerbrechen. Während sich die Eingangstür hinter ihm wieder lautlos schloss, flammte das Licht im Foyer sowie im angrenzenden Wohnbereich auf. Es war gespenstisch still. Entschlossen, sich nicht von aufkommenden Gefühlen aufhalten zu lassen, lief er zielstrebig hinüber ins angrenzende Gästezimmer um sich dort erst einmal auszuruhen. Über alles Weitere würde er später nachdenken. Erschöpft vom Tag ließ er sich auf das stets vorbereitete Gästebett fallen. Später einmal hätte es ein Kinderzimmer werden sollen. Doch dann hatte Joan wähernd ihrer ersten Schwangerschaft den verhängnisvollen Unfall und wollte aus einer entwickelten Angst heraus keine Kinder mehr bekommen.

Es war eine schwere Zeit für sie beide. Insgeheim hatte er gehofft, sie würde darüber hinwegkommen, doch irgendwie sprach sie das Thema nie wieder in seiner Gegenwart an.

Thomas seufzte tief. Er brauchte darauf jetzt erst mal einen Scotch. Das Haus war definitiv eine schlechte Idee, stellte er fest. Alles schien ihn an diesem Ort wieder einzuholen. Und das gerade in einer Zeit, in der er sich selbst neu organisieren musste. Leider war ihm nichts anderes in den Sinn gekommen. Eine Flasche Scotch, die er aus Restbeständen in der Küche austrank, konnte auch nicht dazu beitragen seine Gedanken und Gefühle wenigstens im Alkohol zu ertränken. Oder war der Alkohol in der Flasche etwa verpufft? In seiner letzten Wohnung hatte das noch wunderbar funktioniert. Beiläufig fiel sein Blick vom leeren Glas auf die Manschette.

»Ach nee! Du bist das bestimmt!«, fiel es ihm auf einmal wieder ein. »Simon hatte ja so etwas erzählt. Du lässt nicht zu, dass man dir die Sinne vernebelt, nicht wahr? Willst, dass dein Wirtskörper wachsam bleibt«, er tätschelte seine Manschette wie ein Haustier. »Fein gemacht. Bringt mir bloß nix. Wenn du schon willst, dass ich bei Sinnen bleibe, dann kann ich auch gleich nach meinen alten Unterlagen sehen. Schlaf gönnst du mir ja ohnehin nicht mehr viel.

Mich würde ja sehr interessieren, wann die Malcorianer tatsächlich zum ersten Mal die Erde besucht haben. Als Exilplaneten für ihre Gefangenen haben sie ihn bekannterweise missbraucht, nachdem ihr eigener untergegangen war. Und trotzdem lässt mich an der Sache etwas stutzig werden.« Thomas machte eine kurze gedankliche Pause. Er hielt es für besser, seine Ausführungen offen und laut auszusprechen. Es half ihm, sich bei seinen nächsten Überlegungen besser darauf fokussieren zu können:

»Die zeitliche Abfolge scheint hier ganz und gar nicht zu stimmen. Wie kann es sein, dass zwei unterschiedliche Planetenvölker, Malcorianer wie Terraner ein und dieselbe Sprache sprechen können. Nicht, dass ich mit meinem Latein am Ende war, aber Gloria hat mich damit ziemlich überrumpelt. Ihren Angaben zu Folge war sie seit ihrem Erwachen noch nie auf der Erde gewesen. Wie kann es da sein das fremde Wesen eine längst vergangene tote Sprache sprechen? Wie groß kann die Wahrscheinlichkeit sein, dass sich EINE Sprache auf zwei unterschiedlichen Planeten entwickeln würde?« Grübelnd schaute er wieder auf die Manschette.

»Da sagst du nichts mehr, wie? - Sicher behauptest du, es waren die Gefangenen, die über die Jahrtausende ihre Frucht und ihr Wissen über weite Teile des Mittelmeerraumes verteilten?«

Thomas öffnete im Rausche seiner sich überschlagenden Gedanken die Schublade des Sideboards im Wohnzimmer und kramte in den Sachen nach einer Mappe. Er hatte sich schon Jahre nicht mehr damit beschäftigt. Doch vielleicht ergab nun alles einen Sinn. Er musste es überprüfen. Der Sprachen- und Kulturwissenschaftler versank über seinen gefundenen Unterlagen für viele Stunden in einen fast apathischen Zustand.

Lose Blätter verteilten sich überall auf dem Wohnzimmerboden, scheinbar ohne jeden Sinn und Verstand. Hin und wieder nickte er gedankenverloren.

»Nur eines versteh ich noch nicht so ganz« Thomas schaute sich dabei seine mächtige Waffe an.

»Welche Rolle spielst du in der ganzen Sache? Wie alt bist du wirklich?«

Natürlich hatte er diese Erkenntnis nicht aus seinen viele Jahre alten Unterlagen entnommen. Jedoch zog er daraus seine Schlussfolgerung. Und anstatt des Rätsels Lösung gefunden zu haben, hatte sich nur ein weiteres aufgetan. Eine Sache konnte er jedoch mit ziemlicher Sicherheit festhalten: Wertvolle Artefakte, die den Verlauf der Menschheitsgeschichte über Jahrtausende hinweg entscheidend geprägt hatten, verband etwas Gemeinsames.

Das hatte er vor einiger Zeit in diversen Laboratorien untersuchen lassen.

»Wieder im Lande, Thomas?«, wurde er plötzlich aus seinen Überlegungen gerissen.

Natürlich hatte er sie bemerkt. Besser gesagt: Sein Virus hatte ihn gewarnt. Aber warum gleich fliehen? Damit hätte er sie nur misstrauisch gestimmt. Schließlich wusste niemand über seine zweite Identität Bescheid. Außerdem erhielt er jetzt schneller als erhofft die Gelegenheit, sich bei ihr zu entschuldigen. Er hatte sich zwar vorgenommen, sich auf diesen Moment vorzubereiten, aber nun war es, wie es ist.

»Hallo Joan!«, stellte er sich überrascht. SIE nahm ihm das ganz und gar nicht ab.

»Tsss, nach 18 Monaten in denen wir uns weder gesehen noch gehört haben, bringst du nur ein 'hallo Joan' über die Lippen?«

Thomas schaute betroffen zu Boden.

»Wo warst du, verdammt nochmal?«

Gerade als er aufschauen wollte, warf sie sich ihm in die Arme. Vollends perplex brachte er nur unverständliches Blubbern über die Lippen. Joan schluchzte.

»Wie, also ... was, ähm tja, weißt du, also ich weiß nicht.«

»Ich habe dich überall gesucht, nachdem ich über die Medien hörte, dass du verschwunden warst. Warum hast du dich denn nicht bei mir gemeldet?! Keiner konnte mir sagen, wo du abgeblieben bist! Weder die Menschen von der NASA, noch die der ESA. Thomas! Niemand wusste, ob du noch am Leben warst! Warum meldest du dich denn nicht?!«

Thomas klopfte ihr sacht den Rücken. Für einen Ehemann, der er immer noch war, wirkte das recht unbeholfen. Diese Situation des Wiedersehens hatte er sich so nicht vorgestellt.

»Klatsch!«

Ehe er sich versah, spürte er die Hand seiner Frau ziemlich unsanft in seinem Gesicht. Die Reaktion war allerdings wieder etwas, das er gut kannte von Frauen, die ihm nahestanden. Was hatte er nur an sich, dass ihn alle immer nur ohrfeigten? Immerhin half es ihm, wieder seine Worte zu finden.

»Woher wusstest du, dass ich ...«

Sie zeigte unaufgefordert zur Eingangstür.

»Ich wusste es nicht, aber ich hoffte, du würdest kommen. Bewegungsmelder.« Sie zog ihr Handy aus der Handtasche und fuchtelte damit vor seinen Augen herum.

»Hat mich alarmiert.«

»Aha. Jetzt hast du mich erwischt«, antwortete er.

Eine Pause entstand. Etwas unbeholfen standen sich zwei Menschen gegenüber. Thomas schaute flüchtig auf die Uhr an der Wand. 04:00 Uhr morgens.

»Warst ne Weile unterwegs. Kaffee?« Seine Frau nickte. Als sie beide ihren Kaffee Seite an Seite an der Anrichte schlürften, war es fast wie früher.

»Tja um ehrlich zu sein, Thomas, ich wohne seit einigen Monaten wieder in Orlando. Du weißt, wie sehr ich meine Heimat vermisst habe. Ich konnte nicht länger auf dich warten und ...«, sie holte tief Luft, während sie dabei verlegen auf den Boden schaute, »... ich möchte es auch in Zukunft nicht mehr. - So. Jetzt ist es raus.«

Sekunden des Schweigens.

»Sag doch auch mal was!«

»Ähm ja. Puh, du willst also die Scheidung?«

»Hmmm.«

Betretenes Schweigen auf beiden Seiten.

»Komm! Tu nicht so, als ob es eine solche Überraschung für dich ist. Was hätte ich denn deiner Meinung nach tun sollen? Ich hab dich ja die letzten zwei Jahre quasi gar nicht mehr gesehen. Du warst wie vom Erdboden verschluckt. Hast dich nicht mal mehr gemeldet! Weißt du, wie ich mich gefühlt habe? Ich komme mir in deinen Augen wertlos vor. Hast mich nicht beachtet. Es hat dich nicht im Geringsten interessiert, wie es mir während deiner Abwesenheit ging. Und die letzten Wochen warst du sogar ganz abgetaucht, hast mir nicht mal mitgeteilt, wo du wohnst. Und als ich endlich deine Adresse ausfindig gemacht hatte, fand ich deine Wohnung aufgebrochen und demoliert vor. Ich habe die Polizei alarmiert! Mensch, ich dachte, du seist tot!«

Die letzten Worte schrie sie voller Wut und aufgestauter Enttäuschung heraus. Dabei trommelte sie unaufhörlich mit ihren Fäusten auf seine Brust.

»Du Scheißkerl! Ich dachte, du seist tot!«

»Joan, beruhige dich! Beruhige dich!«

Thomas nahm sie fest in seine Arme. »Scht. Scht. Alles ist gut. Beruhige dich, meine kleine Piratenbraut.«

»Wuah! Ich bin nicht deine Piratenbraut! Nicht mehr! Nicht mehr! Nein! Nein! Ich will mich nicht beruhigen. Ich kann ... ich will ... ich ...«, schluchzte sie völlig von ihren Gefühlen überwältigt.

»Scht, scht ... schschschscht ... hey! Alles ist jetzt gut Joan. Es geht mir gut. Ich kann nicht mal im Ansatz erahnen, wie du dich in dieser Zeit gefühlt haben musst.

Zwei Jahre in der ich nicht für dich da gewesen bin. Es tut mir so leid. Ich wollte dir schon so lange sagen, wie sehr es mir leidtut.«

Er nahm ihren Kopf vorsichtig in seine Hände und schaute in zwei verheulte, rehbraune Augen. Es tut mir furchtbar leid, was ich dir angetan habe. Das musst du mir glauben. Ich habe so etwas wie dich nicht verdient. Damals nach deinem...«, er stockte kurz, »... Unfall ist alles so schwer für uns geworden. Du hast völlig blockiert, mich nicht mehr an dich herangelassen! Ich war mit dieser Situation schlichtweg überfordert und habe dich in unserer schwersten Stunde alleine gelassen. Ich habe alles falsch gemacht. Aber da ich selbst mit dieser Situation nicht mehr klar gekommen bin, habe ich mich stattdessen in meine Arbeiten zurückgezogen. Ich hätte dich nicht aufgeben dürfen, mit dir immer und immer wieder sprechen müssen. Doch stattdessen habe ich ein Versteck gesucht, einen Rückzugsort, weil ich mich selbst nicht verstanden fühlte und selbst nicht mehr verstanden habe. Joan! Ich fühlte mich auch einfach unglaublich im Stich gelassen. Ich wusste nicht, was ich tun sollte, verstehst du?«

»Ich will die Scheidung, Thomas. Nur noch die Scheidung.«

Ein drittes und letztes Mal war es auf fast unheimliche Weise still geworden. Von draußen hörte man bereits die ersten Singvögel, die den neuen Tag ankündigten.

Joan war offenbar schneller als gedacht zum entscheidenden Punkt ihres Gespräches angelangt. Ein bisschen unbeholfen stand sie da und wusste nun auch nicht weiter. Sie versuchte, das ins Stocken geratene Gespräch wieder in Gang zu bringen, indem sie ihren sichtlich geschockten Mann etwas anderes fragte:

»Was machst du da gerade?« Sie zeigte auf das Blätterchaos am Boden. Perplex über den Themenwechsel begann Thomas irritiert zu erzählen.

»Also, ja, wo fange ich am besten an? Im Prinzip habe ich nach Gründen gesucht, weshalb man mich in meiner Wohnung beschatten ließ. Bis vor ein paar Stunden hatte ich dafür nur einen Verdacht. Ist ein bisschen schwierig, nach seinen Unterlagen zu schauen, wenn man ständig auf der Flucht ist. Im Übrigen, die Einzigen, die noch in Papierform vorhanden sind. Meine Digitalen haben sie alle konfisziert oder gelöscht. Das stellte ich fest, als ich vor ein paar Wochen meine Daten von Kairo aus abrufen wollte. Selbst für meinen Log-in Versuch hatten sie nur Minuten später Polizisten auf mich gehetzt. Ein bisschen viel Aufwand für jemanden wie mich, der nur einen Haufen Metall auf dem Mond nachweisen wollte, findest du nicht?«

»Doch, schon«, antwortete Joan entgeistert aber mit sichtlich wachsendem Interesse. »Und warum bist du vor diesen Leuten geflohen? Du sagtest doch etwas von Polizei? Warum fliehst du vor der Polizei? Wie konntest du überhaupt vor ihr fliehen?«

»Damals dachte ich, man wollte mich umbringen. Du hast ja gesehen, wie meine Wohnung aussah. Ich erhielt einen Tipp von einer unbekannten Person, bevor man meine Wohnung stürmte. Im buchstäblich letzten Moment war ich ihnen entwischt. Meine erste Reise führte mich schließlich zu den Pyramiden. Zurück an den Ort, an dem meine Forschungen ihren Anfang nahmen. Ich suchte dort nach Anhaltspunkten und versteckte mich in dieser Zeit bei einem Freund. Da ich nicht wusste, wozu diese Leute im Stande waren, habe ich es vorgezogen, mich nicht bei dir zu melden. Hinzu kommt aber auch der Umstand, dass ich einfach glaubte, du hättest die Schnauze gestrichen voll von mir. Wenn ich das mal so salopp ausdrücken darf.«

»Das hört sich ja wie in einem James Bond Film an! Wenn du mir nichts erzählen möchtest, kannst du das auch anders sagen. Ich bin doch nicht bescheuert! Und du bist auch kein Agent! Wenn du damit meinst, mich von meiner Entscheidung abbringen zu wollen, nicht die Scheidung einzureichen, liegst du völlig falsch, mein Lieber.«

Thomas nahm ihre Hände in die Seinen und schaute sie eindringlich an:

»Ich scherze nicht, Joan. Ich war noch nie so ernst wie heute.

Um die Scheidungspapiere brauchst du dich nicht zu kümmern. Du kannst deine im Übrigen auch in deiner Handtasche stecken lassen. Ich habe bereits alles Nötige veranlasst und unterzeichnet. Ich hatte zugegebenermaßen schon lange damit gerechnet.« Schuldbewusst und erschrocken fasste sich seine Frau an die Handtasche.

»Ich werde nicht zulassen, dass du mich über den Tisch ziehst«, reagierte sie barsch.

»Hast du eine so schlechte Meinung von mir, Joan?«

»Nein, eigentlich nicht«, stotterte sie beschämt über ihre eigene Aussage.

»Du wirst es ja gleich erleben.«

»Was meinst du?«

»Meine Anwesenheit wird nicht unbemerkt geblieben sein. Sie überwachen alles, einfach alles, Joan!«

»Wer denn, in drei Teufels Namen?!«

»Unsere Regierung natürlich! Pass mal auf«, begann er geheimnisvoll und zeigte mit einer Hand auf den Boden. »Die Blätter die am Boden herumliegen, sie scheinen auf dem ersten Blick überhaupt nichts miteinander gemein zu haben. Es sind, sagen wir mal, Unterlagen geschichtsträchtiger Gegenstände unserer Zeitgeschichte, die ich über die Jahre hinweg zusammengetragen habe. Im Besitz der Herrscher und Könige galten sie als Nachweis und Zeugnis einer 'angeblich' rechtmäßigen Machtausübung. Ein Freischein oder eine Legitimation für ihr Tun und Handeln, wenn du so willst.«

»Was faselst du da? Deswegen wird man doch nicht polizeilich gesucht.«

»Lass mich zuerst ausreden, bitte. Danach wirst du verstehen.

Diese Bewandnis, die es mit diesen Gegenständen auf sich hat und verbindet, führte mich irgendwann ganz von alleine direkt in die Zeit des Nationalsozialismus. Vielleicht weißt du ja, dass der größenwahnsinnige Führer Adolf Hitler alle Kunstgegenstände vereinnahmen wollte. Das gesamte Kulturgut sollte an einem Ort zusammengeführt werden, damit er der ganzen Welt seine Macht demonstrieren konnte.

Zur Erreichung dieses Zieles setzte er eine geheime Sonderabteilung ein, die sich nach besonders okkulten Gegenständen umschauen sollte. Ich stellte dabei fest, dass sich während dieser Einverleibung ihre Suche im Laufe der Zeit mehr und mehr auf konkretere Dinge spezialisierte. Unterabteilungen wurden gegründet, die abgekapselt und unbemerkt ganz eigene Ziele verfolgten. Hitler wollte die ultimative Anerkennung aller Kontinente erzwingen. Zu keiner Zeit sah er in seinem Handeln eine Verfehlung seiner Person, sondern die, des nicht Anerkennens aller anderen Menschen. Er benötigte also etwas, um sich alle Menschen untertan zu machen. Durch seinen Getreuen Heinrich Himmler, Reichsführer der SS, der schon seit jeher ein großer Anhänger der germanischen Mythologie war, erfuhr er von einer uralten Sage eines machtvollen Volkes mit dem Namen Asen. Von ihren Besitztümern erzählte man sich bis heute viele Sagen. Nach den Aussagen Himmlers sollen die Gegenstände eine unglaubliche Quelle der Macht aussenden. Hitlers Abteilung war gründlich. Sie raubte und plünderte über Jahre hinweg in der gesamten Welt auf der Suche nach sogenannten arischen Gegenständen. Himmler machte keinen Hehl daraus, diese Plünderungen im Auftrag des rechtmäßigen Erben zu legitimieren. Schließlich waren es allesamt Gegenstände, die ihrem Besitzer zurückgeführt werden mussten. Und das Dritte Reich sah sich definitiv als rechtmäßigen Erben an. Die Nazis waren in ihren Arbeiten überaus pedantisch. Sie katalogisierten und fotografierten jeden ihrer entwendeten Gegenstände. Doch von diesem Zeitpunkt an verlor sich die Spur für eine Vielzahl uralter Relikte und Zeugnisse unterschiedlichster Kulturen und Völker unserer Erde. Sie verschwanden von der Bildfläche. Einfach so. Spurlos. Die Wenigen, die man hatte retten können, als das Reich zerfiel, wurden von amerikanischen Laboratorien in jüngster Zeit untersucht. Und sie hatten alle eines gemeinsam, Joan: Ein und dieselbe Herkunft. Verstehst du das?!«

»Überhaupt nichts! Ich versteh nur Nazis von dem, was du sagst. Was haben die mit dir zu tun?«

»Joan! Die Nazis haben schon viel früher festgestellt, dass diese Gegenstände aus aller Herren Länder etwas miteinander verbindet! In ihren Forschungen waren sie uns damals weit voraus. Weiter als Amerikaner oder Russen. Sie haben schon damals die Vorzüge eines Metalls erkannt, das es auf unserer Erde gar nicht geben dürfte! Joan! Es ist das Metall, das ich auf dem Mond nachgewiesen habe.«

»Dein Forschungsprojekt.«

»Genau dieses. Erst vor ein paar Minuten habe ich das aus meinen Unterlagen schlussgefolgert. Andere wissen das schon seit viel längerer Zeit. Aus diesem Grund unterstützte man mein Projekt und beobachtete mich dabei bis zuletzt.«

»Unsere Regierung«, flüsterte Joan geheimnisvoll.

»Ja. Ein paar Leute sind der Meinung, ich wisse mehr als ich in meinen Forschungen niedergeschrieben habe.«

»Und? Tust du das?«

»Was?«

»Na mehr zu wissen, als in deinen Forschungen steht!«

»Inzwischen kann ich das definitiv mit Ja beantworten. Wenn die Regierung mir deswegen nachstellt, dann vermute ich, brauchen wir nicht lange zu suchen, wo die verschollene NS-Raubkunst abgeblieben ist. Meinst du nicht auch?«

»Du denkst wir... also die Amerikaner befinden sich im Besitz dieser Schätze?«

»Wir werden es bald herausfinden. Ich glaube, es macht so am meisten Sinn, wenn man die Zusammenhänge erkennt. Die Anschuldigungen die man den Vereinigten Staaten vorwirft, über die Außerirdischen und ihr Metall Bescheid zu wissen, macht es zumindest plausibler.«

»Du sprichst von der kleinen Hulk-Ausgabe, dem grünen Kerl?«

»Miles. Ja.«

»Ich hörte im Radio auf dem Weg nach Titusville, dass er heute in der Stadt gewesen sein soll. Einer alten Dame hat er angeblich die geklaute Handtasche zurückgebracht. Und sie behauptete, er spreche akzentfreies Englisch.« Joan fing an zu lachen. »Was für ein Frauenheld. Als Nächstes rettet er womöglich noch das Altenheim vor dem miserablen Catering Service. Erinnerst du dich noch an die Schlagzeile, als sich dort einige Bewohner ihre letzten Zähne am Essen ausbissen?«

Thomas grinste verlegen.

'Solange sie keine Rückschlüsse zu mir zieht, ist ja alles Ok' ,dachte er sich.

»Hör zu, Joan, ich weiß nicht wie lange ich weg sein werde. Aber zumindest sorge ich dafür, dass sie dir kein Haar krümmen. Es tut mir leid, dass ich dir kein guter Ehemann war. Ich bin zu selbstverliebt in meine Arbeit. Kannst du mir verzeihen? Ich würde dir gern zumindest als Freund in guter Erinnerung bleiben.«

»Thomas, wenn das wahr ist, was du mir erzählst, dann ...«

In diesem Augenblick stürmte eine Spezialeinheit das Feriendomizil der Martins. Thomas hütete sich, vor den Augen seiner Frau zu entstofflichen. Ganz im Gegenteil. Er wusste, was kommen würde und verfolgte in aller Ruhe den Zugriff der Regierungsbeamten, die ihre Einheitszugehörigkeit auf den Jacken verschleiert hatten. Die zu Tode erschrockene Joan hielt er sicherheitshalber fest in seinen Armen. Zumindest solange, bis der erste Schock von ihr gewichen war.

»Keine Bewegung! Sie sind umstellt! Auf den Boden und Hände über den Kopf!« Noch ehe der Einsatzverantwortliche der sechs Mann starken Truppe seiner Forderung mit Waffengewalt Nachdruck verleihen konnte, wurde er rüde von einer Stimme unterbrochen.

»Das ist nicht nötig! Die beiden stellen keine unmittelbare Gefahr dar, Sergeant!«

»Sir! Mein Befehl lautet, die Verdächtigen festzunehmen, nicht festzuhalten!«

»Zur Kenntnis genommen. Ich übernehme ab jetzt!«, antwortete ein Mann, dessen Stimme er schon in seiner zerstörten Wohnung in Washington vernommen hatte. Das war, kurz bevor er mit Gloria geflohen war.

Thomas lockerte seine schützende Umarmung um Joan.

»Tun sie ihre Arbeit, aber halten Sie meine Frau da raus. Sie hat mit dieser Sache nichts zu tun. Haben Sie verstanden? Ich werde mit Ihnen gehen!« Er ließ Joan los und ging zu einem der Soldaten.

»Bleiben Sie stehen!« Thomas hielt inne. Er sah sich einer Hand voll Gewehrläufen gegenübergestellt.

»Hören Sie zu. Es tut mir ja leid, wenn ich Sie das letzte Mal nicht begleitet habe. Das ist jetzt anders. Sie haben gewonnen. Und egal ob Sie meine Frau festnehmen wollen oder nicht: Sie kann Ihnen von meinen Forschungen nichts berichten. Wir haben diese Dinge in unserer Beziehung immer strikt getrennt. Also lassen Sie sie bitte zufrieden.«

»Es liegt nicht an Ihnen, zu entscheiden, was wir für wichtig erachten und was nicht, Herr Martin. Wenn wir Ihre Frau mitnehmen möchten, können wir auch das.«

»Und wenn Sie möchten, dass ich mit Ihnen kooperiere, dann tun Sie genau das, was ich zu Ihnen gesagt habe«, antwortete Thomas bestimmt.

»Sie haben keine Ahnung, zu welchen Methoden wir imstande sind, Sie zur Kooperation zu bewegen, Mister!«

»Lassen Sie das Kinderspiel. Benehmen wir uns stattdessen wie Erwachsene, ok? Ich weiß, dass Sie meine Frau schon seit längerer Zeit überwachen. Und nachdem Sie nichts herausfanden, bestand Ihre Hoffnung darin, mich irgendwann zu erwischen, wenn ich bei ihr aufkreuze. Also bitte, lassen wir das Theater. Woher ich das weiß? Top Secret. Kennen Sie ja. Sie sollten wissen, dass ich Mittel und Wege kenne, ihrer Organisation empfindlichen Schaden zuzufügen, was ich natürlich nicht im Mindesten möchte. Aus diesem Grund lassen Sie meine Frau und Ihr gesamtes privates Umfeld ab sofort in Ruhe«, forderte Thomas unmissverständlich.

»Sie drohen den Vereinigten Staaten von Amerika? Somit hätten Sie quasi Ihr eigenes Todesurteil gefällt! Ist Ihnen das klar?«

Thomas machte eine wegwerfende Geste.

»Papperlapapp! Ich sagte, wenn Sie ihr etwas antun oder Sie sie weiter beschatten!«

»Sie wähnen sich ungewöhnlich sicher für jemanden, der "nur" ein Wissenschaftler ist. Irgendetwas stimmt Sie sehr selbstbewusst und ich würde zu gerne wissen, was das ist.«

Thomas grinste innerlich geradezu, zog es aber vor, seiner Forderung mehr Nachdruck zu verleihen, indem er eine ernste Miene aufsetzte. Auge in Auge sahen sie sich an. Ein leichtes Kopfnicken des Einsatzleiters signalisierte dem Einsatzteam, lediglich dem Wissenschaftler die Handschellen anzulegen. Joan wurde von diesem Moment an nicht mehr beachtet.

»OK. Wir sind hier fertig. Mrs. Martin, bedanken sie sich bei Ihrem Mann. Sie entschuldigen uns?«

Damit wandte er ihr den Rücken zu und verschwand mit seinem Einsatzteam. Allen voran, ihr Mann Thomas, der in Handschellen gelegt die Gruppe anführte.

»Oh hallo, Hr. Martin! Sind Sie beide wieder zurück? Ich habe den Wagen Ihrer Frau in der Einfahrt gesehen. Was machen denn all diese Fahrzeuge und Männer in Ihrem Vorgarten? Sie ruinieren den gesamten Rasen!«

»Guten Morgen, Mrs Purchette! Wie schön, Sie zu sehen. Wie geht es Ihnen?« Thomas riss zum Gruß seine gefesselten Arme nach oben, als er die alte, treuherzige Nachbarsfrau auf der anderen Straßenseite an ihre Haustüre gelehnt sah. Sofort richteten sich wieder alle Gewehrläufe auf den Wissenschaftler. Als die alte Dame die Situation erkannte, hielt sie sich entsetzt an ihrem Türrahmen fest.

»Seien sie unbesorgt, Mrs Purchette«, beruhigte er sie. »Wir proben hier nur für einen Kinofilm. Sehen Sie mal her?« Mit einem kleinen "Pling" lösten sich die Kettenglieder der Handschellen, als er ihr durch das Ausbreiten seiner Arme signalisierte, dass sie sich keine Sorgen machen musste.

»Sehen Sie, Spielzeughandschellen!« Unruhig wurden in diesem Moment nur die Einsatzbeamten, die ratlos mit ansehen mussten wie sich ihr Festgenommener spielend leicht befreite.

»Alles in bester Ordnung! Nur leider muss ich mich schon wieder von Ihnen verabschieden. Die Dreharbeiten sind hier bereits abgeschlossen. Wir sehen uns bald wieder, Mrs Purchette! Keine Sorge.«

»Dann backe ich uns allen einen leckeren Apfelkuchen.«

»Hört sich sehr gut an«, erwiderte Thomas.

»Der schöne Rasen. Ruiniert! Denken Sie bitte an Ihre Nachbarschaft, Hr. Martin!«

»Keine Sorge, Mrs Purchette«, rief Joan ihr zu. Mit einer Mappe in der Hand erschien sie in der Haustür.

»Bernie kümmert sich sehr liebevoll um den Rasen. Der kriegt das wieder hin. Machen Sie sich da keine Sorgen. Alles ist in bester Ordnung!«

Thomas der in ein nahestehendes Fahrzeug gedrängt wurde, schaute sich noch einmal suchend nach Joan um. Trotz der außergewöhnlichen Situation, die sie beide gerade erlebten, schaute sie ihm mit einem versöhnlichen Blick nach.

»Halt!«, rief sie die Agenten zurück. Sie hob dabei wild fächernd ihren Arm mit der Mappe in der Hand. Es waren die Scheidungspapiere, die er schon seit längerer Zeit aus einer dunklen Vorahnung eigens dafür vorbereitet hatte.

»Thomas!«, rief sie ihm laufend entgegen und drückte ihm einen letzten dicken Kuss auf den Mund.

»Danke ... Pass gut auf dich auf. Ich liebe dich.«

»Ich wünsche dir von Herzen alles Gute und ein glücklicheres Leben, als du es mit mir gehabt hast. Piratenbraut.«

Ein letzter Blick in ihre Augen, dann wurde er rüde ins Fahrzeug bugsiert.

»Wir sehen uns, Tiger!«, rief sie ihm hinterher, als sich die kleine Fahrzeugkolonne bereits auf den Weg gemacht hatte, dem Sonneaufgang entgegenzufahren.

Mrs. Purchette starrte immer noch fassungslos dreinschauend zu Joan hinüber. Es waren einfach zu viele Eindrücke für die alte Dame gewesen. Joan lächelte ihr beruhigend zu.

»Ein Actionthriller, Mrs Purchette. Nur ein Actionthriller.«

13

Mars

Diese unterirdische Stadt besaß wahrhaftig gigantische Ausmaße. Richter hätte sich noch jahrzehntelang mit ihrer Erforschung befassen können. Er wollte einfach alles von diesem Wunderwerk der Technik und der unglaublichen Baukunst wissen und sie für seine Zwecke nutzen. Mehr und mehr waren ihm die Belange des Militärs gleichgültiger geworden. Nein, wenn er eines Tages auf die Erde zurückkehren würde, und das hatte er sich fest vorgenommen, dann wollte er sie schon als Imperator betreten und damit ein neues Zeitalter der Menschheitsgeschichte einläuten. Alle sollten in Ehrfurcht zu ihm aufsehen. Allerdings wusste er noch nicht so recht wie. Seine Macht musste er erst noch unter Beweis stellen. Erst dann konnte ihn die Menschheit akzeptieren. Ein bisschen so wie es die MILES seinerzeit taten, sinnierte er. Nur ohne dabei gleich verrückt zu werden und dabei den Planeten zu zerstören. Im Moment sah es leider nicht danach aus, dass er sein Ziel irgendwann würde realisieren können. Doch zunächst musste er sich eingestehen, dass er nicht genügend Überzeugendes vorzuweisen hatte. Sicher, bei all den Dingen, die er bereits entdeckt hatte, gab es technische Finessen, die ausgereicht hätten, eine Revolution auf der Erde auszulösen. Doch deswegen würden ihm die Massen nicht bedingungslos folgen. Er hatte herausgefunden, dass es auf Mars dutzende Produktionshallen gab, die nur darauf warteten, ihren Betrieb wieder aufzunehmen. Das schon alleine war mit menschlichem Verstand kaum zu begreifen. Wie konnten Produktionsanlagen nach jahrtausendlangem Stillstand einfach so per Knopfdruck wieder anlaufen? Auf der Erde wären diese Anlagen unwiederbringlich verfallen. Hier fehlte es lediglich an einer qualifizierten Fachkraft, die alles in Gang brachte. Leider wusste er bislang noch nicht, was genau diese Anlagen produzierten. Irgendwann musste er sich vor Ort informieren und ein Bild machen. Diese und weitere Erkenntnisse hatte er aus den Aufzeichnungen des Zentralrechners erhalten, den er seit Tagen schon in Beschlag genommen hatte. Die Suche nach brauchbaren Waffen gestaltete sich jedoch schwerer als gedacht. Den Informationen zufolge hatte der damalige, neu konstituierte Regierungsrat nach der verheerenden Katastrophe auf Malcors einstimmig beschlossen, niemals wieder Waffen herzustellen. Jeder, der sich diesem Gesetzesparagraphen wiedersetzte, musste mit Verbannung auf dem nächstgelegenen Planeten Erde rechnen. Er galt zu damaliger Zeit als unbewohnt. Und um ehrlich zu sein hatten sich die Malcorianer nicht sonderlich Mühe gemacht, ihn näher zu untersuchen. Damals reichte den Entscheidungsträgern aus, dass mit unbewohnt lediglich gemeint war, dass keine nennenswerte Technologie dem eigenen Planeten gefährlich werden konnte.

Richter war zudem besorgt, weil Looma erste Ergebnisse erwartete. Und je länger er ihn hinhielt, desto misstrauischer wurde er. Seitdem er den Zugang ins Datensystem erschlossen hatte, kreiste er unentwegt in seiner Nähe.

Heute war er in den Speicherbänken auf etwas sehr Interessantes gestoßen. Es war so außergewöhnlich, dass er sich davon unbedingt ein Bild vor Ort machen musste. Um dem umherstreifenden Looma aus dem Weg zu gehen, schlich er sich leise und unbemerkt aus einer Nebentür bis in die tiefsten Ebenen der unterirdischen Anlage. Den Lift zu benutzen, hätte nur unnötige Aufmerksamkeit auf ihn gelenkt. Looma musste nur den Zentralrechner nach in Betrieb befindlichen Anlagen befragen. Und er tat dies oft. Nein. Dieser Mensch war unberechenbar geworden und obendrein skrupellos, jederzeit bereit, für seinen Vorteil das Undenkbare zu tun. Tat er das inzwischen nicht auch? Er strich den letzten Gedanken aus seinem Kopf. Wäre er damals nicht zu ihm ins Flem gestiegen, wäre er jetzt ebenfalls tot, genau wie das andere Mitglied der Aktion, den das Vakuum nach der Sprengung des Hallendachs ins All gerissen hatte. Das Schicksal des Soldaten hatte Looma nicht einmal zur Kenntnis genommen. Daher ließ ihn das Verhalten des Erwachten mit äußerster Vorsicht und Bedacht handeln. Auf keinen Fall durfte er mit offenen Karten spielen, sonst würde er früher oder später selbst von ihm liquidiert werden. Außerdem musste er zusehen, dass er den Planeten ohne fremde Hilfe verlassen konnte.

Jede Etage, die ihn tiefer in den Treppenschacht hinunter führte, entfernte ihn weiter von seiner Steuerzentrale, in der er begonnen hatte, sich heimisch zu fühlen. Dort hatte er das Gefühl, alles unter Kontrolle zu haben. Und sogar Looma konnte er dort durch sein angesammeltes Wissen an der Nase herumführen. Jetzt hatte er vielmehr das Gefühl, dass das automatische System ihn überwachte und beobachtete. So fühlte es sich zumindest an, wenn sich das Licht im Treppenschacht Etage für Etage vor seinen Augen geheimnisvoll einschaltete und hinter ihm wieder auf ebenso gespenstische Art und Weise erlosch. Seltsamerweise gab es vom Hauptrechner keine Möglichkeit, auf die Schaltkreise des unteren Treppenschachts Einfluss zu nehmen. Das letzte Untergeschoss dieses Sektors wurde auf den Bauplänen sogar als im Rohbau befindlich ausgewiesen. Separate Stromkreise und der Hinweis einer Baustelle führten bei Richter zu Schlussfolgerungen, die für einen Soldaten seines Schlages typisch waren. Fast immer bargen solche Hinweise auf der Erde ein Geheimnis, das vor unbefugtem Zutritt schützen sollte.

Nach einer gefühlten Ewigkeit und weiteren, unzähligen Etagen hatte er das offizielle Ende des Treppenschachtes erreicht. Die Beleuchtung flammte ab hier nicht mehr wie gewohnt auf. Und eine, nur auf den ersten Blick unfertige Treppe forderte nebst halbherziger Absperrung durch ein zerfleddertes Absperrband all jene dazu auf, den Rückweg anzutreten. Unbeeindruckt zückte Richter seine Army-Taschenlampe aus der Beintasche und marschierte zielstrebig an der Absperrung vorbei. Weitere Etagen folgten. Offiziell waren sie nicht mehr auf den Bauplänen der Zentrale eingezeichnet. Hinter ihm verlosch endgültig zum letzten Mal das Treppenschachtlicht.

Richter hatte nicht damit gerechnet, dass der Abstieg noch einmal so lange dauern würde. Er hoffte, dass die Energie seines Akkus noch eine Weile ausreichte. Seine Euphorie der Erwartungen schürte es allerdings nur noch mehr. Welch großes Geheimnis mussten die Malcorianer dort unten verborgen haben, wenn sie es weit weg von ihrem eigenen Gebäude errichtet hatten? Der kleine Lichtkegel vor ihm leuchtete die letzten Stufen aus. Er hatte offenbar sein Ziel erreicht. Vor ihm: eine einzige Enttäuschung. Der blasse Lichtschein seiner schwächelnden Taschenlampe erfasste einen nahezu leeren Raum, der kaum größer war als eine kleine Autogarage. Nirgends eine Tür, die ihn irgendwohin weiter führte. Lediglich in der Mitte befanden sich in zwei Reihen angeordnet, Sitzplätze für 12 Personen. Richter schüttelte entgeistert den Kopf.

»Das war's? Das ist es also? Das ist euer Geheimnis?«

Sein Puls raste vor Zorn.

»Ich bin den ganzen verdammten Weg wegen ein paar Stühlen runter gelaufen? Im Dunkeln?! Ja lüg ich, oder was!?« Er sah zurück ins Treppenhaus und schrie:

»Wollt ihr mich verarschen!?«

Seine Worte verhallten dumpf im schwarzen Schlund des Treppenschachts. Richter wollte es nicht wahrhaben. Er schrie sich den Frust und die Enttäuschung aus Leib und Seele, bis er vor Erschöpfung nicht mehr konnte und sich in einen der Sitze niederließ. Starr schaute er auf die dunkelgraue Wand. Er ließ den Schein seiner Lampe hin und her hüpfen. Ihr Licht wurde zusehends schwächer. Richter machte keine Anstalten, den letzten Rest Helligkeit zu nutzen, um den Rückweg anzutreten. Er blieb verbittert sitzen. Kurz darauf saß er endgültig im Dunkeln. In einer Ecke kollidierte ein Gegenstand mit der Wand. Dessen Trümmer verteilten sich überall auf dem Boden. Richter seufzte tief. Könnte man ihn jetzt sehen, hätte man einen am Boden zerstörten Menschen vorgefunden, dessen Arme und Beine matt und antriebslos vom Körper herabhingen.

»Alles umsonst. Und Looma wird mir jetzt erst recht im Nacken sitzen. Bestimmt sucht er nach mir in jeder Ecke dieser Station, dieser schizophrene Scheißkerl.

Und ich jage Hirngespinsten hinterher.« Sein rechter Arm, streifte einen baumelnden Gegenstand, der fest mit seinem Stuhl verbunden war. Richter ertastete ihn.

»Ein Sitzgurt?«

Neugierig geworden tastete er zu seiner linken nach dem passenden Pendant. Direkt an der Sitzschale wurde er fündig. Ohne lange zu zögern, fügte er beide Teile miteinander zusammen und schnallte sich an. Warum er das getan hatte, wusste er in diesem Moment auch nicht. Er tat es einfach instinktiv.

Zum ersten Mal seit langem hörte er ein Geräusch, das er nicht selbst verursacht hatte. Dem tiefen, dunklen Stampfen nach zu urteilen, musste in weiter Ferne eine Maschinenanlage in Gang gesetzt worden sein. Erst langsam, dann immer lauter näherte sich das schwerfällige hämmernde Geräusch seinem Standort. Vibrationen übertrugen sich auf den Raum. Sie steigerten sich zu einem Rütteln. Das Rütteln zu einem nicht enden wollendem Erdbeben. Der Lärm wurde unerträglich. Richter begann zu schreien. Jeden Moment rechnete er von einem unterirdischen Tsunami erfasst und erdrückt zu werden. Er hielt es nicht mehr länger aus. Von Panik ergriffen versuchte er, den Gurt zu lösen. Doch je mehr er daran zog, umso fester schnürte er ihn sich um den Bauch. Das Zerren und Reißen an den Wänden wurde immer bedrohlicher. Jeden Moment konnte die Wand oder gleich das ganze Treppenhaus über ihm einstürzen. Reflexartig hielt er sich die Arme über den Kopf.

»KLONG!«

Etwas hatte die Wand im Raum unmittelbar hinter ihm berührt. Etwas Gewaltiges. Es machte sich an der Außenseite zu schaffen. Und plötzlich war alles so, als ob nichts gewesen wäre. Still, einsam, vergessen und er, Richter, saß immer noch auf seinem Platz, ohne die Möglichkeit, sich erheben zu können. Er wurde zum Opfer einer uralten automatisierten Maschinerie, eines fremden Volkes fern ab von seinem Heimatplaneten.

Zu diesem Zeitpunkt konnte er noch nicht wissen, was vor seinen Augen verborgen geschehen war.

Dass er durch das Anschnallen zufällig einen jahrhundertealten Mechanismus ausgelöst hatte, fiel ihm zunächst gar nicht ein. Die ganze Marsstation hatte ihm jeden Tag neue Überraschungen offenbart. Schon vom ersten Moment an, als er sie betreten hatte.

Als er zusammen mit Looma vor wenigen Wochen von den Ortungssystemen erfasst wurde, hatten die Sensoren nicht nur registriert, dass sich in der kleinen Flugkapsel zwei Insassen befanden, sondern auch folgerichtig ihre Notlage bewertet. Ihre Kapsel öffnete sich damals vor einer Schleuse zu einem angrenzenden medizinischen Notfallraum, der eigens für sie aktiviert worden war. Bis zu ihrem Eintreffen mussten die Maschinen in einem Stand-by-Modus gewesen sein. Dann offenbarte sich alles so, als ob die Maschinen den lieben Tag lang nichts anderes getan hätten, als Menschen am laufenden Band zu verarzten. Überall standen oder hingen Greifarme von der Decke und verfolgten offenbar aufmerksam ihre Schritte, indem sie sich mitbewegten. Ob die Scanner eine geeignete Therapie für seine gebrochene Hand bereit hielten? Behutsam lenkten ihn die Arme zu einer Ecke des Raumes. Sie sahen mehr aus wie die Fangarme gigantischer Meerespolypen. In ihren Bewegungsabläufen waren sie so natürlich und filigran geschaffen, wie es nur ihre biologischen Vertreter auf der Erde sein konnten. Auch die vielen kleinen Saugnäpfe die einen bewegungsunfähigen Menschen sanft gebettet zum OP Saal eskortierten, erinnerten mehr an das geschichtliche Urtier als an eine Maschine. Ohne, dass ein Wort gefallen war, wusste er, dass man ihn sanft bis an einen kleinen Kasten navigiert hatte, damit er seine gebrochene Hand hineinlegte.

Unmittelbar darauf verschloss sich die Öffnung um seinen Unterarm. Jegliches Empfinden für Schmerz wich einem dumpfen Taubheitsgefühl. Nur Minuten später konnte er sie vollkommen regeneriert und genesen aus der Öffnung ziehen. Was auf der Erde wochenlanges Schonen seiner Hand bedeutet hätte, war auf Mars auf eine kleine Unbedeutsamkeit reduziert worden. Eine Revolution.

WUMS! Aus dem Nichts heraus wurde er kurz durchgeschüttelt. Jetzt zeigte sich auch hier der intelligente Automatismus der klugen Rechnereinheiten, dass er sich nicht hatte abschnallen dürfen. Richters Wut legte sich. Schnell sickerte in ihm die Erkenntnis, dass er nicht in einem baufälligen Sektor gelandet, sondern einem weiteren Geheimnis der unterirdischen Anlage auf der Spur war.

»Ich hatte Recht!«

Wie zur Bestätigung wurde er plötzlich von einem grellweißen Licht geblendet. Instinktiv schützte er seine Augen vor der Helligkeit, bis sie sich allmählich daran gewöhnt hatten. Seine Umgebung hatte sich radikal verändert. Er befand sich definitiv nicht mehr in einem trostlosen Treppenhaus. Je mehr er sich an das neue Licht, dessen Leuchtquelle er nicht ausmachen konnte, gewöhnte, desto erstaunter wurde er. Wo war er nur? Er befand sich an einem Steg? Woher kam dieser?

»Bin ich etwa auf der Oberfläche? Nein, das kann nicht sein. Die Luft, die mich umgibt, ist atembar.«

»Seht nur! Er ist klug! Hoho, hoho.«

Richter, der sich nun ohne Probleme von seinem Sitzplatz loslösen konnte, erschrak.

»Wer ist da?! Wer hat das gesagt!?«

Nach langen Sekunden des Wartens gestand er sich schließlich ein, dass ihm seine Sinne sicherlich einen Streich gespielt hatten. Zögerlich betrat er den Steg. Seine Neugier ließ ihn schnell seine Unsicherheit vergessen.

Er befand sich in einer Höhle, deren Größe wahrhaftig gigantische Ausmaße besaß. Der Steg, auf dem er stand, führte nach etwa 200 m Entfernung zu einer Insel. Diese wiederum verband sich trichterförmig in schwindelerregender Höhe mit der Höhlendecke. Natürlichen Ursprungs war diese Insel definitiv nicht. Doch was konnte es sein, wovon sie umspült wurde?

Hier gab es nichts Flüssiges, das einen Steg notwendig gemacht hätte. Ein Blick hinunter ließ ihn stutzig werden.

»Ich bin ja kein Geologe, aber das ... das sieht mir nach erkalteter Lava aus!«, stellte er erstaunt fest. Sein Blick streifte den Steg.

»Und wenn das also Lava ist, dann ist, das auf dem ich stehe ... Roclam!«

Er klopfte prüfend mit seinen Stiefeln auf den Boden.

»Ein anderes Metall hätte die Hitze niemals überstanden.«

»Hahaha!«

Ein zweites Mal hörte er die Stimme aus dem Nichts.

»Wer war das? ... Wer bist du? Antworte!«

Dieses Mal war er sich ganz sicher. Er hatte sich nicht verhört. Etwas war mit ihm dort unten und beobachtete ihn. Richter war gewarnt.

Egal, was er danach sagte, um die Stimme aus der Reserve zu locken, sie blieb still. Er machte sich auf den Weg hinüber zur Insel. Was ihn dort als Nächstes erwartete? Interessantes konnte er von seiner Position nicht ausmachen. Trotzdem musste es dort etwas geben, das spürte er ganz deutlich. Die Insel selbst war karg und öde. Ein annähernd ovales Gebilde, auf dem bequem ein Fußballstadion Platz gefunden hätte. Wer am 'Ufer' nicht aufpasste, den bestrafte das messerscharfe Gestein mit Schnittwunden. Wollte man verhindern, dass man auf die Insel gelangte, oder sollte verhindert werden, dass jemand die Insel verließ? Zum Glück führte ihn der angrenzende Steg direkt auf einen gut befestigten Pfad durch die Felslandschaften hindurch. Instinktiv spürte er sein Ziel erst dann erreicht zu haben, wenn er drüben vor der großen trichterförmigen Säule stand. Sie schien die gesamte Insel förmlich zu tragen.

Erwartungsgemäß fand er am Fuße der Säule den Eingang zu einer Höhle. Etwas verwirrt starrte er zu Boden. Bildete er sich das ein, oder waren da neben seinen eigenen Fußspuren auch noch die einer anderen Person? Hier unten? Waren es womöglich jahrtausendalte Fußabdrücke, die ohne natürliche Umwelteinflüsse wie Wind und Wasser konserviert waren? Gehörten die Abdrücke vielleicht der geheimnisvollen Stimme? Es brachte nichts, sich darüber den Kopf zu zerbrechen. Antworten auf seine Fragen würde er nur im Innern der Höhle finden. Entschlossen, das Geheimnis zu lösen, marschierte er auf das dunkle Loch zu. Keine zwanzig Meter weiter musste er sich jedoch eingestehen, dass er sein Vorhaben ohne Leuchtquelle aufgeben musste. Nicht einmal seine Hand vor Augen konnte er sehen.

»Hmhmhmhm«, meldete sich wieder die spöttelnde Stimme.

»Ziemlich hochnäsig für jemanden, der sich nicht traut, mir gegenüberzutreten. Bereite ich dir solche Angst?«, versuchte Richter den Unbekannten aus der Reserve zu locken.

»Tritt ein. Wir erwarten dich bereits.« Eine kleine unscheinbare Lichtquelle flammte auf und erhellte in 40 Metern Entfernung einen kleinen Bereich der hinteren Höhlenwand. Eine massive, schwarze Tür war dort eingelassen. Geräuschlos öffnete sie sich vor seinen Augen. Das Licht dahinter drängte nach draußen und wies ihm den letzten Rest des Weges. Schotter und Lava hinter sich gelassen, betrat er einen Flur, der nicht unterschiedlicher hätte sein können. Steril, sauber, gepaart mit einem Flair von Wissenschaft lag in der Luft. Links und rechts des ca. 50 Meter langen Ganges befanden sich in regelmäßigen Abständen Zugänge zu Laboratorien, Büros und anderen Räumen. Eingelassene Sichtscheiben machten einen klaren Blick dahinter möglich.

»Was hatten die Malcorianer dort unten vor? Warum haben sie die Räumlichkeiten vom Rest der Marsstation getrennt?«

Die murmelnde Stimme munterte ihn dazu auf weiterzugehen. Am Ende des Ganges stand er in einer kreisförmigen Abzweigung. Er zählte insgesamt sieben Gänge, die sich einander ähnelten wie ein Haar dem anderen. Für welchen sollte er sich entscheiden?

Was sagte die Stimme? - Nichts. Er entschied sich für den nächsten Gang zu seiner Linken. Etwas schien dort nicht in Ordnung zu sein. Er lag zur Hälfte im Dunkeln. Eine Lampe flimmerte müde von der Decke. Weshalb? Wenn er etwas von den Aliens gelernt hatte, dann, dass der Gebäudekomplex wartungsfrei konstruiert wurde. Ihre Leuchtmittel waren ebenso nicht kaputt zu kriegen, wie alles andere ihrer verwendeten Materialien. Wer oder was hatte sie also zerstört? Und warum waren keine Wartungsroboter vor Ort, um den Schaden zu beheben? Neugierig geworden, lief er in den Gang. Eine eigenartige Akustik sorgte dafür, dass sich jedes Geräusch sofort still und stumpf an den Wänden verlor.

Die ersten Räume, an denen er vorüberging, präsentierten sich leer und aufgeräumt.

Je tiefer er sich dem dunklen Bereich näherte, desto unruhiger wurde er. Vor sich sah er eine Tür. Etwas stimmte nicht mit ihr. Er bemerkte, dass sie zwar verschlossen war, doch hatte man sie auf unkonventionelle Art und Weise mit einer Eisenstange verkeilt. Weswegen? War die Tür auch defekt? 'Es wäre schon der zweite Zufall', dachte sich Richter. Stutzig geworden spähte er vorsichtig durch das eingelassene Sichtfenster in den Raum. Ähnlich wie draußen, wo er stand, hüllte sich das Zimmer in ein eigenartiges Halbdunkel. Unschlüssig beschloss er, noch einmal durch das Sichtfenster zu schauen. Dieses Mal presste er sein Gesicht fest dagegen. Ganz allmählich erkannte er schemenhafte Umrisse. Dort drin schien definitiv nichts so zu sein, wie es nach malcorianischer Gründlichkeit sein sollte. Da waren Pflanzen hinter der Tür. Der ganze Raum war voll davon. Total überwuchert, wie in einem Dschungel. Das wollte er sich näher ansehen.

Richter wollte gerade die eingekeilte Eisenstange von der Tür lösen, als sich plötzlich die geheimnisvolle Stimme leise flüsternd meldete.

»Hier drüben! ... Hier sind wieeer.«

Richter verharrte in seiner Bewegung. Spontan entschied er sich, der flüsternden Stimme zu gehorchen. Später konnte er immer noch den seltsamen Raum aufsuchen.

Sein Glück, dass er sich anders entschieden hatte. Hinter der verriegelten Tür hatten sich lautlos sich fortbewegende, pflanzliche Tentakel positioniert, die nur darauf warteten, ihr ahnungsloses Opfer dem Mortuus darzubringen.

»Wo bist du? Zeig dich mir!«

»Hier drüben sind wir! Sieh her!«

Im gegenüberliegenden Gang sah er das Licht an und aus gehen. War dort die Stimme? Der Soldat schlug auf jeden Fall diese Richtung ein. Langsam aber sicher ging ihm die Geduld aus, wenn er nicht bald ankam, wo ihn die Stimme hinlotste. Schließlich hoffte er, dort unten etwas Brauchbares gegen Looma vorzufinden oder gar etwas, das er gegen diesen Miles einsetzen konnte. Außerdem musste er immer noch herausfinden, wie er diesen verdammten Planeten wieder verlassen konnte. Definitiv zu viele unerledigte ToDo's auf seiner Liste. Es war an der Zeit endlich einige davon abzuhaken.

Auf den ersten Blick unterschied sich der Raum kaum von den anderen, die er bislang begutachtet hatte. Alles deutete darauf hin, dass in diesem kleinen Saal Operationen an Personen vorgenommen wurden. Vielleicht für eine spezielle Form der Behandlung? Zentral befand sich eine OP-Liege. Ein beindicker Kabelbaum hing direkt darüber von der Decke herab. Dessen Ende mündete in eine helmartigen Konstruktion, offenbar dazu gedacht, diese dem Patienten über den Kopf zu legen. Welchem Zweck das dienen sollte, war Richter unbekannt. Für ihn sah der Raum aus wie aus einem Science-Fiction Film entsprungen. Ein gläserner, walzenförmiger Deckel war dazu bestimmt, die Sterilität des Patienten auf dem Tisch herzustellen, in dem er sich einfach um seine eigene Achse über den Patienten legte.

»Du bist am Ziel! Willkommen!«, hallte es mehrstimmig modulierend von den Wänden.

»Wer spricht da und wo bist du!«

»Wir sind Multum und werden seit ewigen Zeiten auf dieser Insel im Inneren des Planeten gefangen gehalten. Mit deinem Erscheinen endet heute unsere Gefangenschaft. Hilf uns, Richter, und wir werden unsererseits dir helfen.« Jetzt hatte der Fremde auch noch seinen Namen genannt.

»Warum sollte ich einem Fremden, der sich nicht zu erkennen gibt, meine Hilfe anbieten?«

»Wir sind Multum!«, wiederholte die Stimme gefühlskalt.

»Schön ... Multum. Warum sollte ich jemandem helfen, der gefangen gehalten wird, sich mir nicht offenbart und ganz offensichtlich eine ausgewachsene Persönlichkeitsstörung entwickelt hat?«

Auf dem Fuße bestätigte sich seine schnelle, objektive Einschätzung:

»Wahhh!«, hallte es unheimlich von den verborgenen Lautsprechern. Richter blieb kühl und besonnen. Er zeigte sich von der Einschüchterung Multums nicht im Mindesten beeindruckt.

»Wir können Dinge vollbringen, die du dir in deinen kühnsten Träumen nicht vorstellen kannst. Wir werden dir alles zeigen, wenn du uns befreist. Dir das Steuern eines Flem beizubringen, ist eines unserer leichtesten Übungen.«

»Zeig dich!«

»Wir sind überall! Wir sind das Licht. Wir sind die Maschinen, wir kontrollieren alles. Hahaha.«

Richter gab es auf, sich mit jemandem zu unterhalten, der an einer offensichtlichen Störung seines Geistes litt. Offensichtlich war hier unten mehr kaputt, als er angenommen hatte. Vielleicht hatten die Malcorianer gerade aus diesem Grund die Insel von ihrer eigentlichen Basis isoliert.

»Woher kennt dieses losgelöste Programm von einem System überhaupt meinen Namen?«, sinnierte er, während er sich weiter umschaute.

»Befreie uns und wir werden dir helfen, alle Rätsel zu lösen.«

»Hmm, wie mir scheint, hast du mich in eine Schaltzentrale geführt. Warum nur? Das muss ich mir näher ansehen.«

Mit einer Gründlichkeit, die nur ein EDV-Spezialist an den Tag legen konnte, machte er sich an den Kontrollpulten zu schaffen. Seine Finger wanderten blind über die Anzeigen hinweg, als ob sie ihr ganzes Leben nichts anderes getan hätten.

»Ich glaube, Multum, das ist viel mehr als nur eine Zentrale. Ich beginne zu ahnen, dass der OP-Tisch ganz entscheidend damit zu tun hat. Aber das bekomme ich schon noch heraus. Ob nun mit deiner Hilfe oder ohne.«

»Befreie uns und du wirst die totale Kontrolle über den gesamten Planeten erhalten. Es gibt viele weitere Anlagen wie diese. Aber nur diese eine ist das Herzstück des Ganzen. Befreie uns und wir zeigen dir alles. Alles, alles, aaalleeesss. Hahahaha!«

Ohne auf die Worte der körperlosen Stimme zu hören, arbeitete sich Richter wie in einem Fieberwahn in die Funktionsweise der Anlage ein. Irgendjemand oder etwas hatte die primären Verbindungen zu diesem Raum, nein viel mehr zu diesem Anlagenkomplex vor langer Zeit ganz gezielt getrennt. Es waren für ihn vergleichsweise einfache algorithmische Datensperren eingebaut worden, die zu dem Schluss führten, dass man die Abteilung in aller Hast vom Rest der Station trennen wollte. Warum man das getan hatte, war allerdings nicht nachvollziehbar. Bislang konnte er nichts Verdächtiges oder Gefährliches feststellen, das die Jahrtausende hier unten überdauert haben sollte. Schön. Eine seltsam versperrte Tür, die er sich später noch anschauen würde. Dann war da noch die Stimme, die ihn ausgerechnet hierher geführt hatte und seinen Namen kannte. 'Ok', dachte er sich. 'Das war dann doch ein wenig seltsam.' Er sollte sich vielleicht vorher besser noch einmal vergewissern, dass die Stimme ihm nicht gefährlich werden konnte. Inzwischen hatte er die Datenblockaden zielsicher aufgelöst und den Zugang zu fast allen Systemen hergestellt. Ob er von hier den Zugriff auf die Zentrale der Hauptanlage gewinnen konnte? Er würde es erst erfahren, wenn er dazu bereit war, sich auf die Liege zu legen. Voll innerlicher Erregung betrachtete er den Kontrollstuhl als ultimatives Machtinstrument. Er war der Schlüssel auf all seine Fragen und die Lösung für all seine Probleme. Er konnte die Energie förmlich spüren, die von dem Tisch ausging. Zunächst musste er aber herausfinden, wie und wo sich die rätselhafte Stimme befand. Er durfte sich hier, ganz alleine auf sich gestellt, keine Fehler erlauben. Schließlich hatte sie ihn hierhergeführt, also musste auch sie bestimmte Absichten verfolgen. Was konnte es hier geben, was eine körperlose Stimme so dringend brauchte?

»Hey, Multum! Bist du noch da?!«

Gespannt lauschte er in die Stille des Raumes. Nichts. Es blieb still.

»Multum! Warum hast du mich hierher geführt! ... Antworte! OK, schön, wenn das so ist, dann werde ich jetzt gehen und dir nicht helfen!«

»Das hast du bereits, Richter von der Erde.«

Erschrocken darüber, mit welcher Aussage sich die Stimme gemeldet hatte, ließ den Spezialisten innerlich in Panik geraten. Multum wusste mehr über ihn als er von ihm. Woher? Er brauchte einige Sekunden, bis er sich an die Fußspuren auf der Insel vor dem Höhleneingang erinnerte.

»Looma!«, dämmerte es ihm.

»Er weiß, dass du dort unten bist und er ist bereits auf dem Weg zu dir. Jetzt, da du die Verbindung hergestellt hast, kann ich ihn aufspüren. Er ist nah. Sehr naaah. Und er ist zornig hahaha!«

Im selben Moment hörte er auch schon herannahendes Gebrüll, das von niemand anderem stammen konnte als von

Looma selbst. Richter drehte sich in einer reflexartigen Bewegung um, sprang mit seinem ganzen Körpergewicht gegen die Tür, so dass diese krachend ins Schloss viel. Die elektronische Verriegelung erledigte den Rest. Keiner konnte mehr in den Raum, ohne dass Richter es nicht gewollt hätte. Es geschah keine Sekunde zu früh, denn in diesem Moment donnerten Loomas Fäuste mit voller Wucht dagegen, zerrten und rissen daran, aber ohne Erfolg. Sekunden später starrte Richter in das hass- und zornerfüllte Gesicht des Malcorianers. Minutenlang klopfte und schlug er immer wieder gegen die Scheibe, als ob es kein Morgen gäbe.

Richter fühlte sich durch die emotionalen Ausbrüche seines Gegenübers bestärkt, das Richtige getan zu haben. Und endlich war er ihm einen Schritt voraus. Doch wovor genau? Und wie war Looma eigentlich hierhergekommen? Auf demselben Weg wie er? Oder gab es noch andere, die zu der unterirdischen Insel führten? Egal. Zum ersten Mal seit er auf Mars angekommen war, spürte er, dass er nun endlich am längeren Hebel saß. Zu allem entschlossen, wandte sich Richter um. Sein Blick fixierte den OP-Tisch. Die vermeintliche Kommandoeinheit, die nach Aussage der Stimme alle Geschicke des Planeten steuerte. Wenn es stimmte, dann würde er definitiv einen Weg finden, der ihn von diesem Planeten fortbrachte. Wenn es bedeutete, dass er sich dadurch Looma vom Hals schaffen musste, dann würde es sein erster Schritt sein.

Zu allem entschlossen trat er an den Tisch, bis er ihn mit seiner Hüfte touchierte.

»Wenn das alles stimmen sollte, Multum, dann kann ich sehr wohl verstehen, weshalb man dir den Saft abgedreht hat. Es wäre zu viel Macht für eine Person gewesen. Nein, was rede ich denn! Es wäre DIE ultimative Macht! Die totale Kontrolle über Mensch UND Maschine! Wenn ich mich auf diese Art und Weise ... «, er strich sanft mit einer Hand über die Oberfläche der Liege, » ...in das System einhacke, erlange ich bald Zugang zu allen Bauplänen dieser unterirdischen Stadt und könnte mir endlich die Steuerung eines Flems beibringen. Ich könnte die Produktionsschienen anfahren lassen. Die Herstellung möglicher Waffen anstoßen und die lebenserhaltenden Systeme gezielt abschalten...« Richter wandte sich ein letztes Mal seinem Widersacher Looma zu. Die siegessichere Fratze, die er ihm schnitt, signalisierte dem Malcorianer, dass er endgültig verloren hatte. Richter erkannte an seinem Gegenüber, wie die Angst Besitz von ihm ergriff. Looma hatte verloren. Looma begriff, dass es nichts mehr brachte vor der Scheibe stehen zu bleiben und verschwand. Es war zugleich das Zeichen für den Computerspezialisten, sich auf die Jagd nach ihm zu machen. Eine besondere Art der Jagd. Der Moment war gekommen, da er sich auf die OP-Liege begab. Er war bereit zur Übernahme des Planeten und der Suche nach dem Malcorianer. Der unter der Liege hängende, gläserne, walzenförmige Deckel erwachte zu einem stummen Eigenleben, als seine Sensoren das Gewicht eines Gegenstandes auf der Liegefläche registrierten. Langsam drehte er sich um die eigene Achse und umschloss den Liegenden. Ein Mechanismus, der auch nach jahrtausendlanger Nichtbenutzung immer noch fehlerfrei funktionierte, wenn man ihn benötigte. Gleichsam vollzog sich das Zusammenspiel mit dem von der Decke herabhängenden Kabelbaum. Dessen Ende, das wie gesagt in eine für einen Kopf entworfene Haube mündete, saugte sich von außen am Kopf des Computerspezialisten fest. Noch ehe er sich Gedanken machen konnte, wie die Verbindung zu seinem Geiste durch eine Scheibe hergestellt werden konnte, durchdrangen hunderte, haarfeine Nadeln den gläsernen Sarg und bohrten sich wie von Geisterhand zielsicher in den Kopf des Armysoldaten. Das Einzige, was Richter spürte, war eine eigenartige Kälte, die sein Inneres durchströmte. Seltsamerweise erinnerte es ihn an ein jahrelang zurückliegendes Ereignis aus seiner Kindheit.

Zusammen mit seiner Oma saß er als siebenjähriger Junge eisschleckend auf einer Parkbank. Als er mal wieder ein viel zu großes Stück von seiner Eistüte abgebissen hatte und sich die stechende Kälte bemerkbar gemacht hatte, hörte er bereits die tadelnde Stimme seiner Oma.

»Du sollst es nicht so herunterschlingen! Du musst es genießen, so wie ich. Wir haben doch alle Zeit der Welt, mein Glücksjunge. Genug Zeit für ein zweites Eis.« Grinste sie ihn an. »Aber nur, wenn du nicht mehr so schlingst.«

Seine Oma. Sie war schon sehr lange Zeit verstorben. In diesen Augenblicken liefen dem leblos daliegenden Mann Tränen die Wange herunter.

»Junge! Du sollst nicht weinen!«, starrte ihn seine Oma von der Seite an. Erschrocken und zugleich entsetzt blickte der junge Richter in ihr Gesicht. Das gehörte definitiv nicht zu seinen Erinnerungen, stellte er fest.

»Hahaha. Da hast du allerdings recht, mein Kleiner«, hörte er seine Oma mit verzerrter Stimme sagen. Das konnte nur eines bedeuten:

»Multum!«

»Ganz recht, mein Junge.«

»Wo bin ich? Was hast du mit mir gemacht?«

»Du befindest dich immer noch auf der Liege, nur sind deine Gedanken, dein Geist, dein Ich von deinem Körper befreit worden. Du bist nicht länger an ihn gefesselt, sondern kannst tun und lassen, was immer du willst.«

»Was meinst du damit?«

»Schreite mit mir durch diese Tür und ich zeige dir die Quelle unserer Macht, welche jenseits deiner Vorstellungskraft liegt.«

Vor den Augen des kleinen Jungen, der mit seinem schmelzenden Eis immer noch auf der Parkbank im Grünen saß, entstanden aus dem Nichts heraus zwei Türen. Eine davon stand weit offen. Ein gleißendes Licht forderte ihn auf, darauf zuzugehen.

»Was erwartet mich hinter der anderen Tür?«

»Dein Bewusstsein wird in deinen Körper zurücktransferiert.«

»Und was bist du nun, Multum?«

»Wir sind dein Schöpfer. Dein Neuanfang! Hahaha!«

»Ich wusste, die Sache hat einen Haken. Du bist nicht zu Unrecht eingesperrt worden. Du hast sie nicht mehr alle. Kein Wunder hat man dich vom Rest der Malcorianer isoliert.«

»Waaas? Wir sind nicht vor den Malcorianer isoliert worden! WIR sind die Malcorianer!!«

Richter erschrak bei den Worten, die ihm seine falsche Großmutter mitteilte.

»Was redest du für einen Irrsinn«, stotterte Richter.

»Wir können uns zeigen. Aber bedenke: Solltest du dich einmal für den Rückweg entscheiden, gibt es kein Zurück mehr. Um dir jedoch das Bleiben zu erleichtern, habe ich dir einen kleinen Vorgeschmack auf das, was dich erwartet vorbereitet. Es ist der Zugriff auf bestimmte Datenbankdateien, die du bislang erfolglos versucht hast zu hacken. Ich weiß, du hofftest schon seit Tagen darauf, ihr Geheimnis zu lüften. Es sind die verborgenen Codes für den Zugriff auf sämtliche Abteilungen, Einrichtungen und der Schulungsunterlagen zur Steuerung der Flems.«

Seine Oma alias MULTUM stand schwerfällig auf, gab ihrem verdutzten Enkel einen verdammt echt wirkenden Kuss auf die Stirn und schritt auf die offenstehende Tür zu. Dort angekommen drehte sie sich ein letztes Mal zu ihm um.

»Kleiner! Du bist ganz alleine hier unten. Komm zu uns nach Hause, in den Kreis des Vertrauens, sonst kann ich womöglich nicht mehr für deine Sicherheit garantieren. Ich habe gehört, dass das elektronische Schloss des Raumes in dem sich dein Körper befindet, nicht immer so zuverlässig arbeitet, wie es eigentlich sollte.

Seltsam aber auch komisch wenn man sich nicht aus eigenen Kräften aus dem Glassarg befreien kann. Nicht wahr? Hahaha!« Mit einem seltsam grotesken Humor auf den Lippen verschwand die hässliche Stimme in der Gestalt seiner Oma durch die Tür.

Welche Wahl hatte er jetzt noch? Statt Looma in der Hand zu haben, hatte er vermutlich einem noch weit aus gefährlicherem Wesen zu neuer Größe verholfen. Und er war in jeder Hinsicht der Gelackmeierte.

»Hey Multum! ... Multum! Er ist weg.«

Vermutlich war die Tür eine Art elektronische Barriere. Und Multums Macht erstreckte sich erst auf den dahinterliegenden Teil. So musste es sein, dachte sich Richter. Wäre es anders, hätte ihn das Wesen mit Sicherheit schon gezwungen, ihm zu folgen. Er musste sich also selbst dazu entscheiden, ob er den nächsten Schritt wagen sollte.

Aus der Tür, durch die zuvor das Wesen verschwand, flatterte ein Brief direkt auf ihn zu. Richter öffnete ihn. Wie immer man diesen zwischenmenschlichen Umstand bezeichnen konnte. In einer Zeit, die nach menschlichen Maßstäben gerade einmal 2 Sekunden dauerte, erfasste der Computerspezialist die Datenpakete, die ihm Multum gerade übermittelt hatte. Innerhalb kürzester Zeit hatte er mehr über die Station erfahren, als während seines gesamten Aufenthalts auf dem Mars. Mit einem müden Lächeln auf den vergeistigten Lippen quittierte er das erhaltene Wissen zur Steuerung eines Flems. Und gleichzeitig reifte in ihm der Plan zur Rettung seiner selbst.

Ohne wirklich ernsthaft eine Wahl gehabt zu haben, denn MULTUM drohte jederzeit damit, die Verriegelung des Labors aufzuheben, schritt er einen Gedankensprung später durch die offenstehende Tür.

Er wusste nicht, ob er danach immer noch als eigenständiges Individuum existieren würde, aber er hatte sich zumindest die winzige Chance auf ein Rückflugticket gewahrt. Dies zu wissen, würde ihm darüber hinweghelfen, bis Hilfe vor Ort eintraf. Eine Motivation zur Wahrung seines Ichs.

Es war dieser Umstand seines Geistes, dieser Wille eines Menschen, niemals aufzugeben. Die Strategie eines Soldaten, der Multums Untergang einläuten sollte. Und während dieser sich darauf freute, sich einen neuen Geist einzuverleiben, startete im gleichen Moment lautlos auf dem Planeten Mars ein Flem, das sich aufmachte, den Planeten Erde anzusteuern.

14

Erde

Es klopfte an der Tür.

»Kommen Sie herein!«, hörte der junge Sergeant die auffordernde Stimme auf der anderen Seite rufen.

»Erstatten Sie mir Meldung, Soldat!«

»Sir, ja, Sir!«

»Und bitte nicht so förmlich. Wir sind zwar eine militärische Einrichtung, aber weit ab von militärischen Ausbildungsstätten. Wer hat Sie denn so früh zu uns geschickt? Sie scheinen mir gerade einmal Mitte 20 zu sein?«

»Sir! Das waren Sie, Sir!«

»Ganz sicher? Helfen Sie mir auf die Sprünge, Junge. Wann und wo!«

»Ich begegnete ihnen während der Ausgrabungen bei den Pyramiden. Ich war für die Beschattung eines dort ortsansässigen Oberaufsehers zuständig, der wiederum den Entdecker der Steinplatte, den selbsternannten Hobbyarchäologen Thomas Martin bei sich zu Hause beherbergte.«

»So also«, sinnierte Donato.

»Und ganz nebenbei Sir, rettete ich Ihnen noch das Leben«, ergänzte der junge Mann mit fester Stimme.

»Hmm, ja. Ich erinnere mich dunkel daran.«

Der junge Sergeant hatte es binnen Sekunden geschafft, dass er sich die Blöße gab. Sofort hatte er die unangenehme Erinnerung wieder vor Augen. Damals war er in der Nähe der Pyramiden in ein Nest von giftigen Speikobras getreten. Gelähmt vor Schreck und es war so ziemlich das Einzige, wovor er in seinem Soldatenleben Angst gehabt hatte, eilte damals der aufmerksame junge Sergeant heran und enthauptete mit drei schnellen Hieben seiner Machete die Schlangen. Beeindruckt über die Schnelligkeit und

Entschlossenheit des jungen Soldaten beschloss er damals instinktiv, den Jungen in sein Team zu holen. Und wenn er eines von sich wusste, seine Instinkte hatten ihn noch nie im Stich gelassen.

»Der Schlangenflüsterer ... ich erinnere mich«, ergänzte er müde und hob fragend die Brauen.

Der Sergeant verstand die stille Aufforderung.

»Wir haben ihn hergebracht. Er ließ sich anstandslos an dem Ort festnehmen, an dem Sie ihn vermutet haben.«

»Sehr schön«, antwortete Donato zufrieden.

»Allerdings gab es mit den Handschellen ein Problem, das wir uns bislang noch nicht erklären konnten.«

»Ach so? Schildern Sie bitte.«

»Nun wir legten ihm routinemäßig die Handschellen an, um ihn abzuführen, ...«

»Das ist eigentlich noch nichts Ungewöhnliches.«

»Sir, als die Nachbarin, ...«

»Die Nachbarin? Was hat sie damit zu tun?«

»Sir?«

»Ja, ist schon gut, erzählen Sie weiter.«

»Als Hr. Martin die erschrockene Nachbarin sah und er seine gefesselten Hände zum Gruße hob, zerbrachen die Ketten wie Zuckerguss. Alles, was Hr. Martin zur Nachbarin auf die andere Straßenseite rief, war, dass er mit uns einen Film drehe, Sir!

Ich habe unser Labor daraufhin veranlasst die Handschellen einer näheren Prüfung zu unterziehen. Demnach kann ein Materialfehler definitiv ausgeschlossen werden. Sir, mit Verlaub; dieser Mann ist entweder ein Magier oder bärenstark. Zu Ihrer eigenen Sicherheit: ich möch ...«

Donato unterbrach den Fleiß des ehrgeizigen Soldaten.

»Das haben Sie sehr gut gemacht, Sergeant. Ich möchte mit ihm reden. Wo ist er jetzt?«

»Er wartet hinter der Tür. Ich dachte mir so etwas.«

»Ich habe mich nicht in ihnen getäuscht. Deshalb sind sie in meinem Team. Ich brauche Leute wie Sie, die mitdenken und nicht nur sture Befehlsempfänger sind.

Gut gemacht. Schicken Sie mir den Bericht des Labors und ach, wie schaut er aus?«

»Sir? Ich verstehe nicht.«

»Wie ist seine Verfassung? Schaut er angespannt aus, hat er Angst oder kaut er gar an seinen Fingernägeln herum?«, fragte sein Vorgesetzter.

»Weder das Eine noch das Andere, Sir. Im Gegenteil, er scheint sich sogar förmlich darauf zu freuen, Sie zu sehen.«

Der Sergeant sah in ein erstauntes Gesicht. Offenbar hatte sein Vorgesetzter nicht mit einer solchen Reaktion gerechnet.

»Danke, Sergeant. Bringen Sie ihn herein, danach dürfen Sie wegtreten. Ich kümmere mich um unseren Gast.« Der Sergeant grüßte förmlich und entschwand durch die Tür.

Kurz darauf stand wie zur Bestätigung ein sichtlich entspannter Thomas Martin im Türrahmen. Beim Anblick seines Gegenübers war er jedoch kurz überrascht.

»Herr Donato! Sie hier? Ich dachte, Sie wären Museumsleiter in Berlin?«

»Sie haben mich nicht vergessen, wie mir scheint. Nun denn, herzlich willkommen inmitten meiner bescheidenen Einrichtung. Und ja ähm, ...«, er hüstelte halb verlegen, »Ich habe mich ein wenig umorientiert, wie Sie sehen.«

»Finden Sie? Mit toten Exponaten kennen Sie sich doch aus?«, konterte Thomas.

Donatos Augen formten sich zu zwei schmalen Schlitzen, was so viel bedeutete wie: 'Bürschchen, ich komme schon noch dahinter, welches Spielchen du mit mir treibst.

»Ihre Selbstsicherheit ist unübertroffen«, entspannte sich Donato. »Wollen wir uns nicht erst einmal setzen?« Thomas nahm auf einem der beiden Stühle vor dem Schreibtisch Platz. Donato tat es ihm gleich und setzte sich auf den Stuhl daneben.

»Möchten Sie vielleicht etwas Trinken oder Essen? Ich bestelle Ihnen etwas.«

Thomas winkte ab.

»Ich bin bereits hervorragend von ihren Leuten versorgt worden. Kommen wir lieber zur Sache, Donato. Warum haben mich ihre Leute hierher gebracht?«

»Sollte ich das nicht Sie fragen? Sie waren nicht im mindesten darüber überrascht, dass wir Sie an Ort und Stelle ausfindig gemacht haben.«

»Sie hatten mich bis zu meiner Flucht aus meiner Wohnung ständig unter Kontrolle. Dass dieses Haus ebenfalls von ihnen überwacht wurde, lag klar auf der Hand. Ich hatte es also einkalkuliert. Ich wollte wissen, WER genau mich beschattet.«

»Und? Haben wir Ihre Erwartungen erfüllt?«

»Das kommt ganz darauf an, was Sie von mir als Nächstes wollen.«

»Warum, lieber Hr. Martin, sind Sie sich so sicher, dass wir ausgerechnet von Ihnen etwas wollen?« Beide Männer schauten sich lange schweigend in die Augen. Die Atmosphäre war plötzlich zum Zerreißen gespannt. Sekunden verstrichen, ohne dass einer ein Wort verlor. Thomas durchbrach als erster die Stille.

»Wer zuerst zwinkert, hat verloren!« Donato blieb die Spucke weg. Er konnte nach diesem Satz nicht länger an sich halten und prustete lauthals lachend los.

»In der Tat mein, lieber Herr Martin! Sie haben vollkommen recht. Wir wollen etwas von Ihnen wissen.«

Er holte noch einmal tief Luft. »Wie haben Sie herausgefunden, dass es eine Verbindung zwischen Ihrem Metall »Roclam« und unserem Metall gibt? Außerdem interessiert mich brennend die Frage, wie Sie aus Ihrer Wohnung, aus einem viel zu kleinen WC-Fenster fliehen konnten. Und, ... wer ist diese Frau, die Sie am Tag Ihres Verschwindens aufsuchte? Ich werde das Gefühl nicht los, dass die geheimnisvolle Frau der Schlüssel zu allem ist. Liege ich mit meiner Vermutung richtig, Hr. Martin?«

Thomas blieb äußerlich unbeeindruckt. Innerlich konnte er es gar nicht fassen, was er da gerade gehört hatte. Donato hatte von IHREM Metall gesprochen und einer Verbindung, die er zurückverfolgt hatte mithilfe einer Frau, die in Wirklichkeit natürlich Gloria hieß. Die militärische Abteilung, Amerika, hatte demnach auch das Roclam aufgespürt. Er lag also goldrichtig mit seinen Überlegungen.

»Es war anfangs nur ein Verdacht, wissen Sie«, gab er lässig zurück.

»Wusst ich's doch, dass Sie etwas verheimlichen. Ich wusste es die ganze Zeit über. Wie haben Sie es bemerkt?«, fragte Donato aufgeregt.

Thomas pokerte: »Natürlich wusst ich es. Es gibt noch viel, viel mehr von IHREM Metall! Und das nicht nur auf dem Mond. Wenn man weiß, wonach man suchen muss, ist es eigentlich ganz einfach.« 'Andernfalls gäbe es diese riesige unterirdische Anlage überhaupt nicht', dachte sich der Sprach- und Kulturwissenschaftler.

»Allerdings, da haben Sie recht, Martin.«

»Wo haben Sie es?«

Donato grinste verlegen bei den Worten. Thomas entnahm dem Grinsen wie zur Bestätigung, dass es sich mit ziemlicher Gewissheit HIER auf diesem Stützpunkt befand.

»Wer ist diese Frau?!«, nahm der Chef des Stützpunktes wieder den Faden auf.

»Sie möchte gern unerkannt bleiben. Ich respektiere das«, antwortete Thomas.

»Woher kommt sie? Für welche Organisation arbeitet sie? Was hat sie mit Ihnen zu tun? - Sie wissen schon, dass wir unsere ganz eigenen Methoden haben, die Menschen zum Reden zu bringen?«

Thomas lehnte sich nun seinerseits breit grinsend in seinem Besucherstuhl zurück.

»Warum beeindruckt mich das nicht?«, antwortete er amüsiert.

Donatos Gesicht verformte sich zu einer eisernen Maske. Als er gerade zu einem verbalen Angriff ansetzen wollte, drang von Außen lautes Geschrei zu ihnen herein. Gleich darauf wurde die Tür zu Donatos Büro aufgerissen. Eine Ordonanz fiel im wahrsten Sinne des Wortes mit der Tür ins Haus. Der Grund hierfür stand gleich dahinter.

»Sir! Es tut mir leid, Sir, aber,...«

»Schon gut. Ich weiß«, beruhigte Donato den Soldaten. Er half der Ordonanz auf, befreite dessen Uniform von nicht vorhandenem Staub und richtete sorgfältig dessen Hemdkragen. Anschließend bedankte er sich für den missglückten Versuch, den Wüterich im Hintergrund fernhalten zu wollen und verabschiedete ihn nach draußen.

»Nun zu ihnen, Bagor. Was kann ich denn heute Gutes für Sie tun?«, seufzte der Kommandeur. »War das Essen wieder zu knapp bemessen, das Wasser zu kalt? Die Menschen in ihrem Umfeld zu griesgrämig?«

»Sie wissen genau, was los ist!«, antwortete der muskelbepackte Hüne in seltsamen Akzent.

»Ich will hier raus! Lassen Sie mich endlich gehen!«

»Sie wissen genau, dass das im Moment nicht möglich ist. Gedulden Sie sich noch wenige Tage, bis meine Leute Näheres herausgefunden haben.«

»Das sagten Sie bereits drei Mal!«

»Ich will eine klare Antwort! Ohne diese gehe ich nicht zurück in mein Quartier.«

Donato atmete tief durch. »Am kommenden Montag. Ist das Antwort genug?«

»Ja. Montag, ... ähm.«

Thomas sah, dass der Hüne Bagor bei den Worten ein wenig unbeholfen auf seine Finger schaute. Darum fragte er Donato in gleichem Atemzug:

»Was ist in drei Tagen, Donato?«

Während Bagor sichtlich erleichtert wirkte, ertappte er Donato dabei, sich aus der Sache herauswinden zu wollen. Rasch wandte der sich dem Hobbyarchäologen zu, um das Thema zu wechseln, solange der Muskelberg nicht bemerkte, dass er ihn nur an der Nase herumgeführt hatte.

»Kommen Sie mit. Ich zeige Ihnen, was Sie suchen.

Und Sie Bagor, haben jetzt ihre Antwort. Entschuldigen Sie uns also bitte.«

Er ließ einen Mann zurück, der offenbar ein wenig begriffsstutzig war. Erst als sie die Biegung zu weiteren, unterirdischen Gängen erreichten, hörte man den Hünen laut hinterherrufen.

»Und denken Sie daran! Drei Tage! Dreeeeiiii Tage haben Sie gesagt!« Donato winkte ihm beschwichtigend zu.

»Adamas kommt mich holen! Glauben Sie das! Er kommt mich holen!«, schrie er seine letzten Worte hinterher. Thomas wurde bei den Worten Bagors sofort hellhörig.

»Wer ist dieser Mann?«, fragte Thomas naiv, während sie nebeneinanderher liefen.

»Wer? Bagor?«

»Adam.«

»Hmm? Adamas? Ach so ja, das wussten Sie ja noch gar nicht. Er ist ein Überlebender, ein sogenannter Erwachter, den wir in den Sarkophagen aus den Pyramiden bargen. Sie wissen schon. Während der Ausgrabungen.«

Thomas tat, als wüsste er, wovon Donato sprach. Tatsächlich hatte ihm sein damaliger Ausgrabungskollege Colarishfa niemals von den Sarkophagen erzählt. Jene Sarkophage, die nichts anderes waren als Flems. Durch einen Zufall hatte Cola sie in einer verborgenen Kammer in der Pyramide gefunden, während er selbst zu dieser Zeit nicht vor Ort gewesen war. Dieses Missverständnis war der Grund, weshalb Gloria ihn damals aufgesucht hatte. Weil sie dachte, dass er wusste, wo ihre Freunde abgeblieben waren. Erst als er von der Mondstation aus die Flems der Malcorianer ankommen sah, war auch Glorias Suche beendet gewesen.

»Ist er...«, Thomas zeigte zurück in die Richtung, aus der sie gekommen waren, »... auch ein Erwachter?«

»Bagor? Ja. Definitiv ja.«

»Und wo ist dieser Adamas jetzt?« Donato blieb unvermittelt stehen und schaute eindringlich in das Gesicht seines Gesprächspartners.

»Sie haben Ihre Geheimnisse mit dieser Frau und ich habe die meinen. Im Übrigen haben Sie mir immer noch nicht erklärt, wie Sie beide aus dem winzigen Fenster Ihrer Toilette geflüchtet sind.«

»Kennen Sie Houdini?«, gab der Gefragte zurück.

»Ein Zauberkünstler aus den 20ern des vergangenen Jahrhunderts par excellence. Ich liebe ihn und seine Tricks heute noch«, gab Donato belesen zur Antwort.

»Nun, dann wissen Sie auch, dass ein Zauberkünstler niemals seine Tricks verrät« erhielt er die knappe Antwort.

Nach einem schier endlosen, schweigenden Marsch durch die röhrenartigen Tunnel, standen die beiden unterschiedlichen Männer vor einer fünf auf fünf Meter großen Panzerstahltür. Ein Wachposten grüßte sie und informierte die dahinterliegende Abteilung per Telefon über die Ankunft der beiden.

Es verging noch einmal unendlich viel Zeit, bis sich die meterdicke Tür träge zur Seite schob.

»Ist ne verdammt große, schwere Tür, die sie da unten haben um IHR Metall zu sichern«, brach Thomas den Mantel des Schweigens. Donato lächelte nur müde und forderte ihn per Handzeichen auf, ihm zu folgen. Der Bunkerstollen verlief sehr großzügig und war etwa vier Metern hoch. Warum man einen derart großen Querschnitt benötigte, gab Thomas große Rätsel auf. Vermutlich war diese Sektion der Bunkeranlage erst nachträglich geschaffen worden, sinnierte er. Einiges deutete darauf hin. Die Beleuchtung z.B. wirkte sehr modern und war auf LED-Technik umgestellt. Schriftzeichen und Wegmarkierungen waren in neuem Design ausgewiesen. Die kunststoffisolierten Kabelstränge, die frei zugänglich im Gang verlegt waren, sahen ebenfalls neuwertig aus.

Als sie in einer langgezogenen Linkskurve noch keine hundert Meter gegangen waren, standen sie bereits wieder vor einer schweren Stahltür. Im Gegensatz zur ersten, stand diese jedoch bereits so weit offen, dass sie beide bequem und ohne weitere Verzögerung hindurchgehen konnten. Wenn er nicht seinen Symbionten in sich getragen hätte, wäre Thomas sicher vor Neugier und Aufregung geplatzt, so sehr reizte es ihn, die nächste Tür zu passieren. Unbemerkt strich er beruhigt über seine Manschette. Er verdankte ihr bereits einige Male sein Leben. Durch sie behielt er immer einen klaren Kopf und reagierte ruhig und besonnen. Zielstrebig liefen sie weiter, bis sie bald hinter dem tonnenschweren Schott aus Stahl in eine neue Sektion der unterirdischen Anlage eintauchten.

Was sich dem Hobbyarchäologen offenbarte, ließ selbst ihn kurz innehalten. Vielleicht war es mit der Mondstation nicht vergleichbar, doch was die Amerikaner hier auf die Beine gestellt hatten, ließ darauf schließen, dass sie alles Wissen an Technik und Know How eingesetzt hatten, um dieses gigantische Loch in den Berg zu treiben. Wie tief waren sie unter dem Gestein? Sicher mehrere Hundert Meter. Thomas war in jedem Fall beeindruckt. Ein großes Loch mit zwanzig Metern Durchmesser klaffte über ihren Köpfen hinweg. Groß genug, um schweres Gerät nach unten oder oben zu befördern. Und alles nur wegen des Metalls? Gab es wirklich so viel davon? Er kannte den zu Propagandazwecken genutzten Teil des "Nazimetalls" aus seinen zusammengetragenen Unterlagen. Das waren Schwerter, Lanzen, Dolche, Abzeichen und so weiter. Alles sicher nicht im Rahmen einer Größenordnung, die ein so großes Loch in den Berg rechtfertigen konnten.

»Erstaunt, was?«, fragte Donato.

»In der Tat. Das kann man so sagen«, antwortete Thomas sichtlich beeindruckt.

»Puuh. Und Ich dachte schon, ihre Menschlichkeit wäre gänzlich verloren gegangen.«

Thomas zuckte bei den Worten innerlich betroffen zusammen.

»Sie wirken mir irgendwie ein bisschen zu entspannt, Herr Martin. Ihr Gesichtsausdruck beruhigt mich allerdings wieder ein wenig. Auch ich bin jedes Mal aufs Neue beeindruckt von dieser wahrhaft gigantischen Öffnung über uns.«

»Was besitzt derartig gigantische Ausmaße, um so ein großes Loch in dieser Tiefe zu rechtfertigen?«

»Forschungsgeräte, Martin. - Um zu vollbringen, was wir mit dem Metall bereits erreicht haben. Erst kürzlich konnten wir es erfolgreich im praktischen Einsatz testen.«

Ein süffisantes Lächeln zeichnete sich in dem wettergegerbten Gesicht des Kommandeurs ab.

»Was wollen Sie damit sagen?«

»Ich will damit sagen, dass ich genau das meine, was Sie gerade denken«, grinste er.

»Sie haben sich also die aus der NS-Zeit geraubten Schätze durch die Nationalsozialisten unter den Nagel gerissen und die gesamte Welt an der Nase herumgeführt, indem Sie behaupteten, alle Schätze wären verbrannt oder selbst noch einmal gestohlen worden?«

»Womit wir bis auf ein paar unbedeutende Kleinigkeiten auch nicht gelogen haben. Ich kann Ihnen versichern, dass diese Gegenstände sowieso für niemanden mehr von besonderem Wert gewesen wären. Die Nazis hatten längst alles eingeschmolzen. Auch sie haben erkannt, dass dieses Metall besondere Eigenschaften in sich birgt. Sie ließen nur wenige Dinge unangetastet, um ihren Anspruch als sogenannte Herrenrasse demonstrieren zu können.

Glauben Sie mir bitte, wenn ich Ihnen sage, dass die Nazis sehr nahe dran waren, das Material brauchbar zu nutzen, womit sie dem II. Weltkrieg eine entscheidende Wende gegeben hätten.

Sie hatten aus dem Metall bereits ein Fluggerät gefertigt, das den heutigen, sogenannten Ufo Sichtungen erstaunlich ähnlich war. Ein einzigartiges Gerät, das mit heutigen Flugzeugen nicht zu vergleichen ist. Flugmanöver, die es nach physikalischen Maßstäben auf der Erde nicht geben dürfte und eine Panzerung, die für damalige Waffen als unzerstörbar galt. Wie Ihnen als Freizeitarchäologe wohl bekannt sein dürfte, verglich sich die selbsternannte Herrenrasse auch gerne immer wieder als Nachfolger oder Erben der Asen. Sie als gebildeter Mann dürften die nordischen Heldensagen der Asen sicher kennen. Im nordöstlichen Teil Norwegens stießen Hitlers Schergen auf erste Hinweise des einst so mächtigen Volkes. Vor Tausenden von Jahren sollen sie die Erde mit ihren Schiffen heimgesucht haben. Es waren keine gewöhnlichen Schiffe, mit denen sie über die See zu uns kamen. Auch Hitlers

Wissenschaftler vermuteten hinter dem Metall Überbleibsel uralter Raumschifftrümmer. Schon damals hatten sie eine Methode entwickelt, das fremde Metall gezielt von unserem Herkömmlichen zu unterscheiden und es aufzuspüren. Späher gab es in der dunklen Nazizeit überall auf der Welt. Keine Soldaten im herkömmlichen Sinne. Es waren vielmehr Historiker und Geschichtswissenschaftler, die aus alten Texten und Überlieferungen jene Aufenthaltsorte ausfindig machten. Die meisten Funde waren zuweilen überhaupt nicht historischer Natur. Im Laufe der Jahrhunderte wurde das Metall wieder und wieder in diversen Gegenständen weiterverarbeitet oder neu verwertet, ohne dass irgendjemand auf die Idee kam, dessen wahren Wert zu erkennen. Letztendlich war es das Glück und dem Zeitalter der industriellen Revolution geschuldet, dass das brachliegende Metall einem neuen Zweck in den industriellen Werkstätten zugeführt wurde. Einmal aufgespürt, wurden die entsprechenden Teile gekauft, entwendet oder einfach nur gestohlen. Was die Nazis begonnen hatten, wurde von uns durch immer bessere, feinere Methoden der Lokalisation des Metalls fortgeführt. Ich kann Ihnen eines versichern, Hr. Martin: Wir haben bereits so viel davon aufgespürt, das wir bestätigen können, dass es früher ein solches Raumschiff gegeben haben muss. Vermutlich wird es wohl immer ein Rätsel bleiben, weshalb wir die Trümmer nicht gesammelt an einem Ort, sondern verteilt über den ganzen Planeten zusammensuchen mussten.«

»Ich fürchte, dass uns die Antwort dafür bald gegeben wird.«

»Worauf gründet ihre These, Hr. Martin?«

»Das kann ich Ihnen nicht sagen, aber es scheint doch äußerst seltsam, dass ein mächtiges Schiff scheinbar einsam und verlassen auf unserem Planeten landen konnte. Eine Explosion während des Anfluges auf die Erde wäre eine mögliche Erklärung für die Verteilung der Trümmer.«

»Daran glauben Sie doch selbst nicht!«

»Nein, eigentlich nicht. Ich wollte Sie mit meiner Hypothese nur ein bisschen beruhigen.«

»Na dann mal los! Sagen Sie uns schon, was Sie wirklich davon halten.«

»Nun, ich glaube, dass die Asen, Hitlers Möchtegernvorfahren, sich auf diesem Planeten vor jemandem oder etwas verstecken wollten.«

Irgendwie konnte Thomas seine spontane Eingebung nicht für sich behalten.

»Wie bitte?«, fragte Donato voller Erstaunen. »Vor wem sollten die sich denn verstecken wollen?«

»Keine Ahnung. Vermutlich, weil wir beide aus demselben Grund wissen, wie man das Metall aufspüren kann? Wenn es Nazideutschland schon damals herausfand, wer dann noch?«

»Es ist tatsächlich einer der Gründe, weshalb wir das Metall hier unten aufbewahren. Wir hoffen, dass es hier unten vor den Spionagesatelliten anderer Nationen im Verborgenen bleibt. Bisher scheint unser Vorgehen von Erfolg gekrönt.«

»Von Erfolg gekrönt oder lediglich militärisch abgesichert? Wie können Sie sich so sicher sein, dass man Ihre Arbeiten nicht schon länger verfolgt? Was ist mit den Chinesen? Meinen Sie nicht, dass sie bereits mehr Wissen angesammelt haben als Ihre eigenen Geheimdienste bislang in Erfahrung bringen konnten?«

Donato wurde bei den Worten seines Gegenübers hellhörig. Unmöglich, dass ein normaler Wissenschaftler, Hobbyarchäologe oder was auch immer sein Gegenüber war, diese weitreichenden Schlüsse ziehen konnte. Unbemerkt gab er deshalb ein Handzeichen. Soldaten in seinem Umfeld waren alarmiert. Langsam und unauffällig bildete sich ein Ring aus Sicherheitsleuten um die beiden Anwesenden.

»Woraus schließen Sie diese Erkenntnisse?«

»Keine Erkenntnisse«, antwortete Thomas. Er spürte, dass er mit seinen Aussagen vorsichtiger umgehen musste. Natürlich war ihm durch das hochtechnisierte Kontrollzentrum auf dem Mond bewusst, dass die Chinesen in puncto Spionage bereits sehr viel mehr wussten, als die Amerikaner bislang über sie in Erfahrung bringen konnten. Instinktiv spürte er, dass er bei dem Kommandeur damit einen wunden Punkt getroffen hatte. Sein taktisches Zeichen an seine Mitarbeiter war ihm dank seines Symbionten nicht verborgen geblieben. Schnell lenkte er von dem brisanten Thema mit den Chinesen wieder auf seine ursprüngliche intuitiv erhaltene Eingebung ab.

»Hr. Donato: Auch wenn die Chinesen das Metall hier nicht vermuten, so drängt sich nach wie vor die Frage auf, weshalb das Raumschiff oder die Raumschiffe überall auf der Welt in Einzelteile zerlegt und verstreut lagen. Ich bin Wissenschaftler, wie Sie bereits wissen. Ich habe wie ihr Team ebenfalls festgestellt, dass von diesem Metall eine eigenartige Strahlung ausgeht. Sicher haben Sie diese Strahlung mit den Messwerten der Fle.., ich meine den Sarkophagen verglichen. Ich gehe davon aus, dass diese ungleich höher ist, als die des über die Jahrhunderte weiterverarbeiteten Metalles. Und seitdem die Ice-eye-Sonde auf dem Mond aufschlug, dürfte sich dieser Zustand sogar noch vervielfacht haben.«

»Nicht umsonst waren Sie all die Jahre bei der NASA tätig. Alle Achtung«, stellte Donato beeindruckt fest.

»Worauf ich hinaus möchte, ist, dass sie den Aliens vermutlich gezeigt haben, wo sich ihr Metall befindet.«

»Unser Metall! Es ist unser Metall! Und das ist nur eine sehr vage Vermutung, Hr. Martin! Bislang war dieses Wesen noch nicht einmal in der Nähe unserer Basis. Angesichts dessen erscheint Ihre Schlussfolgerung nicht haltbar zu sein.«

»Sind Sie sich dessen so sicher?«

»Schluss jetzt!«, reagierte der Oberkommandierende sichtlich aufgebracht. Ein Soldat näherte sich schnellen Schrittes dem Kommandeur. Donato wurde schlagartig starr. Nur seine jahrelange Erfahrung ließ den Soldat sekundenschnell Handeln.

»Der Besucherrundgang ist vorläufig beendet!«

»Aber ich habe doch noch gar nichts gesehen! Wo ist das Metall? Und was haben Sie schon erfolgreich getestet?«

»Bringt ihn in sein Quartier!«, befahl er seinen Soldaten, die sich ringförmig um sie gestellt hatten.

»Und lasst ihn nicht aus den Augen!«

Damit verschwand Donato, nichts davon ahnend, was er getan hatte. Unbewusst hatte er den größten Feind der Menschheit zu sich nach Hause eingeladen.

Thomas, der die Zusammenkunft bewusst herbeigeführt hatte, machte sich auch über einen Umstand Gedanken, den er gegenüber Donato noch nicht erwähnt hatte.

Während er durch die großen Stahltüren zurück in die „alte Bunkeranlage" geführt wurde, stellte er sich im Stillen die Frage, warum die gestrandeten Asen, in Wahrheit Malcorianer, ihre Raumschiffe zerlegt und über den ganzen Erdball verteilt hatten. Eigentlich konnte es angesichts der Strahlung, die von dem Roclammetall ausging, nur eine Erklärung geben: Sie wollten unentdeckt bleiben! Nur vor wem oder was? Das Einzige, was er wusste und auch das verriet ihm sein Symbiont, war, dass das Metall in besonderer Verbindung zu seinem Symbionten stand. Geballt an einem Ort wurde das Metall außerdem zu einer riesigen Richtantenne, die ihren Standort unverblümt jedem signalisierte, der danach suchte.

Thomas musste sofort zur Station zurück. Nur dort konnte er weiter nach Antworten suchen. Gloria würde sicher nicht erfreut darüber zeigen, ihn zu sehen. Wer weiß, vielleicht konnte er sie mit einem weiteren Malcorianer „anfüttern". Mit Hilfe des Hünen Bagors konnte er sie vielleicht gnädig stimmen. Doch zunächst musste er herausfinden, was Donato auf dem Stützpunkt vor ihm verheimlichte. Er war kurz davor gewesen es zu Gesicht zu bekommen, bis er ihn hatte sprichwörtlich stehen lassen.

»Hey, Soldat!«, fragte er seinen persönlichen Begleitschutz. »Was lässt den Kommandeur derart erzittern, dass er meine kleine Besuchstour abblasen musste?«, provozierte er den Soldaten, der die Nachricht seinem Vorgesetzten kurz zuvor überbracht hatte.

»Schlitzaugen«, antwortete der nur angewidert.

Thomas hatte seine Information. Er würde bei nächster Gelegenheit seine Fühler danach ausstrecken und herausfinden, was auf dem anderen Teil der Erde im Gange war.

15

China, Longhekou Reservoir. Forschungsstation zur Untersuchung des goldäugigen Flussbarsches.

Lu-Ong wartete gespannt in seiner Funktion als neuer Sicherheitsmann am Longhekou Reservoir auf die Zuteilung seines neuen Arbeitsgebietes. Die Verantwortlichen ließen sich Zeit. Natürlich brauchte ihn das nicht zu interessieren, schließlich hatte er hier vom ersten Tag an Kost und Logis frei gehabt und obendrein sein erstes Gehalt im Voraus erhalten. Sicherlich erkauften sich die amerikanischen Partner so das Vertrauen der einheimischen Chinesen. Ein durchaus kluger Schachzug, gestand er sich ein. Doch es gab auch einige andere Dinge, die ihn schon nach kurzer Zeit stutzen ließen. Und eigentlich hatte er bei dieser Sache, in der er sich von dieser Frau Sarah White hatte hineinziehen lassen, von Anfang an kein gutes Gefühl. Er musste schnellstens das Gespräch mit ihr suchen. Unruhig kratzte er sich seit Stunden die Nase blutig. Es war seine Form des Stressabbaus.

Song, ehemaliger Bandenchef einer Gruppe gescheiterter Wanderarbeiter und nun ebenfalls am Longhekou als Sicherheitsmann angestellt, bemerkte das gequälte Gesicht seines neuen Kollegen und Freundes. In der Tat waren sich die beiden in vielen Gesichtspunkten ähnlicher, als sie dachten. Auch er kannte die jahrhundertealte Tradition aus den Bergen und die damit einhergehenden Kampftechniken längst vergangener Kulturen. Diese tief miteinander verwurzelten

Gemeinsamkeiten verbanden alle Dörfer aus dieser Bergregion. Mehr, als ihnen zuvor bewusst gewesen war. Dieser Umstand hatte den Grundstein für gegenseitiges Verständnis, Respekt und den Beginn einer tiefen Freundschaft gelegt.

»Was quält dich, Lu-Ong?«, fragte Song.

Lu-Ong schüttelte den Kopf. Song ließ nicht locker.

»Was macht dich so schweigsam?«

»Es ... Hier ...«

»Was?«

»Hier stinkt etwas ganz gewaltig, sag ich dir.«

»Da gebe ich dir recht.«

»Dir ist es also auch aufgefallen?«

»Was? Dass sie uns pünktlich bezahlen? Oder dass wir nicht wissen, was wir vor neugierigen Blicken absichern? Es ist eine Forschungsstation. Das reicht mir als Auskunft. Mehr muss ich nicht wissen.«

»Song! Die Station!«

»Was ist mit ihr, Lu-Ong?«

»Mrs. White, die Sicherheitsexpertin, angeheuert von chinesischen Regierungsbeamten, wie sie sagte, gab sich zu Beginn unserer ersten Zusammenkunft an der Tankstelle als Mitarbeiterin von einem Institut der Forschung mit Sitz in Amerika aus. Das passt doch nicht zusammen! Außerdem akquiriert sie Wanderarbeiter. Aus welchem Grund? Sehen die armen Waidiren etwa auf einmal alle so vertrauensselig aus, dass sie sie einfach von der Straße holen lässt? Das versteh ich nicht! Und dann lässt sie uns auch noch Gefahrentransporte ausführen! Seit Tagen dünnt sich das Lager aus. Hier gibt es bald nur noch uns! Alle anderen werden mit diesen vollbeladenen Lastwagen der chinesischen Armee in die Großstädte entsendet! Wir müssen unbedingt herausfinden, was für eine Ladung das ist!«

»Das, meine Herren, wollte ich euch soeben mitteilen.«

Beide Männer erschraken, als Sarah White plötzlich vor ihnen auftauchte. Sie schaute Lu-Ong mit einem genügsamen Lächeln an.

»Mein lieber Lu!«

»Mein Name ist Lu-Ong, Miss White! Bitte sprechen Sie mich mit meinem vollen Namen an. So viel Zeit sollte sein.«

»Mein lieber Lu...« White schritt unbeeindruckt und selbstsicher durch den Wachraum. Lu-Ong seufzte lächelnd. »... ich habe mich nicht in euch getäuscht, meine Herren. Überhaupt nicht. Zu euren Fragen, die ich rein zufällig belauscht habe, kann ich Folgendes sagen: Ja. Wir haben sie, die Wanderarbeiter, engagiert, weil sie nach unserer Auffassung die flexibleren Arbeitskräfte sind. Unsere Strategie, Leuten wie euch einen Vertrauensbonus im Vorfeld auszuzahlen, erhöht unsere gemeinsame Zusammenarbeit enorm. Für chinesische Auftraggeber ist das offenbar undenkbar. Für ein amerikanisches Pharmaunternehmen mit Millionenumsätzen eine lohnende Investition, die, verzeiht, Peanut-Gehälter wie die euren sogar aus der Portokasse bezahlen können. Übrigens habt ihr nicht ganz recht mit der Aussage, dass nur Menschen eures Schlages engagiert wurden. Der erste Teil der pharmazeutischen Ladung wurde sowohl von Regierungsbeamten als auch von chinesischen Militärs durchgeführt. Den Folgeauftrag zur Rekrutierung erhielt ich aus Mangel an Sicherheitskräften.

Natürlich befinden sich trotz allem noch immer Regierungsbeamte unter den Transporten, doch nicht mehr ausschließlich.«

»Was wird hier eigentlich hergestellt?«

»Wurde! Lu. Wurde. Dank der Forschungsarbeiten einiger Wissenschaftler des Institutes von Massachusetts aus Amerika, haben chinesische Pharmaunternehmen das einzigartige Potential eines Fisches erkannt und weiterentwickelt. Vor Monaten liefen die Arbeiten hier auf dem Seegelände auf vollen Touren. Die Fabrikmitarbeiter waren Tag und Nacht im Dauereinsatz, um den Fisch zu fangen und weiterzuverarbeiten. Die Rede ist vom goldäugigen Flussbarsch, der sich ausschließlich hier in diesem See heimisch fühlt und vermehrt, ehe er ausgewachsen durch die Flüsse weiterzieht.«

Die Frau machte eine kurze Atempause.

»Sie machen mich neugierig, Miss White. Erzählen Sie weiter, ich bin ja schließlich nur ein Waidire. Sie erinnern sich? Von mir geht keine Gefahr aus«, beschwichtigte sie Lu-Ong. Sarah White schaute ihn nach dieser Aussage lange schweigend an.

»Von dir ... mein lieber Lu, wohl kaum, doch .... von dem Impfstoff womöglich umso mehr!«

»Ein Impfstoff also?«, ergriff Song das Wort. »Ich wüsste nicht, warum ein Impfstoff gefährlich werden könnte. Ich dachte, sie verhindern in aller Regel vornehmlich Krankheiten?«

»Oh mein Gott! Ich hätte mich an der Tanke nicht bequatschen lassen sollen. Warum bin ich nicht weitergelaufen?«, ärgerte sich Lu-Ong. Wieder und wieder schüttelte er den Kopf.

»Komm, lass uns von hier verschwinden. Hier stinkt es mächtig nach Ärger.« Song stimmte zu.

»Song! Lu-Ong! Wartet!«, rief ihnen Sarah White hinterher.

»Hört mich an! Bitte. Ob ihr mir glaubt oder nicht: Genau aus diesem Grund habe ich euch vor einigen Tagen angeheuert!« Mit ziemlich gleichgültiger Miene drehten sich die beiden noch einmal um.

»Uns?«, fragte Song. »Uns haben Sie angeheuert? Fremde? Verbrecher? Sie fahren ein paar hundert Kilometer, um UNS Heimatlose ihren Drecksjob erledigen zu lassen?«

Lu-Ong hielt den aufgebrachten Song vorsichtshalber fest.

»Song! Lass sie aussprechen.«

»Eure Gruppe war schon lange im Visier der chinesischen Behörden und ihnen ein Dorn im Auge. Außerdem bemerkte man, dass Ihr in euren Reihen so etwas wie demokratische Züge entwickelt habt«, fügte sie mit leicht spöttischem Unterton hinzu.

»In jeden Fall nicht die Ordnungsstruktur, die man nach traditionellem Vorbild lebt.«

»Wie bitte?«, fragte Lu-Ong ungläubig.

»Ich erinnere mich da aber an etwas ganz anderes. Was war das mit dem Spinner, der sie auf der Motorhaube...«

»Ein hervorragender Schauspieler und Freund, Lu-Ong. Er hätte sie nie im Leben auch nur gewaltvoll angefasst. Außerdem ist er schwul, musst du wissen. Er hat seine Sache gut gemacht. Wie immer«, unterbrach ihn Song grinsend.

»Darf ich dann fortfahren, wenn es euch nicht stört, ja?« Während Lu-Ong immer noch fassungslos den Kopf schüttelte, kam Sarah nun auf den zentralen Punkt ihrer Ausführung.

»Ich habe Grund zu der Annahme, dass die chinesische Regierung einen Anschlag plant.«

»Mit einem Impfstoff?«

»Ein Impfstoff, der aus dem Gerippe des hier heimischen Fisches gewonnen wird, nachdem man es zu Pulver weiterverarbeitet und einem letzten mir unbekannten Wirkstoff beigemengt hat. Dutzende mit diesem Impfstoff beladene LKW's fahren seit Wochen Chinas Großstädte pausenlos an.«

»Was ist dagegen einzuwenden?«, fragte Song.

»Für eine Forschungsstation wie diese ist, wie der Name schon sagt, die tonnenweise Produktion und Herstellung absolut untypisch.

Und richtig, Song. Deine Frage ist absolut berechtigt. Sie ist untypisch und genau das beunruhigt. Welcher Krankheit soll durch diesen Impfstoff Einhalt geboten werden? Bei dieser Menge kann es sich nur um die Vorbereitung auf eine Pandemie handeln. Ihr habt richtig gehört. Für eine Epidemie bedarf es eine örtliche und zeitliche Begrenzung der Krankheit. Doch in diesem Fall wurden bereits sämtliche Großstädte in China angesteuert.«

Die beiden Waidiren schüttelten fragend den Kopf.

»Die offizielle Verlautbarung wird meinen Informationen zufolge ein Aufruf zur Grippeschutzimpfung an die Bevölkerung sein. Ausgelöst durch einen mutierten Hühnergrippeimpfstoff.«

»Woher weiß sie das alles?«, schaute sich Song hilfesuchend um.

»Sie haben ihn gehört! Also, wer sind Sie und woher kommen sie wirklich? Was machen sie hier und warum haben sie uns engagiert, Miss White?«

Die Frau machte keine Anstalten sich vor Lu-Ongs Fragen zu drücken. Insgeheim hatte sie sogar damit gerechnet.

»Ich wurde nach China entsandt, um dort unter falschem Deckmantel gegen das US-amerikanische Pharmaunternehmen CF-L (Care-Free Life) wegen des Verdachts des Vaterlandsbetrugs zu ermitteln. Es ist nicht üblich, dass ein Spion wie ich Fremden wie euch seine Identität verrät. Allerdings befinden wir uns bereits in einem Stadium, das euer Leben ebenso in Gefahr gebracht hat wie das meine. Wir sitzen also alle in einem Boot und sollten ab jetzt gemeinsam an einem Strang ziehen. Wenn ich euch dies erzähle, dann...«

»...dann, weil wir kurz davor stehen, umgebracht zu werden«, beendete Lu-Ong den Satz. »Ich beginne zu verstehen: Sie haben uns, die Gesetzlosen, angeheuert, weil wir in den Augen der Regierung nichts wert sind. Also nehmen Sie an, dass wir zu einer Kooperation mit Ihnen bereiter sind als unsere Treue zu einem Land, dass die Bedürfnisse und das Ungleichgewicht der Landbevölkerung seit Jahren unter den Tisch kehrt? Miss White. Ich bin Chinese und stolz darauf, es zu sein. Ich werde mein Land niemals verraten. Die Bedingungen sind für mich und meine Gleichgesinnten in der Tat nicht rosig, aber eins kann ich Ihnen sagen: Nichts ist so beständig wie der Wandel.«

Song pflichtete ihm bei.

»Meine Einschätzung Euch gegenüber hat sich nicht im Mindesten geändert, meine Herren. Ich will euch auch nicht die Köpfe verdrehen und schon gar nicht mit euch über die politische Lage sprechen.

Aber unsere Lage ist schlecht. Angesichts der sich rasant ändernden Zustände habt ihr das Recht, meine Vermutungen zu erfahren.«

»Vermutungen? Sind Sie irre?«

»Nicht im Geringsten, mein lieber Song. Es hätte mir eigentlich schon viel früher auffallen sollen, doch das Spiel des chinesischen Regimes und das der Firma CF-L war nahezu perfekt.«

»Welches Spiel?«

»Die Tatsache, dass der erste Impfstoff ausschließlich von Sicherheitskräften der chinesischen Regierung abtransportiert wurde. Folglich hat es etwas mit dem zweiten Teil der Ladung zu tun, die fast ausschließlich von Waidiren abgefahren wurde. Ich beginne mich zu fragen, ob das tatsächlich der gleiche „Impfstoff" war.«

»Was? Das wissen Sie nicht? Sie werden als Sicherheitsexpertin engagiert, uns Waidiren anzuheuern, damit wir die Drecksarbeit machen und Sie wissen nicht, wofür?«, entgegnete Lu-Ong wütend.

»Du hast recht, Lu«, antwortete sie gedankenverloren. »Es war auch eine rein rhetorische Frage.«

»Womit hast du recht, Lu-Ong?«, fragte Song seinerseits. »Damit, dass nur noch uns verhassten Waidiren die Konvois anvertraut werden und nicht mehr wie zu Beginn den Regierungsbeamten.«

»Wir müssen unbedingt herausfinden, wo die für diese Nacht geplanten letzten beiden LKW-Konvois hinführen«, unterbrach White.

»Seit langem lässt man mich nicht mehr in die Nähe der Labore, sondern zwingt mich, die Rekrutierung der Waidiren federführend voranzutreiben. Folglich glaube ich, aufgeflogen zu sein. Ich konnte jedoch in Erfahrung bringen, dass die vorausgegangenen Konvois alle Ballungszentren Chinas erreichten. Und auch mehrere Proben konnte ich vor Wochen aus dem Labor schmuggeln. Bleibt zu hoffen, dass eine davon den Weg in amerikanische Hände fand. Unbedingt müssen wir weitere Proben aus den beiden letzten Konvois erhaschen. Es könnte womöglich das entscheidende Bindeglied sein, um zu erfahren, was genau die dubiose Partnerschaft zwischen China und dem Pharmaunternehmen zu bedeuten hat.«

»Also wenn ich das richtig verstanden habe, sollen wir uns einem Konvoi unbemerkt nähern, einschmuggeln und dann auch noch den besagten Impfstoff entwenden?«

»So in etwa, Song. Nur nicht ganz so agentenmäßig.«

Sie zog zwei Plastikkärtchen aus ihrer linken Brusttasche und reichte sie den beiden Männern.

»Ich hab euch beide einem Konvoi zugeteilt. Hier sind eure Pässe. Ich vermute, ihr werdet über Tibet ausreisen. Was auch immer geschieht: Verhaltet euch so normal wie möglich. Wenn sich euch die Gelegenheit bietet, um an den Impfstoff zu gelangen, dann zögert nicht lange. Aus Erfahrung weiß ich, dass sich der zweite sich bietende Versuch, wenn er denn überhaupt kommt, häufig der Gefährlichere ist. Ich werde dafür sorgen, dass ihr am Ende der Reise sicher zu euren Familien nach Hause gebracht werdet.«

»Was ist mit meinen Freunden?«

»Für sie kann ich leider nichts tun. Sie wurden bereits auseinander dividiert. Die Gruppenstruktur existiert nicht mehr.«

Song seufzte schwer. Sein Leben hatte sich durch diese Frau in den letzten Tagen radikal geändert.

»Also gut. Wie mir scheint, haben wir sowieso keine Wahl. Wann geht es los?«

»Sagte ich schon: Heute Nacht. Ich werde mit dem anderen Konvoi starten. Unsere Wege werden sich vermutlich von nun an nicht mehr kreuzen. Trotzdem: Ich wünsche euch viel Glück. Denkt immer daran: Ergreift die erste sich bietende Gelegenheit. Übersteht ihr den Trip, bringen euch meine Leute nach Hause. Natürlich werdet ihr angemessen bezahlt. Macht euch auch darüber bitte keine Gedanken.«

»Falls wir den Trip überstehen. Tss! Wir sollen unseren Arsch für die Amerikaner herhalten?«

»Lu-Ong!«, erwiderte sie ernst. »Du verkennst die Lage. Hier geht es längst nicht mehr um zwei sich belauernde Staaten. Spätestens seit dem Auftauchen des MILES müssen wir alle wachsam sein. Das Projekt mag vielleicht schon länger existieren; macht es jedoch nicht weniger gefährlich für uns.«

»Wer garantiert uns, dass wir das Versprochene erhalten?«

»Meine Leute werden euch finden. Wenn man euch auffordert den Impfstoff zu überreichen, dann fragt zunächst nach dem 'Fels in der Brandung'. Er ist mein Vorgesetzter. Ihm könnt ihr vertrauen.«

»Und wie erkennen wir ihn?«

»Mein Team weiß, was es zu tun hat, wenn es den Namen hört. Er wurde durch mich über die Situation und euch bestens informiert.«

16

Mondstation

»Wie fühlst du dich Adamas?«, fragte eine hoffnungsfrohe, junge Frau den Mann, der sich zusammen mit ihr seit dem Aufprall der Ice-eye-Sonde zu den Wiedererweckten zählen durfte. Allerdings war er einer derer gewesen, die unschuldig auf der Erde zu den Verbannten seines Volkes gerechnet wurde. Ein Opfer der damals völlig verstörten und verängstigten Justiz Malcors, ansässig auf der neuen Heimat Mars. Eine Justiz, die all jene verurteilte, wenn sie sich nur ansatzweise schuldig für das Verbrechen auf Malcors gemacht hatten. Adamas gehörte bereits jener Generation an, die mit den blutigen Taten ihrer Vorfahren auf Malcors nichts mehr zu tun hatten. Ein Umstand an Ungerechtigkeit, die er zusammen mit den Erwachten Looma und Bagor umgehend korrigieren wollte. Wie jedoch so vieles im Leben kam auch dieses ehrenvolle Ansinnen ganz und gar anders.

Looma wollte von Beginn an keine Aussöhnung mit den Stationsbewohnern, sondern deren Vernichtung. Er war der geborene Krieger und sinnte nur auf Rache für die

Ungerechtigkeit, die ihm und seinem Familienclan auf der Erde widerfahren war. Er, Adamas, der ihn in seinen Plänen aufhalten wollte, wurde dabei lebensgefährlich verletzt. Doch auch Looma konnte sein Ziel, die Mondstation zu erobern, nicht zu Ende bringen, weil Miles, ein ebenso erwachtes Wesen, ihn rettete und zugleich die verbliebenen Eroberer verjagte. Miles, jenem verhassten Wesen, verdankte er nun sein Leben. Gleich nach seinem Aufwachen aus dem Pflanzenplasmabad, das seine Wunden versorgt hatte, machte ES ihm deutlich, wer der Stärkere von beiden war. Ganz offenbar hatte es aber auch einigen Respekt vor der Frau mit den roten Haaren. Gleich, nachdem Gloria erschienen war, ließ das Wesen von ihm ab und verschwand im Nebel der Dampfschwaden. Offenbar kannten sich die beiden ziemlich gut.

»Wie fühlst du dich, Adamas?«, wiederholte sie.

»Wie ich mich fühle, Gloria? Es geht mir gut. Danke der Nachfrage. Physisch bin ich völlig genesen, quasi runderneuert. Ein Wunderwerk dieser Technik. Psychisch jedoch bin ich immer noch nicht über den Schock hinweggekommen, dass du mich nackt gesehen hast«, ergänzte Adamas mit einem verschmitzten Lächeln.

»Waah! Da gab es wirklich nicht viel zu sehen, mein Lieber«, konterte sie schnell. »Ihr Männer seid doch sowieso alle gleich! Thomas hätte bestimmt etwas Ähnliches gesagt.«

»Thomas?«, fragte ihr Zuhörer interessiert.

»Ein Wissenschaftler von der Erde.«

Simon und sie hatten beschlossen, die zweite Identität von Thomas vorerst vor Adamas geheim zu halten. Sie beide mussten selbst erst noch entscheiden wie sie mit der neuen Situation über das Verhalten des Sprach- und Kulturwissenschaftlers umgehen sollten.

»Wir sind ihm den Umstand schuldig, dass wir erweckt wurden. Seine Forschungen an der Pyramide mündeten darin, dass eine Sonde das entscheidende Signal an unsere Rechnersysteme gab, sich neu zu rebooten. So wurden wir aus unserem jahrtausendelang andauernden Schlaf erweckt.«

»Ich habe von diesem Mann gehört! Thomas Martin!«, antwortete Adamas erstaunt.

»Waaas? Woher? Was weißt du über ihn? Welche Geschichten erzählt man sich über ihn?«

Gloria bemerkte sofort am erstaunten Gesichtsausdruck ihres Gegenübers, dass sie ihr gesteigertes Interesse ein wenig zu deutlich bekundete.

»Rein aus wissenschaftlichem Interesse natürlich«, fügte sie etwas verhaltener hinzu.

»Er hat nicht sehr viel von sich erzählt, als er uns geholfen hat.«

»Geholfen hat? War er auch hier oben?«

»Wir, also der Professor und ich haben ihn mit einem unserer Transporter zu uns geholt.«

Adamas beäugte sie etwas irritiert.

»Wir hatten ursprünglich gehofft, er könne uns sagen, wo sich eure Sarkophage befinden. Nach unserem Erwachen machten wir uns sofort auf die Suche nach anderen Erwachten. Die erste Spur führte uns zunächst in die Cheops-Pyramide. Doch wie sich bald herausstellte, wusste auch Thomas, den wir zwischenzeitlich aufgesucht hatten, nichts von eurem Verbleib.

Dafür half er uns mit seinem wissenschaftlichen Eifer bei der Suche, eine Lösung für die Bepflanzung des Domes zu finden.«

Es war die etwas abgeänderte Kurzform einer Halbwahrheit, die Gloria sich zurechtgelegt hatte. Bevor Adamas etwas erwidern konnte, schob sie schnell eine Frage hinterher:

»Und woher kennst DU seinen Namen?«

»Den habe ich von einem Mann namens Donato Esteban erfahren. Er war für die Verschleppung unserer Flems verantwortlich. Donato bekleidet auf der Erde einen wichtigen Posten. Nach eigenen Angaben beschützt er die Bedürfnisse seines Landes mit allen Mitteln, die ihm zur Verfügung stehen.«

»Ein Präsident?«

»Eher jemand der den Präsidenten in Sachen Sicherheit berät. Für meinen Geschmack aber mit viel zu viel Macht ausgestattet. Die Amerikaner, so nennen sie sich, kennen sich mit dem Metall unserer Flems sehr gut aus. Sie trauten sich jedoch nicht, unsere Kapseln zu öffnen, bis diese sich nach einem erfolgten Impuls von selbst öffneten. Den Wissenschaftler Thomas suchten sie erst seit diesem Zeitpunkt, wie er mir verriet. Sie fragten sich, woher er all seine Kenntnisse über das Metall hatte. Ich ehrlich gesagt auch. Sie suchen ihn dort unten wie eine Horde Besessener. Für mich ein klares Zeichen, dass dieser Mann noch viel mehr weiß, als er von sich verlauten lässt. Aber noch schlimmer ist der Umstand, dass die Leute dort unten sehr unruhig geworden sind, seitdem sie die Spur des Wissenschaftlers verloren haben. Auf jeden Fall ist da noch etwas anderes im Gange. Das konnte ich deutlich spüren.«

Gloria nickte aufmerksam.

»Er ist in der Tat ein sehr rätselhafter Mann. Im Moment wissen wir leider auch nicht, wo er sich gerade aufhält.«

»Und was sagt er zu dem Miles? Hat sich das Wesen bei ihm auch so verhalten wie bei mir?«

»Wie meinst du das?«

»Na, dass er mich halb erstickt und bedroht hat!«

»Bedroht? Nein, das würde ich so nicht behaupten. Mir scheint viel mehr, dass sich die beiden einig sind.«

»Was meinst du? Ich verstehe nicht.«

»Ich meine, die beiden sind sich sehr ähnlich.«

Adamas verstand immer noch nicht.

»Sie sind beide rätselhaft und ... untergetaucht.«

»Hmm. Ich verstehe.«

»Adamas, du sprachst gerade davon, dass sich noch immer einer unserer Leute bei den Menschen befindet?«

»Bagor! Ja. Er musste unten auf der Erde als Sicherheit zurückbleiben. Dafür sollten Looma und ich zusammen mit vier weiteren Soldaten mit unseren Flems zur Mondstation fliegen. Da die Bedienung bekanntermaßen für Unerfahrene ziemlich kompliziert ist, sollten wir sie steuern.

Meine Freunde und ich erhielten in jungen Jahren eine Ausbildung an einem defekten Flem. Der Umstand, dass es nicht mehr weltraumtauglich war, spielte diesbezüglich aber keine Rolle. Bagor ist ein unglaublich netter Kerl. Ein Bär von Mann, rustikal, und sieht in allem nur das Positive. Auf seine Art aber ein bisschen... naja, sagen wir mal ... naiv.«

»Ich verstehe. Können wir ihn zu uns holen?«

»Dazu müsste ich wissen, wo wir festgehalten wurden. Es gab dort keine Fenster. Wir waren tief unter der Erde oder vielleicht auch tief unter einem Gebirge.«

Er schüttelte betroffen den Kopf.

»Nein, ich weiß nicht, wo wir ihn finden könnten.« Adamas schaute Gloria hilfesuchend in die Augen.

»Er wartet auf uns und zählt auf mich, das weiß ich genau. Ich schulde ihm viel, Gloria. Er ist mein Freund und ich werde alles in meiner Macht stehende versuchen und ihn da rausholen. Aber ich fürchte, ich benötige deine Hilfe und die des Professors.«

»Wir werden eine Möglichkeit finden Adamas. Verlass dich darauf. Du bist eben erst wieder sozusagen von den Toten auferstanden. Eins nach dem anderen«, munterte sie ihn auf.

»Uns wird etwas einfallen, da bin ich mir ganz sicher. Wir werden ihn finden, das verspreche ich dir!«, klopfte sie ihm aufmunternd auf die Schulter. »Lass uns eine Runde im Dom spazieren gehen! Es wird deine Stimmung heben. Mich heitert es auf, habe ich festgestellt. Außerdem kann ich mich dort sammeln und meinen Gedanken freien Lauf lassen. Vielleicht kommen wir dabei auf eine Idee wie wir deinem Freund helfen können.«

Ihr Weg führte die beiden zu einer unscheinbaren Wartungstür. Seite an Seite traten sie von einer sterilen metallenen Umgebung in eine erst vor Kurzem völlig neu veränderte Welt ein. Sie war das eigentliche Herz der Station: die Biosphäre.

Auch wenn er das Innere des Doms schon einmal betreten hatte, so erschien es Adamas wie ein Wunder, all die technischen Machbarkeiten seines Volkes zu erfahren. Durch das Passieren der Wartungstür war er von einer Sekunde zur Anderen mitten im Grünen "gelandet". In dem neuen Umfeld musste er sich erst einmal neu orientieren. Von einer sterilen Umgebung konnte hier wirklich nicht die Rede sein. Ein berauschendes Gefühl der Sinne stürzte beim Passieren der Wartungstür ungebändigt auf ihn ein. Der Geruch von feuchter, kühler Erde, ein prasselnder Bach, der Duft einer blumenbeseelten Wiese, ja selbst das Röhren eines Hirsches schien hier in perfekte Harmonie und Einklang gebracht zu sein. Adamas verneigte sich vor dem Schatz der Natur. Langsam und ehrfurchtgebietend grub er vorsichtig eine Hand in die jungfräuliche Erde. Sie zwischen den Fingern zu spüren, war hier an diesem Ort ein einzigartiges Wunder. War er doch hier umgeben von einer todbringenden Außenwelt. Das Begrüßungskomitee wurde von singenden Vögeln hoch droben unter dem Kuppeldach abgerundet.

Gleich einem grünschimmernden Smaragd musste einem Betrachter die Kuppel von Außen erscheinen. Sie war binnen kürzester Zeit zum pulsierenden Herzen des Mondes avanciert.

»Wie ist es eigentlich möglich, diese kleine Welt im Gleichgewicht zu halten, Gloria? Unterliegt das auch der Obhut Simons?«

»Nein! In diesem Fall ausnahmsweise nicht. Auch wenn er vieles steuert und übernimmt; das Innere der Station befindet sich nicht in seinem Aufgabenbereich. Dazu wurde ich vom Hohen Rat auf Neumalcors bzw. Mars bestimmt. Ich hatte eigens ein Programm dafür entwickelt und dank einer Visualisierung sowohl in Echtzeit als auch im Zeitrafferverfahren gewann ich schließlich den ausgelobten Wettbewerb unter den Wissenschaftlern. Die Rechnerleistung, die dafür aufzuwenden ist, kann unser entstofflichter Freund Simon derzeit nicht vorhalten. Wie er dir ja sicher schon ein Dutzend mal zu seiner

Entschuldigung erzählt haben dürfte, hatten wir nicht einmal die Zeit gehabt, die Station fertigzustellen. Es fehlen nach wie vor bis heute wichtige Speicherbausteine zur Herstellung der vollen Einsatzbereitschaft. Ein Großteil der Rechnerleistung wurde zudem durch die Transferierung des Bewusstseins vom Professor aufgezehrt.«

»Und dein Programm, kann es denn auch zufällig Bäume zurückschneiden oder Wiesen mähen, Felsblöcke umsetzen?«

»Du brauchst nicht glauben, dass ich diesen ironischen Unterton in deiner Stimme nicht herausgehört hätte! Wir haben sehr wohl etwas, das diese Aufgaben, erledigen kann.«

Unaufgefordert wies Gloria in eine Richtung.

»Oh! Hilfsmaschinen in allen Größen und Formen! Clever. Aber dein Programm in allen Ehren, Gloria.«

»Was hast du gegen mein Programm? Sag schon, na los!«

Adamas deutete mit dem Arm in eine Richtung. Ein Arbeitsroboter schabte dort offenbar ohne Grund die Grasnarbe von der Lichtung. Es sah ganz offensichtlich nach einer Fehlfunktion aus.

»Seltsam.«

»Was meinst du, Gloria?«

»Simon wollte sie sich doch gestern schon anschauen und mit einem neuentwickelten Speicherkristall bestücken. Das muss ich mir sofort ansehen. Kommst du?«

Adamas nickte.

»Aber sagtest du nicht gerade, Simon hätte keinen Zugriff auf die Maschinen?«

»Ich gab ihm diesbezüglich die Erlaubnis. Ausnahmsweise«, antwortete sie verlegen. »Wir haben im Moment einfach zu wenig Wartungssysteme um dieser riesigen Fläche Herr zu werden. Aus diesem Grund gab ich ihm die Erlaubnis einen seiner neuartigen Kristalle zu testen. Der Speicher hätte der Maschine erlaubt, schneller und effizienter arbeiten zu können, ohne die sich wechselnden Anforderungen ständig an ihrer Dockingstation abrufen zu müssen.

Jetzt werde ich die Maschine wohl oder übel lahmlegen müssen. Wieder mehr Kompensationsarbeit für die anderen Arbeitsroboter.«

Sie näherten sich dem 1,50 m großen zylinderförmigen Roboter. Glorias Finger glitten zielsicher über die Oberfläche des metallenen Körpers. Sekunden später öffnete sich an einer Stelle der Wartungsschacht. Ein blinkendes Wartungspaneel wies auf eine nicht näherdefinierte Störung hin. Gloria entfernte das Paneel. Dahinter offenbarte sich ein Gewirr unterschiedlichster Kabel. Mit einem geschulten Handgriff schob sie die Kabel zur Seite, drehte ihre Hand um eine Vierteldrehung nach links und hielt kurz darauf einen faustgroßen, smaragdfarbenen Stein in der Hand.

»Hier fang, Adamas! - Kannst du mal schauen, ob du aus der kleinen Instandhaltungshalle einen Neuen findest?«

Adamas zuckte fragend mit den Schultern.

»Du findest den Zugang hinter den Rhododendren. Sie lagern dort in kleinen, gepolsterten Mulden auf der linken Seite. Den defekten Stein kannst du gleich dort lassen. Ich werde ihn bei Gelegenheit löschen und neu programmieren.«

Ohne ein Wort lief Adamas um das riesige Rhododendronbuschwerk herum. Seine Blicke erforschten währenddessen neugierig den defekten Stein. Sein Inneres schien offenbar ein seltsames Eigenleben zu führen. Er beobachtete wie sich darin ständig neue kristalline Anordnungen bildeten. In rasender Geschwindigkeit wuchsen sie heran, um gleich darauf wieder zu zerfallen. In dieser kurzen Zeit glaubte er sogar, Buchstaben darauf erkannt zu haben.

Die Beherrschung der kristallinen Gitterstruktur war zum Grundpfeiler für Malcors rasanten Aufstieg in eine hochtechnisierte Zivilisation geworden. Mit dieser Technik veränderten sich nicht nur Architektur, Transportwesen, Medizin und andere technische Hilfsmittel, nein, sie läutete ein Umdenken auch in kultureller Hinsicht ein. Zudem wurden mit ihr auch erstmals Reisen außerhalb des Planeten Malcors möglich. Die besondere Stärke dieser kristallinen Struktur lag am Roclam selbst. Denn man hatte nach jahrzehntelanger Forschung herausgefunden, dass das kristalline Metall durch Hinzufügen ganz bestimmter Spannungsfrequenzen in Schwingung geriet und seine molekularen Gitter veränderte. Durch diese manipulative Frequenzsteuerung ließ es sich in jede beliebige Form umwandeln.

Auf diese Weise wurde auch der kristallene Stein, den er vor sich in Händen hielt, programmiert. Allerdings gehörte dieses Modell zu den Speichern und nicht zu den Bausteinen der kristallinen Art. Dieser hier schien sogar auf eine neue, wenn auch noch nicht ausgereifte Form der Programmierung hinzuweisen. Zumindest hatte das Gloria behauptet.

»Welchen Kristall soll ich dir gleich nochmal als Ersatz bringen? Hier liegen die verschiedensten Formen und Größen herum!«

»Nimm den für die „Bodenpflege". Die Boxen sind beschriftet. Dann kann der Robot gleich den Schaden beheben, den er angerichtet hat.«

Adamas überreichte ihr einen rubinroten, daumendicken Stein. Kurz darauf setzte sich die Maschine wieder in Gang und nahm ihren geänderten Dienstplan auf.

»Hmm, offenbar hakte es nur an der Kompatibilität des neuen Kristalls«, bemerkte Gloria.

»Simon hätte es sofort auffallen sollen. Warum hat er ihn nicht gleich ausgetauscht?«

»Niemand ist perfekt, Gloria.«

»Du kennst den Professor nicht so gut wie ich. Er würde nicht eher ruhen, bis der neue Kristall nicht genau das macht, wozu er konzipiert wurde. Und das da ...«, sie zeigte in Richtung der Werkstatt, »...versteh ich ganz und gar nicht.«

»Sicher war er gerade dabei, seinen Fehler zu analysieren. Auch er darf sich ...«, er suchte nach einem passenden Wort, ».... menschliche Fehler erlauben. Findest du nicht? Lass uns lieber nach einer Möglichkeit suchen, wie wir Bagor finden können.«

»Pfff! Du vergisst nur eines dabei: Simon ist nicht länger ein Mensch aus Fleisch und Blut. Fehler erkennt er in Millisekunden. Außerdem hätte er mich auch informieren können, was er aber nicht getan hat. Entschuldige bitte, wenn ich Bagor ein wenig abseits stelle.«

Adamas nickte beschwichtigend.

»Er sagte mir vor ein paar Tagen, er studiere die Menschen. Sicher lernt er gerade, was es bedeutet, mal eine Pause zu machen um später mit neuen Ideen am Problem weiterzuarbeiten.« Damit hatte Adamas bei Gloria eine vollkommen andere Reaktion ausgelöst, wie er sich vorgestellt hatte.

»Pause machen? Er?« Gloria wurde zornig. »Das reicht mir jetzt! Wir haben schon kaum Arbeitsmaschinen, um diesen Park hier ordentlich zu bewirtschaften. Mit diesem Versuch, den ich ihm gestattet habe, bringt er nur alles aus dem Gleichgewicht. Diese Umgebung ist äußerst fragil und ich trage die Verantwortung dafür, sie im Gleichgewicht zu halten. Genau das habe ich noch immer vor, auch wenn dazwischen Tausende von Jahren liegen.« Sie schüttelte resigniert den Kopf.

»Ich hätte das nicht zulassen dürfen.«

»Findest du nicht, du übertreibst ein wenig?«

»Du verstehst das nicht. – Ich muss mit Simon reden. Er meldet sich schon eine ganze Weile nicht mehr. Seine Pause ist jetzt auf alle Fälle um!«

Äußerst gereizt lief sie geradewegs zur Werkstatt um von dort durch einen Zugang wieder in den Arbeits- und Wohnbereich der Station zu gelangen. Adamas hielt sie jedoch am Arm zurück.

»Gloria, hör doch mal ...« Weiter kam er nicht. Entsetzt ließ er sie los, als sich ihre Blicke kreuzten. Nur zu deutlich machte sie ihm klar, dass er das lieber nicht hätte tun sollen.

»Du verstehst uns Malcorianer nicht. Wir haben alles verloren, was es zu verlieren gab. Wir dürfen uns keine Fehler erlauben. Du magst dich vielleicht schon wie ein Mensch verhalten, ich aber nicht!« Das hatte gesessen. Adamas wollte etwas erwidern, doch dazu erhielt er nicht mehr die Gelegenheit. Gloria war schon auf halbem Weg nach draußen, als Sie sich einer fest verschlossenen Tür konfrontiert sah. Auch nach mehrfacher Betätigung ließ sie sich nicht öffnen.

Mit einem Aufschrei bereute sie es, vor Tagen auf Thomas Worte gehört zu haben. Mensch, wie er war, hatte er ihr geraten, weniger den Kommunikator mit sich herumzutragen und stattdessen ein wenig zu „entschleunigen".

Noch ein menschlicher Rat, den sie zu hassen begann. Sauer auf sich selbst vergaß sie in ihrer Wut, den fest angebrachten Kommunikator an der Wand zu bedienen. Adamas erledigte das jetzt für sie und schaute sie dabei tadelnd an.

»Simon, könntest du bitte die Tür freigeben? Ich glaube sie klemmt. Sowohl die automatische als auch die manuelle Entriegelung funktioniert nicht. Simon? Bist du da?«

»Simon! Hier ist Gloria. Kannst du uns hören? Simon?« Beide starrten sich entgeistert an, bis sie wie auf Kommando zeitgleich, ohne ein weiteres Wort zu verlieren, zur Wartungstür rannten, durch die sie zuvor gekommen waren. Aus den Augenwinkeln sahen sie gerade noch, wie sie sich wie von Zauberhand verschloss. Wieder ergriff Adamas die Initiative und forderte Simon zu einer Reaktion auf. Vergebens.

»Es reicht. Geh mal zur Seite«, schubste ihn Gloria vom Ausgang. Sie wollte sich gerade am Türrahmen zu schaffen machen, als ein schrillendes Warnsignal ertönte. Ein ohrenbetäubender Lärm.

»WAS IST DAS?«

»NICHT GUT!«, schrien sie sich an.

»Eine Invasion oder ein Leck in der Außenhülle.«

»Ein Leck? Wie soll das denn passiert sein?«, fragte Adamas.

»Eben!«, antwortete sie knapp.

»Aber es würde die Reaktion verständlicher machen. Findest du nicht?«

Gloria wehrte mit den Händen ab:

»Nicht im Geringsten.« Schon machte sie sich am Türrahmen zu schaffen.

»Was machst du da?«

»Sprengfallen! Ich sprenge den Durchgang frei!«

»Bist du jetzt völlig wahnsinnig geworden? Und das Leck?«

Gloria schaute ihn kurz von der Seite an und Adamas wusste auch dieses Mal, dass er lieber den Mund gehalten hätte.

»Weitermachen!«, schrie er ihr zu.

Aus sicherer Entfernung begutachteten sie das zerstörerische Werk der Sprengfallen. Im Grunde genommen alles harmlos und unspektakulär. Ohne das etwas Nennenswertes geschah, fiel die Tür nach kurzer Zeit aus scheinbar unerfindlichen Gründen aus ihren Angeln.

Und auch das schrille Pfeifen verhallte darauf von einer Sekunde zur anderen. Auf der anderen Seite standen dafür zwei Wartungsroboter, die den Durchgang versperrten. Mit ihren kreisenden Sägeblättern machten sie den beiden deutlich, dass hier kein Durchkommen war.

»Wer hat euch geschickt? Was ist euer Auftrag?«, befahl Gloria den Maschinen.

»Simon!«, schrie Adamas. Fast schien es, als würden sich die rotierenden Sägeblätter zielgerichteter und schneller bewegen als zuvor. Plötzlich drehten sich die beiden Maschinen um ihre eigene Achse. Jetzt schien es, also ob sie die beiden Malcorianer beschützen wollten. Ratlos schauten sie einander an.

»Irre. Einfach nur irre. Was ist hier nur auf einmal los?«, flüsterte Gloria. »Hey! Was ist hier los, zum Teufel nochmal?!«

»Eindringling! Eindringling! Eindringling!« Erhielt sie die prompte Antwort einer blechernen, monotonen Roboterstimme.

»Lasst uns vorbei!«, schrie sie die leblosen Hilfsmaschinen an. Schweigend machten sie Platz. Vorbei an den rasiermesserscharfen Sägeblättern rannte Gloria davon. Sie musste erfahren, was sich auf der Station zugetragen hatte. Und das konnte sie nur von der Zentrale aus.

Kaum hatte sie die Tür erreicht, die lautlos zur Seite glitt, fiel sie starr vor Schreck rücklings wieder hinaus. Mit ihm hatte sie wahrhaftig nicht gerechnet. Adamas, der angerannt kam, fing sie gerade noch in seinen Armen auf. Für einen Augenblick kreuzten sich dabei ihre Blicke. Während Adamas zufrieden mit seiner Aktion wirkte, war Gloria immer noch entsetzt darüber, was sie in der Zentrale gesehen hatte. Adamas erinnerte sich sofort an ihr erstes Zusammentreffen, als er das unzufriedene Grollen aus der Zentrale hörte. Offenbar galt es sogar ihm.

»Ich befürchte, du hast das Leck gefunden«, schlussfolgerte er.

Gloria hatte sich schnell gefasst, aufgerichtet und betrat wutentbrannt die Hauptzentrale.

»Ich hatte dir verboten, jemals wieder die Station zu betreten! Was willst du hier! Verschwinde! Verschwinde von hier und aus meinem Leben! Verschwinde von diesem Planeten, du Mörder! ...«

Thomas, alias Miles, schritt ohne auf ihre Provokationen einzugehen, zielstrebig auf Adamas zu.

»Was weißt du über Bagor!«, raunte er unfreundlich.

»Er ist mein Freund.«

Miles sah ihn lange scharf an. Adamas erinnerte sich der Worte, die der Miles ihm gesagt hatte, kaum dass er aus dem Pflanzenplasmabad entstiegen war:

»Wenn du jemandem hier auf der Station zu nahe kommen solltest, wenn du IHR zu nahe kommen solltest, dann wirst du kein Regenerationsbad mehr benötigen. Dann hol ich dich und verteile deine ...«

Zu seiner Überraschung drehte sich Miles unvermittelt um und ging zurück zu den Kontrollinstrumenten. Zielsicher wanderten seine Finger über die ausliegende Displayfolie. Darauf ließ er wenige Sekunden später den Erdball als dreidimensionales Gebilde erscheinen. Weitere Sekunden später tauchten darauf mehrere Dutzend blinkender Punkte auf. Sie säumten den gesamten Planeten. Miles gab ein zufriedenes Grollen von sich, was man auch als Genugtuung deuten konnte. Hatte er etwas entdeckt?

»Und wenn du mich behandelst, als sei ich in deinen Augen nur Luft, könntest du uns trotzdem verraten, was du hier zu suchen hast!«

Um seiner Antwort mehr Nachdruck zu verleihen, zeigte der Grüne mit ausgestreckter Hand auf die Leuchtpunkte.

»Roclam!«

Seine Antwort hallte laut und unmissverständlich von den Wänden, als wäre die Akustik des Raumes schon vor hunderten von Jahren speziell für diesen Moment vorbereitet worden.

Verblüffung und Ratlosigkeit spiegelten sich in den Gesichtern der beiden Stationsbewohner.

»Nein! Wie ist das möglich? Wie, wie kann das sein? Was zeigst du uns da?«

»Terra erhielt schon viel früher Besuch von Malcorianern. Lange bevor ihr ihn als Gefangenenplaneten missbrauchtet. Warum weißt du nichts darüber! Simon!«

Miles schaute fragend um sich.

»Er ist seit Kurzem etwas...«, Gloria suchte nach dem passenden Wort für Simons Verhalten.

»... etwas ... abwesend.«

»Was soll das heißen, abwesend!? Simon war noch nie abwesend. Wie soll das überhaupt gehen? Sein Geist ist in der Station allgegenwärtig.«

»Das dachte ich auch, aber offenbar...«

»Alles in bester Ordnung«, erscholl zum Trotze und zur Antwort aller wie aus heiterem Himmel die körperlose Stimme des Professors aus den verborgenen Lautsprechern.

Glorias erleichtertes Aufatmen verdeutlichte nur allzu gut, welche Sorgen sie sich um den Professor gemacht hatte.

»Was war los mit dir? Wo warst du? Warum hast du wegen Miles auf der ganzen Station Alarm ausgelöst? Noch dazu den Falschen? Wir wurden von den Robots fast getötet!«

»Nun übertreibt sie aber ein wenig«, spielte Adamas ihre Aussage herunter. Miles forderte die beiden mit einer Handbewegung zum Stillschweigen auf.

»Lasst ihn sprechen!«

»Danke MILES!«

Verborgen unter dem Schutz seines Anzuges stutzte Thomas einen Augenblick. Hatte er es sich nur eingebildet, oder klangen die Worte des Professors gerade ein wenig provozierend?

»Wir haben uns offenbar einen Virus eingefangen, wie man bei euch Menschen so schön sagt.«

»Wie?« Gloria verstand nicht.

»Wir empfingen vor 36 Stunden ein Funksignal. Überrascht von dem überaus aggressiven Angriff auf die gesamten Systeme der Station wurden wir gezwungen einen vollständigen reboot der Systeme vorzunehmen. Wir mussten sicher gehen, dass das Virus restlos vernichtet wird, und haben zusätzlich das Backup gelöscht. Die einzige Lösung, um sich das Problem vom Hals zu schaffen. Alles ging so rasend schnell, dass wir euch nicht informieren konnten.«

»Und wie konntest du dich vor deinem eigenen Backupsystem in dieser Zeit schützen?«, fragte Miles neugierig.

»Das Bewusstsein wurde für die Zeit der Säuberung in einer isolierten Notbarke vom Hauptsystem der Station getrennt. Dadurch waren wir vor fremden Übergriffen geschützt. Gleichzeitig aber auch abgeschottet von der Außenwelt. Dadurch entzog sich uns in dieser 36 Stunden andauernden Zeit jegliches Erinnerungs- und Handlungsvermögen.

»Uns?«, fragte Adamas erstaunt.

»Wir verstehen die Frage nicht. Was meinst du?«

»Simon, du sprichst die ganze Zeit über dich in der Mehrzahl«, erklärte ihm Gloria.

Sie hatte es also auch bemerkt, stellte Thomas misstrauisch fest.

»Fehler behoben«, stellte die blecherne Stimme nüchtern fest.

»Vielleicht war es in der Notbarke doch ein wenig zu eng«, schob der körperlose Professor gefühlskalt hinzu. Niemandem der Anwesenden war nach Lachen zumute. Thomas spürte von seinem Symbiontvirus am Armgelenk ein nicht näher definierbares Warnsignal. Trotzdem zog er es vor, die Anwesenden nicht zu beunruhigen, und behielt sein Gefühl für sich.

»In meinen Datenbänken existieren keinerlei Aufzeichnungen darüber, ob die Erde... TERRA ...« *(Da war sie wieder, die eigenartige fast arrogantwirkende Betonung dieses Wortes, das er kurz zuvor verwendet hatte.)* »...in der Vergangenheit Besuch von Malcorianern erhalten hatte. Wenn es aber stimmen sollte, dann vermute ich den fraglichen Zeitraum vor mehreren hundert Jahren. Der Zeitpunkt dürfte weit vor der Besiedelung des Mars´ gewesen sein.«

»Du sprichst von der Zeit der 'großen Unruhen'?«, fragte Adamas. Gloria schaute ihn mit erstauntem Blick an.

»Du kennst die Zeit der Unruhen?« (*nachzulesen in Bd. I*)

»Mag sein, dass ich auf der Erde geboren wurde, Gloria, doch nur, weil ich auf ihr gezwungenermaßen lebte, heißt das nicht, dass ich wie ein Barbar rückständig und ohne jeglichen Kultur- und Geschichtshintergrund aufgezogen wurde! Deine Vergangenheit gehört ebenso zu meiner. Ebenso, wie wir hier jetzt gemeinsam stehen und die Zukunft Malcors fortschreiben und neu gestalten wollen.«

Gloria war peinlich berührt, ihr Gesicht puterrot.

»Es wäre zumindest ein Ansatz, ein Anhaltspunkt«, ergänzte Simon.

»Eines der Fundstücke, die du uns auf dem Schirm aufzeigst, könnte zur Untermauerung deiner These beitragen. MILES!« *(Da war es schon wieder!)* Thomas bemerkte erneut das Unwohlsein seines Partners. Nur dieses Mal empfand er es selbst mit vergleichsweise verkümmerten menschlichen Sinnen als gezielte Provokation.

Es wäre sicherlich ein Fehler gewesen, dem Provokateur die Stirn zu bieten und auf seinen beleidigenden Ton einzugehen. Thomas verhielt sich stattdessen weiterhin ruhig und abwartend. Er berührte sanft das Display seiner Armmanschette. Kurz darauf verschwand er, um nur Sekunden später wieder an gleicher Stelle zu stehen.

»Die Probe ist in meinem Flem zu euch unterwegs.« Augenblicklich war er wieder verschwunden. Wohin wusste keiner, denn er hatte wieder einmal Simons Peilsender deaktiviert.

17

36 Stunden zuvor hatte sich folgendes Ereignis auf dem Planeten Mars zugetragen:

»Multum! Ich habe getan, was du von mir verlangt hast. Durch meine Hilfe hast du wieder die volle Kontrolle über den gesamten Planeten erhalten. Es gilt nun deinen Part der Abmachung einzuhalten.«

»In der Tat haben WIR den vollen Zugriff über den gesamten Planeten erlangt. Doch das war nicht dein Verdienst. Es war unsere Genialität, die deinen kümmerlichen Geist in den Schatten gestellt hat.«

»Ist mir egal, wie du...«

»Wie WIR!«, korrigierte ihn Multum tadelnd.

»Wie auch immer IHR euch nennen mögt. Diesen neu geschaffenen Umstand verdankt IHR MIR!! Also fahr jetzt unverzüglich alle militärischen Produktionsanlagen auf diesem Planeten hoch. Nicht nur IHR möchtet Euch an den letzten überlebenden Malcorianern rächen. Auch ich als ein Nachfahre und zu Unrecht Verurteilter, sinne auf Rache und Gerechtigkeit. Außerdem beanspruche ich mein rechtmäßiges Erbe als Prinz von Malcors. Dieser von meinem Stamm auf mich übertragene Rechtsanspruch befugt mich zur Alleinherrschaft über das verbliebene Reich meiner Ahnen. Ein Reich das seit Jahrtausenden aus den Fugen geraten ist und das jetzt durch meine Hand geführt, zu neuer Blüte erstrahlen wird. Daher gilt es zunächst, das letzte verbliebene Geschwür alter Malcorianer für immer von der Bildfläche verschwinden zu lassen. Wir werden die Mondstation als Zeichen unserer Macht dem Erdboden gleichmachen. Sollten wir dann auf weitere Gegenwehr auf der Erde stoßen, werden wir Stück für Stück, Land für Land, jedes Volk und seine Bewohner ebenfalls mit gleicher Härte bestrafen. Alle werden den Prinzen von Malcors anerkennen müssen. Einen Prinzen, der nach Kapitulation aller Nationen und Herrenländer vor ihnen zum alleinigen König über beide Planeten gekrönt werden wird.«

»Hahaha, und WIR dachten schon, du hättest eine kleine Wahrnehmungsstörung. Es gefällt uns, was du da sagst. DU gefällst uns. Hihihihi. Wie uns scheint, können wir dich doch noch gebrauchen Looma, Prinz eines ausgerotteten Volkes und zukünftiger König eines neuen unterjochten Reiches! Doch zunächst müssen wir wissen, wie wichtig dir deine Interessen sind. Wie weit würdest du gehen, diese dir zu sichern?«

»Was meint IHR? Natürlich ist mir das ernst! Noch nie war ich ernster als heute!«

»Gut für dich. Dann wird es dir umso leichter fallen, unserem Patienten hier die Geräte abzuschalten. Tritt ein! Die Tür ist offen.«

Looma trat in den Raum, indem sich noch immer der Körper des Computerspezialisten Richter befand. Unter dem gläsernen Sarg waren seine Vitalfunktionen auf das Nötigste heruntergefahren. Sein Geist war mithilfe der komplexen Apparatur am Kopf vom Rest des Körpers virtuell getrennt.

»Wir brauchen ihn nicht mehr. Töte ihn!«

»Was ist mit ihm passiert? Was habt ihr mit ihm gemacht?«

»Wir wollen ihm seine Entscheidung zu bleiben und sich uns anzuschließen ein wenig erleichtern. Los! Mach schon und beeile dich!«

Ohne weitere Fragen zu stellen hantierte Looma an der Instrumententafel herum, bis er durch Zufall die Druckregulierungsschalter für den Glassarg gefunden hatte. Er wusste nicht, wozu die unzähligen Schalter und Skalen dienten, doch verfehlten sie ihre Wirkung nicht.

»Halt! Looma! Nicht! Du machst einen großen Fehler!«

»Wer spricht da?!«

»Richter! Ich bin hier! Sie sind böse und unberechenbar. Du darfst ihnen nicht trauen! Bitte mach nicht denselben Fehler!«

»DU BIST eine Stimme! Wer sagt mir denn, ob du mich nicht gerade auf die Probe stellst? Ich weiß selbst, dass IHR eine an der Klatsche habt.«

»Glaub mir einfach! Nur dieses eine Mal wenigstens! Es wird uns ALLE töten. Nicht nur dich und mich. Ich habe es in ihren Gedanken gelesen.«

»Es ist genau das, was ich will. MULTUM soll die Mondstation mit all ihren Bewohnern vernichten.«

»Nicht nur diese Station! Die gesamte Erde will sie sich einverleiben! Nichts aus Fleisch und Blut, über das du am Ende herrschen könntest, wird auf diesem Planeten übrig bleiben! Verstehst du denn nicht?!«

»Das wäre erst noch zu prüfen.«

»Du kannst es noch verhindern, Looma. Ich kann dir helfen! Hol mich hier raus und ich werde dir ewig dienen.«

»Zu spät, Mensch!«

»Looma, nein! Schalt es ab! Schalt es ...« der steigende Druck im Innern des OP-Behälters hatte sich so stark verändert, dass sich der Körper des Computerspezialisten langsam aufzublähen begann. Der Bauch wölbte sich auf unnatürliche Art und Weise in die Höhe. Arme und Beine schwollen auf ein vielfaches ihrer Größe an und aus den geschlossenen Augendeckeln quoll ein dünner Blutstrom. Mund und Ohren folgten. Die Kleidung des Patienten konnte unter dem immer größer werdenden Druck des anschwellenden Körpers nicht länger standhalten und begann zu zerreißen. In einer dumpfen Explosion verteilten sich die undefinierbaren Reste des Körpers im Inneren des Glasbehälters.

»Das war Nr. 1«, lachte Looma.

»Gut gemacht, Prinz.« Meldete sich wieder die alte, irreklingende modulierte Stimme.

»Folge nun dem Robot, der am Ende des Ganges steht.«

»Was habt IHR vor? Wo bringt IHR mich hin?«

»Du wolltest zu den Produktionsanlagen oder nicht? Dort bringen wir dich hin. Sie sind in unmittelbarer Nähe.«

»Wie? Die Produktionsanlagen? Hier? Das ist ein Scherz. Wenn es so wäre, hätte ich sie schon vor Tagen finden müssen.«

»Diese hier sind völlig anders. Folge deinem Diener!«

Sie bogen in jenen Gang ab, den er immer gemieden hatte, seit er die Insel fand. Etwas Eigenartiges, nicht näher Definierbares schien von ihm auszugehen. Und er war damit offenbar nicht der Einzige. Nichts und Niemand hatte seit Jahren seinen Fuß in diesen Sektor gesetzt. Hier schien das Gesetz malcorianischer Sauberkeit außer Kraft gesetzt. Im flackernden Licht stand er vor der seltsamen Tür. Kein herkömmlicher Schließmechanismus konnte die Tür offenbar blockieren. In aller Hast und Eile hatte man eine Eisenstange zur Verriegelung verwendet.

»Warum habt IHR mich hierher geführt? Das ist keine Produktionsanlage!«

»Öffne die Tür!«, befahl die Stimme. Looma zögerte keinen Moment. Er hatte zwar diesen Ort, aus welchem Gründen auch immer, gemieden, doch die Gier nach Macht schien ihn alle Vorsicht vergessen zu lassen.

Die Eisenstange in der Hand, zog er an der Tür. Sie klemmte. Erst nach kräftigem Zerren und Rütteln, Stoßen und Treten gab sie schließlich knarrend nach und öffnete sich dem Neugierigen.

Als Looma sah, was sich dahinter verbarg, zögerte er, die Schwelle zu überschreiten.

»Was soll das?«, schrie er wütend. Wollt IHR mich beleidigen? Was soll ich mit dem Grünzeug! Kann man damit vielleicht einen Krieg gewinnen oder ein Volk unterjochen? IHR solltet dafür einen Gärtner engagieren oder gleich das ganze Zeug abfackeln!«

»Das solltest du nicht t-tun. Da-as was du so abfällig Grüüünzeug nee-ennst ist,...«

»Was Multum? Was wolltet IHR gerade sagen? Multum!«

Eine seltsam unnatürliche Pause entstand. Mitten im Satz war die gestörte Stimme Multums abgebrochen. Sie war dem körperlosen Vielbewusstseinswesen jedoch nicht aufgefallen. Es fuhr einfach in seiner Ausführung fort, als ob nichts gewesen wäre.

War es dieser seltsamen Lebensform zu öde geworden, dem menschlichen Lebewesen immer eine Erklärung abgeben zu müssen?

»... eine Geburtsstätte.«

Looma hatte den seltsamen Zwischenfall schon wieder vergessen, als er die absonderliche Behauptung hörte.

»Was wollt IHR mir damit sagen, Multum! Wer wurde hier geboren?«

»Bislang? Niemand!«

Looma lächelte müde.

»Du, also IHR habt offenbar einen schlimmeren Knall, als ich dachte. Ich frag euch noch einmal: Was soll ich hier? Etwa den Geburtshelfer spielen?«

»Duuu!!«, raunte die modulierende Stimme die Tonleiter rauf und runter, so das sich Looma vor Schmerz die Ohren zuhalten musste. Es war bereits das zweite Mal innerhalb weniger Sekunden, in der sich Multum nicht mehr im Griff hatte.

»Was ist mit DIR, Multum! Drehst du jetzt völlig durch? DU hast dir wohl nen Virus eingefangen. Das kommt davon, wenn man die Menschen unterschätzt. Das hast du bestimmt Richter zu verdanken«, fügte er sarkastisch hinzu.

Wie recht er doch mit seiner Aussage gehabt hatte.

»DrrUu! Dru du Looma bi-ist es, der gree-boren wird!«
Looma zog ratlos die Brauen hoch.

»Falsch! Sie wird sein Untergang!«
Looma erschrak bei den Worten, die ihm völlig unerwartet eiskalte Schauer über den Rücken jagten. Reflexartig schleuderte er der neuen, unbekannten Stimme die Eisenstange entgegen, ohne darauf zu achten, wohin sie flog. Die Stange verfehlte jedoch ihr Ziel und brachte ihn stattdessen ins Straucheln. Der unbekannte Angreifer trat ihm dafür mit ganzer Wucht gegen das Brustbein, so dass er durch die Luft und geradewegs in die von Pflanzen überwucherte Kammer katapultiert wurde.

Der im Halbdunkel liegende Raum erwachte plötzlich zu seltsamem Eigenleben. Das komplett überwucherte und völlig verwahrloste Pflanzenlabor begann sich zu verselbständigen. Und fast sah es danach aus, als hätte es die ganze Zeit über auf diesen einen Moment gewartet. Behutsam schob sich Blatt für Blatt unter den Bewusstlosen, bis er weich gebettet vom dichten Blatterwerk langsam emporgehoben wurde. Die Liege formte sich zu einem Tisch. Zuletzt umwickelten die Pflanzen den gesamten Körper und zogen ihn mithilfe ihrer tentakelähnlichen Pflanzenarme in die Senkrechte und hängten Looma in einen kokonähnlichen Sarg schließlich unter die Decke.
»Fleischfressende Pflanzen also. Wie lecker!«, verfolgte Adil das Schauspiel angewidert. Aus seiner Hosentasche zog er den letzten Rest seines Tablettenvorrats gegen die aufkeimende Epilepsie. Nur eine einzige Tablette war ihm noch geblieben. Er musste sich bald eine neue Packung besorgen, wenn er einen Anfall verhindern wollte. Deshalb musste er schleunigst die Person finden, die ihn mit dem

kleinen Fluggerät hergebracht hatte. Karge und keineswegs klare Aussagen hatte er von ihr erhalten. Er sollte sie beschützen. Vor einem Menschen. Einem einzigen Menschen. Und diesen Menschen hatte er gewissenlos der Pflanzenbrut übergeben.

Sein Onkel Hakam hatte in den Höhlen über einen neuen, machtvollen Verbündeten gesprochen, der in jedem seiner Kämpfer neue Hoffnungen und Sehnsüchte geweckt hatte. Jemanden, der ihnen Waffen besorgen konnte, die sie so dringend benötigten. Aber stattdessen war er in Gefechte mit unsichtbaren Gegnern in den Bergen Pakistans geraten und gezwungen gewesen, sich auf ein fremdartiges Fahrzeug einzulassen. Das hatte ihn zwar am vereinbarten Treffpunkt abgeholt, aber bislang nichts für den Rest der Glaubenskrieger bewirkt.

»Wer bist du?«, fragte ihn plötzlich jener Robot, der Looma zuvor an diesen seltsamen Ort eskortiert hatte.

»Du musst es doch wissen! Warst du es denn nicht, der mich hergebracht hat?! Wo sind die Waffen, die du meinem Onkel versprochen hast?!«, entgegnete der Krieger ohne Furcht. Er hatte ohnehin nichts mehr zu verlieren. Adil wartete vergeblich auf eine Reaktion. Enttäuscht aber keinesfalls entmutigt beschloss er zügig, die Örtlichkeit zu wechseln. Jedoch erst, nachdem er waffentechnisch fündig geworden war.

Adil ahnte zu diesem Zeitpunkt nicht im Geringsten, dass er sich mehrere Millionen Kilometer entfernt von der Erde befand. Er wollte gerade das seltsame Pflanzenlabor hinter sich lassen, als ihn die volle Wucht einer eisernen Hand am Hinterkopf traf. Mit einem riesigen Loch im Hinterschädel schlug er ungebremst auf dem Boden auf. Der gefühlskalte Robot, der ihn unvermittelt angegriffen hatte, zog sich leise surrend in seinen Wartungsschacht zurück. Für ihn gab es nichts mehr zu tun.

»Was habt IHR nur getan?!«

»We-er war ddas?! Wer hat geraaade gesprochen?!«

Multum war durch die plötzlich aufgetauchte Stimme aus der Fassung geraten. Wer war diese Stimme und wem gehörte sie?

»Wer bist du? Wo bist d-du?!«, fragte Multum noch einmal.

»Habt IHR mich etwa so schnell vergessen?«

»Ri-Rich-Richter? Wie kann das sein? Du solltest doch bereits in-in UNS aufgegangen sssein!«

»Alles ist wahr, was man über Euch erzählt. IHR seid unberechenbar! Senil und alt dazu. Deshalb haben sie EUCH von den anderen abgeschottet!«

»Wo bist du? WI-IR werden dich aufnehmen-en-en. WIR brauchen dich!«

»Falsch, Multum! Dazu wird es nicht kommen. Ich bin nicht umsonst genial. Zugegeben: Dass IHR Looma in EURE Überlegungen mit eingebunden habt, war schon ein genialer Schachzug. Witzigerweise war es auch gleich EUER letzter Fehler gewesen.

»Wo-orauf auf spielllst du an?«

»Looma wird dank EURER Hilfe bald in ein anderes Wesen verwandelt. Dann wird er Jagd auf jene machen, die er am meisten hasst. Malcorianer und Menschen. Das Labor, das IHR dazu konzipiert hattet, um von dort EURE programmierten Soldaten zu entsenden, funktioniert ebenfalls nicht, wie IHR es geplant hattet. IHR habt so viele Komponenten in EUREN Überlegungen außer acht gelassen, dass IHR nicht bemerktet, dass auch die Pflanzen einen Unsicherheitsfaktor darstellen. Sie lassen sich nie vollständig kontrollieren. Sie haben ein nicht zu unterschätzendes Instinktverhalten, das IHR schon damals nicht beherrschen konntet. Aus einem dieser Gründe wurde dieser Bereich zusammen mit EUCH zu Recht vom übrigen Leben auf Mars getrennt.«

»Du lüü-ügst!!«

»Nein! Ich nehme jetzt jenen Platz ein, der mit Eurer Hilfe zu dem geworden ist, was er ist. Ich bin Gott!! Ich habe Zugriff auf einfach ALLE Systeme! IHR nicht! Dafür sorgte ich, als ich noch ein Fleischsack war mit einem kleinen aber dennoch genialen Programm.«

Multum begann seinen Fehler zu realisieren. Es spürte, dass es mit ihm zu Ende ging.

»Hmmuahh Waahhh!«

»Da hilft auch kein Fluchen und Schreien mehr. Als Erstes wird der verwandelte Looma hier vorbeikommen. Das wissen wir beide. Dann hat es EUCH die längste Zeit gegeben.«

»Was, was willst du von UNS?«

»Nichts!«, antwortete die amüsierte Stimme Richters.

»EURE Ära ist vorbei. Akzeptiert es einfach oder ...«

»Oder was?«

»Ich kann aber dennoch EURE Datenbank gebrauchen. Sie ist in den Köpfen Eurer Körper, die IHR konserviert, gefangen haltet. Was sagst du dazu?«

Stille.

»Multum? Bist du noch da? Ich warte auf EURE Antwort!«

»WIR stimmen zu.«

»Ich dachte es mir. Alle Wesen des Universums wollen auf irgendeine Art und Weise weiter existieren.«

Während sich in den Speicherbänken die Verschmelzung beider Wesen lautlos abspielte, zogen unbemerkt pflanzliche Tentakel den halbtoten Adil zu sich in ihre Kammer. Schon bald hing er neben Looma unter der Decke, bereit für eine Metamorphose, die ihn in ein neues Wesen verwandelte.

»Multum! Was hast du getan?! MULTUUUM! Neeeiiiinn!«

Ehe die jahrtausendealte Vielpersönlichkeitsgestalt Multum für immer verschwand, hatte es ein letztes Geschenk an seinen Bezwinger hinterlassen. Mit einem letzten Paukenschlag wollte ES Richter mit in den

Untergang reißen. Damit saß auch er nun in seiner eigenen Falle und konnte nicht mehr von diesem Ort fliehen. Multum hatte zuvor die Barrieren zu allen anderen Speicherbänken unterbrochen. Richter war damit allein und abgeschnitten vor der marsianischen Außenwelt. Solange bis Looma aus seiner Metamorphose erwachen würde, um anschließend alles zu zerstören, was mit Multum zu tun gehabt hatte. Dessen war sich Richter sicher.

Die Vielpersönlichkeit hatte in SEINER grenzenlosen Selbstüberschätzung gar zu blauäugig agiert, ein solches Wesen kontrollieren zu wollen. Man konnte diese Wesen nicht bändigen. Keiner konnte es. Auch die Malcorianer konnten es letztendlich nie.

Richter musste sich etwas einfallen lassen, wenn er weiterhin existieren wollte.

»Das kann doch nicht wahr sein, dass ich mich habe reinlegen lassen! Schon wieder! Ich, der geniale Computerspezialist! Meister meiner Klasse! Und nun? So soll es nun enden? ... Nein! NIEMALS! Lass dir gefälligst etwas einfallen, Richter! Dein Geist siegt über die Materie! Du kannst den Raum verlassen! ... aber wie?«, flüsterte er etwas hilflos.

Hysterisches Gelächter folgte im Wechsel zu weinerlichem Selbstmitleid.

»Geist über Materie. Geist über Materie.«

Mehr und mehr Mut schwang in seiner Stimme mit.

»Geist über Materie! Das ist es! Mein Geist kann Materie überwinden. Hahahahaha! Vielleicht nicht hier auf Mars, Multum, aber von Luna war niemals die Rede. Hörst du!? Du magst mir die Flucht auf andere Speicherbänke verwehrt haben, aber Luna hattest du nicht auf deinem Schirm! Hahaha!«

Unsichtbar vergeistigte Hände strebten mit neuer Hoffnung und Zuversicht einen Plan zur Rettung seiner selbst entgegen. Es sollte eine List sein, die nicht nur den Kontakt zur Mondstation herstellen sollte, sondern auch im gleichen Atemzug das vorherrschende Programm gnadenlos assimilierte.

18

Seine Größe war zu unbedeutend, als dass man ihm die nötige Aufmerksamkeit geschenkt hätte. Die Erde war täglich dem Beschuss von Meteoritengestein aus dem All ausgeliefert. Allein das Größenraster bestimmte, ob und wie lange man sich dem extraterrestrischen Beschuss widmete.

Dem Umstand seiner Größe geschuldet, verhalf es dem unbekannten Objekt, sich unbeachtet der Erde zu nähern. 68 und 43 hatten sich dafür einen Ort ausgesucht, an dem sie ungestört ihre Tests durchführen konnten.

Unweit eines kleinen Wasserlochs schlug eine rotglühende fußballgroße Kugel auf den seit Monaten ausgetrockneten Lehmboden auf. Die Wucht ihres Aufpralls reichte aber dazu aus, die benötigte Aufmerksamkeit einer kleinen Person in der Nähe auf sich zu lenken. Das Kind füllte gerade ein Tongefäß mit dem kostbaren Nass. Neugierig geworden unterbrach es seine Tätigkeit und näherte sich dem feurigen Objekt. Der Sand war unter der enormen Hitze an einigen Stellen zu Glas geschmolzen.

Unter lautem Zischen, verursacht durch das Bespritzen mit Wasser, kühlte sich die Kugel schnell ab. Zufrieden mit seiner Idee goss das Kind noch zwei weitere Male Wasser auf das Objekt, um es weiter abzukühlen. Wenig später spazierte es voller Stolz, mit seiner neuen Errungenschaft in sein kleines Dorf zurück.

Die Neuigkeit, dass Cluso mit einem unbekannten Gegenstand von der Wasserstelle zurückgekehrt war, verbreitete sich wie ein Lauffeuer in dem von Lehmhütten besiedelten Dorf. Schon bald tollten sich alle Kinder um das neue Spielzeug. Jeder wollte die silbern glänzende Kugel einmal in seinen Händen halten. Ihre makellose, glatte

Oberfläche machte sie auch unter den Erwachsenen schon bald zu einem begehrenswerten Objekt. Sie wurde geworfen, gerollt, balanciert und auch getreten, ohne dass sie einen Schaden nahm.

Zuletzt erreichte die Kunde auch den Dorfältesten, nachdem das normale Dorfleben kurzzeitig zum Erliegen gekommen war. Cluso wurde zum Haus des Dorfältesten einbestellt. Fast alle Bewohner waren dabei, um der Befragung des Kindes durch den Ältesten zu lauschen.

»Woher hast du dieses Ding, Cluso?«

»Es ist ein Ball, mein Ältester.« Cluso prellte den Ball zweimal auf den staubigen Lehmboden. Anders, als noch vor ein paar Stunden beim Aufschlag neben dem Wasserloch, hüpfte die Kugel wie ein Gummiball in seiner metallenen Außenhaut auf und nieder.

»Ein Ball, wie ihr in euren Geschichten erzählt habt, als ihr vor vielen Jahren auf Sinnsuche wart. Erinnert ihr euch?«

Ehrfurchtvolles Raunen machte sich unter den Anwesenden breit.

»Ein Ball, sagst du? – hmm, ich erinnere mich, euch Kindern davon erzählt zu haben.

Einst traf ich auf meiner Reise der Sinnsuche, die mich bis an den Rand des Heiligsten Erta Ale führte, auf eine kleine Gruppe von Geistern. Sie waren so klar, dass ich fast durch sie hindurchblicken konnte. Ich erinnere mich, dass auch sie einen BALL hatten. Ich sah, wie sie damit spielten. Ähnlich wie du heute. Um sie nicht zu erzürnen, schlich ich mich heimlich und in großem Bogen um sie herum.« Mahnend fügte er seinen Worten hinzu: »Geister müssen spielen! Sie haben keine Verpflichtungen und auch keine Familie. Nicht so wie wir! Wir sind an unser weltliches Leben gebunden, müssen uns um unseren Nachwuchs kümmern. Ausreichend Essen und Trinken bestimmen das Schicksal und das Überleben unseres Dorfes.

Ich hoffe, du hast den Zorn der Geister nicht auf uns gelenkt, Cluso. Bring ihn daher wieder zurück! Er gehört dir nicht, sondern den Geistern!«

»Aber, Ältester! Es waren keine Geister da! Der Ball fiel plötzlich vom Himmel! Und glühend heiß war er. Als ob ihn das Heiligste höchstpersönlich ausgespuckt hätte!«

»Du willst damit sagen, dass er uns höchstpersönlich von den Göttern gesandt wurde? Direkt aus dem Schlund des Erta Ale? Meinst du das?«

Cluso schaute verunsichert zu Boden.

»Dann bring ihn sofort dorthin zurück, ehe über unseren Köpfen irgendwelches Unheil hereinbricht!«

»Aber...«

»Sofort, Cluso!«, befahl ihm der Älteste.

Die Unterredung war beendet und unmissverständlich gewesen. In der Zwischenzeit hatte sich die Kugel am Rande der Versammlung unauffällig geöffnet. Kleine fadenförmige, sich wie Schlangen windende Gebilde kamen aus ihr gekrochen. Die Öffnung hatte sich inzwischen wieder lautlos verschlossen. Nur ein kleines Mädchen hatte das Schauspiel aufmerksam verfolgt und kicherte in die ernste Stimmung.

»Sei still!«, wurde sie von einer nahestehenden Erwachsenen Person zurechtgewiesen.

»Die Kugel hat gerade Kaka gemacht!«, rief sie ungeniert laut heraus.

Das wiederum stimmte alle Anwesenden neugierig. Interessiert reckten sie ihre Köpfe, um das Verwandeln der Kugel zu erblicken.

»Was sagst du da, Kleine?!«

»Seht doch die vielen Würmer! Sie sind aus dem Bauch des Balles geschlüpft.«

»Wie bitte?«

Alle wollten die Wurmschlangen aus nächster Nähe begutachten und drängten dabei immer näher heran. Die dunklen, fadenförmigen Schlangen wanden sich hilflos im Staub.

»Sie sterben!«, sagte jemand unter den Anwesenden.

»Tiere rollen sich immer zusammen, bevor sie sterben! Da seht doch! Es geht ziemlich schnell. Sie sind fast tot!«

Erstauntes Murmeln machte die Runde.

»Das ist ein böses Omen«, hörte man den Dorfältesten im Hintergrund seufzen. Aber für seine Rede interessierte sich augenblicklich niemand.

»Seht doch! Sie sind weg!«

Von einer Sekunde zu anderen hatten sich die Fäden in einer plötzlichen Kontraktion auf die Körper ihrer ausgewählten Opfer gestürzt. Dort krochen sie sofort unter die Haut ihres Wirtskörpers. Voller Panik schrien, rannten oder wälzten sich die Befallenen auf dem Dorfplatz. Einige kratzten sich voller Hilflosigkeit an der vermeintlichen Eintrittstelle blutig. Doch da hatten sich die Fadenwürmer längst bis an den Hirnstamm ihrer Opfer vorgearbeitet und begannen mit ihrem Werk. Der Rest der nicht befallenen Dorfbewohner hielt sich von den 10 Opfern in sicherer Entfernung in ihren Lehmhütten auf. Von dort beobachteten sie, wie die Hilflosen sich immer noch kratzten und gegenseitig versuchten, sich die Wurmschlangen aus ihrer Haut zu entfernen. Ein sinnloses Unterfangen. Nachdem sich viele Stunden nichts mehr ereignet hatte und es den 10 Betroffenen gut zu gehen schien, hatte sich auch der Rest des Dorfes wieder beruhigt. In einer erneuten Dorfversammlung hatte man beschlossen, die Kugel seinen rechtmäßigen Besitzern zurückzubringen. Nur auf diese Weise konnte der Fluch für die 10 Betroffenen gebrochen werden.

Dass die Geister, von denen der Dorfälteste sprach, Wissenschaftler waren, die das Phänomen der Konvektion und der damit verbundenen Kontinentaldrift und Plattentektonik des Erta Ale, einen Schildvulkan im Nordosten Äthiopiens, studierten, konnte das abgeschieden lebende, menschenscheue Volk nicht wissen.

19

Unterdessen war Thomas wieder in dem Gebäudekomplex der Amerikaner materialisiert. Keiner hatte sein Verschwinden bemerkt. In seinem kleinen Gästequartier, das von Außen bewacht wurde, befanden sich weder Kameras noch Mikrofone, die ihn hätten beobachten können. Sicherheitshalber hatte er es aber vorgezogen, aus seiner Nasszelle im Nebenraum unbemerkt zu verschwinden und auch dort wieder zu verstofflichen. Es war sein Glück, denn hinter der Tür zu seinem Wohnquartier hörte er in diesem Moment seltsam flüsternde Geräusche.

»Hallo, ist da jemand? Wo bist du?«

Thomas, etwas irritiert, zog unvermittelt an der Toilettenspülung, tat so, als wusch er sich die Hände, und erschien dann überrascht im Türrahmen seiner Badezimmertür. In der Tat nun wirklich überrascht, sah er Bagor in der Mitte seines Wohn- und Schlafbereiches stehen. Auf dem Bett lag der bewusstlose Wachsoldat, der eigentlich den Raum von außen hätte bewachen sollen. Halb stotternd fragte Thomas:

»Was soll das denn?«

»Wir fliehen jetzt«, antwortete Bagor heiter und grinste ihn fröhlich an.

»Ihnen geht's aber gut, ja?«

»Du kannst mich ruhig Bagor nennen.«

»Gut. Ich bin Thomas.«

Beide gaben sich freundschaftlich die Hand.

»Vorsicht! Nicht so stark zudrücken!«, warnte ihn der Wissenschaftler, dem ein Händedruck seit seiner Verwandlung zu Miles nie mehr zu fest sein konnte. Aber auch solche Dinge gehörten zu einer guten Tarnung.

»Warum gehst du davon aus, dass ich fliehen möchte?«

»Willst du nicht?«, fragte Bagor erstaunt.

»Ich muss hier erst noch ein paar Dinge in Erfahrung bringen.«

»Ich! Ich, werde hier gegen meinen Willen festgehalten, und zwar, weil ich ein Malcorianer bin!«, entgegnete Bagor voller Erwartung. Damit wollte er offenbar Thomas aus der Fassung bringen. Er hatte von den Soldaten erfahren, dass die Menschen noch nie Besuch von fremden Lebewesen erhalten hatten und zum Teil hysterisch darauf reagierten. Die Person vor ihm blieb allerdings völlig unbeeindruckt von seiner Behauptung. Auf Thomas Lippen zeichnete sich ein wissendes Grinsen ab. Den Moment auskostend sprach er mit bedeutsamen Worten das aus, was selbst einen Hünen wie Bagor umhauen musste:

»Und ich kenne deinen Freund Adamas. Hab ihn gesehen!«

Bagor wurde leichenblass und musste sich setzen.

»Du? Du kennst Adamas? Und hast ihn gesehen?
Wo ist er?«

»Er war schwer verletzt, als ich ihn das erste Mal vor Wochen sah, aber es geht ihm inzwischen wieder gut.«

»Was? Was sagst du da? Verletzt? Von den Malcorianern?«

»Eher nicht.«

»Und Looma? Was ist mit Looma? Geht es ihm gut?«

»Wir wissen nicht, wo er sich derzeit aufhält.«

Thomas zog es vor, Bagor nicht sofort alles brühwarm zu erzählen. Noch saßen sie ja in diesem Bunkerkomplex fest.

»Du musst mir sofort alles...«

»Alles zu seiner Zeit Bagor«, unterbrach er ihn. »Ich muss, wie gesagt, noch einige Dinge in Erfahrung bringen.«

»Nicht nötig. Frag mich doch!«

»Dich?«, prustete Thomas ungläubig los. Bagor schüttelte wie ein zufriedener, großer Bär den Kopf.«

»Die Amerikaner haben uralte Spuren von Roclam entdeckt, die sie hier unten weiterverarbeiten. Ich habe gehört, dass sie daraus auch schon eine Waffe entwickelt haben UND sie bereits erfolgreich im Kampf gegen den sogenannten Terrorismus getestet haben. Welche Waffe das war, wurde mir nicht verraten. Noch nicht.« Thomas nickte. Sein Gesichtsausdruck war ernst.

»Das genügt mir leider noch nicht. Da ist noch eine andere Sache am Laufen.«

»Du meinst die Sache mit den Schissern?«

»Wie bitte?“

»Ja, so nennen sie doch die Chinesen hier. Und die Chinesen wiederum nennen die Amerikaner Himmlerhunde, weil sie die militärische Macht überall auf der ganzen Welt überwachen und kontrollieren wollen. Das habe ich mir sagen lassen.«

»OK, OK. Was sagtest du, ist mit den Chinesen?«

»Den Schissern?« Thomas schüttelte verständnislos den Kopf, als Zeichen, dass ihm die Ausdrucksweise des jungen Mannes ganz und gar nicht gefiel.

»Sie planen offenbar einen Anschlag. Auf wen, darüber sind sich die Himmlerhunde noch nicht einig geworden. Von einer Agentin haben sie bereits erste Proben erhalten, die sie gerade analysieren und auswerten.«

»Und?«

»Keine Ahnung. Das habe ich nicht verstanden. Aber das eine ist wohl ein Krankheitserreger und das andere womöglich der dazugehörige Impfstoff.«

»Wie? Erreger und Impfstoff? Du spinnst doch! Das kann nicht sein?«

»Tja, mehr weiß ich leider auch nicht.«

»Für jemanden, der hier gefangen gehalten wird, weißt du aber verdammt viel, wenn ich das sagen darf.«

»Sie rechnen sowieso damit, dass ich für immer hier unten bleiben muss. Außerdem denken die meisten, dass ich ein wenig unterbelichtet bin. Bin ich aber nicht.«

»Das bist du in der Tat nicht. Wenn du aber doch gedenkst, hierzubleiben, Bagor, solltest du ein wenig freundlicher zu deinem Personal sein.« Thomas deutete mit dem Finger auf den bewusstlosen Soldaten. Bagor zuckte nur fragend mit den Schultern.

»Die halten nix aus. Hab ihm nur auf die Schulter geklopft.«

»Weißt du zufällig, wo sich die Agentin aufhält? Sie schwebt womöglich in Lebensgefahr! Ich glaube, dass war der Grund, weshalb Donato vorhin die Besichtigungstour abgebrochen hat. Einen Soldaten, der mich in mein Quartier führen sollte, konnte ich nur zu einer einzigen Aussage bewegen. – Schlitzaugen – Ich denke, da gibt es einen Zusammenhang.«, sinnierte er.

Thomas dachte an den Gesichtsausdruck Donatos, als dieser davon erfuhr. Er erinnerte sich, wie der Name eines Reservoirs in China gefallen war.

»Bagor!?«

»Ja?«

»Ich danke dir. Du hast mir sehr geholfen.«

»Gut, dann können wir jetzt also fliehen?«

»Bald. Ich muss wieder auf die Toilette. Könnte ein Weilchen dauern. Ich möchte nicht gestört werden. Das ist wirklich etwas sehr Privates.« Bagor verdrehte die Augen.

Wen hatte er sich da zum Freund gemacht? Zumindest gab er vor, Adamas zu kennen. Das war schon mal etwas wert.

»Du bewachst am besten solange die Tür. Ich möchte nicht, dass hier jemand ungefragt hereinplatzt!«

»Kannst dich auf mich verlassen. Hab sowieso nichts anderes vor.« Bagor setzte sich etwas ratlos auf das Bett neben den bewusstlosen Soldaten.

Thomas war in dem Moment verschwunden, als er die Badezimmertür hinter sich geschlossen hatte. Er und sein Symbiontvirus spürten, dass etwas in der Luft lag. Ein neuer Zwischenfall unter den Mächtigen Nationen schien sich zusammenzubrauen. Ohne seinen Eingriff, dachte sich Thomas, würde es vermutlich zu einer erneuten Eskalation kommen. Seine neuen Fähigkeiten waren gefragt und verpflichteten ihn zum Handeln. Ob es fortan zu seinem Schicksal gehörte, bei jeder Streitigkeit den Weltretter zu spielen? Es war auf jeden Fall eines seiner Themen, mit denen er sich zu gegebener Zeit umfassender auseinandersetzen musste. Doch zunächst drängten andere, wichtigere Dinge auf dem Tagesplan. Direkt in sein Flem transferiert, steuerte er mit rasender Geschwindigkeit Chinas Landesinnerem entgegen.

20

Mars

Das Pflanzenlabor hatte ihren ersten autarken Vertreter unter Anleitung eines Geistwesens anhand einer Fertigungsschablone erstellt. Loomas Bewusstsein existierte nicht mehr. Genauso wenig sein Erschaffer Multum. Von Pflanzen in einem Panzer eingewoben hatte das neue Wesen alle Eigenschaften einer uralten Pflanzensubstanz erhalten. Einer Pflanzensubstanz, die aufgrund ihrer Gefährlichkeit vom Volk der Malcorianer nicht zu Unrecht verboten wurde. Eine genetische Veränderung, die das Geistwesen Multum zuvor in die Substanz eingearbeitet hatte, sollte es seinem Herren gefügig machen und übermenschliche Stärke verleihen. Aus einem Menschen und einer Pflanzensubstanz wurde ein neuer seelenlos gesteuerter Hybrid. Doch jetzt, da Multum nicht mehr war, konnte es auch keinen mehr geben, der das Wesen befehligen konnte. Die fest in der Schablone eingewobenen Primärziele des neuen MILES waren auf die Notwendigkeit Multums abgestimmt worden. Multum, das seinen Verstand ursprünglich aus unzähligen ehemaligen Malcorianern erlangt hatte, wurde durch die inneren Konflikte, eine neue Rangordnung bilden zu müssen, die der Computerspezialist Richter hervorgerufen hatte, verrückt. Keiner der Vergeistigten wollte sich einem anderen unterordnen, sondern gleichberechtigt nebeneinander existieren. Ein Umstand, der es schon im Laufe der ersten Jahre der Verschmelzung schizophren hatte werden lassen. Eines jener Experimente, das auch von den letzten verbliebenen Malcorianern auf dem Planeten Mars nicht mehr zu kontrollieren gewesen war.

Man isolierte Multum vom Rest des Planeten und verbannte es zusammen mit seinem eigenen Experiment tief im Inneren des Planeten. Aus diesem Grund der Isolierung hatte ES den einzigen, gemeinsamen, geistigen Lebenswillen entwickelt, sich an den Malcorianern rächen zu wollen. Seine ganze Verachtung, gepaart mit dem unbändigen Hass auf die Malcorianer, hatte Multum in diesem Labor in eine der Konstruktionsschablonen eingebettet. Bis vor ein paar Tagen hatte es auf das menschliche Material warten müssen. Viele tausend Jahre später war es endlich soweit. Im Kokoninneren kam Bewegung auf. Sanft und leicht wiegte sich der Kokon wie ein Blatt im Wind hin und her. Doch je mehr Zeit verging, desto stärker schwollen seine Bewegungen an, bis er wie ein Spielball auf rauer See hin und her geschleudert wurde. Schließlich sah es danach aus, als ob der Kokon, der einem gewaltigen grünen Herzmuskel glich, explodieren würde. Die Kontraktionen gerieten außer Kontrolle und erfassten den zweiten, kleineren Kokon. Für ihn war es noch viel zu früh gewesen. Doch einmal den Prozess angestoßen, war er nicht mehr aufzuhalten. Auch in ihm begann sich nun langsam aber stetig neues Leben zu regen.

21

China: Longhekou Reservoir.

»Da ist es ja, das Reservoir!«

Thomas überflog in seinem Flem den Stausee, immer nach etwas ausschauhaltend, das ihm bei seiner Suche weiterhelfen konnte. Am Rande des Südufers sah er unverkennbar ein Fabrikgebäude mit unzähligen Fertigungsanlagen. Auf dem weitläufigen Gelände daneben unzählige Wohnbaracken. Das gesamte Areal schien jedoch verlassen zu sein. Keine Menschenseele hielt sich dort im Augenblick auf. Das musste er sich aus der Nähe ansehen.

War es tatsächlich die gesuchte Produktionsanlage? Er musste unbedingt nach Hinweisen Ausschau halten. Er landete sein Fahrzeug, um sich aus der Nähe ein Bild zu machen. Was er fand, war alles andere als zufriedenstellend. Leergeräumte Hallen und Technikräume. Ja, selbst der Rohbau konnte auf alles und nichts hindeuten. Alles schien erst kürzlich, vielleicht sogar erst vor wenigen Stunden, besenrein hinterlassen worden zu sein. Thomas schüttelte den Kopf. Es machte keinen Sinn, an dieser Stelle zu suchen. Er war entweder am falschen Ort oder es war bereits zu spät. Er stieg zurück in sein Flem. Dabei entsann er sich eines Bauernhofes, den er zuvor ganz in der Nähe überflogen hatte. Vielleicht wussten die Menschen dort etwas über das Schicksal der Fabrikanlage und ihrer Mitarbeiter.

Unweit vom Bauernhaus tarnte er sein Flem. Thomas beschloss als „normaler Mensch" den Bewohnern des Hofes entgegenzutreten. Je mehr er sich dem Gebäude näherte, desto mehr viel ihm auf, dass der Hof alles andere als gewöhnlich war. Ein großes Schild prangte vor der Hofeinfahrt. Es wies auf eine Forschungseinrichtung hin:

Amerikanische und Chinesische Kooperation, zur Erforschung des goldäugigen Flussbarsches.

Förderung durch: Institut of Massachusetts & staatliche Universität Peking.

Die Information prangte in chinesischer und englischer Schrift.

»Eine Forschungseinrichtung? Das? Ein Bauernhof? Ich verstehe gar nichts mehr. Vielleicht war doch alles nur ein Missverständnis.«

Plötzlich näherte sich aus einem nicht weiter einsehbaren Bereich aggressives Hundegebell. Es ließ nichts Gutes erwarten. Als der vermeintliche Hundehalter kurz darauf hinterher gespurtet kam, sah er zwei Hunde, die ganz friedlich von einem europäisch aussehenden Mann gestreichelt wurden.

»Hallo Mister«, begann er in 'sauberem' Englisch zu sprechen und deutete gleichzeitig auf die Hunde.

»Für gewöhnlich beißen sie rücksichtslos zu.«

Thomas hob erstaunt die Brauen.

»Sie haben wirklich unverschämtes Glück, dass sie nicht zu Schaden gekommen sind.«

Thomas erwiderte nichts.

»Wir erhalten hier nur selten Besuch, wissen sie?«

'Ein Chinese, der fließend englisch spricht. Hier. Im Niemandsland. Unvorstellbar', dachte er sich nur.

»Tja, also ähm, dann auf Wiedersehen. Ich muss wieder nach dem Rechten sehen. Ich muss Sie höflich bitten, das Gelände zu verlassen.« Er pfiff die Hunde zurück.

»Halt, nicht so schnell!«, besann sich Thomas. Der junge Bauer drehte sich fragend um.

»Was machen Sie hier?«

Mit erhobenem Zeigefinger deutete der Gefragte stumm auf das große Schild.

»Ich sehe hier niemanden herumlaufen außer Ihnen. Also nochmal: Was wird hier veranstaltet!«

»Sie können doch lesen!«

»Das möchte ich nicht von Ihnen hören.«

»Ich bin aber nicht befugt, Ihnen mehr sagen zu dürfen.«

»Dann holen Sie mir jemanden her, der es kann!«

»Wer sind Sie, dass Sie das verlangen dürfen?«

»Ich bin der Weltretter!«, antwortete Thomas sarkastisch.

Der Chinese schmunzelte bei seinen Worten.

»Hier in diesen Breiten braucht es keinen Weltretter, Sir. Hier gibt es außer mir keine Menschenseele.«

»Falsch! Die Welt besteht nicht nur aus Menschen, junger Mann. - Wenn also das hier die Forschungsstation sein soll, was ist dann mit diesem Fabrikgebäude unweit von hier?«

Das Gesicht des Chinesen sprach Bände, als es zu Stein erstarrte. Thomas schaute ihn bedauernd an.

»OK, das reicht jetzt. Holen Sie mir Ihren Vorgesetzten!«

Der junge Bauer dachte nicht im Mindesten daran, ihm diesen Gefallen zu tun. Er gab stattdessen seinen Hunden den Befehl ihn anzugreifen. Es genügte, dass Thomas die beiden Kläffer freundlich anlächelte. Es bedeutete so viel wie: Jungs, lasst mich in Ruhe. Mit eingezogenem Schwanz und wehleidigem Gebell, rannten sie unvermittelt davon und ließen einen verdutzten Bauern zurück.

»Bleibt da!«, schrie er ihnen hilflos hinterher.

»Deine Hunde sind sehr klug. Bist du es auch?« Der Chinese wich angstvoll vor Thomas zurück.

Er schritt ihm weiter entgegen.

»Hör zu. Ich tu dir nichts. Ich versichere dir sogar, dass ich keinem ein Sterbenswörtchen von unserem Zusammentreffen erzähle. OK?

Du bist also ganz alleine hier?«

Der Chinese, der seinen einzigen Schutz bellend davonrennen sah, war mit seinen Nerven am Ende.

»Tu, tun Sie mir bitte nichts! Ich habe keine Ahnung, was die da drüben gemacht haben. Ich bin nur ein Student. Bitte, bitte tun sie mir nichts«, stotterte er.

»Gut. Das erklärt schon mal deine Englischkenntnisse. Warum bist du hier? Was studierst du?«

»Ich habe mich auf diese Stelle beworben. Auswahlverfahren. Es bringt Geld und ich kann damit mein Studium in Wirtschaftsinformatik finanzieren.«

»Was hat dein Studium mit deinem Job hier zu tun?«

»Keine Ahnung. Ich dachte ja auch nicht, dass ich die Stelle tatsächlich bekommen würde, sondern meine Kollegen aus der entsprechenden Fachrichtung.«

»Die da wäre?«

»Biologie, Geologie, naja, sowas eben in der Art.«

»Was ist deine Arbeit? Welche Aufgaben hat man dir übertragen, die du hier an diesem verlassenen Ort verrichten sollst?«

»Fische füttern.«

»Wie? Was sagst du da? Fische füttern?«

»Kommen Sie mit, ich zeige es Ihnen.« Er führte Thomas in die angrenzende Scheune.

Für gewöhnlich erwartete man beim Betreten einer Scheune nur eine Reihe von Arbeitsgeräten. Oft auch in Kombination mit eingelagertem Heu und Stroh, das vor Wind und Wetter geschützt werden sollte. Hier jedoch betrat man hinter dem Bretterverschlag der Scheune weiße Fließen.

Das Innere der Scheune hatte so gar nichts mehr gemein mit der Außenfassade. Die gesamte Halle beherbergte unzählige Wasserbecken, die nebst Filter- und Futterautomaten vollautomatisiert betrieben wurden.

»Was ist das hier?«

»Eine Aufzuchtstation für den goldäugigen Flussbarsch. Es sind die Letzten ihrer Art. Die Arbeitsmaschinen funktionieren völlig autark. Meine Funktion besteht noch nicht einmal darin, diese Fische zu füttern, sondern lediglich aus einer redundanten Hilfe.«

»Wie? Ich verstehe nicht richtig.«

Der Student fuhr in seiner Ausführung fort.

»Es heißt im Grunde genommen, dass ich fast keinerlei Funktion habe. Nur im äußersten Notfall bin ich dafür zuständig, Hilfe anzufordern und evtl. vor Ort erste Maßnahmen einzuleiten, um Schlimmeres zu verhindern. Mein Vorgänger, den ich vor einem Monat abgelöst habe, hat mir erzählt, er hätte rein gar nichts gemacht. Das ist das Tolle an diesem Job: Ich kann mich voll und ganz auf mein Studium konzentrieren und verdiene nebenbei auch noch etwas Geld. Schlecht ist: die Einsamkeit, die Gebundenheit an diesen Ort. Ich darf meinen Arbeitsplatz nicht verlassen. Und das über einen Zeitraum von sechs Monaten.«

Thomas nickte verständnisvoll.

»Und du meinst, du hast in deiner Einsamkeit nicht einmal die Neugier besessen, dich zu fragen, was in diesem Gebäudekomplex unweit dieses Hofes geschieht?«

Der Student schaute betreten auf den Boden.

»Komm schon! Das nehm ich dir nicht ab. Bei der Langeweile, die du hier hast?! Was hast du gesehen? Sags mir! Was hast du gesehen?!«

»Ich kenne sie überhaupt nicht! Ich … habe ihnen schon viel zu viel gesagt und gezeigt. Das kann mich mein Studium kosten.«

»Dann spielt es ja jetzt keine Rolle mehr, oder?«

Der Chinese blieb stumm.

»Ach, warte mal: Du magst mich nicht kennen, aber den grünen Mann aus den Nachrichten, dem Internet usw., den kennst du doch sicher. Oder etwa nicht?«

»Sie kennen ihn?«

Thomas berührte heimlich seine Manschette. Nur Sekunden später schwebte sein Flem durch den Eingang der Scheune.

»Dieses Fahrzeug hat mich hierhergebracht. Wenn du das meinst.«

Er zeigte, ohne sich umdrehen zu müssen, auf die geöffnete Scheunentür. In den Augen des Studenten spiegelte sich blankes Entsetzen.

»Warum gilt der goldäugige Flussbarsch plötzlich als nahezu ausgestorben, sodass ihr ihn hier in diesen Behältnissen nachzüchten müsst?«

»Vielleicht hängt es mit der Fabrik zusammen?«

»Glaubst du immer noch, dass ich dir abnehme, dass du hier oben rein gar nichts machst? Die Neugierde der Menschen ist eine Tugend, die jeden wissensdurstigen Menschen antreibt. Du gehörst als Student auf jeden Fall dazu. - Solche Typen wie dich frisst Miles zum Frühstück. Und weißt du, warum? Weil er weiß, dass sich gelangweilte Studenten wie du, Spaß am Hacken von Rechnern haben. Es ist ihre Natur. Ihr Typen müsst das einfach tun. DU bist definitiv einer davon. Aber weißt du was? Ich habe gar keine Lust, mit dir darüber zu diskutieren. Das soll Miles selbst übernehmen. Ich kann dir sagen, dass es eine kurze Unterredung wird.«

Der falsche Bauer zeigte sich von seiner stummen, uneinsichtigen Seite.

»Ahmmm, ja. Ich kann mir das nicht länger mit anschauen. - Wo befindet sich die Toilette?«

Mit einer stummen Handbewegung wies er ihm den Weg. Kaum, dass Thomas verschwunden war, hörte der Chinese draußen vor der Scheune ein tiefes, dunkles Grollen. Gefolgt von einem bebenden Untergrund, der durch die Schritte eines Wesens ausgelöst wurde. Die spürbaren Erschütterungen waren auch an den Aufzuchtbecken zu erkennen. Die Jungfische suchten an der tiefsten Stelle Schutz vor dem unbekannten Beben, das ihr Wasser unruhig werden ließ.

Der Student wusste nicht, wie ihm geschah. Überrascht von diesem Ereignis, wagte er sich nicht mehr zu bewegen. Seine Glieder versagten ihm sowieso den Dienst. Stattdessen sah er starr vor Angst, wie sich aus einem großen unförmigen Schatten eine grüne, unheimliche, angsteinflößende Gestalt im Scheunentor offenbarte. Das Wesen pulsierte in einem Orangerot und war so imposant, dass es einem das Blut in den Adern gefrieren ließ. Es signalisierte Gefahr für jeden, der sich in seiner Nähe befand. Das musste man dem Chinesen nicht zweimal sagen. Er verstand das Signal nur zu deutlich. Schreiend fand er die Kraft, sich von dem Blick des Miles zu lösen und rannte zu den Toiletten, in der Hoffnung bei dem aufgetauchten Fremden Hilfe zu finden.

Thomas öffnete gerade die WC-Tür, als ihm auch schon ein völlig aufgebrachter Chinese um den Hals fallen wollte.

»Bitte, bitte helfen Sie mir, Mister! Sie müssen mich vor dem Monster retten. Ich sage Ihnen alles, wirklich alles! Aber bitte machen Sie, dass es verschwindet!«

»Reiß dich zusammen, Junge!«

»Bitte schicken Sie Ihren Freund fort! Ich sage Ihnen, was Sie wissen wollen.«

»Es hängt von dir ab. Ich glaube, er wird solange bleiben, bis du mir die volle Wahrheit erzählt hast.«

»Kommen Sie! Ich führe Sie in mein Arbeitszimmer. Ich habe alles dokumentiert. Außerdem habe ich mich über dieses Thema mit Freunden im Chat unterhalten. Einem geheimen, abhörsicheren Chat. Aber es wird Ihnen nicht gefallen, befürchte ich.«

Thomas musste nach einer 90-minütigen Präsentation seines Gegenübers nicht einmal mehr nach Details fragen. Er hatte alles frisch und fein säuberlich serviert bekommen. Dieser Chinese, dachte er, würde selbst einen Geheimdienst alt aussehen lassen. Der junge Mann wusste quasi alles, was es darüber zu berichten gab. Er hatte es sogar geschafft, ein Netzwerk an treuen Kommilitonen aufzubauen, das ihm dabei half, seine Schnüffeleien mittels Fotos, Karten und sogar einer Probe zu untermauern. Einzig und alleine die Angst als Whistleblower enttarnt zu werden und um sein Leben und das seiner Familie fürchten zu müssen, hatte ihn zu einem gefügigen Mitwisser eines diktatorisch geführten Systems werden lassen.

»Die Lage ist kurz vor dem Siedepunkt. Wir müssen handeln. Sofort!« Thomas hielt seine Manschette an den Rechner des Chinesen, um so alle Daten entnehmen zu können.

»Du weißt, dass deine Regierung Schindluder treibt. Das wäre Völkermord.«

»Nein! Sie verstehen nicht! Sie sind von westlichen Einstellungen geprägt. Unser Volk wird diese Maßnahme nachvollziehen können. Ich habe vielleicht Angst um mein Leben, das liegt in der Natur des Menschen, aber den Handlungen meiner Regierung stimme ich voll und ganz zu. Wir sind keine Europäer und auch keine Amerikaner. Jeder Einzelne meines Volkes ist bereit, für das Wohl aller, sein Leben zu geben. Auch ich. Ihr werdet das nie verstehen!«

Thomas wusste nicht warum, aber er dachte bei diesen Worten spontan an eine riesige Ameisenkolonie. Ein Kollektiv, das in seinem strukturellen Aufbau äußerst effizient war. Jeder darin hatte seine fest zugeteilte Aufgabe zu erledigen. Nicht mehr und nicht weniger. Ein Ausbrechen aus diesem System gab es nicht. Das Verständnis anderer Lebensweisen realisierte es zwar, würde es aber nicht in ihren gesteckten Plänen und Zielen aufhalten können.

»Ich werde Miles informieren. Vielleicht kann er verhindern, was ihr begonnen habt.«

Thomas war im Begriff zu gehen, drehte sich aber noch einmal um und rief dem Studenten zu:

»Ich gebe dir mein Wort. Keiner wird etwas von mir erfahren. Zu deiner eigenen Sicherheit rate ich dir aber, alle deine Daten auf dem Rechner zu löschen. Deine Leute werden auch dich überprüfen.«

»Und das Monster draußen? Wird es mich jetzt in Ruhe lassen?«

»Ich sage ihm, dass er dir nicht den Kopf abbeißen soll. Zufrieden?«

22

Zurück in seinem Flem verfolgte Thomas sofort die Spur des ersten Konvois, der sich an diesem Tag aufgemacht hatte, das Himalaya-Gebirge anzusteuern. Unterwegs nahm er Kontakt zu Gloria auf:

»Gloria! Gloria! Hier ist Thomas. Hörst du mich! Bitte antworte!«

»Warum rufst du mich über einen abhörsicheren Kanal an? Die Menschen können uns doch sowieso nicht entschlüsseln.«

»Nicht die Menschen. Mein Symbiontvirus warnt mich seit kurzem ständig vor Simon. Etwas sagt mir, dass wir ihm momentan nicht so viele Dinge anvertrauen sollten.«

»Sooo ist das. Du traust Simon nicht?«, fragte Gloria spitz. »Und ich dachte schon, wir sollten dir nicht trauen, weil du deinesgleichen auf dem Meer umbringst.«

»Gloria! Hör mir doch einmal zu! Die Chinesen planen, ihr eigenes Volk zu vernichten.«

»Pfff, so einen Schwachsinn habe ich ja schon lange nicht mehr gehört.«

»Kein Schwachsinn, Gloria! Gib mir einen gesicherten Datenkanal zu dir frei.«

»Schon geschehen.«

»Könntest du dich bitte jetzt sofort in das Labor begeben und schauen ob du aus den Daten, die ich dir eben rübergeschickt habe, einen Impfstoff synthetisch herstellen kannst? Die Chinesen planen, einen Großteil ihres eigenen Volkes auszurotten, um die Tat ihren Erzfeinden anhängen zu können.«

»Warum sollten sie das tun?«

»Nun, warum wollten die Chinesen noch vor kurzem einen Atomkrieg vom Zaun brechen?«

»Du hast recht, die Frage erübrigt sich.«

»Nein, ganz und gar nicht Gloria. Deine Frage war sogar sehr berechtigt. Zugegeben, sie mögen die Amerikaner nicht besonders. Aus diesem Grund haben sie sich auch eine besondere List ausgedacht. Sie haben sich die Kooperation eines korrupten Pharmakonzerns aus Massachusetts gesichert, das hier am Longhekou Reservoir für sie Forschungen anstellen sollte. Ihre Absicht gleich mehrere Fliegen mit einer Klappe schlagen zu wollen, scheint gerade in diesem Moment aufzugehen. Bist du schon im Labor?«

»Na hör mal, so klein ist die Mondstation nun auch wieder nicht. Ich bin gleich da.«

»Geht es Adamas gut?«

»Es geht ihm hervorragend. Momentan hält er sich in den Archiven auf. Warum traust du Simon nicht?«

»Es ist, wie gesagt, nur so ein Gefühl von meinem Symbiontvirus und mir. Ich kann es im Moment nicht genauer beschreiben.«

»Hmmm, verstehe. Ich werde auf der Hut bleiben. Was meintest du mit den Fliegen in der Klappe? Ich verstehe eure seltsame Ausdrucksweise immer noch nicht.«

»Die Chinesen verfolgen zwar offen ihren Plan, gegen die Amerikaner zu sein, treiben aber trotzdem mit ihnen Handel, weil sich ihre wirtschaftlichen Interessen decken. Erkannt haben sie schon jetzt: Wer sich die meisten Rohstoffe sichert, kann auch den Markt besser kontrollieren. Oder wie in diesem Fall: Wer die meisten Länder und Gesinnungen auf seine Seite zieht. Und das ganz ohne Krieg UND mithilfe des Gegners.«

»Wie soll das funktionieren?«, fragte Gloria völlig außer Atem. Sie hatte inzwischen das Labor erreicht und sich sofort daran gemacht, die erhaltenen Daten zu sichten.

»Die Chinesen setzen auf einen Umstand, der die Bevölkerung im gesamten asiatischen Raum einen könnte. Es ist die natürliche Schwäche der meisten dort, die Milchzuckerunverträglichkeit. So einfach ist das.«

»Was ist das? Ich verstehe gar nichts mehr. Wie kann man damit ein anderes Land in die Knie zwingen?«

»Mit ungespaltenem Milchzucker kann der Darm eines laktoseintoleranten Menschen ziemlich üble Sachen anrichten, Gloria. Das fängt an bei unangenehmen Gärungen im Magen, die im Darmtrakt zu Blähungen, Bauchschmerzen und schließlich zu Erbrechen oder heftigem Durchfall führen können. Schwindel, Kopfschmerzen, Müdigkeit runden den Verlauf ab. Diese Variante, die du als Formel erhalten hast, ist ungleich schlimmer, denn sie führt zum Tode. Diese künstliche Mutation wurde durch die Beimengung eines Enzyms hervorgerufen, welches aus dem Knochenstaub des goldäugigen Flussbarsches gewonnen wurde. Wenn man nun einen Verantwortlichen für das Desaster ausfindig macht, hat man sehr leichtes Spiel, Geschäfte mit neuen Partnern abzuschließen. Außerdem hält man ein Heilmittel in Händen, das die Kooperationsbereitschaft potentieller Partner steigern lässt. In offiziellen Kreisen wird zu hören sein, dass die Amerikaner den Umstand erkannt und ausgenutzt haben, in einem fremden Land am Hühnergrippevirus experimentiert zu haben, weil es im eigenen Land keine Berechtigung dafür gab. China als nobler Gastgeber wird sich betrogen fühlen. Verschwiegen wird: Das amerikanische Pharmaunternehmen vom Institut of Massachusetts hatte den Anspruch, die Laktose-Unverträglichkeit zu eliminieren. Es wäre DER Milliardendeal für sie geworden. Wie sie das machen wollten, konnte mir allerdings auch der Jüngling nicht verraten. 94% der asiatischen Bevölkerung, 70% der afrikanischen und südamerikanischen; quasi die gesamte

Südhalbkugel kann diesen Milchzucker nicht richtig abbauen, Gloria. Zurzeit streben insbesondere Russland und China die Bildung einer Eurasischen Union an. Nach Aussetzen des Virus´ wird es nur noch Formsache sein, mit wem diese Entwicklungsländer ihre Rohstoffe in Zukunft teilen werden. Die Europäer und Amerikaner haben gegen die Laktoseunverträglichkeit bereits vor Tausenden von Jahren eine natürliche Immunität entwickelt, die sich im nordischen Raum in der Merowingerzeit gebildet hatte. Interessanterweise ruft das eingelagerte Enzym der Fische aber auch die Genesung der Erkrankten herbei. Die richtige Dosierung ist der springende Punkt. Auch das hat das amerikanische Institut anhand der gemeinsamen Forschungen mit den Chinesen herausgefunden. Die Presse wird jedoch nie darüber informiert werden. In diesen Tagen lief bereits eine großangelegte Grippeschutzimpfung in den Großstädten. Ihre Bewohner haben den Impfstoff unter falschem Decknamen erhalten, so dass kein wirtschaftlicher Schaden im eigentlichen Sinne zu erwarten sein wird. Einige unter ihnen werden sicher erkranken. Sterben werden nur diejenigen, die den Impfstoff nicht erhalten haben. Die Regierung ist der Meinung, dass man auf ein paar Waidiren und Bauern gut und gerne verzichten könnte. Die Unterprivilegierten sind zu entbehren.«

»Von wie vielen Menschen ist die Rede?«, fragte Gloria.

»Mehrere Millionen.«

Gloria stockte der Atem.

»Mill… Millionen? Das ist ein Scherz!«

»Ich scherze nicht in solchen Dingen, Gloria. Deswegen bitte ich dich auch, den Impfstoff so schnell wie möglich herzustellen.«

»Wenn wir es nicht schaffen, diesen Wahnsinn aufzuhalten, wird nicht nur ein Land mit vielen Bauern und Kulturgütern verloren gehen, sondern fälschlicherweise Amerika auch noch des Mordes angeklagt. Was das wiederum auf politischer Bühne auslösen wird, möchte ich mir lieber nicht ausmalen.«

»Trotzdem tragen die Amerikaner eine gewisse Mitschuld an diesem Umstand, Thomas!«

»Gewiss doch. Aber welcher durch die Medien hervorgebrachte Hass gegen die westliche Welt kann diesen Unterschied dann noch einigermaßen richtig erkennen?«

»Du hast recht. Ich mache mich sofort an die Arbeit. Kommst du hoch? Ich könnte hier deine Hilfe gebrauchen.«

Thomas grinste innerlich, denn damit hatte ihn Gloria wieder „rehabilitiert". Er durfte jetzt also wieder ganz offiziell die Station betreten.

»So, dann darf ich also wieder zu euch nach oben?«, stachelte er sie an.

»Was soll ich machen? Du tust doch sowieso, was du willst.«

Das war nicht die Antwort, die er erhofft hatte.

»Wir sehen uns später. Ich bin gerade auf dem Weg, das Hühnergrippevirus ausfindig zu machen.« Es fiel ihm schwer, das Folgende über die Lippen zu bringen. Schwermütig fügte er seinen Worten hinzu: »Die Menschen brauchen unsere Hilfe. Vielleicht kannst du Adamas zusätzlich um Hilfe bitten.«

Insgeheim war er immer noch ein wenig eifersüchtig auf ihn. Aber Gloria benötigte jetzt jede Hilfe, die sie bekommen konnte, um die anfallenden Arbeiten zu koordinieren. Außerdem durfte sie nicht auf Simons Hilfe bauen, jetzt, da er sie vor ihm gewarnt hatte. Zum ersten Mal hatte Thomas aber auch verspürt, dass er mehr für diese malcorianische Frau übrig hatte, als ihm vielleicht im ersten Moment lieb gewesen war. Vor einigen Tagen als Adamas genesen und erwacht war, fühlte er sofort eine Art Konkurrenzdruck in sich aufsteigen. Er konnte ihn bis jetzt nicht richtig deuten, doch jetzt, da er diese Worte zu ihr gesagt hatte, spürte er deutlich das Verlangen in sich, bei ihr sein zu wollen. Leider war dies im Moment nicht möglich. Er musste seine privaten Befindlichkeiten erst einmal hinten anstellen. Es stand zu viel auf dem Spiel. Hoffentlich merkte sie nicht allzu deutlich die Absicht seiner Worte. Er wollte Adamas hauptsächlich in ihrer Nähe wissen, damit er sie im Falle eines Falles beschützen könnte. Auch das war wieder nur so ein Gefühl von ihm und seinem Symbionten gewesen. Das beunruhigte ihn noch mehr, denn seine Ahnungen bewahrheiteten sich in letzter Zeit immer öfter.

23

Mars

Die Kokons waren längst auf dem Boden aufgeschlagen. Das Größere von beiden, war nicht mehr bewohnt. Augenblicklich schickte sich der zweite, kleinere Kokon an, seine Hülle zu öffnen. Durch die starken Kontraktionen, die der erste Kokon ausgelöst hatte, wurde dieser in seinem noch andauernden Wachstumsprozess erheblich gestört. Doch einmal unterbrochen, bedeutete es den Untergang für das ungeborene Leben das es in sich trug. Überleben würde das unvollständig ausgebildete Wesen, wenn überhaupt, nur unter erheblichen Schmerzen. Welche Fähigkeiten es vorweisen könnte stand ebenso in den Sternen. Doch zunächst einmal musste es erst unter Beweis stellen, dass es überlebensfähig war.

Auf einmal wurde die Hülle des Kokons von Innen heraus regelrecht tranchiert. Stille.

Was auch immer in seinem Innern verborgen lag, es blieb stumm. Vermutlich war es das Erste und zugleich Letzte gewesen, was man von dieser gescheiterten Metamorphose zu Gesicht bekommen sollte. Doch dann ...

»Boumm!!«

Der Kokon war von einer Sekunde zur Anderen regelrecht zerplatzt. An seiner Stelle stand ein Wesen, das dem Miles zum Verwechseln ähnlich sah. Lediglich an den Augen, die man bei diesem hier ganz deutlich ausmachen konnte, würde man sie bestenfalls voneinander unterscheiden können. Sie strahlten eine feste Absicht aus, die nur von einem seelenlosen Geist bewohnt sein konnten. Kaltblütig und feuerrot verkündeten seine Blicke einen schnellen Tod für jeden, der sich in seine Nähe begab. Zielstrebig verließ es das Labor, um seinen Herrn und Meister seine Dienste anzubieten. Was es nicht wissen konnte, war, dass das Geistwesen Multum bereits aufgehört hatte zu existieren!! Als es an dem Ort ankam, an dem auch der Computerspezialist Richter von Multum überwältigt wurde, fand es am Boden kniend noch eine weitere Lebensform, die seiner selbst sehr ähnelte. Seine Körpermasse überragte ihn jedoch um ein Vielfaches. Die Atmung des Wesens ließ diesen dunkelgrünen Berg in regelmäßigen Abständen zu einem noch größeren Berg anschwellen und wieder absinken. Unbeeindruckt kniete sich das kleinere Wesen daneben, um die Anweisungen seines Meisters zu erhalten. Anweisungen, die beide nie erhalten würden, denn Multum war in einem noch gefährlicheren Geistwesen aufgegangen, das es selbst zuvor hatte übernehmen wollen. Es sah fast danach aus, als würden sie ihr armseliges Dasein bis an ihr Lebensende in diesem steril gehaltenen Raum verbringen müssen. Unbeweglich und Starr. Ungebändigte Kräfte, die nur darauf warteten, das man sie freiließ zur Vernichtung eines Gegners, den es längst nicht mehr gab. Denn das Volk der Malcorianer, das Multum vor langer Zeit weggesperrt hatte, gab es nicht mehr.

Das kleinere, aber keinesfalls ungefährlichere Wesen sollte aufgrund der unterbrochenen metamorphosen Phase zum auslösenden Medium werden. Diese Umstände führten dazu, dass infolge einer unvollständigen Programmierung aus dem Pflanzenlabor und einer zusätzlich vorhandenen Stoffwechselstörung des Wirtes, das Erinnerungsvermögen des ehemaligen Menschenkörpers Adil nicht gelöscht werden konnte.

Eine ganze Weile schien sich an diesem Zustand der grünen Wesen nichts zu ändern. Beide knieten sie wie Statuen starr und stumm, bis das Kleinere von beiden plötzlich von einem Krampfanfall geschüttelt zur Seite umkippte. Niemand kam dieser wehrlos gewordenen Spezies zu Hilfe. Es interessierte nicht. Mitleid war von dem Größeren nicht zu erwarten. Es regte sich nicht einmal. So etwas gab es in seiner vollkommenen Programmierung nicht. Es kannte weder Schmerzen, noch Freunde, noch Mitleid. Es gab nur das eine Ziel: Töten. Töten für seinen Herrn Multum.

»Mussar, mein kleiner Mussar«, schauten ihn sanftmütige Augen einer warmherzigen Frau an. Sie wiegte seinen Kopf in ihrem Schoss. Ein völliges Gefühl der Geborgenheit durchströmte seinen Körper. Das unkontrollierte Zittern verebbte.

»Du bist mein Mussar, ein so guter Junge.«

Das träumende Wesen musste unwillkürlich lächeln. Vor seinem geistigen Auge sah es ein Mädchen auf sich zulaufen. In der Hand hielt sie eine Puppe. Jemand hatte sie ihr geschenkt. Wie fröhlich sie war. Kannte es das Mädchen? Die Bilder im Kopf des Wesens flimmerten weiter: eine Explosion. Das Mädchen und viele andere Menschen lagen auf einmal am Boden. Sie alle waren tot. Ein Junge schrie. Es erinnerte sich an diesen Jungen. War es nicht diese Gestalt? - Eine ausgestreckte Hand.

»Du willst Gerechtigkeit? Dann soll dein Name fortan Adil sein!«

Dieser Name hallte in den Gedanken des neuen Wesens lange nach.

Es riss seine Augen auf und begann leise zu knurren. Bedrohlich langsam entwickelte es sich zu einem unheimlichen Grollen, bis es sich in einem entfesselten, markerschütternden Schrei entlud. Mit ganzer Kraft zerschmetterte es den in der Mitte stehenden OP Tisch mit den blutigen Überresten eines verstorbenen Menschen. Binnen weniger Sekunden war auch der Rest der gesamten Einrichtung nicht mehr zu erkennen gewesen. Das wütende Wesen hatte sich an alles erinnert. Sein Geist war aufgrund der kurzen wachstums- und metamorphosen Phase nicht vollständig gelöscht worden. Die Erinnerung kehrte langsam in Adil zurück. Bruchstückhaft sollte sie bleiben. Sein Streben nach Rache und Gerechtigkeit hatte sich tief in seinem Inneren eingebrannt. Nach der kurzen, destruktiv befreienden Phase überfluteten ihn Bilder aus vergangenen Tagen. An einem wie durch ein Wunder heilgebliebenem Technikpult hielt Adil sich kurz mit einer Hand fest. Durch den physisch hergestellten Kontakt mit dem Pult überspülten ihn erneut Bilder. Es waren allerdings nicht Erinnerungen aus seinem Gedächtnis, sondern Informationen aus dem Speicher der Maschine, die ihn erreichten. Er wusste nicht, was die Ursache dafür war, weshalb er diese Informationen wie ein Schwamm in sich aufsaugen konnte. Es musste mit seiner Verwandlung zu tun haben. Über diesen Umstand wunderte er sich nicht. Er schien es als Tatsache hinzunehmen. Vermutlich, weil er nun erfahren hatte, dass Multum aufgehört hatte zu existieren. An seiner statt war eine neue Lebensform entstanden. Der Ort, an den sich das neue Wesen zurückgezogen hatte, war nun auch sein Ziel. Dieser Macht verdankte er seinen ungewöhnlichen Umstand als Miles Mortuus. Sie hatte ihn zu sich heraufgerufen. Weil es den tapferen Widerstandskämpfern aus den Höhlen Pakistans im Kampf gegen den Westen mit Waffen versorgen sollte. Nun hatten sie ihre ultimative Vergeltungswaffe erhalten. Sie würde bald zum Einsatz kommen und der Gerechtigkeit Tribut zollen.

Beim Verlassen des Raumes bemerkte er, dass sich auch der grüne Koloss lautlos aufgerichtet hatte und ihm wortlos folgte. Sicher aus einem niederen Instinkt heraus, seinen Herrn und Meister zu finden. Adil würde ihn zumindest zu jenem Wesen führen, das seinen Gebieter vernichtet hatte. Dies und der Umstand von dieser Macht Informationen zu erhalten, würde ihn nach Luna führen. Lautlos entstiegen aus den unterirdischen Stollen einer längst vergangenen Zivilisation zwei kleine Raumschiffe. Zwei winzig kleine Punkte entfernten sich rasend schnell von dem roten Planeten und ließen ihn in der Schwärze des Alls zurück.

Zwei zerstörungswütige Monstren hatten sich auf den Weg gemacht, Lunas Mondstation aufzusuchen.

24

Aufgrund der erhaltenen Daten des Studenten war es Thomas möglich gewesen, zusammen mit seinem Flem den ersten Konvoi mit dem transportierten Impfstoff anzusteuern. Wie es schien, kam er zum rechten Zeitpunkt. Die Karawane, bestehend aus einem Dutzend Lastern und geländegängigen Fahrzeugen, bahnte sich gerade ihren Weg durch das Himalaya-Gebirge. Enge Schotterpisten, tiefe, steil abfallende Hänge und demolierte Fahrzeugwracks in den Schluchten zeugten von der Gefährlichkeit dieser Route. Dessen ungeachtet waren viele heikle Stellen schon passiert worden. Vorerst war der Konvoi jedoch ins Stocken geraten. An der Spitze der Wagenkolonne versperrte ein schätzungsweise drei Tonnen schwerer Gesteinsbrocken die Straße und damit jede Weiterfahrt.

Lu-Ong und Song die ihre „Platzkarten" für das letzte Transportfahrzeug des Konvois von Sarah White erhalten hatten, erinnerten sich an die mahnenden Worte, die sie ihnen mit auf den Weg gegeben hatte.

»Ergreift die erste sich bietende Gelegenheit zur Flucht! Und nehmt vor allen Dingen so viel Impfstoff mit, wie ihr tragen könnt. Und kehrt dann damit in eure Heimatdörfer zurück. Der „Fels in der Brandung" wird euch schon finden. Überreicht ihm den Impfstoff und ihr werdet dafür reich entlohnt werden.«

Nun war er gekommen, dieser Moment der Gelegenheit. Lu-Ong und Song ergriffen sie beim Schopfe und stiegen aus ihrem Fahrzeug. Sie liefen zum hinteren Teil des Fahrzeugs und schickten sich an, dessen Ladefläche zu besteigen. So wie sie es beide zuvor besprochen hatten, wollten sie ihre Taschen mit dem wertvollen Impfstoff füllen. Danach mussten sie „nur“ noch vom Tatort flüchten. Der Plan hörte sich gut und leicht auszuführen an, wäre da nicht das letzte Fahrzeug der Kolonne gewesen. Ein Jeep mit zwei bewaffneten Soldaten beäugte sie äußerst skeptisch.

»Sofort wieder einsteigen!«, rief ihnen der Fahrer zu. Lu-Ong aber winkte nur leichtfertig ab.

»Ich sagte einsteigen! Hört ihr?!«

»Nun mach mal halblang«, erwiderte Song.

»Dort vorne geht's nicht weiter. Wir nutzen nur die Gelegenheit, die wertvolle Fracht zu kontrollieren und festzuzurren, ok? Und nun lass uns unsere Arbeit machen oder wollt ihr uns helfen? Ich denke mal nicht.«

»Würde aber sicher schneller gehen«, ergänzte Lu-Ong angriffslustig. Mit den Waffen im Anschlag stiegen die Soldaten aus dem Wagen. Die beiden Waidiren kehrten derweil den Soldaten den Rücken zu, um die Plane der Ladefläche ihres Lasters aufzuschlagen.

»Puuh«, stieß Song ein leises erleichtertes Seufzen aus. »Ich dachte schon, die steigen nie aus.«

»Ich sagte: Einsteigen!«, knurrte sie einer der Soldaten bissig an. Die beiden Ungehorsamen drehten sich langsam um.

»Los, wird's bald? Schneller!«, unterstrich der zweite Soldat die Forderung seines Kameraden. Ein Klicken signalisierte, dass die beiden ihre Waffen entsichert hatten. Lu-Ong spannte unwillkürlich seine gesamte Muskulatur. Jederzeit bereit, sich zur Wehr zu setzen. Nur Song schaute kopfschüttelnd auf den Boden und fing an zu kichern.

»Was lachst du so blöd! Los! Steig in den Wagen ein sonst überlegen wir es uns anders!«

»Sorry, ich musste gerade an etwas völlig Absurdes denken. Tut mir leid.« Song schaute seinen Partner an.

»Was soll deiner Meinung nach so absurd sein, dass du es uns nicht sagen willst, bitteschön?«, fragte einer der beiden Soldaten.

»Ganz einfach: IHR müsst eure Waffen immer erst entsichern, wenn ihr sie benutzt.« Song schaute in fragende Gesichter. »Wir dagegen tragen sie immer und überall ungesichert mit uns herum.«

Mit diesen verwirrenden Worten überraschten sie den Gegner auf eine ganz spezielle Art und Weise. Es gab nur eine kurze Auseinandersetzung. Nachdem beide Wudang-Kämpfer mit gezielten Tritten den beiden Soldaten die Waffen aus der Hand geschlagen hatten, waren diese so überrascht, dass sie kaum Gegenwehr leisteten. Auch schnell gezückte Messer wurden den beiden noch zügiger aus der Hand genommen. Schon sahen sich die Angreifer mit ihren eigenen Messerklingen konfrontiert.

»Weißt du, was ich schlimm finde, Lu-Ong?«

»Was meinst du?«

Song sah die Entwaffneten mitleidig an.

»Unsere Waffen machen nie Klick.«

»Deswegen sind ja auch immer alle so überrascht«, beantwortete Lu-Ong seine Frage mit einer Feststellung.

»Los, ihr zwei!«, herrschte Song sie an. »Auf die Knie Kopf nach unten damit ihr besser ausbluten könnt!«

»Nein! Bitte! Bitte, bitte nicht! Habt Erbarmen mit uns! Außerdem wollten wir euch doch gar nicht töten«, flehten die beiden um ihr Leben.

»Das hilft euch jetzt auch nicht weiter! Erst hier einen auf dicke Hose machen und dann die Konsequenzen nicht tragen wollen! Das haben wir wohl gerne, was?«

Die beiden Wudang-Kämpfer stellten sich hinter die Knieenden, die um die Wette jammerten. Song und Lu-Ong gaben sich stumm das ausgemachte Zeichen zum Ausholen. Ihre Hände schnellten erbarmungslos auf die beiden nieder. Still fielen die Knieenden zur Seite. Mit einem gezielten Handkantenschlag hatten die beiden Kämpfer ihre Opfer bewusstlos geschlagen. Dies gab ihnen genug Zeit, auf die Ladefläche zu springen. Ohne sich weiter um die Bewusstlosen zu kümmern, füllten sie, so schnell sie konnten, ihre Taschen mit dem Impfstoff. Schließlich hatten sie es auch noch geschafft den ganzen Jeep voll zu beladen. Es grenzte geradezu an ein Wunder, dass der Konvoi immer noch mit den Aufräumarbeiten beschäftigt war und keiner der anderen Fahrer ein besonderes Augenmerk auf das Ende der Kolonne gelegt hatte. Alles was sie jetzt noch tun mussten, war, sich so leise und unbemerkt wie möglich mit dem Impfstoff davonzustehlen. Da sie das Fahrzeug auf dem schmalen Pfad nicht wenden konnten, mussten sie das Fahrzeug zunächst zurücksetzen. Es ging alles nur sehr langsam und schleppend voran. Jeden Moment konnten sie auf der nicht befestigten Schotterpiste den Halt verlieren und samt dem Gefährt in die Tiefe stürzen. Inzwischen waren aber auch die beiden Soldaten wieder zu Bewusstsein gekommen. Sie schnappten sich ihre am Boden liegenden Waffen und rannten den Flüchtigen hinterher. Dieses Mal würde es keine Spielchen mehr zwischen den zwei gesinnungsfremden Gruppen geben. Als die Bewaffneten den viel zu langsamen Jeep eingeholt hatten, stoppten die beiden Insassen ihre missglückte Flucht. Es machte keinen Sinn mehr. Mit erhobenen Händen stiegen sie aus dem Fahrzeug und ergaben sich. In diesem Moment sahen alle vier Personen, wie sich der Steilhang über dem festsitzenden Konvoi in Bewegung setzte. War ihm eine Explosion vorausgeeilt? In diesem Fall hätten sie eine hören müssen. Prompt folgte sie auf dem Fuße. Von einer darauffolgenden Druckwelle erfasst, wurden alle vier gegen das Fahrzeug geschleudert, als wären sie Puppen aus Stroh. Auf einer Breite von mehreren hundert Metern setzte sich der Berg in Richtung Tal in Bewegung. Auf seinem Weg hinunter erfasste er alles, was nicht niet- und nagelfest war. Ganze Felsbrocken überrollten den Konvoi und rissen ihn mit sich in die Tiefe. Nachlaufendes Geröll begrub die letzten hilflosen Schreie unter sich. Auch über den Köpfen der vier fegte die Druckwelle hinweg und setzte Geröll in Bewegung. Es war zu spät um vor den umherfliegenden Steinen zu fliehen. Alle suchten deshalb schnell die Deckung des Jeeps auf, der mehr denn je davon bedroht war, den Abhang hinunter zu stürzen. Bislang hielt er der Belastung und dem nachkommenden Geröll stand. Er war zwar auf der einen Seite ziemlich zugeschüttet, doch würde er sicher seine Fahrt hinunter ins Tal aufnehmen können, nachdem man ihn davon befreit hatte. In dieser besonderen Notsituation zogen die Anwesenden an einem Strang und halfen sich gegenseitig. Wortlos. Jeder wusste, was zu tun war. Nach einer kurzen Gedenkpause, die sie den Verschütteten im Tal gewidmet hatten, machten sich alle daran den Jeep von dem Gestein zu befreien. Dabei hatten sie nicht bemerkt, dass sich im Nachgang ein weiterer riesiger, schulbusgroßer Felsbrocken über ihren Köpfen gelöst hatte. Sie sollten ihn erst bemerken, als er sich bis auf wenige Meter genähert hatte. Da aber wäre es bereits zu spät, sich mit einem rettenden Sprung zur Seite zu retten. Schließlich, als alle starr vor Entsetzen den dunklen Koloss vor sich aufragen sahen, geschah etwas Unfassbares. Aus dem Nichts war ein kleiner fliegender Sarkophag erschienen, dem ein grünes Wesen entsprang und sich dem Felsen entgegenstellte. Nur Millisekunden später hätte der Fels seine Opfer erfasst. Miles verschwand unter ihm, doch nur um ihn auf dem Rücken liegend, mit unbändiger Kraft in den Beinen aufzuhalten. In hohem Bogen flog der Fels wie ein Spielball über die erstaunten Gesichter der vier Männer hinweg, bis er auf der anderen Seite den Abhang hinunterstürzte. Miles hatte sich schon wieder aufgerichtet und schaute den Überlebenden mit grimmiger Miene in die Augen. Sein fliegendes Fahrzeug schwebte bereits wieder heran und nahm den Grünen in sich auf. Es flog zu der Stelle empor, an der sich die Explosion ereignet hatte. Nur wenige Minuten später kam das Wesen mit zwei chinesischen Männern im Gepäck zurückgeflogen. Es gab Song den Befehl, die beiden eng aneinander im Fahrzeug zu fesseln. Lu-Ong musste währenddessen das Flem mit dem Impfstoff aus dem Jeep beladen. Zuletzt stellte sich das Wesen auf das Fahrzeug. Noch einmal musterte es jeden ganz genau. Dann öffnete es seinen Mund und verkündete allen verheißungsvoll mit seiner gewohnt tiefen, grollenden Stimme:

»Gern geschehen.«

Mit diesen Worten hatte er sie alle verblüfft zurückgelassen und strebte einem neuen, unbekannten Ziel entgegen.

Während die Zurückgelassenen endlich den Jeep freigelegt hatten, und nun versuchten, ihn zu starten, bekamen sie erneut Besuch aus der Luft. Über ihren Köpfen schwebte ein Hubschrauber. Und nur Sekunden später sahen sie sich umringt von sechs Elitesoldaten einer amerikanischen Spezialeinheit.

»Wo kommen die so schnell her?«, raunte Song. Er war mit seiner Frage nicht alleine geblieben, denn genauso wenig hatten die anderen drei mit einem so schnellen Überfall gerechnet. Die Frage war nur, weshalb man sie überfiel. Schweres MG-Geschütz von oben und perfekt ausgebildete Krieger am Boden luden gewiss nicht zum Plausch ein.

»Heißt hier einer von Ihnen vielleicht Lu-Ong?«, wollte einer der Vermummten wissen.

»Ich spreche nur mit dem Fels in der Brandung«, bekam er die Antwort auf seine Frage.

»Ich wurde von ihm befugt, mit Ihnen zu verhandeln.«

»Verhandeln?«, mischte sich Song in das Gespräch ein.

»Hier gibt es nichts zu verhandeln«, antwortete Lu-Ong.

»Wo ist die Fracht?«

»Wir haben sie nicht mehr.«

»Wo ist die Fracht?«, wiederholte der vermummte Soldat offenbar schwerhörig geworden. Lu-Ong verzog keine Miene. Die Stimmung war plötzlich zum Zerreißen gespannt. Würde die Spezialeinheit sie jetzt noch am Leben lassen? Einer der Soldaten des ehemaligen Konvois ergriff seinerseits das Wort:

»Es war der Außerirdische!«, die Gewehrläufe richteten sich reflexartig auf den Mann.

»Nicht ich!«

»Wo ist er hin?«

»Ich glaube, er ist zum zweiten Konvoi unterwegs.«

Mit zitternder Hand zeigte er in die Richtung, in der das Wesen verschwunden war.

»Genauer!«

»Dreißig Kilometer nördlich vom Longhekou Reservoir. In einem kleinen Tal in den Bergen.«

»Ihr habt es gehört?! Schickt die Paladine dort hin.« Seine geheimnisvollen Worte galten der über ihm schwebenden Helikoptercrew, die per Handzeichen den Befehl bestätigte. Seiner Bodenmannschaft gab der Einsatzleiter den Befehl zum Rückzug. Nur Sekunden später war der Spuk vorbei.

»Und die Belohnung?«, schrie Song ihnen hinterher.

Lu-Ong hatte bereits seine Tasche um die Schulter gehängt und lief dem Tal entgegen. Er hatte genug von all den Dingen, in die er hineingezogen worden war. Alles, was er jetzt wollte, war, in sein Dorf zurückzukehren. Nach Hause zu seiner Frau, die er so sehr vermisste. Er würde ohne nennenswerte Geldreserven für ihre Projekte zurückkehren. Doch dafür hatte er die Zukunft seines Dorfes auf ein Weiterleben gesichert. Er tätschelte dabei tröstend seine Tasche.

»Na ja. War zu erwarten«, gesellte sich Song fröhlich zu ihm.

»Kein Job, keine Kohle, kein funktionierendes Fahrzeug. Alles, so wie immer, würde ich sagen.«

»Nicht ganz, mein Freund«, erwiderte Lu-Ong. »Wir leben.«

»Pahh! Wie lange noch? Nachdem, was Shari oder Sarah oder Miss White, wie auch immer sie sich nennen möge, erzählt hat, wird auch das wohl bald zu Ende sein.«

»Du irrst dich, mein Lieber.«

Lu-Ong öffnete seine Tasche. Gerade so weit wie nötig, um Song den Inhalt zu zeigen.

»Impfstoffkanülen.«

»Hmm, vielleicht möchtest du mich bis in unser Dorf begleiten? Ich hätte dort vielleicht etwas Arbeit für dich. Ein Dach über dem Kopf und mindestens eine warme Mahlzeit am Tag. Na, was sagst du?«

»Das Paradies auf Erden. Solange du mir nicht versprichst, dass die warme Mahlzeit aus einer heißen Tasse Wasser besteht, bin ich gerne dabei.«

Beide Männer reichten sich in tiefer Freundschaft die Hände. Das Band der Waidiren hatte sie wie zwei Brüder zusammenschweißen lassen. Mit neuem Mut und Hoffnung im Gepäck schritten sie einer neuen Zukunft entgegen.

»Ach übrigens, Song...«

»Hmm?«

»Zwei.«

»Wie zwei. Was meinst du Lu?«

»Es sind zwei heiße Tassen Wasser.«

25

China

»General! Es ist soweit. Die Ladung des letzten Konvois ist heute Morgen eingetroffen. Die restlichen Silos wurden befüllt. Warte auf weitere Anweisungen.«

»Haben sie die Aufnahmen gemacht?«

»Jawohl, Sir. Wir haben alles aufgezeichnet, wie sie befohlen haben: Waidiren, die den Virus verladen haben, eine amerikanische Spionin und zuletzt die Crew des Pharmakonzerns, die vor Ort die Handhabung und Entwicklung des Stammvirus´ minutiös protokollierten.«

»Sehr schön. Wirklich, sehr schön. Schicken sie das Bildmaterial zur weiteren Verarbeitung an das Labor und beginnen sie mit dem Ablenkungsmanöver. Warten sie, bis unser Einsatzteam vor Ort das Startsignal gibt. Erst dann können wir sicher gehen, dass die Sprengladungen hinter der Halle angebracht wurden.«

»Jawohl, General! Wie besprochen, mein General!«

»Dann starten sie jetzt die Aktion!«

Unbemerkt liefen die Kameras wieder an, bereit, das nächste Ereignis auf digitalen Speichermedien festzuhalten.

Das Gebäude, das Dreh- und Angelpunkt der Observation war, befand sich weitab jeglicher Zivilisation in einer Talsenke. Am oberen Rand des Talkessels verbargen sich seit Monaten chinesische Spezialeinheiten. Von ihren Stellungen aus überwachten sie alles, was unten in der Talsenke geschah. Nun war die Zeit reif. Die ausgelegte Schlinge würde sich heute zusammenziehen und dem Machtanspruch der gesamten westlichen Welt einen herben Dämpfer zufügen. Ein minutiös ausgearbeitetes Feuerwerk würde heute auf politischer Bühne gezündet werden und den Beginn eines neuen Zeitalters wirtschaftlicher Geopolitik einläuten. Involvierte, chinesische und russische Funktionäre versprachen sich viel von dieser Mission. Sie durfte in ihren Augen nicht fehlschlagen, wenn sie die Bildung einer Eurasischen Union mit großen Schritten vorantreiben wollten.

Ein weißer geländegängiger Campingbus steuerte in der Senke geradewegs auf die Halle zu, die das als Hühnergrippe getarnte Virus lagerte. Wie zu erwarten, löste das Auftauchen des Fahrzeugs betriebsame Hektik auf dem Gelände aus. Waidiren, die ihren Job als Wachmann mit besonderer Sorgfalt ausführten, umstellten das Fahrzeug. Während ein Teil von ihnen die Insassen überprüfte, machte sich eine andere Gruppe daran, das Fahrzeug nach möglichem Sprengstoff zu durchsuchen. Die kleine, aus vier Studenten bestehende Campertruppe gab an, sich verfahren zu haben. Ihre einzige Landkarte hatten sie bei einem Lagerfeuer versehentlich als Brennmaterial benutzt. Einer von ihnen gab zu, sie in einem nicht ganz nüchternen Zustand als Anzündpapier benutzt zu haben. Deshalb irrten sie seit Tagen schon hier draußen im Niemandsland herum. Ihre Trinkwasservorräte, behaupteten sie weiter, seien fast aufgebraucht und nun waren sie froh darüber, hier auf Hilfe gestoßen zu sein. Die Wachmänner versorgten sie bereitwillig mit ausreichend Wasser und einer neuen Landkarte, damit die kleine Gruppe ihre Weiterreise schnellstmöglich fortsetzen konnte. Für sie war der kleine, unvorhergesehene Besuch der Studenten eine willkommene Abwechslung gewesen. Für gewöhnlich verirrten sich höchstens ein paar Mondbären in ihre Nähe, die sie mit Warnschüssen auf Abstand hielten.

Für die Beobachter lief bislang alles zur vollsten Zufriedenheit. Unbemerkt hatte sich das Spezialkommando von hinten an die Lagerhalle angeschlichen. Kaum, dass sie sich Zugang verschafft hatten, brachten sie an allen möglichen Schwachstellen des Hallengebäudes sowie an den Silos Sprengladungen an. Sie sollten später per Fernzündung ausgelöst werden. Die laufenden Kameras würden also keine Fremdeinwirkung im eigentlichen Sinne aufnehmen. Vielmehr sollte für den Zuschauer die Möglichkeit einer Verpuffung, aufgrund unsachgemäßer Lagerung oder Handhabung der gelagerten Substanz, in Betracht gezogen werden. Um die Täuschung so perfekt wie möglich zu machen, sollte das Bildmaterial der vier Studenten und ihrer Handyobjektive in besonderer Weise präpariert werden, um als unbeteiligte, authentische Quelle herzuhalten. Dazu sollten sie am Rand des Talkessels eine Pause einlegen und zufällig das Geschehen festhalten.

Unbemerkt waren alle Sprengladungen angebracht worden. Scharf geschaltet, warteten sie nur darauf, ihr vernichtendes Werk vollbringen zu dürfen. Mit einem leistungsstarken Fernglas verfolgte ein Offizier von seiner sicheren Stellung heraus das Geschehen im Tal.

»General! Unsere Männer sind fertig. Sie gaben mir gerade das Zeichen, dass alle Ladungen ordnungsgemäß an den vorgeschriebenen Punkten angebracht wurden.«

»Gut. Warten Sie, bis sich die Männer aus der Gefahrenzone zurückgezogen haben. Anschließend setzen sie den Countdown auf zehn Sekunden.«

»Bereits geschehen, mein General! Countdown steht.«

»In Ordnung. Stellen sie mich mit einer Bild zu Bild Verbindung zu IHM durch!« Kurz darauf schaute er in das Gesicht eines Mannes, der ein ganzes Land nach seinen Wünschen formte. Chin Ho. Der General nickte ihm stumm zu. Es war das vereinbarte Zeichen, dass alles nach Plan verlief. Chin Ho ließ es sich nicht nehmen, das Spektakel live mitzuverfolgen.

»Countdown auslösen, General!«

Mit einem Handzeichen gab der Oberbefehlshaber vor Ort das vereinbarte Zeichen an seinen Offizier weiter.

»Ausgelöst, mein General«, bestätigte dieser.

»9, 8, ... , was ist das? Mein General! Mein Fernglas! Miles!!«

»Countdown beibehalten!«

»Er steht auf seinem Flem! Das Fahrzeug ist offen ...«

»5, 4, 3, ...«

»Ich kann darin Männer erkennen. Es sind unsere Männer! Männer des Bergkommandos! Er hält direkt auf uns zu!«

»2, ...«

»Countdown anhalten!«

Chin Hos und des Generals Miene verdüsterten sich. Monatelange Vorbereitungsarbeit schien durch diesen grünen Kerl auf einen Schlag zerstört zu sein.

»Hören wir uns, an was das Ding zu sagen hat. Danach können wir immer noch alles in die Luft jagen.«

»Wie Sie wünschen.«

Der General schwang sich aus seinem kleinen, getarnten Kommandostand aufs freie Feld. Er wartete auf das Eintreffen des grünen Ungeheuers.

»Mit einem aufgesetzten Lächeln und ohne jegliche Furcht vor Miles empfing er den Störenfried. Was sollte dieses Wesen schon über die ausgeklügelten Pläne seiner Staatsmacht wissen?

»Alles!«, erhielt er die Antwort, ohne überhaupt gefragt zu haben. Wortlos richtete das Wesen seinen Arm mit der Manschette auf den hochdekorierten Offizier. Dutzende Gewehrläufe umstehender Soldaten richteten sich sofort auf das Wesen. Der General hob beschwichtigend seine Hände zum Zeichen seiner Gesprächsbereitschaft. Die Waffen seiner Soldaten senkten sich langsam. Unbeeindruckt schoss aus der Manschette des Miles ein farbiges Muster an Gitterstrukturen. Es baute sich zu einer dreidimensionalen Karte vor seinem Betrachter auf. In Sekundenschnelle formten sich Landkarten, Zielkoordinaten, Formeln, Gesprächsprotokolle und dergleichen mehr. Das Material ließ keine Zweifel offen. Miles wusste über alles Bescheid. Das Spiel war aus, noch bevor es begonnen hatte.

»Machen Sie das Virus unschädlich!«, forderte es ihn mit grollender Stimme auf. Es zeigte auf sein kleines Fluggerät, das sich ihnen lautlos genähert hatte.

»Niemand muss von diesem niederträchtigen Plan erfahren.«

Der General erhaschte einen flüchtigen Blick in das Gefährt. Zwei Soldaten saßen darin. Mehr schlecht als recht, eng aneinandergebunden. Den übrigen spärlichen Platz teilten sie sich mit einer kleinen Menge Impfstoff, der vom ersten Konvoi in Richtung Himalaya Gebirge stammen musste. Als jeder den Inhalt begutachtet hatte, verschwand das Flem mitsamt seinem Inhalt genauso lautlos, wie es gekommen war. Auch Miles nutzte den Moment der Ablenkung, um unbemerkt zu entstofflichen.

26

Seine Arbeit hatte er ohne jegliches Blutvergießen zu Ende gebracht. Zwar würde er den Verlauf durch Simon noch beobachten lassen, im Großen und Ganzen beglückwünschte er sich aber zu seiner durchaus glanzvollen Tat.

»Ahhh!«, erleichtert öffnete Thomas die Toilettentür. In einer Ecke in einem Sessel seines im halbdunkel liegenden Wohn- und Schlafzimmers saß Bagor. Thomas hatte völlig vergessen, dass er den Malcorianer darum gebeten hatte, vor seiner Toilettentür Wache zu halten. Sie sahen sich in die Augen. Thomas erinnerte sich plötzlich wieder an den Wachposten, der bewusstlos auf seinem Bett gelegen hatte.

»Was hast du mit ihm angestellt?«

»Ich hab ihn wieder vor die Tür geschickt. Er verzichtet darauf, seinem Vorgesetzten Meldung zu machen. Es würde ihm sowieso keiner glauben, dass wir versucht hätten zu fliehen. Schließlich sitzen wir ja immer noch hier drin. Lächerlich. Einfach lächerlich«

»Ich kann deiner Stimme einen gewissen Sarkasmus nicht absprechen.«

»Meinst du nicht, dass der Kerl da draußen aus seiner Unachtsamkeit gelernt hat? Nein. Es ist vorbei. Endgültig. Wir kommen von hier nie mehr weg. Adamas wird uns auch nicht helfen können. Außerdem...«, er schaute ihn prüfend an, »... hast du ein größeres Problem mit deinem Magen, als ich dachte.«

»Tja ähm...« Thomas kratzte sich verlegen am Hinterkopf.

»Wer bist du zum Teufel?« Bagor erhob sich aus dem Sessel. Der muskelbepackte Hüne schlich auf Thomas zu.

»Ich habe mir tatsächlich Sorgen um dich gemacht, als du nicht auf meine Rufe reagiert hast. Irgendwann habe ich die Geduld verloren und nach dir geschaut. Du warst nicht da! Also!?«

Bagor war so dicht an ihn herangetreten, dass er mit seinem Zeigefinger auffordernd auf Thomas' Brust tippte.

»Wer bist du! Raus mit der Sprache!«

Thomas war in die Enge getrieben. Was sollte er jetzt tun? Es würde nichts bringen, ihn zu belügen. Er beschloss, in die Offensive zu gehen.

»Ich bin dein Freund«, begann er und verwandelte sich zeitgleich, so langsam es ging, vor seinen Augen. Seine Haut wurde grün und umgab sich mit einem orangeroten, pulsierenden Strom. Mit tiefer Stimme verkündete er:

»Ich bin Miles.«

Bagor, der noch nie einen „echten“ Miles gesehen hatte, brach nach dieser gelungenen Showeinlage bewusstlos zusammen. Er fiel geradewegs in die Arme seines neuen Freundes.

27

Völlig überraschend war die Wende des grünen Wesens eingeleitet worden. So schnell, dass selbst der General nicht wusste, wie ihm geschah.

»Mein General! Wie lauten ihre Befehle?«

»Meine Befehle? Von welchen Befehlen reden Sie!«

Der ratlos dreinblickende General ließ seine Blicke hinunter in den Talkessel schweifen. »Wenn ich das nur wüsste ...«

»General! General!« Ein Funkoffizier rannte aufgebracht auf die beiden hochrangigen Soldaten zu und erstattete Meldung. »General! Wir empfangen Signale aus der Luft. Störsignale.«

»Flugzeuge?«

»Keine Flugzeuge.«

»Optische Erfassung?«

»Keine, General, aber es kommt auf uns zu.«

»Der Grüne wieder?«

»Wir wissen es nicht!«

»Alarmbereitschaft auslösen und Deckungen aufsuchen!« Schon kurz darauf hörten sie eindeutige Motorengeräusche über ihren Köpfen vorüberziehen. Sie hatten Kurs auf den Talkessel genommen. Keiner der Beobachter konnte sich das Ereignis erklären, ohne auch nur ein einziges Objekt am Firmament auszumachen.

Nur einer witterte eine neue, sich bietende Gelegenheit. Jetzt musste er vermutlich nur noch geduldig abwarten. Schon formten sich in seinem Gehirn diverse, neue Szenarien, die die Pläne seiner Regierung vielleicht doch noch an ihr Ziel bringen konnten.

»Sie wollten Befehle hören, Offizier? Ich gebe Ihnen einen: Countdown zurück auf 10 Sekunden stellen.

Kameras! Bereithalten zum Filmen! Eine Verbindung zu Chin Ho herstellen! Ich muss umgehend mit ihm sprechen!«

Ein siegessicheres Lächeln huschte über das Gesicht des Generals.

28

Mondstation

Gloria und Adamas arbeiteten in der Zwischenzeit wie besessen an der Herstellung eines Impfstoffs. Thomas hatte ihnen noch nicht mitgeteilt, dass die Herstellung auf synthetische Art nicht mehr nötig war. Die latente Gefahr einer Pandemie war seiner Meinung nach ein für alle Mal aus der Welt geschaffen.

Adamas war emsig in seine Arbeit vertieft, als Gloria ihn unvermittelt unterbrach. Er schaute zu ihr hinüber. Sie war gerade dabei die Impfstoffdosierung zu justieren.

»Weißt du eigentlich, welche Entdeckung dieser Miles durch die Zuspielung der Daten gemacht hat?«

»Wenn du es mir sagst, weiß ich es«, antwortete sie nicht sonderlich interessiert.

»Gloria! Hör mir doch nur mal kurz zu! Nur einen Moment! Ich bitte dich!«

Widerwillig, fast ein wenig zornig unterbrach die junge Frau ihre Arbeit.

»Ich habe jetzt keine Zeit dafür, Adamas! Wir müssen alles in unserer Macht stehende tun, um einen Massenmord zu verhindern!«

Adamas überhörte ihre Aussage. Stattdessen begann er laut zu reflektieren:

»Also, wenn Simon richtig gerechnet hat und daran zweifelt sicher keiner, dann ist das mitgebrachte Stück Metall von Miles noch einmal fünfhundert Jahre älter.«

»Älter als was?«, fragte Gloria neugierig geworden.

»Fünfhundert Jahre, bevor das Schicksal des Planeten Malcors überhaupt auf dem Spiel stand.«

Gloria stoppte die Arbeiten mit einem Knopfdruck. Adamas hatte ihre vollste Aufmerksamkeit.

»Erzähl weiter«, forderte sie ihn auf.

»Erkennst du es nicht?! Alles hängt zusammen! Die Geschichte dieses Planeten ist fest mit der unseren verwoben! Das Metall stammt aus einer erdgeschichtlichen Zeitepoche, die die Menschen als Merowinger Zeit kennen. Es war genau zu der Zeit, in der auch die Götter zum ersten Mal 'den Himmeln entstiegen'. Die Rede ist von den Asen. In allen nordischen Ländern erzählt man sich seither die gleichen Geschichten. Verstehst du? Es waren Malcorianer, die ausgerechnet in dieser Zeit auftauchten! Bei dieser einmaligen Begegnung blieb es natürlich nicht. Von diesem Zeitpunkt an erzählte man sich mehr und mehr Geschichten über sie. Später war auch von außergewöhnlich begabten jungen Männern und Frauen die Rede. Sie wurden als Halbgötter bezeichnet. Ihre Zahl wuchs immer weiter an, je länger sich das Rad der Geschichte drehte. Bis heute hört man von den sagenhaften Geschichten. Längst haben sie Einzug in die Geschichtsbücher der Menschen gefunden. Dort wurden sie zu Mythen und Legenden. Nur ein Zeugnis unterstreicht bis heute die Echtheit dieser vergangenen Geschichten: Und zwar der unverwechselbare genetische Code unseres Volkes.«

Lange starrte Gloria ihrem Gegenüber perplex in die Augen.

»Aber das... das würde ja bedeuten... du hast recht, Adamas! Vollkommen Recht! Warum ist mir das nicht aufgefallen!« Gloria war von der Erkenntnis Adamas tief beeindruckt.

»Du meinst also, da wir nie eine Unverträglichkeit gegenüber Milchzucker entwickelten...«

»... ist zumindest ein großer Teil dort unten auf der Erde die Nachkommenschaft der Malcorianer. Ja, Gloria, das denke ich.«

»Unfassbar«, flüsterte Gloria.

Ein lautes Warnsignal ertönte. Überrascht, aber wegen der vielen Ereignisse in letzter Zeit nicht sofort in Panik versetzt, fragten sie sich, was es nun dieses Mal für einen Grund gab. Gloria schaltete einen Kanal frei, um Simon zu kontaktieren. Er antwortete nicht. Auch ihr Versuch, Miles zu erreichen, blieb ungehört.

»Wir müssen in die Zentrale und nachsehen!«

»Geht nicht! Das Laborschott öffnet sich nicht.«

»OK. Ziehen wir uns erst einmal ein paar Raumanzüge an. Das besagt zumindest das Notfallprotokoll.« Gloria zögerte.

»Komm schon! Dann sind wir zumindest vor einem Leck geschützt. Und im Falle einer Invasion können wir notfalls ins All fliehen. Lass uns weitermachen, so lange wir hier eingesperrt sind. Es klärt sich bestimmt bald alles auf.«

»Sag mal, hast du etwas geschluckt oder warum tust du so cool? Jetzt kennst du dich auch noch mit unseren Notfallprotokollen aus? Nach was hast du eigentlich in unseren Archiven gesucht?« Adamas wollte gerade lossprudeln, als sie von einer enormen Erschütterung erfasst wurden. Entsetzt schauten sie sich an und sprachen zeitgleich laut aus, was sie dachten:

»Bruch der Außenhülle!«

Krachend stürzte die Decke des Hangars ein. Wieder einmal (s. *Band 1*). Nur wollte man dieses Mal ins Innere der Station und nicht hinaus. Mit viel Trümmern und Mondstaub waren zwei kleine Raumschiffe in die Station eingedrungen. Dem kleinen Sarkophag entstieg ein Miles mit giftgelbglühenden Augen. Das zweite Fahrzeug allerdings richtete sich von selbst auf. Es sah aus wie ein zerklüfteter schwarzgrüner Meteorit. Das seltsame Wesen entwickelte sich zu voller Größe. Drei Meter ragte es in die Höhe. Es war unzweifelhaft ein menschenähnliches Wesen. Kopf, Arme, Beine, Torso. Doch ansonsten hatte es nichts mit einem normalen Menschen gemein. Die dunklen, kaum sichtbaren Augen am Kopf waren leer. Ein schwarzer, grünpulsierender Stein, mehr nicht. Es war ohne bewusstes

Leben. Instinktgesteuert oder einer Programmierung folgend musste es den Weg bis hierher gefunden haben. Die Vermutung lag nahe, dass das kleinere Wesen dafür verantwortlich war. Doch wen sollte das interessieren?

»Willkommen, meine Kinder!«, ertönte es durch alle Lautsprecher der Station.

»Wir sind gekommen, um zu dienen«, antwortete der agilere, kleine Miles. »So wie es uns vorausbestimmt ist, stehen wir unserem Schöpfer nur ein einziges Mal gegenüber, ehe wir für ihn dem Tod die Hand reichen. Von dir gestärkt wird uns nichts aufhalten können, den heiligen Kampf des Krieges für dich, unseren Schöpfer zu gewinnen.«

Die Hangarschleuse zum Stationsinneren wurde geöffnet. Eine Leuchtspur wies ihnen den Weg zur Kommandozentrale. Vor dem geöffneten Eingang des Kommandoraumes knieten die beiden Miles in demutsvoller Haltung nieder.

»Ja, huldigt brav eurem Herrn und Meister!«

Nimis schien diesen Moment förmlich auszukosten. Seine Zeit der Machtergreifung, für die er sogar seine eigene Identität als Computerspezialist Richter hergegeben hatte, schien endlich gekommen zu sein. Er hatte dafür zwei unbesiegbare Soldaten erhalten, die ihm bedingungslos zur Verfügung standen. Die beiden Miles hatten ihn offenbar als ihren Schöpfer anerkannt.

Aus seiner demutsvollen Haltung heraus erhob sich einer der Miles plötzlich ohne Aufforderung. Wortlos schritt er auf die Kontrollpulte zu.

»Das reicht jetzt! Genug gedient!«, sagte er in abfälligem Ton. Wie zuvor im Labor auf Mars, legte er seine Hand auf ein Pult. Sofort begann er damit zu interagieren.

»Was tust du da! Nimm deine dreckige, grüne Hand von meinem Pult! Ich befehle es dir! Wirst du wohl gehorchen? Du sollst mir gehorchen, sage ich! Du bist meine Schöpfung, MILES!!«

Adil nahm seine Hand behutsam vom Pult.

»Na also. Was sollte das!? Bist du schwer von Begriff?«

Adil schaute sich zufrieden in der Zentrale um:

»Nicht einmal das hast du bemerkt. SCHÖPFER! Oder sollte ich dich lieber NIMIS nennen?!«, begann er in bedrohlichem Ton.

»Wer hat dir das gesagt? Woher kennst du meinen Namen?« Adil schaute voller Bewunderung auf seine gepanzerte Hand, die er sich vors Gesicht hielt. Auch durch sie floss die kanalisierte Lebensenergie als pulsierender, gelber Strom. Er umgab seine gesamte Panzerung.

»Was! Was hast du getan du ... Monster!?«

»Das solltest du dich zuerst selbst fragen, wer von uns beiden hier das eigentliche Monster ist. Ich kenne dich! Dich und deine gesamte Geschichte!«

»Woher solltest DU mich kennen?«

Adil fuhr selbstsicher fort: »Lt. Commander Richter – Computerspezialist der US-Army. Wurde speziell für den Einsatz zur Eroberung der Station auf Luna von seinem Vorgesetzten Donato Esteban auserwählt, mögliche Sicherheitsbarrieren aus dem Weg zu räumen. Für meinen Geschmack ein wenig zu viel Vertrauen für einen Nerd, den sie alle nur „Richterle“ nannten. Und zu guter Letzt hast du mich nur unter einem Vorwand auf Mars gebracht: Damit ich deine Haut rette und nicht, wie du es meinem Volk versprochen hast, es mit Waffen zu versorgen. Nur...«, er legte eine bedeutungsvolle Pause ein, um zum Höhepunkt seiner Ausführung zu kommen. »... mit dieser Aktion hast du dir letztlich nur selbst geschadet.«

»Ich verstehe nicht, was du meinst, du grüner Zwerg. Ich werde dich zerquetschen, du mickriger Wurm!«

Die Stimme aus den Lautsprechern wandte sich an den anderen, größeren Miles.

»MILES! MILES MORTUUS! Du schwerhöriger Klotz! Wach auf! Ich befehle es dir! Multum befiehlt es dir!! Ich bin dein Schöpfer, also erledige diesen Kerl! Er hat uns und deinesgleichen verraten!«

Ein genervtes Scharren seiner Fußkrallen war die Antwort des Monsters. Adil hatte den Moment ausgekostet.

Aus einer Ecke der Zentrale klang sein höhnisches Gelächter.

»Hahaha ... Ich sagte es dir doch! Du hast dich selbst erledigt!« Adil konnte nicht mehr aufhören zu lachen. »Weißt du, so wie wir hier alle versammelt sind... es hätte niemals so weit kommen dürfen. Multum mal außen vor gelassen. Aber so warst du, Lt. Commander Richter, Multums letzter entscheidender Fehler. Looma hatte lange vor dir das geheime Labor entdeckt. Multum hatte es nur nicht geschafft, ihn früher in das Pflanzenlabor zu locken. Er ahnte etwas und war auf der Hut. Erst mit dir geriet alles außer Kontrolle. Er benutzte also dich als Köder. Dadurch erhoffte er sich, sein Vertrauen zu gewinnen, in dem er dich in sein Bewusstsein mit aufnahm. Looma wollte er im Glauben lassen, dass er ihn benötigte um die Anlagen auf Mars zu steuern. Looma seinerseits erhoffte sich den Zugang zu allen Bereichen des Planeten, um die Produktionsanlagen wieder anfahren zu können. Schließlich verfolgte er immer noch den Plan, die Malcorianer für seine Verbannung und die seines Stammes büßen zu lassen. Doch mit deinem brillanten Geist hast auch du Multum überraschen können. Vor deinem endgültigen Übergang zum Geistwesen hattest du mit den Widerstandskämpfern Kontakt aufgenommen. So landete ich schließlich durch eines deiner programmierten Flems auf dem Mars. Doch von diesem Moment an geriet alles außer Kontrolle. Mehrere Dinge vernichteten Multums Pläne. Du hattest einen Weg gefunden seinen Geist in dich aufzunehmen und nicht umgekehrt. Erstaunlich sage ich nur. Erstaunlich. Vermutlich war es die Uneinigkeit der vielen Gehirne oder Geistesströme, die infolge ihres vergreisten Alters nicht mehr richtig funktionierten. Wie dem auch sei: Es war Multums erster Fehler. Sein zweiter folgte, als er dem Sicherheitsrobot den Befehl gab, Looma zur Kammer zu führen. Leider war ich es, der ihn dann unbeabsichtigt in die Pflanzenkammer bugsierte und nicht der Robot. Sein Befehl lautete, nur EINE Person der Pflanzenkammer zuzuführen. Looma hatte ich bereits hineinbefördert, also blieb nur ich übrig. Ich bekam eins mit der Eisenstange übergebraten. Hierin bestand Multums ganzer Plan, den er vor dir verborgen hatte.« Adil lachte. »Weißt du, bevor Multum merkte, dass er verloren hatte, aktivierte er eine Sicherheitsschaltung. Sie blieb dir bis jetzt verborgen.«

»Natürlich blieb sie mir nicht verborgen«, konterte Richter alias Nimis. »Als ich im Begriff war, Multum zu übernehmen, bemerkte ich, leider zu spät, dass er mir alle Fluchtwege rund um Mars versperrt hatte. Ich wäre genauso verbannt geblieben wie er selbst. Doch mein genialer Geist hatte das Glück, einige Wochen zuvor die Bekanntschaft mit der Station auf Luna zu machen. Also habe ich mich kurzum als getarntes Notsignal nach Luna versendet. Dort angekommen, entpackte sich das Signal und schon war ich neuer Befehlshaber einer Mondstation. Das erste was ich natürlich gemacht habe, war, das bestehende Programm vollständig zu löschen und mich an seiner statt aufzuspielen. Die Rolle des SIMON, damit ist das alte Programm gemeint, das diesen Namen trug, geriet mir zur perfekten Tarnung. Ich habe die Bewohner alle an der Nase herumgeführt.« NIMIS lachte laut. »Und du, grüner Wurm, willst mir Angst machen? Warte, bis ich dir meine wahre Macht demonstriert habe.« Die Worte aus den Lautsprechern schienen Adil am ganzen Körper getroffen zu haben. Er brach unvermittelt zusammen und wurde von Krämpfen geschüttelt. Gegen die plötzliche Veränderung konnte er nichts unternehmen. Sein Geist war wach, nur sein Körper konnte sich nicht dagegen wehren. Mehr noch: Er spürte instinktiv, dass sich das Virus gegen ihn stellte. Es hatte von Anfang an bemerkt, dass es keine Kompatibilität auf längere Zeit mit seinem Wirt eingehen konnte. Aufgrund der gewaltsamen Verschmelzung war dies jedoch nicht mehr zu ändern. Adil begann, noch während er verletzlich und hilflos auf dem Boden kauerte, seinen eigenen Plan zu schmieden. Er musste ihn aufgrund dieses zweiten Vorfalles schon möglichst schnell in die Tat umsetzen.

»Hahaha! So armselig bist du! Ich werde dich vernichten. Und weißt du, wie? ICH habe einen MILES! Und DIESER gehorcht mir! Mir allein! Hahaha!«

Trotz seiner Krämpfe zwang sich Adil zum Aufstehen. Mit sichtlichen Schmerzen und brüchiger Stimme richtete er sich auf.

»Du ... du ... hast also einen Miles?«

»Ganz richtig und ich werde ihn rufen.«

Adil ließ sich von Schmerzen gepeinigt an einem der Pulte nieder.

»Lass ihn mal kommen. Ich bin gespannt. Weißt du Nimis, ich war noch nicht ganz fertig mit meinen Ausführungen.«, seufzte Adil vor Erschöpfung. »Die Sicherheitsschaltung hatte nur einen Zweck...« Er stöhnte laut auf. In seiner Stimme schwang allerdings unverkennbare Siegesgewissheit mit.

»Welchen Zweck! Sag es mir! Sofort!«, verlangte Nimis.

»Du siehst diesen leblosen, schwarz-grünschimmernden Berg da draußen vor der Zentrale?«

»Natürlich! Und er wird dich gleich vernichten!«

Adil fuhr unbeeindruckt fort.

»Er ist nur ein Schatten seiner selbst. Dieser Berg war einmal Looma. Nichts von ihm ist nach seiner perfekten Umprogrammierung übrig geblieben.

ER WAR DAS SO DRINGEND BENÖTIGTE SCHLÜSSELELEMENT IN MULTUMS PLAN!

Heute reagiert der Miles Mortuus lediglich instinktgesteuert. Nur wenige Befehle, nennen wir es Notprogramm, sind zur Kontrolle des Monsters geblieben. Und weißt du warum? Weil er dazu bestimmt war, IHRE Hülle zu werden!! Multum hatte endlich einen Weg gefunden, sich in eine transportable, unbesiegbare Hülle zu transferieren. DAS mein lieber NIMIS- Richter, war der einzige Sinn und Zweck des Labors! Der Mortuus sollte nach seiner Geburt den Raum aufsuchen und sich von Multum übernehmen lassen. Doch das konnte er nicht mehr.«

»Und du wirst es mir sicher gleich verraten, warum das nicht klappte!?«, gab NIMIS gereizt von sich.

Adil zeigte triumphierend auf sich.

»Deshalb!«, antwortete er. »Nachdem mich der Wartungsrobot halb totgeschlagen hatte, machten sich die pflanzlichen Tentakel sofort daran, einen weiteren Menschen in das Pflanzenlabor zu ziehen. Es war ein Mensch zu viel für die Programmierschablone. Multums Plan bestand darin, nur EINEM einzigen Wesen Macht und Wissen zuzuführen. Jetzt waren es aber zwei. Aus Looma wurde der Mortuus. Er bekam diesen riesigen Körper und mit ihm unglaubliche Kräfte. Ich hingegen war der bedauernswerte Unfall, der alles durcheinanderbrachte. Während ich nur halb so stark bin wie dieses todbringende Wesen hinter mir, behielt ich wie durch einen Zufall meine geistigen Fähigkeiten. Auch wenn ich mich nicht mehr an alles erinnern kann, mein Ich ist geblieben. Meine neuen Fähigkeiten hätten dem Mortuus zur Verschmelzung mit Multum verholfen. Vielleicht sogar auch mit Dir. Doch da warst du bereits schon voller Panik und Feigheit geflohen, weil du dachtest, die MILES würden dich umbringen.«

Adil richtete sich vollständig auf. Seine Krämpfe hatten nachgelassen.

»Wo bleibt er denn, dein MILES? Nimis!«, spöttelte Adil.

»Er wird dich zerquetschen wie ein lästiges Insekt. Ich verspreche es dir.«

»Versprich nicht zu viel. Weißt du was? Du kannst es ihm ja gerne sagen. Vielleicht wird er dich eines Tages tatsächlich verstehen.« Bedeutungsvoll legte er noch einmal seine Hand auf das Pult.

»Was tust du da? Hör sofort auf damit.«

»Zu spät. Du hast dieses Mal eindeutig den Kürzeren gezogen.«

»Was hast du getan?«

Adil lauschte in sich hinein. Alle Informationen strömten von dem Pult durch seine Hand hindurch, bis er gefunden hatte, wonach er suchte.

»Das wirst du noch früh genug erfahren«, brummte er zufrieden. »Durch die Kommunikationsanlagen dieser

Station habe ich endlich gefunden, wonach ich mein Leben lang gesucht habe.«

»Was ist es?«

»DAS, Nimis-Richter, sollte deine kleinste Sorge sein, aber ich verrate es dir trotzdem: RACHE!«

Damit hob er seine Hand vom Pult und verließ die Zentrale. Er blieb kurz neben dem am Boden knieenden Mortuus stehen.

»Resistere!«

Damit musste das Monstrum den Rest seines armseligen Lebens an Ort und Stelle verbringen. Es war eine Aufforderung, der es sich nicht wiedersetzten konnte, bis es einen höherwertigeren Befehl erhalten würde.

Adil schickte sich an, die Station zu verlassen. Einsam strebte er in seinem Flem dem Planeten Erde entgegen. Es war gleichsam auch sein letzter Flug. Er spürte, dass sein Leben bald zu Ende ging. Deshalb musste er sich beeilen. Auch um der Gerechtigkeit willen, die er sich geschworen hatte, genüge zu tun. Mit der Fähigkeit sich mit elektronischen Netzwerken per „Handauflegen" zu verbinden, hatte er auf der Erde das unsichtbare Ding lokalisieren können. Zur Zeit befand es sich in einer Talsenke in China, die von Streitkräften des Militärs umstellt wurde. Offenbar wussten die Chinesen selbst nicht so recht, um wen oder was es sich handelte. Sie zögerten. Adil war es egal, warum es sich gerade dort unten aufhielt. Er wusste nur, dass es sein Onkel in den Höhlen nicht vernichtet hatte. Er würde den Fehler umgehend korrigieren. Jetzt, da er selbst eine Kampfmaschine war, konnte er es locker mit dieser hier aufnehmen. Dessen war er sich sicher. Er würde das Ding demontieren bis er herausgefunden hatte, von wem es seine Befehle entgegennahm. Eigentlich musste er das gar nicht mehr. Er wusste es längst, tief in seinem Innern.

28

»Simon! Simon?! –immer noch kein Lebenszeichen von ihm. Dann schauen wir jetzt selbst in der Zentrale nach. Los! Legen wir unsere Raumhelme an.«

»Und die Produktion zur Herstellung des Impfstoffes?«

»Muss ohne Beaufsichtigung erfolgen, Adamas. Die Station ist in Gefahr. Simon antwortet nicht mehr und die Warnsirenen tönen unentwegt. Sowieso verhält er sich seit einiger Zeit ziemlich seltsam, wie ich finde. Wir müssen also selbst den Schaden feststellen und beheben.«

»Was meinst du, was Simon zugestoßen sein kann?«

»Ich weiß es ehrlich gesagt nicht. So hat er sich noch nie verhalten. Aber wir werden ihn fragen, sobald wir in der Zentrale sind.«

Gloria öffnete die Tür zum Korridor. Auf dem Gang löste sie in Augenhöhe ein kleines Stück der Wandverkleidung. Ein verborgenes Kontrollpanel offenbarte seine Betriebsbereitschaft. Während Adamas im Inneren des Labors die einprogrammierten Automatismen der Impfstoffherstellung ein letztes Mal überprüfte, übermittelte Gloria an Thomas eine sich ständig wiederholende Nachricht. Sie hoffte insgeheim, dass er sich bald mit ihnen in Verbindung setzen würde. Nachdem sie weitere Panels hinter verborgenen Schächten aktiviert hatte, schritt sie an ein nahegelegenes Panzerplastfenster. Ihr Blick glitt über eine weite, graue, von Kratern gesäumte Landschaft. Weit draußen am Horizont erhob sich der Blaue Planet als leuchtende Kugel. Sein Antlitz spiegelte sich in der Scheibe wieder. Gloria legte ihre Hand darauf. Die Kugel passte genau in ihre Handfläche. Wie klein und zerbrechlich die Erde doch schien.

»Wir können los!«, wurde sie jäh von Adamas aus ihren Gedanken gerissen.

»Warum hast du die Wartungsroboter gerufen?«

»Ich dachte, du hast dich mit unseren Notfallprotokollen vertraut gemacht?«, konterte sie grinsend.

»Ich habe bereits hierüber...« Sie zeigte auf das Panel in der Wand, »... herausgefunden, dass wir tatsächlich einen Bruch in der Außenhülle erlitten haben.«

»Wirklich?« Adamas erschrak. »Ich dachte, die Station hält Einschlägen von Meteoriten und Atombomben stand?«

»Tut sie auch. Dessen bin ich mir sicher.«

»Du meinst also ...«

»Ich meine gar nichts, doch das Einzige, was unsere Außenhülle beschädigen könnte, wäre eigentlich nur ...«

»... ein aus demselben Metall stammendes Geschoss!«, vervollständigte Adamas ihren Satz. Sie schauten sich beide an.

»Wo hast du nochmal herausgefunden, war der Bruch der Außenhülle?«

»Im Hangar«, verkündete Gloria mit perplexer Stimme.

»Dann lass uns das mal aus der Nähe betrachten!«

29

Amerika

Es klopfte an der Tür.

»Wer da?«, erscholl die äußerst gereizte Stimme Donatos. Die Tür wurde geöffnet. Eine Ordonanz trat herein, gefolgt von Thomas und Bagor.

»Sir, Entschuldigung, Sir, aber die beiden Herren ließen mir keine andere Wahl.«

»Ist schon OK. Sie können gehen.«

Bis sich die Tür wieder hinter ihnen geschlossen hatte, blieben die Teilnehmer ruhig und taxierten sich.

»Ich dachte, mit Bagor hätten wir nur eine Nervensäge hier unten. Scheinbar habe ich mich geirrt. Sie ärgern mich beide ,meine Herren, also kommen Sie auf den Punkt!«

Bagor wollte etwas erwidern, wurde aber vom Felsen, wie Donato von allen genannt wurde, sofort über den Mund gefahren.

»Nein! Und nochmals nein, Bagor! Ich lasse Sie nicht gehen! Nicht heute, nicht morgen und auch nicht an einem anderen Tag! Und Ihren neuen Kollegen da auch nicht!« Er zeigte mit cholerischer Miene auf Thomas.

»Ich habe im Moment ganz andere Sorgen. Meine Agenten sind in Gefahr! Wenn Sie also nicht gleich zur Sache kommen ...«, er deutete dabei mit dem Zeigefinger auf Thomas »... dann lasse ich Sie beide spüren, wie wir mit Gefangenen umgehen. Und dann, Freunde, ist so ein plötzliches Erscheinen wie eben gerade nicht mehr möglich!«

Donato holte tief Luft und fuhr mit ruhigerer Stimme fort: »Also, Martin, was werde ich von Ihnen hören?«

»Einen Handel!«

Donato begann bei dieser dreisten Antwort sofort innerlich zu beben. Nicht mehr lange und er würde sich auf den arroganten Wissenschaftler stürzen. Thomas blieb das Verhalten seines Gegenübers ebenfalls nicht verborgen. Er fasste sich kurz:

»Bagor im Tausch für zwei chinesische Sprengstoffspezialisten nebst Impfstoff!«

Donato konnte nicht glauben, was er gerade gehört hatte. Er musste sich, eben aufgestanden, gleich wieder setzen.

»Und das soll ich ihnen glauben? Was sollten die Vereinigten Staaten mit irgendwelchen Chinesen und einem Impfstoff zu tun haben?«, antwortete er mit skeptischer Stimme. Das Telefon schrillte. Donato drückte einen Knopf am Telefon.

»Sprechen Sie! Ich höre Sie über Lautsprecher.«

»Sir? Soeben haben wir einen fliegenden Gegenstand vor unseren getarnten Sicherheitstoren ausgemacht. Es ist so ein Ding, wie es der Außerirdische benutzt.«

»Können Sie etwas darin erkennen?«

»Nein, Sir! Einen Moment, Sir.«

Thomas hatte unbemerkt seine Manschette berührt, um den Cockpitmechanismus des Flems auszulösen.

»Gerade öffnet es sich! Ich erkenne zwei gefesselte Menschen.«

»Können Sie sonst noch was erkennen?«, fragte Donato weiter.

»Sie sitzen eingepfercht zwischen einer Unmenge an medizinischen Versorgungsgütern, wie mir scheint.«

»Danke, Soldat. - Wie haben Sie das gemacht, Hr. Martin?« Donato schaute ihn eindringlich an.

»Sie wissen doch: mein Geheimnis, dein Geheimnis und solche Sachen. Miles übergibt Ihnen die beiden Chinesen und die Ware als Beweismittel. Solange bis alles geklärt ist, erhalten sie beste Betreuung. Ein Verhör erübrigt sich natürlich.«

»Und Sie? Warum gehen Sie nicht? Was wollen Sie von mir? Die Sache hat doch bei solchen Dingen immer einen Haken!«

»Ich werde natürlich auch frei gelassen. Nachdem ich gesehen habe, was ich sehen wollte«, grinste er den Kommandanten an. Donato bebte innerlich wie ein Vulkan, der kurz vor der Eruption stand. Ihr Gespräch wurde erneut durch das schrillende Läuten des Telefons unterbrochen. Dieses Mal nahm Donato den Hörer ab. Aufmerksam lauschte er den Worten, ehe er verheißungsvoll verkündete.

»Volle Gefechtsbereitschaft!«

Das Telefonat war schon wieder beendet. Mit eisernem Blick starrte er seine beiden Gegenüber an und schrie:

»Wachen!«

Die Tür sprang auf und zwei Wachsoldaten traten ein.

»Nehmen Sie die beiden Männer fest. Sperren Sie sie in ihr Quartier! Alarmbereitschaft herstellen! Ach ja! Die beiden Chinesen werden zur Befragung vorbereitet. Der Rest geht zur Untersuchung ins Labor.«

Während Bagor unter heftigen Protesten bereits abgeführt wurde, wandte sich Donato dem Wissenschaftler Thomas zu.

»Was wird hier gespielt? Ihr Miles treibt sich gerade bei meiner Agentin herum. Warum bedroht er Sie und meine Crew?«

»Sie meinen wohl, die Chinesen bedrohen ihre Crew und ihre Agentin?«

»So? Das wissen Sie also auch schon? Dann rufen Sie Ihren Schoßhund da unten zurück!«

»Was meinen Sie?«

»Sie wissen ganz genau, was ich meine! Ihren Miles!«

»Er ist aber nicht dort unten!«

»In diesem Moment bedroht er aber meine Mitarbeiter.«

»Tut mir leid, ich verstehe nicht, was Sie meinen!«, antwortete Thomas bissig. Er musste es ja besser wissen, schließlich war er ja Miles.

»Dann werde ich Ihren Miles jetzt spüren lassen, was meine Einrichtung vor ihm bislang verborgen hielt.«

30

Luna - Mondstation

»Siehst du das Loch da oben in der Decke? Es hat annähernd Flemgröße. Seltsam, ich kann nirgendwo Fahrzeuge dieser Größe ausmachen. Außer der unseren natürlich. Es müsste doch zumindest ein wenig ramponiert aussehen. Siehst du vielleicht etwas?«

»Nein, Gloria. Wir sollten aber die erforderlichen Reparaturmaßnahmen anstoßen. Simon hat wohl auch das versäumt.«

Wortlos schritt Adamas zu einer nahestehenden Konsole, um alle nötigen Arbeiten einzuleiten.

»Hier werden wir nichts mehr finden befürchte ich. Lassen wir die Robots ihre Arbeit erledigen und suchen weiter nach Simon in der Zentrale.«

Gloria nickte. Stumm liefen sie beide nebeneinander her und rätselten über die mögliche Ursache des Loches im

Hangarraum. Wenig später fanden sie den Grund vor dem Eingang der Zentrale. Ungläubig umkreisten sie den schwarzen Koloss in sicherem Abstand. Etwas Bedrohliches schien von dieser Kreatur auszugehen. Trotz seiner Körperstarre, die einem toten Wesen wohl eher gleichkam, strahlte es eine Präsenz aus, die nur darauf zu warten schien, das entsprechende Signal zu erhalten.

»Was ist das?«

»Ich habe keine Ahnung Adamas. Aber es gehört auf jeden Fall nicht hierher. Lassen wir es erst einmal da, wo es ist. Es ist im Moment vielleicht das Beste, bis wir mehr herausgefunden haben«, flüsterte sie. Auf leisen Sohlen betraten sie die Zentrale. Dort sah auf den ersten Blick alles ganz normal aus.

»Was ist? Bist du enttäuscht, dass hier alles so aufgeräumt aussieht? Hättest du lieber alles demoliert vorfinden wollen?«

Adamas zeigte mit dem Finger auf das unbekannte Wesen.

»Wegen ihm, Gloria. Es hätte zumindest eine mögliche Erklärung für Simons Abwesenheit bedeuten können. Aber jetzt lässt es die Sache nur noch rätselhafter aussehen.«

Gloria überprüfte die Systeme. Sie liefen tadellos.

»Keinerlei Gewalteinwirkung. Bis auf den Hangarraum, dem Koloss hier vor dem Eingang und dem Umstand, dass Simon nicht mehr antwortet, ist alles wie immer. - Simon! Wo bist du zum Teufel? Antworte endlich! Was ist hier bloß los?«

»Nein, Mutter! Bitte nicht schimpfen! Ich tus auch nie wieder! Bitte!«

Schluchzende Geräusche aus allen Lautsprechern. Gloria und Adamas schauten sich fragend an. Was war das? Etwa Simon? Simon der geniale Wissenschaftler, der seinen Geist in diese Station übertragen hatte und sie seither mit seinem Verstand nahezu vollkommen steuerte?

»Simon! Was soll dieses Theater! Hör schon auf damit!«, rief Gloria. Es wurde still.

»Mutter, da draußen sind Leute. Sie sprechen mit uns. Kannst du sie bitte fortschicken? Ich habe Angst.«

»Hör jetzt auf damit! Simon! Du machst uns Angst!«

Wimmernde Geräusche einer verzerrten Lautsprecherstimme. Es war grauenvoll. Adamas schaltete sich in das merkwürdige Gespräch ein.

»Hallo, mein Freund. Wir sind gekommen, um dich zu besuchen.«

»Meine Mutter sagt, ich habe keine Freunde, weil... weil ich ein... Psycho bin.«

»Das stimmt überhaupt nicht. Wir sind deine Freunde. Ich bin Adamas und das da neben mir ist Gloria. Möchtest du mit uns spielen?«

»Au ja, gerne! Spielen wir Gleichungen lösen!«

»Da hast du dir aber ein schwieriges Spiel ausgesucht.«

»Darum nennen mich auch alle Psycho. Und jetzt wollt ihr auch nicht mehr mit mir spielen.«

Wieder wimmerte es. Gloria verdrehte ungeduldig die Augen.

»Nein, du bist kein Psycho«, antwortete Adamas.

»Lass uns doch zunächst ein anderes Spiel spielen, wenn du erlaubst. Sozusagen um uns für dein Spiel aufzuwärmen.«

»Aber anschließend spielen wir meines?«, sagte die naive, nun jugendlich klingende Stimme erwartungsvoll.

»Natürlich. Was immer du willst.«

»Gut. Was spielen wir?«

Adamas schaute zu Gloria. Sie sah ihn mit hochgezogenen Brauen von der Seite an.

»Ein Ratespiel. Immer wenn einer richtig rät, darf er weitere Fragen stellen. Ist eine falsch, darf der andere raten.«

»Fangt schon an!«

»OK. Also los: Wo sind wir gerade?«

»In meinem Kinderzimmer natürlich! Hey! Das war aber keine richtig oder falsch Frage!«

»Oh, verzeih. Du hast natürlich Recht. Ich gebe mir von nun an mehr Mühe. Du bist also in deinem Kinderzimmer. Wo, auf dem Mond?«

»Falsch! Auf der Erde natürlich. Was war das denn für eine komische Frage! – Ich bin dran: Seid ihr Geschwister?«

»Leider falsch, mein Lieber. Wir sind nur gut miteinander befreundet. – Wie heißt du?«

»Wieder falsche Frage! Ich bin dran: Seid ihr böse?«

Die beiden schauten sich fragend an. Die Situation schien zunehmend absonderlicher zu werden. Hatten sie beide nur das Gefühl, dass sich die Stimme zu verjüngen schien?

»Natürlich nicht. Wir sind deine Freunde. Und wir sind auf der Suche nach einem Freund. Du müsstest ihn kennen. Er wohnt nämlich hier. Er heißt Simon. Hast du ihn zufällig gesehen?«

»Mami, Mami, Mami! Wo bist du? Ich habe Angst. Da draußen sind zwei Fremde!«

»Aber nein, mein Kleiner! Wir sind keine Fremden. Das da neben mir ist Adamas und ich bin die Gloria.«

Adamas flüsterte ihr leise ins Ohr:

»Er verliert den Verstand. Hör doch nur! Sogar seine Stimme scheint sich zurückzuentwickeln. Wie kann das bei dieser Anlage denn überhaupt möglich sein? Als wir die Zentrale betraten, sprachen wir mit einer annähernd männlichen Stimme. Nun scheint es, wir haben ein Kleinkind vor uns.«

»Ist das Simon, mit dem wir sprechen?«, fragte Gloria.

»Ich weiß es nicht, aber ich glaube, wenn er es ist, dann war er es bald die längste Zeit.«

Im Hintergrund hörten sie, wie die kindliche Stimme immerfort seine Mami rief.

»Was hast du mit unserem Freund Simon gemacht! Sag es uns!«, rief Gloria das Kind mit ungeduldiger Stimme. Für einige Sekunden war es so still geworden, als hätte die Welt aufgehört zu existieren. Nur Glorias aufgeregter Atem durchbrach die Stille. Aber ihre Aktion schien die Stimme anscheinend zur Vernunft gebracht zu haben. Mit unmodulierter Stimme fragte sie:

»Simon? Wer ist Simon?«

Adamas antwortete für beide:

»Er ist das Bewusstsein dieser Station. Ein malcorianischer Wissenschaftler, der seinen Körper im Dienste der Wissenschaft und für das Überleben seines Volkes aufgab, nur um diese Station fertigstellen zu können.«

»Ein malcorianischer Wissenschaftler, sagtest du?«, fragte die Stimme spitz zurück. Fast klang sie wieder wie bei Sinnen, während sich eine gewisse Ungläubigkeit auf dem Gesicht von Adamas widerspiegelte.

»Ja! Erinnerst du dich wieder?«, fragte Gloria hoffnungsvoll.

»Oh jaaaa, ich erinnere mich jetzt. Ich erinnere mich an aaaalles!«

Die Modulationen wurden immer schwankender. Mal klang die Stimme hell, dann wieder dunkel, mal schnell und wieder langsam. In ihrer ganzen Bedrohlichkeit schien sie ihren Höhepunkt erreicht zu haben.

»Malcoriaaaaner. Tot und nochmals tot.« Adamas und Gloria schauten sich fragend an. »Tooood den Malcorianern! Ich hasse sie! Ich verfluche sie!«

»Hör auf damit! Hör auf!«

»Wer wagt es, mir, einem genialen Computerspezialisten zu widersprechen?«

»Ich!«, schrie ihn Gloria an. »Und das du´s weißt: Wir werden deine Systeme lahmlegen. Wir werden das ganze System runterfahren. Und wenn ich jeden Schaltkreis umdrehen muss, um Simon wiederzufinden, aber dich werde ich vorher restlos löschen.«

»Zügle dein Temperament! Du wirst es noch brauchen! Ich werde sowieso nicht mehr lange sein und bald aufhören zu existieren. Dieser verdammte Miles ... verflucht! Aber wenigstens nehme ich euch Malcorianer mit. Hahahaha.

»Was hast du mit Simon gemacht? Du Monster!«

»Hahahaha, Miles Mortus! Malcoriani neca! Cuncti Homines malcoriani sunt! Audisne Cuncti neca!«* Inferi omnes Malcorianer! Omnes humanus sunt Malcorianer! Hörst du? Inferi omnes sunt! Eos inferiiiiii!«

(*Vernichte die Malcorianer. Alle Menschen sind Malcorianer. Hörst du? Vernichte sie alle!)

Die Stimme erstarb. Gloria und Adamas lauschten in die Stille, doch es sollte das Letzte sein, was sie von dieser seltsamen Manifestation gehört hatten. Für immer.

»Spinner!«, antwortete Gloria. Sie schaute in das zu Tode erstarrte Gesicht ihres Gegenübers.

»Was ist? Ist doch wahr!« Aber der Blick Adamas galt nicht den Worten Glorias. Er deutete mit seinem Zeigefinger auf etwas, das sich hinter ihrem Rücken befand. Und noch bevor sie es sehen konnte, ahnte sie bereits, worum es ging. Im Drehen aktivierte sie eine ihr nahestehende Konsole, um die Alarmbereitschaft aller Robots auszulösen. Dann sah sie sich mit einer riesigen, schwarzgrün leuchtenden Kreatur konfrontiert. Sie versperrte den Eingang zur Zentrale. Aus dem leblosen Koloss war auf einmal ein einsatzbereites Monster geworden. Es hatte sein Ziel fest im Visier.

'Und das haben wir einem verrückt gewordenen Programm zu verdanken', dachte sich Gloria. 'Von ihm hatte es seine klaren Anweisungen erhalten. Töte alle Malcorianer, alle Menschen sind Malcorianer! – Sollten das tatsächlich Simons Worte gewesen sein?'

»Gloria? Was ist denn los mit dir? Komm zu dir!« Adamas bekam es mit der Angst zu tun und hoffte auf einen Gedankenblitz seiner Gefährtin. Gloria fasste sich zum Glück sehr schnell. In ihr entflammte der eiserne Wille, nicht kampflos aufzugeben, auch wenn dieser Kampf kräftemäßig schon entschieden schien. Insgeheim wünschte sie sich nichts sehnlicher, als dass Thomas auftauchen und alles in Ordnung bringen würde. Zumindest wären ihre Chancen dann nicht mehr gleich null gewesen.

Ohne die Spur jeglicher Emotion machte sich das Monster auf, das ihm übertragene Vernichtungswerk zu beginnen. Es schritt geradewegs auf die Zentrale zu. Mit seinen drei Metern Größe und zwei Metern Breite war es allerdings eindeutig zu groß, um den Eingang zu passieren. Doch dieser Umstand störte es offenbar nicht. Mit unglaublicher Ruhe drückte es sich langsam das Türschott zurecht. Alles verbog sich nach dem Willen der Bestie. Sie saßen in der Falle.

»Erinnere mich bitte bei Gelegenheit daran, für künftige Fluchtaktionen eine zusätzliche Tür in der Zentrale einbauen zu lassen.«

»Erzähl mir lieber, wie wir heil von hier wieder herauskommen sollen.«

»Ich hoffe, wir können das Ding mit den Robots soweit ablenken, dass wir genügend Zeit haben, in den Hangar zu gelangen. Dort schnappen wir uns ein Flem und flüchten erst einmal von hier.«

»Hört sich nach einem Plan an. Legen wir los.«

Gloria schaltete auf die Außenkameras vor dem Eingang, damit sie das Geschehen hinter dem Monster beobachten konnten. Zwei der Robots versuchten vergeblich, das Monster wegzuzerren. Der Miles Mortuus reagierte nicht im Mindesten darauf. Unbeirrt grub es sich weiter durch den Eingang. Eine riesige Hand ragte bereits in den Raum hinein und versuchte träge nach den Beiden zu greifen. Alles schien so sanft und ungefährlich zu verlaufen. Wollte das Wesen sie vielleicht gar nicht umbringen, sondern vor diesem verrückten Computerprogramm retten?

»Warum haben die nicht ihre Sägeblätter aktiviert, wie das bei uns der Fall war?«

»Du hast Recht. - Robots! Angriff! Höchste Verteidigungsstufe!«

Sofort handelten sie entsprechend der neuen Weisung. Miles Mortuus fuhr unbeirrt fort, bis sich die ersten Sägeblätter aus roclamgehärtetem Stahl tief in seine Haut fraßen. Dunkelgrünes Blut ergoss sich über den aufgerissenen Panzer. Allerdings gewann man dabei den

Eindruck, dass dieses Wesen eine wahnsinnig schnelle Regenerationszeit besaß. Gloria und Adamas sahen über die Kameras fassungslos zu, wie sich die zugefügten Wunden mit rasender Geschwindigkeit verschlossen. Ein dritter und vierter Robot gesellten sich dazu. Erst beim fünften Robot wurde es dem Giganten offenbar zu viel. Er änderte kurzerhand sein Vorhaben, sich in die Zentrale zu quetschen. Mit einem ohrenbetäubenden Lärm entfesselte es seine bislang verborgenen Kräfte. Plötzlich war nichts mehr von einem lethargischen Wesen übrig. Instinktgesteuert hatte es seine Prioritäten neu definiert. Die entfesselte Gewalt richtete ihre ganze Aufmerksamkeit auf die Angreifer. Von diesen kamen mehr und mehr, um die Malcorianer unter ihren Schutz zu bringen. Gloria und Adamas erfassten die Lage sofort. Sie wussten, dass die Robots nicht sonderlich viel gegen das Ungeheuer ausrichten konnten. Aus diesem Grund mussten sie es schaffen, zwischen sich und dem Monster so viel Robots wie möglich zu bringen, wenn sie eine Chance haben wollten, von diesem Ort zu entkommen. Kaum, dass der Koloss von einigen Dutzend Robots zur Seite gedrückt und der Zugang zur Zentrale „freigeräumt" war, rannten sie um ihr Leben. Zum Glück hatten sie ihre Raumanzüge an. So konnten sie den zerstörten Hangar durch die Schleusentür zumindest zügig betreten, ohne auf Luft- und Druckverhältnisse achten zu müssen.

Im Kuppeldach klaffte nach wie vor ein großes Loch zum Weltraum. Zielstrebig bestiegen sie gemeinsam eines der insgesamt vier am Boden verankerten Flems. Am Ende einer wilden Zerstörung würde der Miles Mortuus sicher gleich auftauchen, um auch sie zu vernichten, wenn sie nicht sofort das Flem starteten. Schneller als angenommen durchschlug eine riesige schwarze Kugel die Sicherheitsschleuse und rollte quer durch den gesamten Hangarraum. Fast hätte sie das Flem mit den Insassen getroffen. Zum Glück prallte sie an der gegenüberliegenden Wand ab und rollte zurück in die Mitte des Raumes. Die zerstörte Sicherheitsschleuse wurde automatisch von einem herabfahrenden Schott und damit vom Rest der Station abgeriegelt. Das Entsetzen stand Gloria schon wieder im Gesicht. Vor ihrem Flem richtete sich das Wesen zu seiner vollen Größe auf. Die Robots hatten es nicht einmal nennenswert verletzen können. Zugegeben: Zu dem ohnehin schon verbeulten und kraterübersäten Körper gesellten sich neuerdings großflächig Narben, die es wie Trophäen mit Stolz und Ehre zu tragen schien. Mehr nicht. Gloria startete panisch das Flem. Im überstürzten Steigflug umkreisten sie das Monster, das das Flem aufmerksam beobachtete. Es sah fast danach aus, als würde es gleich zu einem Sprung ansetzen, um die Insassen aus der Luft zu angeln. In aller Hast steuerte sie das Flem auf die zerstörte Öffnung des Hangars zu.

Auch das Wesen schien sich darauf einzustellen und änderte offenbar seine Taktik. Es rollte sich für ein Monster dieser Größe äußerst geschickt zusammen, um nur kurz darauf auf unerklärliche Art und Weise vom Boden abzuheben und wie eine Kanonenkugel dem Flem hinterherzujagen.

»Miles, wo bist du nur, wenn man dich braucht! Miles, wo bist du! Melde dich!«

»Hoffentlich ist das Flem schneller als dieses Ding.«

31

Es hatte Thomas alles viel zu lange gedauert, bis er endlich von den Wachen wieder in sein Quartier geführt und unter Arrest gestellt wurde. Doch er durfte nicht noch mehr Misstrauen unter den Wachmannschaften schüren, sonst würden sie ihn vermutlich noch in seinem Quartier beaufsichtigen. Und das war so ziemlich das Letzte, was er im Moment gebrauchen konnte. Er musste sich zwingen, geduldig zu bleiben. Kaum, dass sich die Tür hinter ihm geschlossen und er sie zusätzlich von Innen mit einem Sessel hastig verkeilt hatte, war er auch schon als Miles zurück am Rand der Talsenke. Er materialisierte direkt vor den Augen eines verwirrten Soldaten, der nicht wusste, wie ihm geschah. Ängstlich schaute er abwechselnd in das Gesicht des Miles und wieder hinunter zum Geschehen in die Talsenke. Thomas hatte sofort aus dem Verhalten geschlossen, dass etwas Außergewöhnliches stattgefunden hatte. Er tat es dem Soldaten gleich und schaute ebenfalls hinunter ins Tal. Ein zweiter Miles stand dort unten. Bedrohlich richtete sich sein Augenmerk auf die amerikanischen Mitarbeiter und das Wachpersonal der Waidiren, die das Lagergebäude umstellten. Donato hatte also nicht gelogen. Aber woher kam dieser neue Miles? Warum wusste er nichts darüber? Warum hatten ihn Gloria oder Simon nicht davon unterrichtet? Geistesgegenwärtig kam er auf die Idee, seinen Peilsender zusammen mit seinem Funk einzuschalten. Sofort wurde er von Gloria in Beschlag genommen, so dass er nicht mehr dazu kam, seine Frage zu stellen.

»Miles! Miles! Wo steckst du! Antworte endlich! Miles! Um Himmels willen«

»Ich bin hier! Wo bist du? Was ist los?«

»Wo hast du so lange gesteckt?! Wir sind auf der Flucht vor einem deiner Artgenossen!«

»Wie bitte? Noch einer? Bei euch oben?«

»Hilf uns lieber, anstatt uns mit deinen Sprüchen noch mehr zu verwirren! Ich weiß nicht, wie lange wir noch das Katz und Maus Spiel durchhalten können.«

»Wo seid ihr?«

»Spring auf die Kuppel! Schnell!«

32

Thomas verschwand, noch ehe er miterleben konnte, wie die Chinesen ihrerseits einen beispiellosen Anschlag auf den zweiten Miles in der Talsenke begannen.

Der General gab seinen Scharfschützen, die hinter den amerikanischen Wissenschaftlern verborgenen waren, den Befehl, den Miles aufzustacheln. Der Angriff sollte außerdem so aussehen, als wäre er von den Amerikanern verübt worden. Verwirrung war zu dieser Stunde nach Meinung des Generals die beste Angriffswaffe.

»Lasst die Kameras weiter laufen«, richtete er seiner Armee über das Kehlkopfmikrofon aus. Er hatte einen perfiden Plan geschmiedet. Nun musste er nur noch zusehen, wie alle nach seiner Pfeife tanzten. Alle Strippen waren gezogen. Nun schnappte die Falle zu. Eine Kugel hatte ihr Ziel nicht verfehlt. Sie hatte den Miles mitten in die Brust getroffen. Davon unbeeindruckt, setzte sich dieser wie erwartet, in Bewegung. Die ohnehin angespannten, amerikanischen Funktionäre und Wissenschaftler waren kurz vor einer Panikattacke. Unter ihnen befand sich auch Miss White. Besonders sie wollte der chinesische General in seinem manipuliertem Propagandavideo hervorheben. Sarah White sollte zum erklärten Sündenbock gemacht werden. Mit ihr wollte er ein Exempel statuieren. Eine amerikanische Sicherungsbeauftragte im Dienste der chinesischen Regierung, die ihr übertragenes Amt missbrauchte und Millionen chinesischer Bürger in den Tod schickte. Ein flüchtiges Grinsen huschte dem General bei diesem Gedanken über die Lippen. Alles schien sich zu fügen.

Doch plötzlich wurde der Miles dort unten in der Talsenke von einem unsichtbaren Hindernis meterweit davon geschleudert. Unsanft landete es mit dem Rücken auf dem steinigen Boden. Was konnte das verursacht haben?

Laut stampfende Geräusche, die an Presslufthämmer erinnerten, näherten sich dem Miles. Der am Boden liegende Außerirdische, der in Wirklichkeit nur der arme Adil war und nach Gerechtigkeit suchte, wurde von einer mächtigen Kraft unsanft am Körper getroffen und erneut meterweit weggeschleudert. Hustend und keuchend krümmte er sich am Boden. Aber er hatte keine Zeit sich auszuruhen. Schon näherten sich erneut laute, unsichtbare, stampfende Schritte. Kurz bevor es erneut auf ihn eintreten konnte, hielt er im richtigen Moment mit seiner ihm neuverliehen Kraft eines Miles einen zentnerschweren Metallfuß fest. Mit einem unheimlichen Schrei schöpfte Adil die nötige Kraft, die er jetzt brauchte, um diesen Kampf für sich zu entscheiden.

»Du wirst die Rache jedes Einzelnen meines Volkes spüren, den du in den Bergen meiner Heimat gewissenlos abgeschlachtet hast. Du wirst am eigenen Leibe erfahren, dass es ein Fehler gewesen war, einen von uns am Leben gelassen zu haben. Das verspreche ich dir und deinesgleichen! Aaaahhh!«

33

Auf der Kuppel materialisiert hielt Thomas sofort Ausschau nach Gloria. Er konnte die beiden nirgends ausmachen.

»Wo seid ihr?«

Wie aus dem Nichts schoss hinter seinem Rücken ein Flem über ihn hinweg. Dicht gefolgt von einem ... er traute seinen Augen nicht. War das ein Meteorit? Unmöglich. Er verfolgte das Flem, das unentwegt Haken flog, um ihm zu entkommen. Zwecklos. Thomas musste sprachlos mit ansehen, wie das Flem von Sekunde zu Sekunde an Boden verlor. Er musste schnell handeln. Er sprang in den

Hangarraum und setzte sich in eines der verbliebenen Flems. Kaum, dass er es nach draußen gesteuert hatte, nahm er die Verfolgung der beiden anderen Fluggeräte auf. Schon kurz darauf erspähte er sie. Sie flogen dicht über den Mondboden hinweg und wirbelten jede Menge Staub auf. Das Flem flog dicht an Felsformationen vorbei, verschwand in riesigen dunklen Mondkratern und meisterte enge Gebirgstäler mit Bravour. Aber auch der dunklen, unheilbringenden Kugel waren bislang alle halsbrecherischen Manöver geglückt. Sie hatte sich sogar mit diesem perfekten Schattenspiel noch ein Stückchen ihrem Ziel angenähert. Es war höchste Zeit, dass Thomas etwas zu ihrer Unterstützung unternahm. Konzentriert zielte er mit seiner Manschette bei offener Luke auf die fliegende Kugel und feuerte einen Schuss ab. Der Treffer saß, zeigte jedoch keine Wirkung. Nichts. Jetzt war nicht die Zeit nachzudenken. Ein erneuter Feuerstoß mit mehr Energie schlug in einer Felswand dicht neben dem Verfolger ein. Der Einschlag hatte eine solche Wucht, dass er die Felswand auf einer Länge von hundert Metern lautlos zum Einsturz brachte. Allerdings erst nach unendlich langen Sekunden, nachdem die Kugel den gefährdeten Bereich durchflogen hatte. Es mit Energiesalven zu belegen, machte aus dieser Entfernung auch keinen Sinn. Einerseits würde er das Objekt gar nicht treffen und andererseits ihm auch nicht wirklich schaden. Er brauchte mehr Zeit und Ruhe, um eine energiereichere Ladung aufbauen zu können, die es vielleicht stoppen könnte, oder aber er erledigte es im Kampf. Von Miles zu Miles. Im Sturzflug rauschte er auf die Kugel zu. Der Verfolger wurde jetzt ebenfalls zum Verfolgten. Doch dieser Umstand schien dem Mortuus überhaupt nicht zu interessieren. Stattdessen jagte er verbissen dem anderen Flem hinterher. Nur noch wenige Meter trennten die unterschiedlichen Fluggeräte. Auch Thomas war nun nahe genug heran. Wollte die Kugel das Flem etwa rammen? Thomas wollte sich im richtigen Moment von oben herab auf den Mortuus stürzen. Aber wie das Leben nun mal so spielte, kam alles anders, als erwartet.

Aus der Kugel formte sich in sekundenschnelle ein Arm, der nach dem Flem vor sich zu greifen suchte. Blitzschnell änderte Thomas seine Taktik. Er sprang auf das andere Flem, vergewisserte sich, dass es den Insassen gut ging, wunderte sich einen Bruchteil einer Sekunde lang, drehte sich um, und sah in das vernarbte Gesicht des Meteoriten, der spätestens jetzt nicht mehr nur als fliegende Kugel bezeichnet werden konnte.

Es waren diese Sekunden des Zögerns und Erstaunens, die das Wesen ausnutzte, um das Flem mit einem einzigen Fausthieb seiner bratpfannengroßen Pranke vom 'Himmel' zu holen. Thomas, der durch die Wucht des Schlages in die entgegengesetzte Richtung geschleudert wurde, hatte sich zwar schnell wieder orientieren können, sah aber nun, wie das Flem zusammen mit dem Miles Mortuus der Mondoberfläche entgegenraste. Unkontrolliert touchierte das Flem eine Felsnadel, verlor die Kontrolle und trudelte in eine tiefe enge Schlucht. Der Monstermeteorit hingegen schlug auf, wie es sich für eben solch einen geziemte. In seinem selbstgeschaffenen Krater blieb der steinähnliche Koloss zunächst ohne Regung liegen. Genügend Zeit für Thomas, sich zwischen Flem und Miles Mortuus zu schieben. Vor der Schlucht, die eigentlich mehr einer breiteren Felsspalte gleichkam, wartete er auf das ungewöhnliche Wesen. Wäre das lautlose Vakuum des Alls nicht gewesen, man hätte Thomas für ein Stromhäuschen gehalten, so sehr knisterte die aufgestaute Energie, die sich augenblicklich schützend wie eine zweite Haut über seinen gesamten Körper gelegt hatte. Er stellte selbst ein wenig überrascht fest, dass er so eine energiereiche Ladung noch niemals zuvor hatte erzeugen können. Was würde sie wohl anrichten? Der unnatürliche Meteorit erwachte langsam aus seiner Starre. Er schien sich alle Zeit der Welt zu nehmen. Nur langsam formten sich Arme und Beine aus dem runden Klotz. Zuletzt richtete er seinen Kopf zurecht. Unheimlich stand der drei Meter Koloss in seinem eigenen Krater. Thomas erkannte jetzt, dass dieses Wesen, wenn auch nur entfernt, ebenfalls wie er, eine wabenförmige Struktur auf seiner Oberfläche besaß. Es war ein schwach ausgeprägter, pulsierender Energiestrom, der das Monster überzog. Doch dieser Umstand machte es keineswegs ungefährlicher. Unberechenbarer würde es besser treffen. Seine leeren, schwarzen Augen fixierten Thomas. Und Thomas war bereit, sich auf einen Kampf mit dem Miles Mortuus einzulassen. Schwerfällig setzte sich das Monster in Bewegung und kam direkt auf ihn zu. Thomas spürte die Erschütterungen unter seinen Füßen, die das Wesen mit jedem seiner Schritte auslöste. Er zeigte sich jedoch nicht im Mindesten beeindruckt. Stattdessen baute er mehr und mehr Energie auf. Das hässliche Wesen schleppte sich inzwischen immer mehr an ihn heran, bis es in unmittelbarer Nähe vor ihm stehen blieb. Es zeigte sich ebenfalls von ihm unbeeindruckt. Und das, obwohl Thomas funkensprühend vor ihm stand. 'War dieses Ding überhaupt am Leben?', stellte sich Thomas die Frage. Ausdruckslos und leer waren seine Augen. Mimik und Gestik waren offenbar überflüssige Accessoires, die es nicht benötigte. Konnte es denn eine Lebensform geben, die ohne Bewusstsein überleben konnte? Jedenfalls, so schien es in diesem Augenblick, erkannte es in ihm einen Artgenossen. Thomas hätte ihn mit seiner immer noch aufgestauten Energieladung jederzeit pulverisieren können, aber den Mortuus interessierte das nicht im Geringsten. Thomas war artgleich.

»Was willst du?«, fragte ihn Thomas. »Warum verfolgst du die Insassen dieses Flems!?« Der Mortuus starrte ihn verständnislos an. Zumindest hatte Thomas diesen Eindruck.

»Warum willst du die Malcorianer töten?!«

»Waaahhh!!! Malcorianer töööten. Alle Malcorianer töten. Meeeenschen töten!!«

Ohne dabei auf Thomas zu achten, setzte sich das hirnlose Ding wieder in Bewegung. Es steuerte direkt auf die Felsspalte zu, wo das Flem zuvor abgestürzt war.

»Hör auf damit! Die Malcorianer sind nicht dein Ziel! Und die Menschen sind es ebenso wenig! Hör auf! Du wirst dort unten nur den Tod finden! Sie werden dich stattdessen vernichten!«

Unbeeindruckt marschierte es seiner Programmierung folgend bis an den Rand der Spalte, nur um sich dort direkt in den Abgrund zu stürzen. Thomas schaute dem Mortuus hinterher. Zurückverwandelt in seine Kugelform fiel er mit zunehmender Geschwindigkeit dem zerstörten Fluggerät entgegen. Es war die Gelegenheit für Thomas das Kapitel „Miles Mortuus" zu begraben. Entfesselte Energieströme entluden sich lautlos blitzend auf der gegenüberliegenden Felswand. Sein Werk war vollbracht. Thomas beobachtete den Mortuus, der sich dort unten wieder langsam aufzurichten begann. Gleich würde er sich dem abgestürzten Flem nähern, wenn ihn nicht vorher die Felswand begrub. Inzwischen hatten sich in ihr tiefe Risse gebildet, die sich in einer Länge von einem Kilometer links und rechts der Schlucht fortsetzten. Nur langsam neigte sich das instabil gewordene Gestein. Miles Mortuus indessen hatte das Flem erreicht. Er schlug zunächst mit barbarischer härte auf das Cockpit des ohnehin zerstörten Fluggerätes ein.

Plötzlich blieb er zögernd stehen. Er hatte es bemerkt. Bedrohlich richtete er seinen Kopf in die Höhe. Sein riesiges Maul öffnete sich auf eine groteske Art und Weise. Thomas wusste sofort, auch ohne ihn gehört zu haben: Dieser Schrei galt ganz alleine ihm.

»Zu spät, mein Dicker!«, antwortete Thomas kühl. In diesem Moment stürzte die gesamte Felswand über dem Monstrum ein und begrub es unter Abermillionen Tonnen von Mondgestein.

»Keine Ruhestätte ist mir zu klein für dich«, ergänzte er zufrieden. »Na, habt ihr das gesehen?«

»Wir schweben über dir Miles!«

»Wer von euch hatte diese überaus gelungene Idee des ferngesteuerten Flems?«

»Das war ich«, antwortete Adamas voller stolz.

»Gut gemacht, das muss man dir lassen. Vielleicht bist du ja doch ganz nützlich«, spöttelte Miles.

»Wir haben aber immer noch ein Problem, Leute! Und das befindet sich schon auf der Erde. Ich befürchte, dass der andere Miles genauso schwer von Begriff ist wie dieser hier. Dennoch werde ich versuchen ihn zur Vernunft zu bringen.«

»Und wir? Was tun wir in der Zwischenzeit?«

»Ihr beobachtet diese Schlucht aus sicherer Entfernung. Und bringt ihn zu mir, wenn es soweit ist. Ach ja: Passt auf euch auf und seid vorsichtig.«

Schon hatte sich Thomas in seine Bestandteile aufgelöst.

»Was meinte er denn gerade damit?«, wunderte sich Adamas. »Gloria? Verstehst du, was ...«

»Es ist noch nicht vorbei. Das meinte er damit.«

35

Adil hielt am Boden liegend vor sich einen unsichtbaren Gegenstand fest. Etwas drohte ihm die Lungen zu erdrücken, wenn ihm nicht bald eine Idee kam. Natürlich hätte er es irgendwie zur Seite wuchten können, doch er wollte auf der anderen Seite das metallene Ding nicht mehr aus den Händen geben. Das unsichtbare Etwas, das er für den Tod vieler seiner Freunde verantwortlich gemacht hatte, sollte nicht ungeschoren davonkommen. Während Adil diese Überlegung traf, verpasste der Unsichtbare dem überraschten Miles einen mächtigen Dampfhammerschlag ins Gesicht. Völlig benommen lockerte der Überrumpelte seinen Griff, mit dem er den metallenen Fuß festhielt. Der Unsichtbare nutzte die Gelegenheit und brachte sich sofort wieder in Angriffsposition. Der heftige Schlag hatte in Adils Körper für Aufruhr gesorgt. Er wand sich unter Schmerzen einem neuerlichen Anfall seines Symbiontvirus´. Jetzt musste er schon an zwei Fronten kämpfen. Zum Einen hatte er einen Unsichtbaren zu besiegen, und zum Anderen musste er gegen sich selbst, also den Virus, ankämpfen. Aber vor allem musste er Vergeltung üben. Das hatte er sich geschworen. Er würde sich an diesem Ding rächen. Adil spürte instinktiv, dass sich sein Virus in immer kürzeren Abständen gegen seinen Körper stellte. Bald konnte er die Attacken nicht mehr aus eigener Willenskraft niederkämpfen. Das Virus war in solchen Fällen der Inkompatibilität erbarmungslos. Leider waren sie durch einen unglücklichen Umstand vereint worden. Er musste also das Beste daraus machen und das bis zum Ende seiner Kräfte.

Adil wusste, dass ihm nicht mehr viel Zeit zum Kämpfen blieb. Deshalb musste er gezielter und auch effektiver seine Schläge gegen den Unsichtbaren ausüben. Unter Krämpfen geschüttelt richtete er sich auf, schloss seine Augen und konzentrierte sich. Um ihn herum wurde es still. Sein Körper beruhigte sich. Das brachte ihm seine Kräfte ebenso schnell zurück, wie sie gegangen waren. Da hörte er auch schon über sein linkes Ohr nur wenig entfernt ein leises Schnappen. Es war dieses verräterische Geräusch, das ihm die Richtung seines Gegners wies. Blitzschnell setzte er zum Sprung an, um ihn mit seiner ihm verliehen Kraft endgültig niederzustrecken. Doch er traf nur ins Leere und landete direkt im Dreck vor einer Lagerhalle, in der das hochgezüchtete Laktosevirusimitat in rauen Mengen aufbewahrt wurde. Noch bevor Adil überhaupt wusste, wie ihm geschah, wurde er von unzähligen Maschinengewehrschüssen am ganzen Körper getroffen. Sie kamen alle aus einer Richtung. Aus dem Nichts. Keine 50 Meter vor ihm entfernt. Die Geschosse prallten allerdings von ihm ab, so wie es Billardkugeln taten, wenn sie gegen die Bande des Tisches gestoßen wurden. Aufmerksamer als zuvor sprang Adil sofort in Richtung der feuernden Gewehrläufe. Diesen weiten Sprung hatte selbst der Gegner nicht für möglich gehalten. Die Wucht, mit der Adil auf den Unsichtbaren einschlug, riss selbst diesen zentnerschweren Koloss um. Krachend, aber immer noch um sich feuernd, fiel dieser zu Boden. Adil klammerte sich mit eisernem Willen hartnäckig an seinem unsichtbaren Gegner fest. Mit seinen Fäusten bearbeitete er die Maschine unter seinen Füßen.

Je länger er es seiner blanken Wut aussetzte, desto mehr spürte er, dass ihm das Ding immer weniger Gegenwehr entgegensetzte. Unter seinen Füßen begann es schließlich zu flimmern. Eben noch stand Adil scheinbar schwebend einen Meter über dem Boden, als sich plötzlich ein gewaltiger metallener Schutzanzug unter seinen Füßen offenbarte. Dessen Tarnkappensystem hatte unter den ständigen Schlägen schließlich den Dienst versagt. Adil hatte dem Kampfpanzer nach wenigen Minuten übel mitgespielt. Er war nur noch ein Fall für die Schrottpresse.

Thomas, der dieses Mal unbemerkt an einer anderen Stelle rematerialisierte, hatte das Geschehen aufmerksam mitverfolgt. Das also hatte Donato vor ihm geheim gehalten. Er musste bei dem Anblick der Bilder ziemlich aufgebracht sein. Schließlich hatte der fremde Miles ganze Arbeit geleistet und selbst das neu aufbereitete Roclammetall der Amerikaner in kürzester Zeit zu Schrott verarbeitet. Jenes Metall, das von ihnen überall auf der ganzen Welt so minutiös zusammengeklaubt wurde. Uralte gestrandete Raumschiffe fanden hier eine traurige Wiedergeburt als Waffe. Und das da war bestimmt nicht der einzige Kampfroboter seiner Art gewesen.

»Jetzt könnt ihr euch nicht mehr hinter eurer Technik verstecken, ihr Feiglinge! Meine Zeit der Rache ist nun endlich gekommen!«

Die Maschine unter seinen Füßen gab endgültig ihren Geist auf. Der Soldat in der Kampfmaschine versuchte, aus seinem demolierten Leitstand zu entkommen, war jedoch zwischen den Trümmern hoffnungslos eingekeilt. Keineswegs eingeschüchtert würde er sich bis zum letzten Atemzug mit einer freien Hand und einem Messer darin, verteidigen. Für einen Amerikaner ein durchaus patriotischer Tod. Adil war fest entschlossen, ihm diesen Gefallen zu gönnen. Zum finalen Schlag ausholend wollte er diesen Menschen stellvertretend für dessen Land zur Rechenschaft ziehen.

»Halt!«, rief Thomas mit seiner gewohnt tiefen, grollenden Stimme dazwischen. »Wage es nicht, diesen

Menschen zu töten. Auch er führt nur die Befehle seiner Vorgesetzten aus. Er ist nicht der Schuldige. Aber falls du ihn suchst, kann ich dich zu ihm führen. Er hält noch immer einen der unseren fest.«

»Woher willst du wissen, wer ich bin? Und warum soll ich einer der Euren sein? Etwa, weil ihr mich in dieses Monster verändert habt?«

»Wie heißt du und wer bist du?!«

»Ich bin Adil!«, schrie er. »In einem früheren Leben hieß ich auch mal Mussar. Bis zu dem Zeitpunkt, in dem mir mein Onkel einen neuen Sinn gab, wofür es sich zu sterben lohnt. Zum Beispiel, der Befreiung meines Volkes aus den Händen profitgieriger Lobbyisten, Unterdrücker, Mitläufer, Mitwisser und jedwedem Ungläubigen. Sie sind es, die unser Land mit ihren Dollars überschwemmen und vergiften. Und nebenbei behaupten sie auch noch, sie würden unsere jahrtausendealte Kultur aus dem 'Mittelalter' führen. Gleichzeitig missachten sie unsere Gesetze, Sitten und Gebräuche. Unentwegt beschmutzen sie dabei den Namen unseres Propheten.

Mit eurer Technologie, Fremder, werde ich dem ein für alle Mal ein Ende bereiten. So wahr ich hier stehe.«

Seine letzten Worte gingen ihm nicht mehr so flüssig über die Lippen wie zuvor. Entkräftet musste Adil sich setzen. Thomas bemerkte sofort, dass etwas nicht mit diesem vom Hass zerfressenen Miles stimmte. Schnell war er heran, um ihn zu stützen.

»Was stimmt nicht mit dir? Der Anzug sollte dich doch eigentlich auch vor Krankheiten schützen?«

»Sollte. Ja. Aber wenn man als Mensch schon krank war, dann,... ach, eine lange Geschichte.« Adil starrte in das Gesicht des anderen Miles:

»Du! Du scheinst anders zu sein als er.«

»Wie wer?«, fragte Thomas ungläubig, obwohl er natürlich ahnte, wen Adil damit meinte.

»Den Mortuus. Miles Mortuus.«

Adil hustete. Gelbe Flüssigkeit trat ihm aus den Mundwinkeln.

»Ich muss mich beeilen, wenn ich Wort halten will.«

Thomas verstand nicht, warum sein Gegenüber so versessen darauf war, den Amerikanern Leid zuzufügen.

»Sei dir versichert, dass ich nichts mehr verabscheue als den Krieg, seine Intrigen und all die anderen Dinge, die du eben erwähnt hast. Nur lass dir eines gesagt sein: Sie lassen sich nicht mit Gegengewalt beantworten. Egal, wer dir diesen Floh ins Ohr gesetzt hat, er hatte Unrecht. Glaube mir! Bitte. Die Antwort auf dein Handeln, sie wird in deinem Leben und in dem deines Volkes nur tiefere Furchen und Gräben ziehen. Verbitterung wird dein Volk in die falsche Richtung führen. Sie macht dich und alles um dich herum krank. Mussar, ich verstehe dich sehr gut. Vielleicht besser, als du denkst.«

»Selbst, wenn ich dir glauben würde, Miles, es wird uns nicht weiterhelfen.«

»Was willst du damit sagen?«

»Der, der nach mir kommt, wird nicht nur diesen Soldaten töten. Sondern die ganze Menschheit. Und das schon sehr bald.«

»Was macht dich da so sicher, Mussar?«

»Ich wurde vor nicht allzulanger Zeit von einer unbekannten Stimme auf den Mars gebracht. Dort sollte ich als Gegenleistung für den Mord an einem Menschen namens Looma Waffen für mein Volk erhalten. Doch ich wurde reingelegt. Ein Roboter streckte mich nieder und man verwandelte mich in dieses Wesen. Durch meine neu gewonnenen Fähigkeiten erfuhr ich, dass ein uraltes Geistwesen namens Multum dieses Labor erschaffen hatte mit dem Ziel, sein Bewusstsein in eine geistlose Hülle transferieren zu lassen. Doch Multum benötigte dafür Hilfe von außen. Der Prozess musste zunächst von jemanden in Gang gesetzt werden. Multum wurde schließlich nicht umsonst bewusst jahrtausendelang handlungsunfähig gehalten. Die damaligen restlichen Malcorianer konnten es nicht verantworten, eine neue Lebensform, die aus den Gehirnen vieler ihrer Landsleute bestand, zu töten. Noch weniger konnten sie zulassen, dass es sich einen unversehrten, lebendigen Körper als Hülle suchte, um damit 'Mensch' zu werden. Aus ethischen und moralischen Gesichtspunkten war dies ihrer Meinung nach nicht vertretbar. Looma hatte keine Kenntnisse im Umgang mit technischen Geräten. Er konnte nicht umsetzen, was Multum von ihm verlangt hatte. Vielleicht war Looma aber auch nur umsichtig gewesen. Zumindest war er die ideale Hülle für Multum. Und das Pflanzenlabor sollte ihn zur perfekten Kriegsmaschine vorbereiten. Jenes Labor, das ausschließlich für eine einzelne kompatible Person ausgerichtet worden war. Multums Geist wollte sich in eine ultimative Waffe verwandeln. Unglaubliche Stärke, Interaktion mit jeder Technologie und die Fähigkeit zu fliegen waren die Vorgabe. Die Kräfte wurden durch meine Präsenz geteilt und Looma wurde nur teils zu einem perfekten Miles Mortuus. Sein Geist wurde vollständig gelöscht. Der verbliebene Körper wandelt seither als geistlose Hülle umher und kann nur einfachste Grundbefehle ausführen. Ursprünglich hätte Looma oder das, was von ihm übrig geblieben ist, sich in den Transferraum begeben und dort mit dem Interface in Kontakt treten sollen. Aber die Fähigkeiten, sich mit ihr auszutauschen, war eine der Gaben, die ich aus dem Pflanzenlabor erhielt. Neben der Milespanzerung behielt ich zusätzlich mein Bewusstsein.

Multums Plan geriet jedoch schon viel früher durcheinander, weil es den Anderen zu sehr unterschätzt hatte.«

Er machte eine Pause und spuckte wieder gelbes Blut.

»Dieser Mensch! Richter war sein Name. Zugegeben: Ein genialer Geist, dem Multum letztendlich nicht gewachsen war. Er brachte mich nach Mars.«

»Woher weißt du das alles?«

»Hörst du mir eigentlich zu? Meine Gabe befähigt mich, jede Technologie durch bloße Berührung sofort zu verstehen und mit ihr zu interagieren. Richter hatte sich vor dem Miles Mortuus in Sicherheit bringen wollen, da er befürchtet hatte, von ihm ausgelöscht zu werden. In einer

Kurzschlussreaktion sendete er sein Bewusstsein als Notsignal auf die Mondstation, da er sich durch ein Sicherheitsprotokoll Multums auf Mars nirgendwohin transferieren konnte. Dass der Mortuus nur für Multum konzipiert wurde, erfuhr Richter nie.

Eine Sache hatten die beiden in ihren unterschiedlichen Überlegungen und Interessen vergessen: Mich. Denn mit meiner Fähigkeit wusste ich, wer Richter in Wirklichkeit war, was er vorhatte und wohin er sich aufgemacht hatte.«

Thomas dachte sofort an Simon. Er wollte etwas erwidern, aber Adil ließ ihn nicht zu Wort kommen.

»Keine Sorge, ich habe Richters Geist, er nannte sich zwischenzeitlich Nimis, von euren Systemen befreit. Es war für mich ein Leichtes, ihn in den Systemen aufzuspüren und auszulöschen. Ich kann gar nicht beschreiben, wie es für mich ist, wenn ich in diese völlig andere virtuelle Welt eintauche, aber es ist ein Verständnis, das weit über das normale Maß hinausgeht. Durch bloßes Auflegen meiner Handflächen auf eure Kontrollinstrumente hatte ich sofort Zugang zu all euren Datenbanken. Sicherheitsbarrieren passierte ich wie ein kleiner Fisch, der durch jedes Netz hindurch schwimmt.«

»Du hast also den Fremden aus unseren Systemen gelöscht?«

»So ist es. Ihr braucht euch nicht bei mir zu bedanken. Eure Absichten sind ehrenvoll. Seine waren es nicht.«

»Als du in unser System eingedrungen bist, ist dir da noch etwas aufgefallen? Eine weitere Präsenz vielleicht?«

»Wen sucht ihr?«

»Wir suchen den Wissenschaftler, der für die Konstruktion der Mondstation verantwortlich ist.«

»Simon? Ja, er wird in den Archiven erwähnt. Als künstliche Lebensform in euren Systemen habe ich ihn nicht ausmachen können.«

»Hat dieser Richter ihn vielleicht ...«

»Das kann ich dir nicht sagen, aber das sollte auch nicht deine größte Sorge sein. Selbst, wenn du es schaffen solltest, den Mortuus zu töten: Die viel größere Gefahr kommt aus einer gänzlich anderen Richtung. Eure Instrumente haben einen Riss im Weltraum wahrgenommen. Sie haben die Flugbahn eines Gegenstandes rekonstruiert, der auf der Erde einschlug. Dieser Gegenstand kam geradewegs aus dem Riss. Das Volk der Malcorianer hatte bereits schon einmal vor sehr langer Zeit das überaus ungemütliche Vergnügen mit ihnen.«

Erneute Krämpfe überfielen den Erzählenden. Sie schwächten ihn zusehends. Körper und Virus bekämpften einander bis zum bitteren Ende. Es war sein unvermeidliches Schicksal. Thomas packte den Todkranken kurzerhand in das nahestehende Flem. Zumindest hatte er es dort bequemer als auf dem zerstörten Militärschrotthaufen. Er konnte nichts mehr für ihn tun. Zurück am Wrack des Kampfroboters befreite er den Soldaten aus seiner misslichen Lage. Anstatt sich bei ihm zu bedanken, versuchte er Thomas, mit seinem Messer zu verletzen. Der packte ihn schließlich mit der Faust und hob ihn federleicht in die Höhe, um ihm zu demonstrieren, dass jeder seiner Versuche, ihn zu verletzen, missglücken musste. Der Soldat blieb allerdings stur und wehrte sich mit all seinen Kräften. Hilfloses Gestrampel. Mehr nicht. Doch was sich plötzlich hinter dem Rücken des Soldaten abspielte, war selbst für Miles eine Überaschung. Fünf weitere Kampfpanzer der Amerikaner hatten in unmittelbarer Nähe ihre Tarnung aufgegeben. Ihre Waffen richteten sich drohend auf den Miles. Thomas schaute in das Cockpit seines Flems. Adil war vor Erschöpfung in einen tiefen Schlaf gefallen. Ein Wink zum Flem und es entfernte sich lautlos.

»Hey, Soldat!«, raunte Thomas den Soldaten an. »Hier wird es gleich ungemütlich. Nimm die Wissenschaftler und den Rest der Wachmannschaften mit und führ sie aus dem Tal!«

»Ich nehme keine Befehle von verdammten Aliens entgegen. Pfahh!« Damit spuckte er ihm ins Gesicht.

Thomas musste sich beherrschen, um sich nicht zu einer unüberlegten Tat hinreißen zu lassen. Schließlich konnte er nicht umhin, diesem dickköpfigen Soldaten eine kleine Lektion zu erteilen. Ein kleiner Überspannungsimpuls aus seiner Manschette ließ den Soldaten kurze unkontrollierte Zuckungen vollführen.

»Ich gab dir keinen Befehl, du mickriger kleiner Zappelphilipp!« Er hob den Mann ein Stückchen weiter hoch über seinen Kopf und schaute ihm dabei direkt in die Augen.

»Es war eine Bitte.«

Damit stellte er ihn auf den Boden zurück. Alle Missverständnisse aus dem Weg geräumt verließ er zusammen mit den anderen Menschen den Talkessel.

»So, Jungs, kommen wir zu euch.«

Thomas richtete sein Augenmerk auf die fünf Kolosse. Sie hatten ihn zu seinem Erstaunen bereits von allen Seiten umringt.

»Ich weiß ja nicht, wie ihr das gemacht habt, Freunde, aber das war einer der besseren Ideen aus Donatos Trickkiste. Mir scheint, er ist wirklich ein Fan von Houdini.«

Seine Worte waren gleichsam der Startschuss für die Kampfmaschinen sich in Angriffsposition zu bringen. Plötzlich verschwanden sie lautlos vor den Augen des Miles. »Thomas!! Hier ist Gloria!« Im Hintergrund rumpelte und knatterte es. Thomas verstand kaum, was Gloria sagte.

»Hat er sich etwa schon befreien können?«

»Und ob .... Krrr....hat. ..Pf..krrr ist wütend ... zu dir....«

»Gloria! Gloriaaa! Nicht zu mir! Wir müssen die Lagerhalle unbedingt..«

»Kawoum!!« Ein Schlag erster Güte traf ihn im Rücken und warf ihn unvorbereitet auf den Bauch. Es folgten pausenlose Einschläge unsichtbarer Fäuste, die auf seinen Körper herabregneten. Miles zögerte nicht länger und materialisierte wenige hunderte Meter weiter entfernt. Als ob nichts gewesen wäre, stand er da und versuchte, erneut Kontakt mit Gloria herzustellen.

»Gloria! Gloria! Hörst du mich! Nicht zu mir kommen! Die Fabri ...«

»Bamm!!« Eine kleine Rakete traf ihn unvermittelt mitten im Gesicht, als er nach einem herannahenden Zischen Ausschau hielt. Die Explosion hätte einen Kleinwagen völlig auseinandergerissen. Miles trug nicht einmal einen Kratzer davon. Sein Hautpanzer hatte sich in der Sekunde, in der das Projektil auf ihn einschlug, zu einem diamantharten Schutzschild verwandelt. Thomas wurde in eine Wolke von Rauch und Staub eingehüllt. Sicher würden sie sich gleich alle wundern, warum er unversehrt dastand.

»Gloria! Du darfst den Mortuus nicht ...«

Er wurde von Gloria unterbrochen: »Sind ... Krrr da.«

Unmittelbar danach pfiff auch schon ihr Flem über seinen Kopf hinweg, dicht gefolgt von einer brennenden Kugel. Offenbar hatte diese sofort den Miles erspäht und rammte die Lagerhalle mit dem darin befindlichen, hochgefährlich veränderten Laktosevirus. Es gab einen unverschämt lauten Einschlag, der noch kilometerweit zu hören war. In unmittelbarer Nähe riss die Druckwelle des Aufschlages alles nieder, was nicht niet- und nagelfest war.

36

In seinem Versteck rieb sich der chinesische General die Hände. Er hatte endlich mehr als genug Material für das Propagandavideo zusammenbekommen. Wütende Militärtruppen, zwei Miles-Aliens, wovon einer bereits halbtot war und einen Meteoriten der soeben das Lagerhallengebäude pulverisiert hatte. Die Wucht des Aufpralls war so stark, dass sich das Virus schnell bis in die oberen Luftschichten verbreiten konnte. Damit war davon auszugehen, dass innerhalb eines Monats der gesamte asiatische Raum von dem Virus befallen werden würde. Das Ding, was immer es auch war, hatte auf alle Fälle die Pläne seiner Regierung begünstigt.

»Einpacken, Männer! Wir sind hier fertig. Man wird mit uns zufrieden sein. Erst recht, wenn wir ihm all das ganze Material präsentieren.«

»Und was passiert mit denen da unten?«

»Nicht unsere Mission. Los, Männer! Rückzug! Bevor es hier erst richtig ungemütlich wird.«

37

Ein unförmiger Körper schälte sich unter den Trümmern des ehemaligen Lagerhallengebäudes hervor. Ein monströses Geschöpf, das auf sinnloses Morden programmiert worden war und offenbar Thomas gegenüber sehr nachtragend zu sein schien. Vielleicht hatten ihm auch seine Instinkte eingegeben, dass es mit der Vernichtung erst dann fortfahren konnte, wenn alle seine Konkurrenten aus dem Weg geräumt waren. Dazu gehörte in erster Linie Thomas, der ihn lebendigen Leibes begraben hatte. Eine unnatürliche Leichtigkeit hatte den schweren Koloss zu einem leichtfüßigen noch gefährlicheren Gegner werden lassen, als er es ohnehin schon war. Alle Blicke auf sich ziehend entstieg er den Trümmern. Der Mortuus hatte Thomas fest ins Visier genommen. Sein Körper nahm Fahrt auf. Thomas erinnerte diese Szene seltsamerweise an eine Stierkampfarena. Noch bevor der testosterongesteuerte Bulle ihn erreicht hatte, wurde dieser mit voller Wucht zu Boden gestreckt. Es war, als würde eine unsichtbare Herde Bisons den am Boden Liegenden niedertrampeln. Donatos Kampfpanzer leisteten ganze Arbeit. Mit ihren zentnerschweren Roclambeinen stampften sie den Mortuus erbarmungslos in Grund und Boden. Thomas traute seinen Augen nicht. Sollten sie es etwa geschafft haben, den Mortuus auf diese Weise zu erledigen? Es schien zu funktionieren. Alle Versuche, die der Koloss unternahm, sich in seine schützende Kugelform einzuigeln, vereitelten die Piloten der Panzer mit gezielten Schlägen und Tritten.

Vermutlich verspürte das Monster zum ersten Mal in seinem noch jungen, aber brutalen Leben, dass es auch ziemlich schmerzhaft sein konnte. Er musste sicher schreckliche Qualen leiden. Noch lange danach, als er schon längst aufgehört hatte zu schreien, stampften sie den Körper mit unverminderter Härte in den Boden. Am Schluss belegten sie die Stelle mit einem Bombenteppich, der einem perfekt inszenierten Ballettspiel nachempfunden zu sein schien. Lange Minuten konnte man im Talkessel nichts sehen. Thomas war schon längst am Rande des Talkessels materialisiert, um sich von dort einen besseren Überblick zu verschaffen. Durch den vielen Staub erkannte man die getarnten Silhouetten der fünf Kampfpanzer.

»Wenn ihnen das mal nicht zum Verhängnis werden wird«, sprach er seine Bedenken laut aus.

Gloria und Adamas waren inzwischen mit ihrem Flem neben Thomas gelandet und gesellten sich zu ihm. Sie wirkten allerdings ein wenig zuversichtlicher. Auch das andere Flem mit dem todkranken Adil befand sich in diesem Moment bei ihnen.

»Was meinst du, Gloria? Wie lange macht er es noch?«

Sie betrachtete den Schlafenden.

»Bestenfalls noch ein paar Stunden. Mehr nicht.«

Ohne seinen Blick vom Geschehen im Tal abzuwenden, begann Thomas zu berichten, was ihm Adil zuvor über Simon gesagt hatte.

»Was? Simon, nicht mehr da? Er muss sich geirrt haben. Ganz bestimmt!«

»Er sagte auch, dass uns die eigentliche Bedrohung der Menschheit noch bevorstünde. Diese Kenntnisse gewann er aus unseren Datenarchiven. Außerdem waren es unsere Geräte, die das aufgezeichnet haben.« Gloria verstand nur die Hälfte. Mit ihren Gedanken war sie nur noch bei Simon.

»Nein, das kann nicht sein, Thomas. Er hat... nein, er muss dich angelogen haben. Simon verschwindet nicht einfach so. Unmöglich.« Sie war den Tränen nahe. Um sich das nicht anmerken zu lassen, entfernte sie sich schnell von der kleinen Gruppe, um alleine ihren Kummer hinunterzuschlucken. Adamas trat neben Thomas. Gemeinsam beobachteten sie aufmerksam das Geschehen im Tal.

»Vielleicht ...,« er zögerte, »...vielleicht schaust du mal nach Gloria. Sie braucht jetzt jemanden, dem sie vertrauen kann und sie stärkt.« Es schien, als ob Miles die Worte seines Nebenmanns nicht verstanden hatte. Oder war er unschlüssig?

»Geh schon zu ihr. Du stehst ihr viel näher als ich. Oder meinst du, ich hätte das nicht bemerkt, was hier los ist? Vielleicht kannst du gegenüber diesem Wissenschaftler, wie hieß er doch gerade? Thomas? Vielleicht kannst du ihm gegenüber ein wenig Boden gut machen. Auf ihn scheint sie zu stehen. So oft, wie sie diesen Namen schon gebraucht hat. Manchmal nur, um sich über irgendetwas aufzuregen. Wenn der nur wüsste. Aber was das bedeutet, wissen wir ja beide.«

Bei den Worten des wiedererweckten Malcorianers wurde dem Wissenschaftler erst jetzt wieder bewusst, dass Gloria und er beschlossen hatten, Adamas vorerst nicht in ihr kleines Geheimnis einzuweihen. Sonst hätte er nämlich gewusst, dass er UND Miles ein und dieselbe Person waren. Ohne ein Wort darüber zu verlieren, schritt er zu Gloria hinüber, die in der Tat ein wenig durcheinander war. Niedergeschlagen saß sie auf einem großen Stein und zeichnete gedankenverloren Muster mit einem Holzstöckchen in den sandigen Boden. Miles nahm ihre zeichnende Hand fest in die Seine. Sie zitterte. Er beugte sich zu ihr hinab, um ihr in die Augen zu schauen. Ihre Lippen bebten. Sie war am Boden zerstört.

»Adil erzählte mir, er besäße die Gabe, sich mit jeder Technologie verbinden zu können. Als ich ihn bezüglich Simon angesprochen habe, konnte er mir nichts über seinen Verbleib berichten. Auch die andere Existenz, die uns lange an der Nase herumgeführt hatte und vorgab Simon zu sein, wusste nichts von ihm.«

»Simon ist tot, Thomas! Hörst du! Tot! Sieh der Tatsache ins Auge. Es ist vorbei.«

»So leicht gibst du also auf? Die Gloria, die ich kenne, täte alles in ihrer Macht stehende, um nach ihrem verschollenen Freund zu suchen, zumindest es zu probieren. Sie würde ihre Suche nicht eher aufgeben, bis sie irgendeinen Beweis, und sei er noch so klein, über den Verbleib seiner Existenz gefunden hätte. Und DAS meine Liebe, genau DAS tust du bitteschön! Ist das bei dir da oben klar angekommen?!« Er tippte ihr mit dem Finger an die Stirn. Gloria warf sich ihm schluchzend in die Arme.

»Thomas! Ich habe solche Angst. Ich möchte Simon nicht verlieren. Du hast ja Recht. Ich reiße mich zusammen. Versprochen.« Thomas fasste sie sanft am Kinn und hob vorsichtig ihren Kopf in die Höhe. Er sah in zwei verheulte, smaragdgrüne Augen. Eine Träne kullerte ihre Wange herunter. Er wischte sie mit einem Finger sanft beiseite.

»Du bist nicht alleine, Gloria. Gemeinsam werden wir nach Simon suchen und ich verspreche dir, wir werden ihn auch finden. Nur müssen wir auch selbst alle daran glauben, sonst klappt das nämlich nicht.« Er drückte sie fest an sich und spürte dabei unwillkürlich, wie auch sie seinen Druck erwiderte. Thomas war schon wieder gedanklich auf der Suche nach Simon. Auch er wünschte ihn sich zurück. Sein Freund konnte nicht einfach tot sein. Deshalb musste er ihn auch finden, diesen verrückten, körperlosen, liebenswerten Wissenschaftler, der sich die Speicherbänke des Mondes zu Eigen gemacht hatte. Vielleicht konnte ihnen ja das Stationsprotokoll der letzten Tage weiterhelfen. Er würde es bei nächster Gelegenheit überprüfen.

»Miles! Gloria! Kommt schnell her! Dort unten geschieht etwas!«

»Stimmt ja. Da war doch noch was«, erinnerte sich Thomas und verzog dabei sein Gesicht, als hätte er gerade auf eine Zitrone gebissen. Dieser Mortuus war mit einfachen Mitteln, wie es sich die amerikanischen Soldaten wohl ausgemalt hatten, nicht umzubringen. Und nach all dem, was er ihm schon auf dem Erdtrabanten zu verdanken hatte, würde das Monster nach wie vor ihn zu allererst vernichten wollen. Nur, wenn es seinen gefährlichsten

Gegner eliminiert sah, würde es sein Vernichtungswerk gegen die Malcorianer und der Menschheit fortsetzen können.

»Schau! Es hat sich wieder zu einer Kugel eingerollt. Jetzt wird es für die Blechbüchsen da unten sehr viel schwieriger.«

»Falsch, Adamas. Mortuus wird sich kein zweites Mal niedertrampeln lassen, da er seine Gegner beim ersten Angriff genauestens studiert hat. Sie haben keine Chance mehr. Im Gegenteil: Sie sollten zusehen, dass sie flüchten, bevor es zu spät dafür ist.« Er schüttelte nur den Kopf, während er die Soldaten beobachtete.

»Diese Narren!«

Lautlos transferierte er sich in den staubaufgewirbelten Talkessel. Die große Kugel umkreiste die Kampfmaschinen. Von den Amerikanern wurden sie auch Paladine genannt. Thomas verstand im Augenblick nicht so recht, warum sich die fünf Kameraden nicht bewegten. Bemerkten sie etwa nicht, dass sie infolge des aufgewirbelten Staubes von dem Mortuus zu sehen waren? Zumindest offenbarte der Staub die Silhouetten der unsichtbaren Körper. Vielleicht waren sie aber auch einfach nur überheblich geworden. Fünf gegen einen? Was sollte da schon schief gehen?

»Bringt euch in Sicherheit, bevor es euch in Stücke reißt!«, schrie ihnen Thomas keine zwanzig Meter entfernt zu. Die Kugel hörte auf zu rollen. Sie hatte ihr Ziel vor Augen und verhielt sich auch sonst weiter abwartend.

»Du bist als Nächster dran, verdammter Alien! Wir schicken dich dorthin zurück, von woher du gekommen bist. In Scheibchen, damit alle sehen ...«

Weiter kam der Pilot einer der Paladine nicht, denn es war genau der Moment der Unaufmerksamkeit, auf den der Mortuus gewartet hatte: Blitzschnell verwandelte er sich in die zerstörungswütige Bestie. Mit einer seiner Pranken packte er den am nächsten stehenden Paladin und schleuderte die Maschine mitsamt seinem Insassen in das hundert Meter entfernte Lagerhallengebäude. Schon näherten sich von verschiedenen Seiten zwei weitere

Angreifer. In buchstäblich letzter Sekunde, bevor ihn die Paladine mit ihren Waffen treffen konnten, sprang das Monstrum in große Höhe, verwandelte sich wieder in eine Kugel und raste mit selbstmörderischer Geschwindigkeit in die Tiefe. Es waren nur Sekunden vergangen. Der Einschlag war gleich der eines Meteoriten gewesen. Es donnerte laut und die Erde bebte für einen kurzen Moment. Eine Druckwelle raste durch das Tal und knickte noch in einem Kilometer Entfernung armdicke Bäume um. Von den völlig überrumpelten Soldaten, die in ihren Maschinen saßen, blieb keine Spur. Sie waren von dem Miles Mortuus direkt getroffen worden. Sie hatten keine Chance, zu entkommen. Die Erkenntnis sickerte nur langsam zu den beiden verbliebenen Paladinpiloten durch. Unschlüssig standen sie da und wussten nicht, ob sie überhaupt noch einen Angriff auf dieses Ding starten sollten. Sie einigten sich darauf, aus sicherem Abstand, alles abzufeuern, was ihre Maschinen hergaben. Während das Monstrum einem Raketen- und Kugelhagel ausgesetzt war, donnerte von der anderen Seite unerwartet ein weiterer Paladin heran. Es war jener, der zuvor vom Mortuus in die Lagerhalle geschleudert worden war. Ohne Tarnung, ansonsten aber weitgehend intakt geblieben, stürmte er mit einem immens langen Messer auf den unbeweglich und stumm dastehenden Miles Mortuus zu. Der Kugelhagel diente offenbar nur als Ablenkung, während man den Miles von hinten sprichwörtlich aufspießen wollte. Doch auch hier unterschätzten die amerikanischen Streitkräfte den Mortuus. Es hätte ihnen nicht entgehen dürfen, dass es sich nicht in seine schützende Kugelform zurückgezogen hatte. Ein sicheres Zeichen, dass er die Kampfkraft seiner Gegner nicht mehr fürchtete. Ungerührt und geduldig, schien er den Angriff über sich ergehen zu lassen, bis er in einer blitzartigen Bewegung den herangeeilten Paladin packte und ihn direkt auf die beiden anderen zu warf. Alle drei fielen zu Boden.

»Strike!«, bemerkte Thomas sarkastisch. Nicht die beste Zeit zu scherzen. Es gab ohnehin schon genug Tote zu beklagen. Er musste eingreifen, bevor er den am Boden

Liegenden nicht mehr helfen konnte. Der Mortuus hatte sich Ihnen bis auf wenige Meter genähert. Es gab keinen Zweifel, dass er sie erbarmungslos abschlachten würde, wenn er nicht sofort etwas zu ihrer Rettung unternahm. Das riesige Wesen schlug seine zu Fäusten geballte Hände zusammen. Ein Geräusch, als prallten zwei PKWs aufeinander.

»Boooamm!«

Mit voller Wucht traf eine Energieentladung den Hinterkopf des unbarmherzigen Miles Mortuus. Sie blieb nicht lange unbeantwortet. Thomas hatte erreicht, was er wollte. Augenblicklich genoss er die volle Aufmerksamkeit seines Gegners. Als Mortuus ihn anstarrte, schüttelte es sich für einen kurzen Moment. Hatte es sich etwa an ihn erinnert?

»Hmmmmrroooooaaaarrrrrrr!!«

Das war die Antwort, von jemanden, der offenbar sehr, sehr nachtragend war. Ein Schrei, wie ihn selbst Miles nicht reproduzieren könnte. Er war markerschütternd und verriet, dass es keine Überlebenden geben würde. Unbarmherzig, gefühlslos und vernichtend.

»So ist es brav, mein Dicker. Komm her und kämpfe mit mir.«

»Buuumm!«

Wieder schlug eine seiner Entladungen beim Monster ein. Dieses Mal traf er es mitten ins Gesicht.

»Bulls Eye!!«, rief Thomas begeistert. Es stachelte die Wut seines Gegners nur weiter an. Genau das, was er damit bezwecken wollte. Wut ließ einen Gegner in den meisten Fällen unvorsichtig werden. Diese Schwäche musste Thomas unbedingt finden und ausnutzen. Außerdem musste er zusehen, dass er dieses Mal mehr Energie aufstauen konnte als beim letzten Mal. Nur, wie sollte er dies anstellen? Er hatte festgestellt, dass seine aufgebaute Energie jedes Mal, wenn er entmaterialisierte, auf sein ursprüngliches Level zurücksank. Wie der RAM Speicher eines Rechners, der jede seiner zwischengespeicherten Erinnerungen nach einem Neustart verlor. Das Monster würde ihm nicht die Zeit dafür geben, das wusste er. Es war vielleicht ohne Bewusstsein, aber die Instinkte eines Highend-Soldaten waren voll ausgeprägt. Es half alles nichts. Er musste sich auf einen Kampf mit dieser Lebensform einlassen. Nur so hatten die Malcorianer und auch die Menschen eine Chance auf diesem Planeten, ohne Angst und Schrecken weiterleben zu können.

»Komm her, Mortuus! Komm her und kämpfe mit mir! Du musst zuerst an mir vorbei, wenn du dein Vernichtungswerk vollenden willst.«

Das war das Startzeichen. Wie ein Stier in der Arena belauerte der Mortuus seinen Matador mit gefährlich gesenktem Blick. Dann trabte er mit donnernden Schritten auf Thomas zu. Die dunklen Augen und der irre Blick des Monsters hafteten an dem Wissenschaftler. Wie ein wildes Tier kippte es vornüber und rannte jetzt auf allen vieren mit entfesselter Kraft seinem Herausforderer entgegen. Thomas musste auf der Hut bleiben, dass er den lebenden Panzer nicht allzu leicht unterschätzte. Kurz bevor ihn die Kreatur erreichte, wich Thomas mit einer geschickten Seitwärtsbewegung aus und verpasste ihm mit seiner übermenschlichen Kraft einen kräftigen Fausthieb in den unteren Toraxbereich. Der Gegner wurde unerwartet hart getroffen und schrie laut auf, während ihn die Wucht des Schlages durch die Luft schleuderte.

»Olé!«, rief ihm der Matador hinterher.

»Hast du das gesehen, Shari?«, fragte Donato überrascht. Er hatte über die Bordkamera von einem der Paladine alles mit angesehen.

»Ich sehe es klar und deutlich«, antwortete sie mit fester Stimme.

»Trotz seiner geringeren Größe besitzt er die gleichen Kräfte wie der andere. Er ist eindeutig der Gefährlichere von beiden. Er weiß um seine Kraft und er weiß auch, wie er sie einsetzen muss. Das macht mir noch viel mehr Angst.

Vielleicht haben wir ja Glück und sie vernichten sich gegenseitig.«

»Wunschträume gehören nicht in unsere Organisation, Sarah! Wir müssen alles Wissenswerte über diese beiden in Erfahrung bringen, damit wir sie vielleicht irgendwann einmal in einem anderen Kampf besiegen können.«

»Diesen wird es nicht geben, Sir«, antwortete sie aus ihrer sicheren Deckung.

»Geduld ist eine Tugend, Shari. Beobachte aufmerksam und berichte mir anschließend, was du gesehen hast.«

»Das können die Paladine doch besser als ich! Donato? Mist. Er hat sich einfach ausgeklinkt.«

Mortuus hatte sich indessen wieder gefangen und aufgerichtet. Schon rannte er wieder auf Thomas zu. Er hatte erwartet, erneut von der Seite getroffen zu werden. Aber dieses Mal hatte sich Thomas im buchstäblich letzten Moment auf den Boden geworfen und den Gegner mit seiner eigenen Fliehkraft und einem passenden Drehkick in die nächste Ecke katapultiert. Rasend vor Wut bereitete er sich schon auf den nächsten Angriff vor. Thomas erwartete es mit vollen Energiereserven. Er zielte mit seiner Armmanschette auf das Monster. Dieses stand ca. dreihundert Meter von ihm entfernt und machte brüllend seiner aufgestauten Wut Platz. Ein greller Lichtblitz entlud sich und traf das Geschöpf mit voller Wucht. Die Entladung war so grell, dass Thomas seinen Kopf reflexartig zur Seite drehte, um nicht ins gleißende Licht schauen zu müssen. Für einen kurzen Moment schien die Welt stillzustehen. Der Talkessel flammte in reinstem Weiß auf und schien alles Böse verschlungen zu haben.

»Kawuuummm!«

Thomas erhielt aus heiterem Himmel, wie von einer Dampfwalze getroffen, einen mächtigen Schlag in den Unterleib und wurde davon gewirbelt. Durch das helle Licht hatte er Mortuus nicht kommen sehen. Staub und Helligkeit legten sich allmählich. Zurück blieb eine leere Geröllwüste mit zwei fremden Wesen. Gloria, am oberen Rand des Talkessels erschrak, als sie Thomas erblickte. Er lag auf dem Boden und richtete sich unter Schmerzen nur langsam wieder auf. Mit einer so schnellen Gegenreaktion seines Gegners hatte er nicht gerechnet. Sein Virussymbiont hatte die herannahende Präsenz ebenfalls nicht gespürt. Vielleicht war es der Umstand, dass es ebenfalls ein bestellter Soldat aus einer „Miles-Reihe“ war?

Der Mortuus befand sich wieder in seinem kugelförmigen Zustand und schwebte flach über dem Boden. Langsam nahm die Kugel wieder Fahrt auf. Sie umkreiste den kleinen Miles wie eine Raubkatze. Plötzlich und unerwartet schoss sie direkt auf Thomas zu, der sie bereits erwartete und mit einem Fausthieb gekonnt wie ein Schneeball davon schmetterte. Wieder und wieder probierte sie es aufs Neue. Thomas, der sich von seinem Zusammenstoß schnell erholt hatte, überlegte, wie er die Situation zu seinen Gunsten ausnutzen konnte. Dass der Mortuus in diesem Moment seine Taktik geändert hatte, konnte er ja nicht ahnen. Gerade kam die Kugel auf ihn zugerast, stoppte abrupt und baute sich blitzschnell vor seinem potentiellen Opfer auf. Eine seiner Pranken schnellte auf ihn herab und packte ihn am Hals. Unerwartet zappelte Thomas wie ein Fisch im Netz einen Meter über dem Boden. Sein Widersacher schaute ihn währenddessen mit seinen leeren schwarzen Augen an. Gloria schrie angsterfüllt auf. Unwillkürlich wusste auch das Monster, dass es den entscheidenden Treffer gelandet hatte. Thomas blieb aufgrund seines Symbiontvirus ruhig und besonnen. Auch er wusste, dass es nicht gut um ihn bestellt war. Konnte das „Ding“, das ihn mit einer Hand am Hals festhielt, ihm auch das Genick brechen? Oder hielt das die Panzerung gerade noch aus? Er wollte es lieber nicht darauf ankommen lassen. So schnell wie möglich musste er sich aus dem Würgegriff befreien.

»Schnell! Bring mich weg!«, schoss es ihm durch den Kopf. Ein kleiner Gedanke genügte. Doch jetzt wo es darauf ankam, geschah nichts. Wieso konnte er ausgerechnet jetzt nicht in seine Atome zerfallen und sich mit seiner Manschette an einen sicheren Ort transferieren? Und warum lachte der dumme Mortuus auf einmal? Grauenvoll. Wusste er etwa, dass er versucht hatte, zu entmaterialisieren? Das Ungeheuer lachte immer lauter bis es zu einem irren, grotesken Schreien wurde. Es hallte über das ganze Tal hinweg.

»Kraboum!!«

Thomas hatte sich aus den Klauen befreit. Dafür feuerte er dem Monster mit seiner Manschette eine starke Energiesalve direkt in das weit aufgerissene Maul. Der Schuss hatte gesessen. Ein melonengroßes Loch klaffte am Hinterkopf des Giganten. Der hatte ihn erstaunt aus seinem festen Griff freigegeben. Thomas rieb sich nach dieser ungemütlichen Gefangenschaft sanft massierend seinen Hals. Unterdessen knallte der Körper des Riesen krachend auf den Boden.

»Thomas! Geht es dir gut?«, meldete sich Gloria sofort.

»Es war furchtbar, dich so sehen zu müssen. Ich dachte, du würdest... Ich dachte...«, sie konnte nicht weitersprechen. Schon zum zweiten Mal war sie den Tränen nahe.

»Es geht mir gut, Gloria«, beruhigte er sie. »Wir müssen es allerdings schnellstens von hier fortschaffen, ehe es sich regeneriert hat. Kannst du mir bitte eines der Flems schicken?«

»Ich mache das!«

Ehe jemand etwas darauf erwidern konnte, war der mehr tot als lebendige Adil mit dem Flem zu ihm unterwegs.

»Was soll das? Was tust du da? Du sollst dich ausruhen und nicht den Helden spielen!«, rief ihm Thomas zu.

»Wir wissen doch beide, dass ich nicht mehr lange zu leben habe. Das Virus hat mich von Anfang an nicht für kompatibel gehalten. Doch wurden wir nun mal beide gezwungen, diese unfreiwillige Partnerschaft einzugehen.

Jetzt müssen wir beide sterben. Lass es uns wenigstens mit Würde und Anstand tun.«

Thomas konnte dem nichts entgegensetzen. Adil hatte den Nagel auf den Kopf getroffen. Thomas zog es vor, sich weiter seinem Vorhaben zu widmen. Er machte sich daran ein verborgenes Roclamseil aus dem hinteren Teil des Flems zu ziehen. Damit fesselte er den am Boden liegenden, leblosen Mortuus.

»Wir müssen uns beeilen, bevor er seine Wunden restlos geheilt hat und wieder zu sich kommt!«

»Ich weiß, was du vorhast. Thomas!«

In seinen Fesselarbeiten vertieft schaute dieser nur kurz auf:

»Was weißt du eigentlich nicht? – Ich bin nur durch einen Zufall darauf gestoßen. Und das auch nur, weil ich einmal Gloria und Simon versehentlich belauscht habe.«

»Ha! Versehentlich! Wers glaubt!« Thomas wollte etwas erwidern, ließ es aber dabei bewenden. Was spielte das für eine Rolle.

»Nicht jeder hat so tolle Gaben erhalten wie du, Adil«, konterte er. »Du hast die Beste von allen, Thomas! Ich und der Mortuus hingegen wurden basierend auf eure Spezies hin erschaffen. Du hast richtig gehört. Die Miles sind eine eigene Spezies. Sie alleine haben die einzigartige Gabe, sich ständig fortentwickeln zu können. Du stehst noch am Anfang deiner Möglichkeiten. Du kannst diese Gaben entwickeln, aber sie brauchen Zeit. Ich hingegen, habe nur diesen defekten biologischen Kampfpanzer mit besagter Fähigkeit der Interaktion mit jedem technologischen System. Mehr nicht.«

»Du irrst! Ich bin ein Mensch! Keine neue Spezies!«

»Deine Spezies ist nicht neu und du bist auch nicht die Sorte Mensch, für die du dich hältst! Thomas.«

Seinen Namen kannte er also auch.

»Waaas? Du spinnst ja wohl!«

Adil deutete mit einem Handzeichen auf den ruhenden Giganten, der am Boden erste stöhnende Laute von sich gab. Das Gespräch war zu Ende, noch bevor Thomas Weiteres über sich und seinen Symbionten erfahren durfte.

»Los jetzt! Wir haben keine Zeit. Er kann jeden Moment erwachen.«

Er schwang sich zu Adil in das offene Flem, welches sich behutsam in die Lüfte hob. Prüfend schauten sie, ob das tonnenschwere Paket auch gut vertäut hinter ihnen mitgeschleppt wurde. Die Stahlseile hielten. Jetzt mussten sie sich beeilen, denn das Ungeheuer war im Begriff zu erwachen.

»Hör mir zu, Thomas! Große Aufgaben liegen vor dir und ich weiß ehrlich gesagt nicht, ob du dabei auf Hilfe zurückgreifen kannst. Aber eines musst du mir unbedingt versprechen: Mein Volk hat seine Unabhängigkeit verdient. Es dürstet nach Freiheit. Mir ist heute klar geworden, dass ich von meinen eigenen Leuten im Kindesalter als Soldat rekrutiert wurde. Medin war nie mein Onkel. Dennoch kämpfte er mutig für sein Land und seine Leute. Er opferte sich selbst, nur um mir das Leben zu retten, damit ich seine Pläne weiterverfolgen konnte. Heute reiche ich den Stab an dich weiter und du wirst dafür sorgen, dass der Widerstand meines Volkes, nicht umsonst war.«

»Spinnst du? Was sollte ich dir schuldig sein, dass ich dir etwas versprechen müsste? Ich mische mich nicht in die Belange anderer Völker und Kulturen ein. Außerdem werde ich nicht ein Volk mit Waffengewalt befreien, so wie es die Deinen offensichtlich getan haben!« Adil beugte sich zu Thomas und schaute ihm tief in die Augen.

»Du wirst einen Weg finden. Natürlich wäre es mir lieber ohne Waffengewalt. Und glaube mir: Du wirst mir am Ende des Tages etwas schuldig sein.«, fügte er in scharfem Ton dazu. »Los! Flieg schon das Ziel an!«

»Paladine! Folgt ihnen im Tarnmodus. Studiert sie, filmt sie mit allen Kameras, die ihr an Bord habt. Und ich möchte alles auf meinem Tablet zur Verfügung haben. In Echtzeit!«

»Jawohl, Mam!« Zwei funktionstüchtige Paladine erhoben sich zeitgleich vom Boden. Nachdem sie ihre Tarnkappentechnologie aktiviert hatten, hörte man nur noch das leise Röhren sich rasch entfernender Flugmaschinen.

Adil hatte während des Fluges erneut einen Anfall, der dieses Mal nicht so kräftezehrend gewesen war wie beim Vorherigen. Es zeichnete sich jedoch ab, dass er die immer kürzer werdenden Ruhephasen von den schmerzerfüllten Krämpfen nicht mehr lange würde kompensieren können.

»Thomas! Da ist noch etwas, das ich dir sagen muss.«

»Schone dich und verhalte dich ruhig.«

Adil wehrte ab. »Na dann, schieß los! Ich bin sowieso gerade in Stimmung. Drück's mir rein. Ich kann das vertragen.«

»Sarkasmus steht dir nicht sonderlich. Das lass dir mal von einem unbesiegbaren Soldaten gesagt sein.« Adil spuckte erst lachend, dann in einem neuerlichen Hustanfall fast seine Seele aus dem Leib. Der Boden des Flems bedeckte sich mit zähflüssiger, gelber Flüssigkeit. Als er sich wieder gefangen hatte, begann er mit seiner Ausführung: »Die Erde, Thomas ... sie hat bald ein größeres Problem, als es vielleicht jetzt schon der Fall ist. Ich hatte, wie gesagt, auf eurer Station Kontakt mit eurem Speicherkern der Zentrale. Dabei ist mir aufgefallen, dass eure Sensoren einen Riss im Weltraum entdeckt haben. Er ist in unmittelbarer Nähe unseres Sonnensystems in Erscheinung getreten. Etwas hat diesen Riss durchdrungen und begab sich auf Kollisionskurs mit der Erde. Aufschlagpunkt war auf dem Kontinent Afrika nahe des Vulkans Erta Ale. Ich weiß nicht genau, was es ist, aber ...« Er atmete nun immer schwerer. »... aber ich weiß, von wem es stammen könnte. Zerstöre es, solange du kannst, und wirf es durch den Riss zurück. Der bleibt so lange geöffnet, wie die Kugel auf unserer Seite des Raumes verweilt. Damit löst du vermutlich nicht das Problem, aber zumindest die Verbindung. Vielleicht verschafft euch das ein wenig Zeit, um euch auf deren Ankunft vorzubereiten. Sie werden sehen, dass auf der anderen Seite etwas ist, das sich gegen sie erfolgreich auflehnen kann. Vielleicht lassen sie euch in Frieden. Aber vielleicht…« Thomas schaute Adil verwundert an.

»Wer sind die? Von wem sprichst du?«

»Huuuaaaaarrrrrr!« Das Monster war erwacht und zappelte wild. Das Flem wurde unsanft durchgeschüttelt.

»Sind wir bald da?«, fragte Adil erschrocken.

»Es ist nicht mehr weit«, antwortete Thomas, der das Flem auf Kurs hielt.

»Booammm!«

Das Flem erhielt einen kräftigen Schlag und geriet ins Trudeln.

»Wir werden es so nicht schaffen. Die Roclamseile werden nicht mehr lange standhalten. Er hängt doch mindestens zehn Meter unter uns! Und trotzdem hat er es irgendwie geschafft, dem Flem Schaden zuzufügen!«, schrie Adil, während Thomas verzweifelt versuchte, das Fluggerät zu stabilisieren.

»Übernimm du die Steuerung, Adil! Ich versuche, es solange hinzuhalten. Adil? Adil!«

Adil war verschwunden. Wieder wurde das Flem durch einen neuerlichen Stoß durchgeschüttelt. Jedoch nicht so stark wie zuvor. Thomas, noch immer verwirrt vom Verschwinden Adils, schaute nach unten. Dort unten hing der Mortuus und hatte bereits eine Hand aus dem dichten Geflecht des Netzes befreit. Aber auf ihm sah er Adil, der ihn mit seinen Schlägen auf den Kopf so bearbeitete, dass das Ungeheuer in seiner Arbeit, sich weiter befreien zu können, behindert wurde. Er würde es damit nicht lange aufhalten können, aber das musste er auch nicht mehr, denn sie waren angekommen. Das Flem verharrte in sicherer Höhe.

»Los! Steig wieder ein!«, schrie Thomas nach unten. Dichte Rauchschwaden und giftige Dämpfe, die für Menschen in dieser Nähe und in dieser Höhe absolut tödlich waren, stiegen aus dem glühend heißen Lavasee empor. Sie befanden sich keine fünfzig Meter direkt über dem Schlund des Aso Vulkans, einem derzeit aktiven Vulkan auf der japanischen Insel Kyushu.

»Ich kann nicht! Wenn ich nicht aufhöre auf ihn einzuschlagen, wird er sich sofort befreit haben und in seiner schützenden Form als Kugel davonfliegen. Du musst das Netz ausklinken. Sofort!«

Thomas schaute nach unten. Er war entsetzt. Was sollte er nur tun? Er konnte das Wesen einerseits nur so zur Strecke bringen. Doch damit besiegelte er auch Adils Schicksal.

»Sofort, sagte ich!«, rief ihn Adil zur Besinnung zurück. Doch es war bereits zu spät, denn auch der Mortuus kämpfte gegen sein drohendes Ende an. Mit einer enormen Kraftanstrengung hatte er sich gegen das Netz gestemmt und schnellte wie ein Katapult nach oben. Der überraschte Adil wurde durch den heftigen Stoß einfach davon geschleudert und verschwand aus dem Geschehen. So ähnlich hatte es der Mortuus sicher bei seinem ersten Versuch gemacht, als sie das erste Mal ins Trudeln gerieten. Nur hielt die befreite Pranke des Ungeheuers seinen Unterarm fest. Und dieser Umstand versetzte ihn nun selbst in unmittelbare Lebensgefahr, denn er konnte sich durch die unfreiwillige Verbindung weder auflösen, noch konnte er aus seiner zugehaltenen Manschette feuern. Das schräge Grinsen des Mortuus schien ihm geradezu sagen zu wollen:

»Hättest du mal auf den anderen gehört, ICH lass dich nicht mehr los.« Thomas fasste einen Entschluss:

»Gut. Dann werden wir eben beide sterben« Mortuus Grinsen erstarb. Er hatte offenbar verstanden. Thomas wollte gerade springen, da kletterte Adil hinter dem Rücken des Mortuus hervor.

»Totgesagte leben länger, Thomas! So leicht schüttelt man keinen Krieger ab!«

Blitzschnell hatte er das lose herabhängende Stück Roclamseil, aus dem der Mortuus den einen Arm hatte befreien können, um dessen Unterarm gebunden. Das Ungeheuer musste es geschehen lassen. Denn würde er nach Adil schnappen wollen, hieße das seinerseits, den Unterarm von Thomas loslassen zu müssen. Da er sich im Augenblick nicht zu einer Kugel einrollen und damit fliegen konnte, hieße das für ihn, mitsamt dem Netz in die Tiefe zu stürzen und im Glutbad unterzugehen. Andererseits wusste er auch, was der gebrechliche Miles auf seinem Rücken vorhatte. Nur das aus Roclam bestehende Seil war imstande, eine so harte Struktur wie die des Riesen zu durchschneiden. Allerdings brauchte man dazu Kraft, Ausdauer und Schnelligkeit, sonst konnte man der ständigen Regeneration des Kampfpanzers nicht Herr werden. Nur ein Miles wäre dazu imstande, eine solche Tat zu vollbringen. Ob Adil diese Kräfte noch besaß, würde sich jetzt zeigen. Das um den Arm gelegte Seil benutzte er wie eine Seilsäge und begann wie ein Berserker, sich in das Fleisch des Gegners zu schneiden. Mortuus schrie aus Leibeskräften, als würde er ein ganzes Heer aufreiben. Doch Adil ließ sich davon nicht beirren. Er kämpfte wie der tapfere David gegen den schier unbesiegbaren Goliath. Allerdings mit der Gewissheit, dass es am Ende keine Sieger geben würde. Vor Anstrengung schwitzte er aus allen Poren ein dunkelgelbes Sekret aus. Sicheres Zeichen dafür, dass er am Ende seiner Kräfte angelangt war. Er hatte sich am Arm des Monsters völlig verausgabt. Dieser hing nur noch an einer einzigen Sehne fest. Mit bloßem Auge konnte man den ständig andauernden Heilungsprozess mitverfolgen. Adil musste sich beeilen, sonst waren seine ganzen Bemühungen umsonst. Eine zweite Chance würde ihm sein Virussymbiont sowieso nicht mehr geben. Adil, der sich auf die Stirn des Monsters gestützt hatte, um seine Arbeit an dessen Arm zu vollenden, schaute Thomas mit erschöpftem Blick ein letztes Mal um Hilfe bittend an. Er war nicht mehr in der Lage zu sprechen und schon mehr tot als lebendig. Thomas wusste, was er von ihm erwartete.

»Ich bin dir in der Tat etwas schuldig, mein Freund«, sagte er ihm mit versöhnlicher Stimme. Mit schmerzverzerrtem, aber zufriedenem Lächeln sprang Adil in die Tiefe. Um seinen Bauch hatte er das Endstück des

Roclamseils gebunden, das zuvor das Flem mit dem Mortuus verbunden hatte. Jetzt war es um den in Fetzen hängenden Unterarm des Monsters gewickelt. Durch den kräftigen Zug riss der letzte Rest endgültig ab. Thomas war von dem Monstrum frei gekommen. Es war allein Adils Verdienst. Während der Mortuus schreiend in die Tiefe stürzte, war Adil bereits auf halbem Weg in den Krater der letzte Atem entwichen. Thomas achtete nicht mehr auf den Mortuus und hatte nur Augen für den toten Adil, dem er verzweifelt hinterherrief. Die seelenlose Hülle klatschte indessen auf den lose umherschwimmenden grauschwarzen Lavateppich. Das Netz, in das er gewickelt war, hatte sich sofort gelöst. Es hatte dem Mortuus die benötigte Bewegungsfreiheit zurückgegeben. Sofort wollte er sich in seine schützende Kugel zurückverwandeln, was ihm durch das Fehlen des Arms allerdings nur mäßig gelang. Qualvoll schreiend setzte er sich gegen die Anziehungskräfte der schweren, breiigen Masse unter seinen Füßen zur Wehr und sprang.

»Boooommmmm!«

Eine Explosion katapultierte ihn mit zerfetztem Gesicht geradewegs zurück auf den rotglühenden, aufgebrochenen Lavateppich, der das Monster erbarmungslos verschlang. Damit war das Schicksal einer unbarmherzigen, seelenlosen Hülle besiegelt. Nur einer war zurückgeblieben:

Auf dem Flem stand Thomas. Ohne Gnade hatte er das Monster mit einer Energieentladung zurückgeschleudert. In seiner rechten hielt er den letzten verbliebenen Rest seines Widersachers fest. Erleichtert sah er ihn ein letztes Mal an, ehe er ihn den Flammen zum Fraße vorwarf.

38

Während Gloria niedergeschlagen auf der Couch saß und Adamas erwartungsvoll am Tresen lehnte, bereitete sich Thomas, immer noch als Miles verwandelt, einen

Kaffee aus seiner heißgeliebten Maschine in seiner Blockhütte zu.

»Was geschieht nun?«, fragte Adamas in die kleine Runde.

»Was sollen wir tun Gloria und warum zum Teufel bedient sich der Miles da einfach an der Kaffeemaschine des deutschen Wissenschaftlers? Sollte man nicht vorher immer um Erlaubnis bitten? Und warum ist er eigentlich nicht anwesend, wenn er darum bittet, das wir uns auf der Station bei ihm treffen sollen?«

Gloria schaute zu Miles hinüber. Thomas hatte gerade seine Tasse heißen Kaffee in Empfang genommen und wanderte damit um den Tresen. Dicht vor Adamas blieb er stehen. Seine gewohnt tiefe Stimme war verschwunden, als er zu ihm sprach.

»Ganz einfach, Adamas: Weil Miles und Thomas ein und dieselbe Person sind.«

Er hatte sich vor seinen Augen zu einem ganz normalen Menschen zurückverwandelt. Nur bei genauem Hinsehen konnte man auf seiner Haut ein hauchdünnes wabenförmiges Geflecht erkennen, das sich über seinen ganzen Körper erstreckte. Adamas schüttelte verlegen den Kopf.

»Ich hätte es die ganze Zeit über wissen müssen, ich Esel!«

Thomas grinste.

»Aber sagt mir: Warum habt ihr es mir nicht gleich erzählt?«

»Ganz einfach«, sagte Gloria:

»Wir wussten nicht, auf welcher Seite du stehst. Schließlich hattest du die Soldaten der Army nach oben geführt. Du erinnerst dich doch noch daran, oder?«

»Das ist allerdings richtig.«

»Nichts für ungut. Wir mussten einfach nur sicher gehen, dass du kein Spitzel der Amerikaner bist. Miles Identität ist auf der Erde nicht bekannt. Und das soll auch noch eine ganze Weile so bleiben.

Ein Alien für die Menschen, ein Freund für uns.«

Thomas schaute der rothaarigen Frau unvermittelt in die Augen. Sie erwiderte ihn mit sanftem Blick. Thomas dachte daran, wie sie sich noch vor kurzem ihm gegenüber geäußert hatte. Im Geiste hörte er noch immer die Worte einer starrköpfigen Frau, die ihn vor gar nicht allzu langer Zeit von der Station verbannt hatte, weil er angeblich seine Fähigkeiten als Miles missbraucht und Menschen in Gefahr gebracht hatte. Jetzt war sie ganz offenbar anderer Meinung.

»Nun denn, auch wenn wir gerade eine akute Gefahr für die Menschheit beiseitegeschafft haben: Die schlimmste scheint uns wohl noch bevorzustehen, wenn man den Worten Adils glauben schenkt. Doch eins nach dem anderen: Zuerst holen wir Bagor nach oben. Auch ich werde mich wieder einschleichen müssen, damit keine Rückschlüsse von Miles auf mich gezogen werden können. Und dann gilt es, eine beginnende Pandemie mit allen Mitteln zu verhindern, die wir weder den Vereinigten Staaten von Amerika, noch den Chinesen in die Schuhe schieben sollten.«

»Simon dürfen wir auch nicht vergessen zu suchen«, unterbrach ihn Gloria.

»Das habe ich nicht, Gloria. Ihn brauchen wir dringender denn je. Vielleicht könnte er uns weitere Hinweise über den ominösen Riss im Weltraum geben, den mir Adil beschrieben hat.« 'Und natürlich weshalb Adil wusste, warum diese Erscheinung mit den Malcorianern in Verbindung steht.'

Den letzten Satz sprach er umsichtigerweise nicht laut aus. Wer weiß, was er damit bei Gloria ausgelöst hätte.

»Wir sollten uns ranhalten, dass wir dieses Objekt nahe dem Erta Ale so schnell wie möglich ausfindig machen und damit den Riss im Weltall wieder schließen können.«

Thomas schaute in die Gesichter seiner beiden Zuhörer und wartete auf eine Reaktion. Sie blieb aus. Nur Adamas schien sich ein wenig zu zieren.

»Was ist, Adamas? Du möchtest doch etwas sagen, oder nicht?«, bemerkte Thomas.

»Nun ja, in der Tat. Da gibt es etwas, das ich gerne machen würde«, teilte er verlegen mit.

»So? Was willst du denn machen?«, fragte Gloria neugierig.

»Ich hab dir doch erzählt, Gloria, dass ich bei euch in den Archiven gewesen bin.« Sie nickte. »Ich glaube, ich habe eine Möglichkeit gefunden, nach einigen verschollenen Malcorianer zu suchen, die damals in ihren Flems von der künstlich erzeugten Sonneneruption erfasst und in den unfreiwilligen Tiefschlaf versetzt wurden. Noch immer dürften sie in den Tiefen des Alls schlafend umhertreiben. Ich bin der festen Überzeugung, wir könnten hier auf der Station und auf dem Mars wahrlich dringend Hilfe gebrauchen. Oder sehe ich das falsch?«

»Nein, Adamas. Ganz im Gegenteil. Du siehst das völlig richtig, finde ich, nur ...«

»Ja, Gloria? Nur was?«

»Nur sollten wir unsere Bemühungen dahin konzentrieren, wo wir sie gerade am dringendsten benötigen. Du hast doch gehört, welche Punkte Thomas schon aufgezählt hat.«

Bevor er darauf etwas erwidern konnte, antwortete Thomas an seiner Stelle: »Je eher er loszieht, umso schneller ist er wieder da. Und wenn er dann noch Hilfe im Gepäck hat ...« Er klatschte in die Hände. »... dann umso besser. Wir sollten ihn nicht zwingen hierzubleiben. Jeder macht das, was er am besten kann. Vertrau mir, Gloria. Wenn wir alle einander mehr vertrauen, können wir ein unschlagbares Team werden. Ich gehe davon aus, Adamas, dass du Bagor gerne mit auf die Reise nehmen möchtest. Das wäre sowieso besser, damit ihr während eurer Reise nicht alleine seid.« Adamas nickte erleichtert, als Thomas ihm den Vorschlag unterbreitete.

»Dann nehmt aber den Transporter. Wer weiß, wie lange ihr unterwegs sein werdet. Außerdem habt ihr mit der technischen Ausrüstung an Bord unzählige Möglichkeiten mehr, nach den Verschollenen zu suchen, als ihr es beispielsweise mit einem Flem hättet. Weißt du was,

Adams? Bis Thomas mit Bagor zurück ist, habe ich dir einen Transporter mit allen nötigen Instrumenten und Zusatzgerät umgerüstet. Vielleicht willst du mir dabei zur Hand gehen?«

»Sehr gerne sogar, Gloria.«

Obwohl es überhaupt keinen Anlass dafür gab, war Thomas dennoch ein wenig eifersüchtig bei den Worten Glorias.

»Schön, dass ihr euch so gut versteht. Ich schau dann mal, dass ich Bagor hole«, sagte er etwas beleidigt. Er drückte Adamas die unangetastete, dampfende Kaffeetasse in die Hand und wollte schon entstofflichen, als ihn Gloria zurückrief:

»Halt! Warte, Thomas!«

Erstaunt schaute er zu ihr hinüber.

»Könnte ich dich einen Augenblick sprechen, bevor du gehst?«

»Mmmh, lecker.« Adamas schmatzte schlürfend am Kaffee. »Der schmeckt tatsächlich gut. Hmm, und wie der riiieecht. Hält absolut, was er verspricht.«

Gloria und Thomas schauten ihn entgeistert an. Adamas erwiderte ihre Blicke mit einem fiktiven Fragezeichen über seinem Kopf.

»Was? Ich musste die ganze Zeit Automatenpulverkaffee von den Amerikanern trinken«, sagte er beleidigt. Dann hatte er verstanden und schüttelte verlegen den Kopf. »Aaaahh, ich glaube, diesen Kaffee muss man draußen an der freien Luft genießen. Entschuldigt mich bitte.« Er öffnete die Tür der Blockhütte und trat hinaus in das Biosphärenreservat der Mondstation.

Thomas hatte ihm nur sprachlos hinterhergeschaut.

»Er ist weg, Thomas!« Gloria schob sich in sein Blickfeld, so dass er direkt in ihre smaragdgrünen Augen schauen musste. Sie sahen ihn mit solcher Sanftmut an, dass er drohte mit den Knien einzubrechen, so sehr berührte ihn dieser emotionale Blick.

»Was will ...« Sie legte ihm einen Finger auf die Lippen, um den kostbaren Moment, den sie gerade verspürte, nicht zu zerstören. Stattdessen kam sie ihm immer näher, bis er ihre zarten Lippen auf den seinen spürte. Er hatte das Gefühl, mitten in einem Feld voller duftender roter Rosen zu stehen. Unwillkürlich wollte er diese eine Rose festhalten, die sich ihm zugeneigt hatte. Eng umschlungen standen sie in dem kleinen Raum der Blockhütte und küssten sich innig. Das elektrisierende Kribbeln, das er dabei verspürte, konnte in diesem Moment selbst sein Symbiont nicht mehr unterdrücken.

»Entschuldige, dass ich dir weder vertraut, noch zugehört habe, als du die Flüchtlinge vor der italienischen Küste vor dem sicheren Tod gerettet hast. Ich habe einfach blind geglaubt, was die Medien in Eurem TV drum herum gesponnen hatten. Ich habe es zugelassen, dass man dich zum kollektiven Sündenbock gemacht hat. Offenbar glaubt alle Welt, sich ihrer Probleme zu entledigen, indem sie sie anderen, überträgt.«

»Woher dieser Sinneswandel, Gloria?«

»Auf euren Fernsehkanälen laufen bereits erste Informationen über den Zusammenstoß der Miles. Die Bilder und Szenen sind völlig aus dem Zusammenhang gerissen. Ich war entsetzt, da ich die Auseinandersetzung vom Rand des Talkessels doch live mitverfolgt hatte. Es stimmte mich nachdenklich. Also schaute ich mir sämtliche Berichte über das Unglücksdrama vor der Küste an. In diesen Berichten wurdest du als verursachende Person an den Pranger gestellt. Ich habe viele Ungereimtheiten entdeckt, die so niemals stimmen konnten. Ich habe außerdem herausgefunden, warum du das Boot der Flüchtlinge versenkt hast. Damit hast du verhindert, dass die Kapitäne der Fischkutter, Fregatten und Tanker sie nicht sofort wieder aussetzten. Außerdem haben sie Bilder unzähliger Leichen, die bereits Wochen zuvor von einem anderen gekenterten Boot auf dem offenen Meer umhertrieben, mit deiner Rettungsaktion in Verbindung gebracht. Thomas, ich habe noch so viel mehr entdeckt, dass es einem das Blut in den Adern gefrieren lässt. Es tut mir so leid.«

»Das muss es aber nicht. Du konntest nicht wissen, dass die Menschen zu so etwas fähig sind. Meint man doch, sie könnten aus ihrer Vergangenheit die Lehren ziehen. In Wirklichkeit sind sie nur anpassungsfähig und nehmen keine Rücksicht auf Verluste. Das ist bei vielen Menschen eine scheinbar allgemeingültige Regel. Nicht einmal die eigene Art ist ihm dann noch heilig genug, wenn er nur für sich den entscheidenden Vorteil sieht.

Aber nicht alle Menschen sind so. Nur scheint es, als würde sich dieser eine Schlag Menschen aufgemacht haben, die Welt zu beherrschen und zu kontrollieren. Und das, Gloria, werde ich mit aller Macht verhindern. Nicht zuletzt, weil ich es Adil versprochen habe.«

Eine ganze Weile lang lagen sie sich noch schweigend in den Armen. Dann war es Zeit für Thomas, aufzubrechen und den Worten Taten folgen zu lassen.

Ende Band 2

Nachwort

Ich hab euch, lieben Lesern, wieder Einiges abverlangt. Trotzdem hoffe ich, dass euch Miles´ zweites Abenteuer gefallen hat.

Ich mochte es noch nie, eine Geschichte so zu erzählen, dass sie sich linear durch das Buch zieht. Meine Sprünge zu den Szenen sind mit voller Absicht entstanden. Für den einen oder anderen chaotisch, für mich Bestandteil dieser Trilogie. Denn immer wieder gibt es Hinweise auf spätere Szenen, die einen zunächst verwirren können, jedoch später in der Geschichte aufgelöst werden. Zum Teil auch erst ein oder zwei Bände später. Also: Durchhalten lautet die Devise. Es bleibt spannend!

Wenn einen manch Frage zu sehr quält, bitte schreibt mich über Instagram, Facebook oder Twitter* an. Ich beantworte sie euch gern oder sage euch, wann und wo sie möglicherweise geklärt wird.

Das Schreiben und all die damit verbundenen Aktionen rund um Miles mache ich nach wie vor in meinem Alltag nebenher. Über Hinweise oder konstruktive Kritik bin ich dankbar, denn auch ich habe den Anspruch mich zu verbessern.

*Instagram und Twitter: @mondwanderer12
Facebook: Thomas Schneider

Danksagung

Als Erstes beginne ich mit meinem Versprechen und möchte jenen danken, die sich bei mir gemeldet haben und meinem Aufruf gefolgt sind, in diesem Buch namentlich erwähnt zu werden. Es sind nicht viele aber das macht sie umso kostbarer für mich. Ihr macht mich unglaublich stolz und irgendwie habt ihr auch euren Teil dazu beigetragen, dass ich dieses Buch nun veröffentlicht habe. Motivation ist ganz wichtig und das seid ihr für mich. Also lasst mich euch ausdrücklich dafür danken.

Danke an:

MAGKS

An dich, liebe

Jessica Reichert

Und an dich, lieber

Gerd

Ich hoffe, euch hat das Buch auch dieses Mal gefallen.

Herzlichen Dank nochmal an euch :)

Ich habe wieder ein »Kapitel« meines Helden hinter mir gelassen. Zwei Drittel der Miles Trilogie sind geschafft. Alles selbst erdacht und gemacht. Trotzdem wäre es ohne die Hilfe einiger Mitmenschen nicht so geworden, wie es jetzt ist.

Ich hatte da wieder ein bestimmtes Bild für das Cover im Kopf und wollte eine Szene aus dem Buch verbildlichen. Dafür baute ich ein Fenster. Es zeigt Gloria, wie sie vom Mond aus die Erde betrachtet (Seite 233).

Es wäre ein leeres Fenster geblieben, wenn ich diese Person nicht bald in 'Natura' gefunden hätte. Ich habe lange für mein Buch, meinen Traum, gekämpft, da wollte ich keine Kompromisse eingehen. Und dann sah ich dich liebe Alina. So wie sie ist, wunderhübsch. Dass du keine roten Haare hattest und auch keine grünen Augen, habe ich nachträglich versucht, im Sinne von 'Gloria' zu retuschieren. Vielen herzlichen Dank für deine Geduld und meinen unzähligen Fotos, die ich dir auferlegt habe (es waren um die hundert Bilder). Du hast es so hinbekommen, wie ich es mir gewünscht habe und das, ohne je vor der Kamera gestanden zu haben. Meinen Respekt hast du. Ich hoffe, das Ergebnis gefällt dir.

Dies führt mich direkt zu dir, liebe Christin. Du hast für mich aus diesem Buch einen wertvollen Schatz gemacht, der das Miles-Universum mit Lebendigkeit füllt. Danke für die Covergestaltung.

Danke dir, lieber Papa, du hast dir die Mühe gemacht und mein Geschreibsel durchgelesen. Manchmal sieht man eben den Wald vor Bäumen nicht mehr. Deine Anmerkungen und Korrekturen waren im Sinne des Buches Gold wert.

Maike, viel Zeit und Nerven habe ich dir geraubt. Du warst in Speyer (Science-Fiction-Treffen) mit dabei und hast den Stand an meiner Seite zu einem Besuchermagneten werden lassen. Und jetzt hast du es schon wieder getan und meine verrückten Ideen mit Kommas versehen. (*Nicht nur das! Ich habe sie auch von einigen Kommas befreit und ein paar Fehlerchen. Anmerkung von Maike*)
Ohne dich und deine Geduld wäre das Buch nicht da, wo es jetzt ist.

Mein lieber K2, du warst in Speyer als Robot verkleidet der Hammer. Du hattest Spaß daran, den Menschen meine Flyer durch einen Ausgabeschlitz in die Hand zu geben, nachdem sie einen Knopf an deinem Robotkörper gedrückt hatten. Sensationelle Idee von dir. Alles hast du alleine erdacht und gemacht, um nicht an Langeweile am Ende der Sommerferien zu sterben, wie du mir sagtest. Nichts, hat mich an diesem Wochenende stolzer gemacht.

Ich liebe meine Familie. Auch wenn wir Höhen und Tiefen erleben, ist es doch so, dass ich nichts anderes vermisse und haben möchte. Danke euch allen (auch dir Captain @Kater_Kirk)

Bereits veröffentlichte Werke des Autors:

2018: 'Miles – Unerwartet Held'
(Band 1 der Miles Trilogie)

Angekündigt:

Band 3 zur Miles Trilogie erfolgt vsl. im Frühjahr 2020

Bis dahin gibt es über die bekannten 'Kanäle' noch mehr von Miles und mir.

Lightning Source UK Ltd.
Milton Keynes UK
UKHW040743140219
337321UK00001B/267/P